Verena

suhrkamp taschenbuch 229

Samuel Beckett, geboren am 13. April 1906 in Dublin, lebt seit 1938 in Paris. 1961 erhielt er den Internationalen Verlegerpreis und 1969 den Nobelpreis für Literatur. Hauptwerke: Prosa: *Murphy, Molloy, Malone stirbt, Der Namenlose, Wie es ist, Erzählungen und Texte um Nichts, Watt, Erste Liebe, Der Verwaiser, Mercier und Camier;* Stücke: *Warten auf Godot, Endspiel, Das letzte Band, Glückliche Tage.* Sammlung seiner Stücke in *Dramatische Dichtungen in drei Sprachen.* 2 Bände.

Molloy, 1951 in Paris erschienen, ist in mancher Hinsicht eine epische Parallele zu *Godot.* Auch hier gibt es keine eigentliche Handlung, es wird vielmehr eine Situation wirklich: eine bedrückende Anklage, eine furchtbare Vision unserer Welt, in der der Mensch zu schrumpfen beginnt. Der Roman ist in zwei Teile gegliedert. Im ersten Teil berichtet Molloy seine eigene, nicht ausmeßbare Lebensgeschichte, in der sein langsamer Verfall sich vollzieht. Den zweiten Teil erzählt Jacques Moran, der den Auftrag erhält, den Fall Molloy aufzuklären, und dabei selbst zu Molloy wird, zu einer auf sich selbst gestellten, äußersten Erscheinung der »Entmenschlichung« des Menschen. Der Roman, als Literatur ein Grenzfall, beunruhigt den Leser. Sein Bild vom Menschen aber wird durch die große Selbstverständlichkeit seiner Sprache, seines Stils und durch die innere Konsequenz seiner Aussage zu einem Kunstwerk und damit zu einer echten, notwendigen Zumutung, der man sich stellen muß.

Samuel Beckett
Molloy

Roman

Suhrkamp

Titel der französischen Originalausgabe: *Molloy*
Deutsch von Erich Franzen

suhrkamp taschenbuch 229
Erste Auflage 1975

Satz: IBV Lichtsatz KG, Berlin
Druck: Ebner, Ulm · Printed in Germany
Umschlag nach Entwürfen von Willy Fleckhaus und Rolf Staudt

Molloy

I

Ich bin im Zimmer meiner Mutter. Ich wohne jetzt selbst darin. Wie ich hierhergekommen bin, weiß ich nicht. In einer Ambulanz vielleicht, bestimmt mit irgendeinem Gefährt. Man hat mir geholfen. Allein hätte ich es nicht geschafft. Vielleicht habe ich es diesem Mann, der jede Woche erscheint, zu verdanken, daß ich hier bin. Er streitet es ab. Er gibt mir etwas Geld und nimmt das Geschriebene mit sich. So viele Seiten, so viel Geld. Ja, ich arbeite jetzt, ein wenig wie früher, nur verstehe ich mich nicht mehr aufs Arbeiten. Das macht nichts, wie es scheint. Ich möchte jetzt gern von dem sprechen, was mir noch übrigbleibt, Abschied nehmen, aufhören zu sterben. Das wollen sie nicht. Ja, es sind mehrere, wie es scheint. Aber der eine, der herkommt, ist immer derselbe. Das werden Sie alles später tun, meint er. Schön. Ich habe nicht mehr viel Willenskraft, das ist es. Wenn er kommt, um die fertigen Seiten abzuholen, bringt er die von der vorhergehenden Woche zurück. Sie sind mit Zeichen versehen, die ich nicht verstehe. Übrigens sehe ich sie mir nicht wieder an. Wenn ich nichts geschrieben habe, gibt er mir nichts und schimpft mich aus. Aber ich arbeite nicht, um Geld zu bekommen. Wozu also? Ich weiß es nicht. Ich weiß überhaupt nicht viel, offengestanden. Über den Tod meiner Mutter zum Beispiel. War sie schon tot, als ich ankam? Oder ist sie erst später gestorben? Ich meine, tot wie jemand, den man begräbt. Ich weiß es nicht. Vielleicht hat man sie noch nicht begraben. So oder so, jetzt bewohne ich ihr Zimmer. Ich schlafe in ihrem Bett. Ich benutze ihr Nachtgeschirr. Ich habe ihren Platz eingenommen. Ich werde ihr gewiß immer ähnlicher. Es fehlt mir nur noch ein Sohn. Irgendwo habe ich vielleicht einen. Aber ich glaube nicht. Er wäre jetzt ein alter Mann, fast so alt wie ich. Es war ein kleines Dienstmädchen. Nichts von wahrer Liebe. Die wahre Liebe zeigte mir eine andere. Sie werden davon noch hören. Nun habe ich schon wieder ihren Namen vergessen. Manchmal kommt es mir vor, als hätte ich meinen Sohn sogar gekannt, mich um ihn gekümmert. Dann sage mich mir, das kann nicht sein. Es ist unmöglich, daß ich mich um irgend jemanden hätte kümmern können. Auch die Rechtschreibung habe ich vergessen und die Hälfte aller Worte. Das hat weiter keine Bedeutung, wie es scheint. Meinetwegen. Ein komischer Kauz ist das, dieser Besucher. Er kommt jeden Sonntag, wie es scheint. An den anderen

Tagen hat er keine Zeit. Er ist immer durstig. Er hat mir gesagt, daß ich falsch begonnen hätte, daß man anders hätte beginnen müssen. Meinetwegen. Ich hatte beim Anfang angefangen, stellen Sie sich das vor, wie ein altes Rindvieh. Hier ist also mein eigener Anfang. Sie werden ihn trotzdem behalten, wenn ich recht verstanden habe. Ich habe mir Mühe gegeben. Hier ist er. Er hat mich viel Mühe gekostet. Es war der Anfang, verstehen Sie. Während ich jetzt beinahe am Ende angelangt bin. Ob das, was ich jetzt mache, besser ist? Ich weiß es nicht. Darum handelt es sich auch nicht. Hier ist also mein eigener Anfang. Das muß etwas zu bedeuten haben, da sie ihn behalten. Hier ist er.

Dieses Mal, dann noch einmal, denke ich, und dann werde ich damit fertig sein, denke ich, auch mit dieser Welt. Es ist die Empfindung des vorletzten Mals. Alles verschwimmt. Noch ein wenig mehr, und man ist blind. Es sitzt im Kopf. Er tut nicht mehr mit, er sagt: Ich tue nicht mehr mit. Taub wird man auch, und die Geräusche werden schwächer. Kaum daß man die Schwelle überschritten hat, ist es so. Es muß der Kopf sein, der genug davon hat. So daß man sich sagt, diesmal wird es noch gut gehen, dann vielleicht noch einmal, und dann ist es aus. Es macht Mühe, diesen Gedanken auszudrücken, es ist nämlich in gewissem Sinne ein Gedanke. Man möchte also gut achtgeben, sich alle diese dunklen Dinge sorgfältig überlegen, indem man sich bekümmert sagt, daß die Schuld an einem selber liege. Schuld? Das ist das Wort, das man gebraucht hat. Aber was für eine Schuld? Dies ist nicht der letzte Abschied, und welcher Zauber geht nicht von den dunklen Dingen aus, von denen man noch bei ihrer nächsten Wiederkehr Abschied nehmen kann. Denn man muß Abschied nehmen, es wäre dumm, nicht im passenden Augenblick Abschied zu nehmen. Man bedauert es nicht, wenn man an die Umrisse, an das Licht früherer Tage denkt. Aber man denkt kaum daran, womit sollte man daran denken? Ich weiß es nicht. Es gehen auch Menschen vorüber, von denen man sich selbst nicht genau unterscheiden kann. Das ist allerdings entmutigend. So war es, als ich A und B beobachtete, wie sie langsam aufeinander zugingen, ohne sich Rechenschaft darüber zu geben, was sie taten. Es geschah auf einer Straße, die erschreckend kahl war, ich meine, ohne Hecken oder Mauern oder sonst eine Einfassung, auf dem Lande, denn auf ungeheuren Feldern lagen und standen Kühe und kauten in der Abendstille. Ich phantasiere vielleicht ein wenig, ich schmücke vielleicht etwas aus, aber im ganzen gesehen war es so. Sie kauen, dann schlucken sie, dann machen sie sich nach einer kurzen Pause an das nächste Grasbündel, ohne sich anzustrengen. Eine Sehne an ihrem Hals entspannt sich, und die Kinnbakken beginnen wieder zu mahlen. Aber das sind vielleicht alles Erinnerungsbilder. Die harte weiße Straße schnitt durch die sanften Weidegründe, stieg an und senkte sich je nach dem Verlauf der Hügel. Die Stadt lag nicht weit entfernt. Es waren zwei Männer, darüber gab es keinen Zweifel, ein großer und ein kleiner. Sie waren von der Stadt aufgebrochen, erst der eine, dann der andere, und der erste war wieder umgekehrt und zurückgegangen, vielleicht weil er sich müde fühlte oder sich an eine Verpflichtung erinnerte. Es war frisch draußen, denn sie hatten Mäntel an. Sie glichen einander, aber nicht mehr als andere Leute auch. Anfangs waren sie durch einen großen Zwischenraum getrennt. Sie hätten sich nicht erblicken können, selbst wenn sie die Köpfe erhoben und nach einander Ausschau gehalten hätten, weil dieser große Zwischenraum da war, und auch weil die Straße infolge des hügeligen Terrains Einschnitte hatte, keine sehr tiefen, doch es genügte, es genügte. Aber der Moment kam, wo sie beide in das gleiche Wellental hinabstiegen, und dort, in diesem Wellental, trafen sie sich endlich. Daß sie einander erkannt hätten, nein, nichts berechtigt dazu, das zu versichern. Aber weil sie vielleicht ihre Tritte hörten oder weil ein unklarer Instinkt sie dazu trieb, hoben sie die Köpfe und beobachteten einander, während sie noch ein gutes Dutzend Schritte machten, bevor sie anhielten und sich gegenüber standen. Jawohl, sie gingen keineswegs aneinander vorbei, sondern sie machten halt, einer dicht vor dem anderen, wie es abends auf dem Lande zwei Spaziergänger, die sich nicht kennen, häufig tun, ohne daß etwas besonderes dabei wäre. Aber sie kannten einander vielleicht. Wie es auch sei, jetzt kennen sie sich, und ich denke, sie werden sich wiedererkennen und grüßen, sogar mitten in der Stadt. Sie wandten sich dem Meere zu, das fern im Osten, jenseits der Felder, hoch gegen den erblassenden Himmel anstieg, und sie wechselten einige Worte. Dann machte sich jeder von ihnen wieder auf seinen Weg, A in der Richtung der Stadt, B quer durch Gefilde, die er schlecht oder gar nicht zu kennen schien, denn er bewegte sich mit unsicheren Schritten vorwärts und hielt oft an, um sich umzusehen, ganz wie einer, der sich gewisse Merkzeichen einzuprägen sucht, denn eines Tages wird er vielleicht auf seiner eigenen Spur zurückgehen müssen, das kann man nie wissen. Von den trügerischen Hügeln, an die er sich mit Schaudern heranwagte, kannte er ohne Zweifel nur das Bild, das er aus der Ferne, vielleicht vom Fenster seines Zimmers oder von der Spitze eines Aussichtsturms aus, erblickt hatte. Möglicherweise hatte er an einem trübseligen Tage, weil er nichts rechtes zu tun wußte und in der Höhe Stärkung suchte, seine drei oder sechs Pfennige bezahlt und war die Wendeltreppe bis zur Plattform hinaufgestiegen. Von dort aus konnte er alles erblicken, die Ebene, das Meer und dann auch diese Hügel, von einigen Leuten Berge genannt, die im Abendglanz wie mit Indigo betupft daliegen und die sich, so weit das Auge reicht, dicht hintereinander drängen, von Tälern durchzogen, die man nicht sieht, die man jedoch ahnt, weil die Tönung der Farben dunkler wird, aber auch auf Grund anderer Anzeichen, die man nicht in Worten wiederzugeben und nicht einmal zu denken vermag. Aber man ahnt sie nicht alle, nicht einmal von dieser Höhe aus, und oft sind da, wo man nur einen Abhang, einen Kamm sieht, in Wirklichkeit zwei, zwei Abhänge, zwei Kämme, zwischen denen ein Tal liegt. Aber jetzt kennt er diese Hügel, das heißt, er kennt sie jetzt besser, und wenn es ihm jemals wieder einfällt, sie von neuem aus der Ferne zu betrachten, so wird er es mit anderen Augen tun, denke ich, und nicht nur das, sondern auch den inneren Teil, den ganzen inneren Raum, den man nie zu Gesicht bekommt, das Gehirn und das Herz und die anderen Höhlengänge, wo Gefühle und Gedanken ihren Hexensabbat feiern, das alles in einer neuen Anordnung. Er macht den Eindruck eines alten Mannes, und voller Mitleid sieht man ihn ganz allein einhergehen, nachdem er so viele Jahre, so viele Tage und Nächte an dieses Geraune verschwendet hat, das bei der Geburt und schon vorher laut wird, an dieses unstillbare: *Wie weiter? Wie weiter?*, manchmal leise wie ein Murmeln, manchmal ganz deutlich wie das: *Und als Getränk?* des Gastwirts, und oft auch bis zum Gebrüll anschwellend. Alles, um sich am Ende, oder dicht vor dem Ende, ganz allein bei einbrechender Nacht mit einem Stock in der Hand auf einer unbekannten Straße wegzubegeben. Es war ein tüchtiger Stock, er benutzte ihn, um sich voranzustoßen und auch um sich, wenn nötig, gegen die Hunde und die Wegelagerer zu verteidigen. Ja, die Nacht senkte sich herab, aber der Mann war unschuldig, tief unschuldig, er fürchtete nichts, doch, er hatte Furcht, aber er brauchte nichts zu fürchten, man vermochte nichts gegen ihn, oder kaum etwas. Aber gerade das wußte er sicher nicht. Ich selbst – gesetzt den Fall, daß ich es mir überlegte – wüßte es ebensowenig. Er glaubte sich bedroht, körperlich und geistig, und vielleicht war er es auch, trotz seiner Unschuld. Was beginnt die Unschuld in einer solchen Lage? In welcher Verbindung steht sie mit den unzähligen Sendboten des Bösen? Das bleibt unklar. Er trug einen spitzen Hut, wie mir schien. Ich war darüber betroffen, daran erinnere ich mich, wie ich es nicht gewesen wäre, wenn er zum Beispiel eine Mütze oder einen steifen Hut getragen hätte. Ich sah ihn sich entfernen, ich wurde von seiner Unruhe angesteckt, die nicht unbedingt seine eigene Unruhe zu sein brauchte, mit der er aber irgend etwas zu tun hatte. Wer weiß, vielleicht war es meine Unruhe, die ihn ansteckte. Er hatte mich nicht gesehen. Ich saß hoch über der höchsten Erhebung der Straße, noch dazu dicht unter einen Felsen geduckt, der die gleiche Farbe hatte wie ich selbst, nämlich grau. Daß er den Felsen bemerkte, ist wahrscheinlich. Er blickte umher, worauf ich schon hingewiesen habe, als ob er seinem Gedächtnis alle Merkmale des Weges einprägen wollte, und er mußte den Felsen bemerken, in dessen Schatten ich mich duckte – etwa in der Art von Belacqua oder von Sordello, ich weiß es nicht mehr genau. Aber ein Mensch, noch dazu einer wie ich, so etwas gehört nicht gerade zu den charakteristischen Merkmalen einer Straße, denn. Ich meine, wenn er infolge außergewöhnlicher Umstände nach langer Zeit eines Tages dort wieder vorbeikommen sollte, zum Nachgeben gezwungen, oder um etwas zu holen, das er vergessen hat, oder um etwas zu verbrennen, so wird er mit den Augen den Felsen suchen und nicht die zufällige Erscheinung in seinem Schatten, nicht etwas so Unstetes und Flüchtiges wie ein noch im Fleisch lebendes Wesen. Nein, er erblickte mich gewiß nicht, aus den angeführten Gründen, dann aber auch, weil er an jenem Abend keinen Sinn dafür hatte, keinen Sinn für die Lebenden, sondern für etwas, das sich nicht vom Platz rührt oder nur so langsam, daß ein Kind sich darüber lustig machen würde, gar nicht zu reden von einem Greis. Wie dem auch sein mag, ich meine, ob er mich nun erblickte oder ob er mich nicht erblickte, ich wiederhole, daß ich sah, wie er sich entfernte, kaum fähig (ich), der Versuchung zu widerstehen, mich zu erheben und ihm zu folgen, vielleicht sogar mich ihm eines Tages anzuschließen, um ihn besser kennenzulernen, um selbst weniger allein zu sein. Aber obschon meine Seele an ihrer Gummischnur zerrte und zu ihm hindrängte, sah ich ihn nur schlecht, teils weil es dunkel war, teils weil er von Zeit zu Zeit in den Falten des Geländes verschwand und erst an einem weiter entfernten Punkt wieder auftauchte; vor allem aber, glaube ich, weil andere Dinge mich ebenso anzogen, auf die meine Seele sich nacheinander wie von Sinnen und ganz willkürlich stürzte. Ich spreche natürlich von den Feldern, die unter dem Tau erbleichten, und von den Tieren, die nicht länger darauf umherirrten, sondern die Stellung einnahmen, in der sie die Nacht verbringen wollten, von dem Meer, über das ich nichts sagen werde, von der immer schärfer hervortretenden Linie der Bergkämme, vom Himmel, an dem ich, ohne sie zu sehen, die ersten Sterne zittern spürte, von meiner Hand auf meinem Knie und dann ganz besonders von dem anderen Spaziergänger, A oder B, daran erinnere ich mich nicht mehr genau, der weise genug war, nach Hause zurückzukehren. Ja, auch meiner Hand wandte sie sich zu, deren Zittern mein Knie fühlte und von der meine Augen nichts sahen als das Handgelenk, den stark geäderten Rücken und den weißen Ansatz der Finger. Aber nicht von ihr, ich spreche von dieser Hand, will ich jetzt sprechen, alles zu seiner Zeit, sondern von jenem A oder B, der sich auf die Stadt zu bewegt, von der er aufgebrochen ist. Doch was war im Grunde genommen an seiner Haltung so besonders städtisch? Er war barhäuptig, er trug Schuhe aus Segeltuch, er rauchte eine Zigarre. Er schob sich in einer Art von faulem Schlendrian voran, der mir zu Recht oder Unrecht ausdrucksvoll erschien. Aber das alles bewies nichts, widerlegte nichts. Er war vielleicht von weither gekommen, vielleicht sogar von der anderen Seite der Insel, er ging möglicherweise zum erstenmal in diese Stadt, oder er kehrte nach einer langen Abwesenheit dahin zurück. Ein kleiner Hund folgte ihm, ein Spitz, glaube ich, aber das glaube ich nicht. Ich war mir schon damals nicht klar darüber und bin es auch heute noch nicht, wenn ich auch sehr wenig darüber nachgedacht habe. Der kleine Hund folgte ihm nur sehr schlecht, wie Spitze das an sich haben, blieb stehen, schlug große Bogen, unterbrach sich dabei, ich meine, er gab es auf und versuchte es bald darauf ein Stückchen weiter von neuem. Verstopfung gilt bei einem Spitz als Zeichen der Gesundheit. In einem bestimmten Augenblick – einem vorherbestimmten, wenn Sie so wollen, mir soll's recht sein – kehrte der Herr um, nahm die Zigarre aus dem Mund und den kleinen

Hund auf den Arm und drückte sein Gesicht in das orangefarbene Fell. Es war ein rechter Herr, das konnte man sehen. Doch, es war ein orangefarbener Spitz; je mehr ich es mir überlege, um so fester bin ich davon überzeugt. Und dennoch. Nun aber dieser Herr, würde er sich barhaupt, in Segelschuhen, mit einer Zigarre im Mund, gefolgt von einem Spitz von weither aufgemacht haben? Sah er nicht vielmehr aus wie jemand, der sich nach einem guten Abendessen vor den Toren der Stadt ergeht und seinen Hund spazierenführt, träumend und furzend, wie so viele Städter es tun, wenn es schönes Wetter ist? Aber war diese Zigarre in Wirklichkeit nicht vielleicht eine kurze Pfeife, waren diese Schuhe aus Segeltuch nicht Nagelschuhe, auf denen weißer Staub sich festgesetzt hatte, und was hinderte den Hund daran, irgendein streunender Hund zu sein, den man aufliest und auf den Arm nimmt, sei es aus Mitleid, sei es, weil man lange alleine umhergeirrt ist, ohne andere Gesellschaft als diese endlosen Straßen, diesen Sand, diesen Steinkies, diese Sümpfe und Heidebüsche, als diese Natur, die fremden Gesetzen gehorcht, als hie und da einen Mitgefangenen, den man anreden, umarmen, melken und säugen möchte und an dem man mit bösem Blick vorübergeht, aus Furcht davor, daß er sich Vertraulichkeiten erlauben könnte. Bis der Tag kommt, an dem ihr, von aller Kraft verlassen, in einer Welt, die keine Arme für euch hat, die räudigen Hunde in die euren nehmt und sie so lange herumtragt, bis sie euch lieben, bis ihr sie liebt und sie dann fortjagt. So weit war es vielleicht mit ihm gekommen, dem äußeren Anschein zum Trotz. Er verschwand, die rauchende Sache in der Hand, den Kopf auf die Brust gesenkt. Ich möchte das erläutern. Wenn Dinge im Begriff sind zu verschwinden, wende ich meinen Blick lange vorher von ihnen ab. Sie bis zur letzten Sekunde mit den Augen verfolgen – nein, das vermag ich nicht. In diesem Sinne verschwand er. Während ich meinen Blick auf anderes richtete, dachte ich an ihn und sagte mir: Er wird kleiner, er wird kleiner. Ich verstand mich gut. Ich wußte, daß ich ihn einholen könnte, verkrüppelt wie ich war. Ich brauchte es nur zu wollen. Und doch nicht, denn ich wollte es. Aufstehen, die Straße erreichen, humpelnd seine Verfolgung aufnehmen, ihn anrufen – nichts leichter als das. Er hört meine Rufe, er dreht sich um, er wartet auf mich. Ich bin ganz dicht bei ihm, dicht bei dem Hund, atemlos hänge ich zwischen meinen Krücken. Er fürchtet sich etwas vor mir, er bemitleidet mich ein wenig. Ich bin ihm ziemlich eklig. Es ist keine Freude, mich anzusehen, ich rieche nicht gut. Was ich wünsche? Oh, dieser wohlbekannte Ton, gemischt aus Furcht, Mitleid und Ekel. Ich will den Hund ansehen, den Mann ansehen, aus der Nähe, herausfinden, was da raucht, die Schuhe mustern, andere Kennzeichen entdekken. Er ist freundlich zu mir, er sagt mir dies und das, gibt mir über einiges Auskunft, wo er herkommt, wo er hingeht. Ich glaube ihm, ich weiß, dies ist meine einzige Chance, um – meine einzige Chance; ich glaube alles, was man mir sagt, nur allzu oft in meinem langen Leben habe ich mich geweigert, das zu tun, jetzt schlucke ich alles begierig. Was ich nötig habe, sind Geschichten, ich habe lange gebraucht, um das einzusehen. Übrigens, sicher weiß ich das nicht. Nun also, bestimmte Dinge weiß ich sicher, bestimmte Dinge über ihn, Dinge, die mir unbekannt waren und die mich gequält haben, ja sogar die eine oder andere Sache, die mich nicht gequält hat. Was für eine Sprache. Ich bin sogar fähig, herauszubekommen, was für einen Beruf er hat, ich, der ich mich so für Berufe interessiere. Und dabei meine ich, ich täte mein Möglichstes, um nicht von mir selbst zu sprechen. Gleich werde ich anfangen, von den Kühen und dem Himmel zu reden, Sie werden es erleben. Sieh einer an, er verläßt mich, er hat keine Zeit mehr. Er machte gar nicht den Eindruck, als ob er keine Zeit hätte, er schlenderte gemächlich einher, wie ich schon gesagt habe, aber nach drei Minuten Unterhaltung mit mir hat er keine Zeit, muß er sich beeilen. Ich glaube ihm. Und wieder bin ich – ich werde nicht sagen: allein, nein, das ist nicht meine Art, sondern – ich weiß nicht, wie ich es ausdrücken soll – mir wiedergegeben; nein, ich habe mich niemals aufgegeben; frei, das ist es, ich weiß nicht, was das heißt, aber dies ist das Wort, das ich gebrauchen möchte, frei – um was zu tun? Um nichts zu tun, um etwas zu erfahren, aber was, vielleicht was die Stimme des Gewissens fordert, meines Gewissens, zum Beispiel, daß Wasser um so höher steigt, je tiefer man hineintaucht, und daß man besser oder gerade so gut daran täte, die Texte auszumerzen als die Ränder zu schwärzen, sie zuzudecken, bis alles weiß und glatt aussieht und die Dummheit sich zeigt, wie sie ist: widerwärtig, sinnlos und ohne Ausweg. Ich tat also sicher gut, oder ebenso gut, daran, mich von meinem Beobachtungsposten nicht wegzurühren. Aber anstatt zu beobachten, war ich schwach genug, mich im Geiste wieder dem anderen zuzuwenden, dem Mann mit dem

Stock. Das Geraune im Innern fing also von neuem an. Die Stille wiederherzustellen, das ist die Rolle der Gegenstände. Ich sagte mir: Wer weiß, vielleicht ist er einfach ausgegangen, um Luft zu schöpfen, sich zu entspannen, wieder zu beleben, von dem Druck auf seinem Gehirn zu befreien, indem er das Blut in die Beine lenkt, um einer guten Nacht, eines frohen Erwachens und eines wundervollen neuen Tages sicher zu sein. Trug er nur einen Bettelsack? Doch dieser Gang, dieses ängstliche Umherblicken, diese Keule, wie paßte das alles zu der Vorstellung, die man sich von einem kleinen Spaziergang macht? Aber der Hut war ein Hut, wie man ihn in der Stadt trägt, altmodisch, aber städtisch; der leiseste Windstoß könnte ihn davontragen. Es sei denn, daß er unter dem Kinn mit einer Schnur oder einem Gummiband befestigt ist. Ich nahm meinen Hut ab und betrachtete ihn. Ein langer Schnürriemen verbindet ihn seit jeher mit meinem Knopfloch, stets mit dem gleichen, jahraus, jahrein. Ich lebe also immer noch. Das ist gut zu wissen. Ich streckte die Hand, die den Hut ergriffen hatte und ihn immer noch hielt, soweit wie möglich von mir weg und ließ sie einen Bogen machen. Dabei beobachtete ich den Aufschlag meines Mantels und sah, wie er sich öffnete und wieder schloß. Jetzt begreife ich, warum ich nie eine Blume im Knopfloch getragen habe, das doch groß genug ist, um ein ganzes Bukett zu halten. Mein Knopfloch war für meinen Hut reserviert. Mein Hut bekam den Blumenschmuck. Aber weder von meinem Hut noch von meinem Mantel möchte ich jetzt reden, das wäre verfrüht. Ich werde bestimmt später von ihnen reden, wenn es sich darum handelt, ein Verzeichnis meiner Güter und Besitztümer aufzustellen. Es sei denn, daß ich sie inzwischen verliere. Doch selbst wenn sie verlorengegangen sein sollten, werden sie ihren Platz finden, nämlich im Verzeichnis meiner Güter. Aber ich werde sie nicht verlieren, darüber darf ich ganz beruhigt sein. Auch meine Krücken werde ich nicht verlieren. Aber ich werde sie vielleicht eines Tages wegwerfen. Ich mußte mich auf dem Gipfel oder am Abhang einer ganz ungewöhnlichen Erhebung befinden, wie hätte ich sonst meinen Blick über so viele nahe und ferne, feste und bewegliche Dinge schweifen lassen können. Aber was sollte eine solche Erhebung hier, in dieser Landschaft, die man kaum wellig nennen konnte? Und ich, was sollte ich hier? Gerade das werden wir zu erfahren suchen. Übrigens, nehmen wir diese Dinge nicht tragisch. Offenbar gibt es nichts, was in der

Natur nicht vorkommt, und sie liebt das Gaukelspiel. Im Grunde bringe ich vielleicht verschiedene Ereignisse und auch die Tageszeiten durcheinander, und auf dem Grunde bin ich zu Hause, oh, keineswegs auf dem tiefsten Grunde, sondern irgendwo zwischen dem Schaum und dem Schlamm. Und vielleicht befand sich eines Tages A in dieser Gegend, dann an einem anderen Tage B in einer anderen, an einem dritten Tag schließlich waren ich und der Felsen da, und so geht es weiter mit den anderen Dingen, die dazu gehören, den Kühen, dem Himmel, dem Meer und den Bergen. Ich kann es nicht glauben. Nein, ich möchte nicht lügen, ich kann es mir gut vorstellen. Achten wir nicht darauf, fahren wir fort, tun wir, als ob alles aus der gleichen Langeweile entstanden wäre, tragen wir eins zum andern, bis alles ganz schwarz voll ist. Feststeht, daß der Mann mit dem Stock in dieser Nacht nicht wieder vorbeikam, sonst hätte ich ihn gehört. Ich sage nicht, ich hätte ihn gesehen: ich hätte ihn gehört. Ich schlafe nur kurz, und diesen kurzen Schlaf schlafe ich am Tage. O nein, nicht nach einem festen Plan, in meinem maßlosen Leben habe ich alle Arten von Schlaf versucht, aber in der Epoche, die sich jetzt mir entschleiert, hielt ich mein Schläfchen am Tage, noch dazu am Morgen. Daß mir keiner kommt und anfängt vom Mond zu sprechen, meine Nacht hat keinen Mond, und wenn es mir passiert, daß ich von den Sternen rede, so geschieht es aus Versehen. Nun denn, von allen Geräuschen in dieser Nacht klang nicht eines wie jene schweren, unsicheren Schritte, wie jene Keulenhiebe, die er dann und wann der Erde versetzte, daß sie erzitterte. Wie angenehm es ist, nach einer längeren oder kürzeren Zeit des Schwankens in seinen ersten Eindrücken bestärkt zu werden. Dadurch wird ohne Zweifel das Grauen des Todes gemildert. Nicht als ob ich es aus verläßlichen Gründen gewesen wäre, ich meine, bestärkt in meinem ersten Eindruck, den ich in bezug auf – laß sehen – B hatte. Denn es war möglich, daß er in einem der Wagen oder Karren, die kurz vor der Morgendämmerung mit donnerartigem Lärm vorbeirasselten, um Früchte, Eier, Butter und Käse zum Markt [illegible], mitgefahren war, von Müdigkeit oder Entmutigung oder gar vom Tod überwältigt. Oder er mochte auf einer anderen Straße in einer solchen Entfernung von mir, daß ich nicht hören konnte, was vorging, in die Stadt zurückgelangt sein; oder er war auf einem kleinen Saumpfade quer durch die Felder gegangen, wobei er unhörbar das Gras niedergetreten und mit seinem Stock auf den stummen Boden gestoßen hatte. So verbrachte ich diese fern zurückliegende Nacht, während ich bald auf das Geraune in meinem offenbar erstaunten Innern, bald auf die übrigen, davon so verschiedenen (wirklich so verschiedenen?) Nachtgeräusche lauschte. Nicht ein einziges Mal eine menschliche Stimme. Nur die Kühe, die bei der Vorbeifahrt der Bauern vergeblich nach jemandem schrien, der käme und sie melkte. A und B habe ich niemals wieder gesehen. Doch ich werde sie vielleicht wiedersehen. Aber werde ich sie wiedererkennen? Und bin ich sicher, daß ich sie niemals wiedergesehen habe? Und was ist das, was ich Sehen und Wiedersehen nenne? Ein Augenblick des Schweigens, wie der, wenn der Dirigent des Orchesters auf sein Pult klopft und die Arme hebt, bevor der unauflösbare Lärm losbricht. Dunstgebilde, Stöcke, Fleisch, Haare, am Abend, in der Ferne, Hüllen für die Sehnsucht nach einem Mitbruder. Diese Fetzen verstehe ich zum Leben zu erwecken, um meine Scham damit zu bedecken. Ich frage mich, was das heißt. Doch ich werde nicht immer in Not sein. Was aber die Sehnsucht nach einem Mitbruder anbetrifft, so möchte ich sagen, daß ich beim Aufwachen zwischen elf Uhr und Mittag (ich hörte kurz darauf das Angelus, das an die Fleischwerdung erinnert) beschloß, meine Mutter zu besuchen. Die Gründe für meinen Entschluß, diese Frau zu besuchen, mußten dringlicher Natur sein, und für mich, der ich nicht wußte, wohin gehen und was tun, war es ein Kinderspiel, das Spiel eines einzigen Kindes, mit solchen Gründen meinen Kopf auszufüllen, bis jeder andere Gedanke daraus verbannt war und mich ein ängstliches Zittern ergriff bei der bloßen Vorstellung, daß etwas mich daran hindern könne, dorthin zu gehen, ich meine zu meiner Mutter, und zwar sofort. Ich stand also auf, nahm meine Krücken, ging auf die Straße hinunter und fand dort mein Fahrrad (sieh an, darauf war ich nicht gefaßt) gerade an der Stelle stehen, wo ich es wohl zurückgelassen hatte. Dieser Vorfall erlaubt mir zu bemerken, daß ich, verkrüppelt wie ich war, zu jener Zeit mein Fahrrad nicht ohne ein gewisses Geschick benutzte. Ich machte es so: ich befestigte meine Krücken an der oberen Stange des Rahmens, je eine auf jeder Seite, stützte den Fuß meines steifen Beins (ich weiß nicht mehr, welches es war, sie sind jetzt beide steif) auf den heraussstehenden Teil der Vorderachse und trat mit dem anderen auf das Pedal. Es war ein kettenloses Fahrrad mit Freilauf, wenn es so etwas gibt. Teueres Fahrrad, ich nenne dich nicht einfach Rad, du warst grün angestrichen, wie so viele Fahrräder deines Jahrgangs, ich weiß nicht, warum. Ich stelle es mir gern wieder vor. Ich würde es mit Vergnügen im einzelnen beschreiben. Es besaß ein kleines Horn oder eine Hupe, anstelle einer Schelle nach der Mode eurer Zeit. Diese Hupe ertönen zu lassen, war für mich eine wahre Freude, fast eine Wollust. Ich will noch weitergehen und dies sagen: wenn ich eine Liste der Dinge, die mich in meinem endlosen Leben nicht zu sehr zum Kotzen gelangweilt haben, aufzustellen hätte, so würde der Akt des Hupens einen Ehrenplatz darin einnehmen. Und als ich mich von meinem Fahrrad trennen mußte, nahm ich die Hupe ab und behielt sie bei mir. Irgendwo habe ich sie immer noch, glaube ich, und wenn ich mich ihrer nicht mehr bediene, so liegt es daran, daß sie stumm geworden ist. Selbst die Automobile von heute besitzen keine Hupe, das heißt, nicht das, was ich darunter verstehe, oder doch nur selten. Jedesmal, wenn ich auf der Straße durch das herabgelassene Fenster eines parkenden Automobils eine erspähe, bleibe ich stehen und drücke darauf. Alles das müßte in der Zeit der Vorvergangenheit noch einmal geschrieben werden. Wie beruhigend es ist, von Fahrrädern und Hupen zu sprechen. Unglücklicherweise geht es nicht darum, sondern um die Frau, die mir das Leben gegeben hat, durch das Loch in ihrem Hintern, wenn ich mich recht erinnere. Erster Beschiß. Ich werde also nur hinzufügen, daß ich ungefähr alle hundert Meter anhielt, um meine Beine auszuruhen, das gute und das kranke, und nicht nur meine Beine, nicht nur meine Beine. Ich stieg nicht eigentlich vom Sattel, sondern blieb rittlings darüber stehen, beide Füße auf der Erde, die Arme auf der Lenkstange, den Kopf auf den Armen, und wartete, bis ich mich besser fühlte. Aber bevor wir diese entzückende Gegend verlassen, die, vor gewissen Winden geschützt und allem geöffnet, was der Süden diesem verdammten Land an Wohlgerüchen und lauen Lüften sendet, zwischen Meer und Gebirge ausgespannt ist, darf ich das schreckliche Schreien der Wachtelkönige in den Sommernächten, wenn sie mit Geklapper durch Korn und Gras laufen, nicht unerwähnt lassen. Das gibt mir außerdem die Möglichkeit herauszufinden, wann diese unwirkliche Reise, die vorletzte, dieses dämmrige Schattengebilde unter dämmrigen Schattengebilden, begonnen hat, und ihren Anfang ohne weitere Umschweife auf die zweite oder dritte Juniwoche anzusetzen, das heißt also, auf den schlimmsten Zeitpunkt von allen, wenn die Wut der Sonne auf unsere sogenannte Hemisphäre ihren Höhepunkt erreicht hat und die arktische Helligkeit unsere Mitternacht versaut. Das sind die Nächte, in denen die Wachtelkönige sich hören lassen. Meine Mutter sah mich ganz gerne, sie empfing mich ganz gerne, denn sehen konnte sie schon lange nicht mehr. Ich will mich bemühen, ruhig davon zu sprechen. Wir waren so alt, sie und ich, sie hatte mich in so jungen Jahren bekommen, daß wir zwei alten Gevattern glichen – geschlechtlos, ohne verwandtschaftliches Band, mit den gleichen Erinnerungen, dem gleichen bösen Groll und der gleichen Erwartung. Sie nannte mich niemals mein Sohn, was ich übrigens nicht ertragen hätte, sondern Dan, ich weiß nicht warum, ich heiße nicht Dan. Dan war vielleicht der Name meines Vaters, ja, sie hielt mich vielleicht für meinen Vater. Ich hielt sie für meine Mutter, und sie, sie hielt mich für meinen Vater. Dan, erinnerst du dich an den Tag, an dem ich die Schwalbe gerettet habe. Dan, erinnerst du dich an den Tag, an dem du den Ring vergraben hast. Das war ihre Art, mit mir zu sprechen. Ich erinnerte mich, ich erinnerte mich, das heißt, ich wußte ungefähr, wovon sie redete, und wenn ich auch die Ereignisse, die sie heraufbeschwor, nicht immer miterlebt hatte, so war es doch gerade so gut. Ich wiederum nannte sie Mag, wenn ich ihr einen Namen zu geben hatte. Und wenn ich sie Mag nannte, so schwebte mir dabei vor, ich hätte nicht sagen können warum, daß der Buchstabe G die Silbe MA wieder aufhob und sozusagen darauf spuckte, kräftiger als irgendein anderer Buchstabe es getan haben würde. Gleichzeitig befriedigte ich ein tiefes und sicher nicht eingestandenes Bedürfnis, das Bedürfnis eine MA, das heißt eine Mama, zu haben, und es laut herauszuschreien. Denn bevor man MAG sagt, sagt man MA, dazu ist man gezwungen. Und DA bedeutet in meiner Heimat Papa. Übrigens trat zu der Zeit, in die ich einzudringen suche, die Frage gar nicht an mich heran, ich meine die Frage, ob ich sie Ma oder Mag oder Prinzessin Caca nennen sollte, denn sie war schon seit einer Ewigkeit stocktaub. Ich glaube, sie machte unter sich, das große und das kleine Geschäft, aber eine Art von Scham ließ uns in unseren Gesprächen dieses Thema vermeiden, und ich vermochte mir nie Gewißheit darüber zu verschaffen. Außerdem konnte es nur eine ganze Kleinigkeit sein, einige Ziegenköttel, die alle zwei bis drei Tage sparsam benetzt wurden. Das Zimmer stank nach Ammoniak, oh, nicht nur nach Ammoniak, aber nach

Ammoniak, nach Ammoniak. Sie erkannte mich an meinem Geruch. Ihr altes, eingetrocknetes und behaartes Gesicht leuchtete auf, sie war glücklich, mich zu riechen. Sie sprach undeutlich, weil sie die Zähne dabei laut aufeinander schlug, und hatte meistens keine Ahnung von dem, was sie sagte. Kein anderer als ich hätte sich in diesem Geklapper und Geplapper, das nur durch kurze Augenblicke der Bewußtlosigkeit unterbrochen wurde, zurechtgefunden. Übrigens kam ich nicht, um ihr zuzuhören. Ich verständigte mich mit ihr, indem ich ihr auf den Kopf klopfte. Einmal Klopfen bedeutete Ja, zweimal Nein, dreimal Ich weiß nicht, viermal Geld, fünfmal Adieu. Es hat mich viel Mühe gekostet, ihren zerstörten, irren Verstand auf diese Geheimsprache zu dressieren, aber ich hatte es erreicht. Daß sie Ja, Nein, Ich weiß nicht und Adieu verwechselte, war mir egal, ich verwechselte sie selbst. Aber daß sie viermal Klopfen mit irgend etwas anderem in Verbindung brachte als mit Geld, mußte unbedingt verhindert werden. Daher hielt ich ihr während der Dessurperiode jedesmal, wenn ich ihr viermal auf den Kopf klopfte, einen Geldschein unter die Nase oder steckte ihn ihr in den Mund. Wie naiv ich doch war! Denn wenn sie auch den Sinn für Groß und Klein nicht völlig verloren hatte, so schien ihr zum mindesten die Fähigkeit abhanden gekommen zu sein, weiter als bis zwei zu zählen. Der Weg von eins bis vier war ihr zu weit, verstehen Sie. Wenn wir es schon bis zum vierten Klopfzeichen gebracht hatten, glaubte sie, es sei erst das zweite, weil die beiden ersten so vollständig ihrem Gedächtnis entschwunden waren, als hätte sie nichts von ihnen gespürt, obschon es mir schwerfällt einzusehen, wie etwas, das man nie gespürt hat, aus dem Gedächtnis verschwinden kann, und doch kommt es alle Tage vor. Sie mußte meinen, daß ich immerzu Nein zu ihr sagte, während mir doch nichts ferner lag. Nachdem mir diese Überlegungen die Augen geöffnet hatten, fand ich nach langem Suchen ein wirksameres Mittel, um ihrem Geist die Vorstellung von Geld einzuprägen. Es bestand darin, daß ich das viermalige Klopfen mit dem Zeigefinger durch einen oder mehrere (je nachdem, wieviel ich brauchte) Faustschläge auf ihren Kopf ersetzte. Das begriff sie. Übrigens kam ich nicht des Geldes wegen. Ich steckte mir etwas von ihrem Geld ein, aber deswegen kam ich nicht. Ich habe nicht allzuviel gegen meine Mutter. Ich weiß, daß sie alles getan hat, um mich nicht zu bekommen, abgesehen natürlich von der Hauptsache, und wenn es ihr nicht gelungen ist, mich loszuwerden, so ist das Schicksal dafür verantwortlich, das mich für eine andere Grube bestimmt hat als für die Kloake. Aber ihre Absicht war gut, und das genügt mir. Nein, es genügt mir nicht, aber daß sie, meine Mutter, sich meinetwegen solche Mühe gegeben hat, vergesse ich ihr nicht. Und ich verzeihe ihr, daß sie mich während der ersten Monate rauh angefaßt und mir so die einzige einigermaßen erträgliche Zeit meiner unendlichen Lebensgeschichte verdorben hat. Und ebenso rechne ich es ihr an, daß sie durch mein Beispiel klug geworden ist und nicht wieder von vorn angefangen oder doch zur rechten Zeit eingehalten hat. Und wenn ich mich eines Tages daranmachen muß, einen Sinn in meinem Leben zu suchen, was man nie wissen kann, so werde ich hier mit meinen Nachschürfungen beginnen, bei dieser armen Dirne, die nur ein Kind geboren hat, und bei mir, dem letzten Sprößling meiner Sippschaft, ich frage mich, welcher. Bevor ich zu den tatsächlichen Ereignissen – denn als tatsächliche Ereignisse muß man sie ansehen – dieses lange zurückliegenden Sommernachmittags komme, muß ich hinzufügen, daß ich mit dieser alten, tauben, blinden, kraftlosen und verrückten Frau, die mich Dan und die ich Mag nannte, und nur mit ihr – nein, ich kann es nicht sagen. Das heißt, ich könnte es sagen, aber ich werde es nicht sagen, jawohl, es würde mir leichtfallen, es zu sagen, denn es wäre nicht wahr. Was sah ich von ihr? Immer einen Kopf, manchmal die Hände, selten die Arme. Immer einen Kopf. Hinter Haaren, Runzeln, Schmutz und Speichel. Einen Kopf, der den Raum dunkel machte. Nicht, als ob das Sehen wichtig wäre, aber es ist doch ein kleiner Anfang. Ich zog den Schlüssel unter dem Kopfkissen hervor, nahm das Geld aus der Schublade und tat den Schlüssel wieder unter das Kopfkissen. Aber ich ging nicht um des Geldes willen hin. Ich glaube, es war da auch eine Frau, die jede Woche kam. Einmal drückte ich meine Lippen flüchtig und hastig auf diesen kleinen, grauen, verschrumpften Schädel. Puh. Machte ihr das Vergnügen? Ich weiß es nicht. Ihr Geplapper setzte einen Augenblick aus und fing gleich wieder an. Sie fragte sich wohl, was ihr widerfahren sei. Sie sagte vielleicht auch Puh zu sich selber. Ein schrecklicher Gestank stieg mir in die Nase. Er mußte aus den Eingeweiden kommen. Altertümliches Parfüm. Oh, ich übe keine Kritik an ihr, ich selbst dufte nicht nach den Wohlgerüchen Arabiens. Soll ich das Zimmer beschreiben? Nein. Dazu werde ich vielleicht später Gelegenheit haben, wenn ich dort eine

Zuflucht suchen muß, keinen Ausweg mehr weiß, jede Schmach gekostet und den Schwanz eingeklemmt habe, wer kann das wissen. Schön. Da wir jetzt erfahren haben, wo es hingeht, wollen wir uns auf den Weg machen. Es ist so gut zu wissen, wohin man geht, wenigstens in der ersten Zeit. Das nimmt einem fast die Lust hinzugehen. Ich war abgelenkt, was selten bei mir vorkommt, denn wovon sollte ich abgelenkt sein, und meine Bewegungen waren noch unsicherer als gewöhnlich. Die Nacht hatte mich wohl müde gemacht oder doch geschwächt, und die Sonne, die sich im Osten immer höher schnellte, hatte mich vergiftet, während ich schlief. Vor dem Einschlafen hätte ich die Felsmasse zwischen sie und mich bringen sollen. Ich verwechsle Ost und West und auch die beiden Pole, ich vertausche sie gern. Ich war nicht ganz auf der Höhe, und das kommt selten vor, darum weise ich ausdrücklich darauf hin. Trotzdem legte ich einige Meilen ohne Zwischenfall zurück und kam so bis zum Stadtwall. Dort stieg ich vorschriftsmäßig vom Sattel. Jawohl, beim Betreten und Verlassen der Stadt verlangt die Polizei, daß die Radfahrer absteigen, die Automobile im ersten Gang fahren und die Pferdemobile im Schritt gehen. Nach meiner Meinung ist der Grund für diese Vorschrift, daß die Einfahrt- und wohlgemerkt auch die Ausfahrtstraßen dieser Stadt ohne Ausnahme sehr eng und durch riesige Bogengewölbe verdunkelt sind. Es ist eine nützliche Vorschrift, und ich befolge sie achtsam, trotz der Schwierigkeit, die es mir macht, mich mit Hilfe meiner Krücken vorwärtszubewegen und gleichzeitig mein Rad voranzustoßen. Ich schaffte es, so gut es ging. Man mußte es nur anzustellen wissen. Auf diese Weise brachten wir diesen schwierigen Durchgang zur gleichen Zeit hinter uns, mein Rad und ich. Aber nach ein paar Schritten hörte ich, wie jemand mich anrief. Ich hob den Kopf und sah einen Polizisten. Das ist eine elliptische Art und Weise, sich auszudrücken, denn erst später erfuhr ich auf dem Wege der Induktion oder Deduktion – ich weiß es nicht mehr –, was da vor mir stand. Was machen Sie da? fragte er. Diese Frage war mir nichts Neues, ich verstand sie sofort. Ich ruhe mich aus, sagte ich. Sie ruhen sich aus, sagte er. Ich ruhe mich aus, sagte ich. Wollen Sie wohl auf meine Frage antworten, schrie er. Das passiert mir regelmäßig, wenn ich zu reden gezwungen bin; ich glaube, ehrlich auf Fragen, die man mir stellt, geantwortet zu haben, und in Wirklichkeit ist es nichts damit. Ich will diese Unterhaltung nicht in allen ihren

Verzweigungen wiedergeben. Ich begriff schließlich, daß meine Art mich auszuruhen, meine Stellung während des Ausruhens, nämlich rittlings über meinem Fahrrad, die Arme auf der Lenkstange, den Kopf auf den Armen, ein Attentat auf irgend etwas, woran ich mich nicht mehr erinnere, die Ordnung oder die guten Sitten, darstellte. Ich wies bescheiden auf meine Krücken hin und wagte, etwas von meiner Gebrechlichkeit zu murmeln, die mich zwang, mich so auszuruhen, wie ich konnte, anstatt so, wie ich sollte. Ich glaubte nun zu begreifen, daß es nicht zwei Gesetze gab, eins für die, die sich wohlfühlen, und ein anderes für die Gebrechlichen, sondern daß nur ein einziges galt, dem alle sich fügen mußten, Reiche und Arme, Junge und Alte, die Glücklichen und die Niedergeschlagenen. Er war ein eleganter Redner. Ich gab zu verstehen, daß ich nicht niedergeschlagen sei. Was hatte ich da gesagt! Ihre Papier, sagte er, und es dauerte nur einen Augenblick, bis ich ihn begriff. Nicht doch, sagte ich, nicht doch. Ihre Papiere! schrie er. Ah, meine Papiere. Aber die einzigen Papiere, die ich bei mir habe, sind ein paar Zeitungsblätter, um mich abzuputzen. Sie verstehen schon, wenn ich zum Waschraum gehe. O nein, ich sage nicht, daß ich mich jedesmal abputze, wenn ich zum Waschraum gehe, gewiß nicht, aber ich möchte in der Lage sein, es zu tun, wenn erforderlich. Das ist natürlich, denke ich. Außer mir zog ich das Papier aus meiner Tasche und hielt es ihm unter die Nase. Es war schönes Wetter. Wir verfolgten unseren Weg durch kleine, wenig begangene, sonnige Straßen, ich humpelte an meinen Krücken, er führte mein Fahrrad vorsichtig an seiner weißbehandschuhten Hand. Ich – ich fühlte mich nicht unglücklich. Ich leistete es mir, einen Augenblick stehenzubleiben, die Hand zu erheben und den Deckel meines Huts zu berühren. Er war glühend heiß. Ich merkte, wie viele Gesichter sich nach uns umwandten, frohe und ruhige Gesichter von Männern, Frauen und Kindern. Auf einmal war mir, als ob ich eine ferne Musik hörte. Ich hielt an, um besser lauschen zu können. Weitergehen, sagte er. Hören Sie, sagte ich. Weitergehen, sagte er. Man erlaubte mir nicht, Musik zu hören. Das hätte einen Auflauf verursachen können. Er gab mir einen Stoß in den Rücken. Man hatte mich angerührt, nicht meine Haut, aber meine Haut hatte sie durch alle Kleider hindurch doch gespürt, diese harte Faust eines Mannes. Während ich mich so in meiner schönsten Gangart voranbewegte, gab ich mich zugleich der Verzückung dieses Augenblicks hin, als ob ich noch ein zweites Ich gehabt hätte. Es war die Stunde des mittäglichen Ausruhens von der Arbeit. Einige Leute, vielleicht die weiseren, hatten sich in den Anlagen ausgestreckt oder saßen vor ihrer Tür und genossen die kurzen Minuten wohliger Ermattung, ohne an das Gestern zu denken und sich um das Morgen zu kümmern. Andere hingegen benutzten die Zeit dazu, um mit dem Kopf zwischen den Händen Pläne zu schmieden. Gab es einen einzigen unter ihnen allen, der sich in mich versetzen und erkennen konnte, wie wenig ich in dieser Stunde der war, der ich zu sein schien, und welche bis zum Bersten angespannten Kräfte in diesem »wenig« steckten? Das ist nicht ausgeschlossen. Ja, ich fühlte mich angezogen von diesem trügerischen Abgrund, dem Schein des Ernstes und des Friedens, ich drängte dahin, mit all meinen vergifteten Säften, wohl wissend, daß ich nichts dabei riskierte. Unter dem blauen Himmel, unter den Augen des Wächters. Ohne einen Gedanken an meine Mutter, ledig des Zwanges zu handeln, eingeschmolzen in den Tag der anderen, das Wort Ruhe, Ruhe vor mich hin flüsternd. Auf der Wache angelangt, wurde ich einem höchst merkwürdigen Beamten vorgeführt. Er trug Zivil und war in Hemdsärmeln. Mit den Füßen auf dem Schreibtisch und mit einem Strohhut auf dem Kopf, hatte er sich in einen Sessel gefläzt; etwas Dünnes, Bewegliches, das ich nicht identifizieren konnte, steckte in seinem Mund. Ich hatte Zeit, mir diese Einzelheiten zu merken, bevor er mich entließ. Er hörte sich den Bericht seines Untergebenen an und begann dann in einem Ton, der nach meiner Ansicht an Korrektheit mehr und mehr zu wünschen übrigließ, Fragen an mich zu stellen. Zwischen seinen Fragen und meinen Antworten – ich spreche von denen, die der Beachtung wert waren – gab es mehr oder weniger lange, mehr oder weniger turbulente Pausen. Ich bin es so wenig gewöhnt, nach etwas gefragt zu werden, daß ich, wenn jemand mich etwas fragt, Zeit brauche, um herauszubekommen, was es ist. Und mein Fehler besteht darin, nicht ruhig darüber nachzudenken, was ich soeben gehört habe – und ich höre ausgezeichnet, mein Gehör ist trotz seiner Abnutzung noch recht gut –, sondern hastig etwas Beliebiges zu antworten, wahrscheinlich weil ich fürchte, durch mein Schweigen die Wut meines Gesprächspartners aufs höchste zu reizen. Ich bin einer von den Furchtsamen, mein ganzes Leben habe ich Furcht davor gehabt, geschlagen zu werden. Beleidigungen, Schimpfworte – das ertrage ich leicht; aber an Schläge habe ich mich nie gewöhnen können. Sehr drollig. Es schmerzt mich sogar, angespuckt zu werden. Aber wenn man sanft mit mir umgeht, ich meine, sich von Brutalitäten zurückhält, kann man ziemlich sicher sein, daß ich mich zu guter Letzt anständig verhalte. Doch der Kommissar begnügte sich damit, mich mit einem walzenförmigen Lineal zu bedrohen; auf diese Weise gelang es ihm, allmählich herauszufinden, daß ich keine Papiere – wenigstens nicht dem Sinne, in dem das Wort für ihn etwas bedeutete – besaß; daß ich weder eine Beschäftigung noch einen Wohnsitz hatte; daß ich mich auf meinen Familiennamen im Augenblick nicht besinnen konnte; und daß ich mich auf dem Wege zu meiner Mutter befand, auf deren Kosten ich dahinsiechte. Die Adresse meiner Mutter kannte ich nicht, aber ich wußte sehr gut, wie ich dorthin gelangen könnte, selbst in der Dunkelheit. Welches Stadtviertel? In der Nähe der Schlachthöfe, Eure Exzellenz, denn durch die geschlossenen Fenster des Zimmers meiner Mutter war ein Laut an mein Ohr gedrungen, der ihr Geplapper übertönte, das Gebrüll der Rinder, ein drangvolles, heiseres und verängstigtes Geblöke, wie man es nicht auf den Weideplätzen, sondern nur auf den Schlachthöfen und auf den Tiermärkten der Städte hört. Allerdings, bei näherer Überlegung war es vielleicht etwas zu viel gesagt, daß meine Mutter in der Nähe der Schlachthöfe wohnte, denn es konnte ebensogut dicht beim Viehmarkt sein. Beruhigen Sie sich, sagte der Kommissar, das ist das gleiche Viertel. Ich benutzte das Schweigen, das auf diese leutseligen Worte folgte, um mich zum Fenster zu wenden, aber in Wirklichkeit sah ich nichts, denn ich hatte die Augen geschlossen und bot der zarten Mischung von Blau und Gold mein Gesicht und meine Brust dar, und ich dachte an nichts oder beinahe an nichts, denn ich mußte mir immerhin überlegen, ob ich nicht Lust hätte, mich zu setzen, nachdem ich so lange gestanden hatte, und mir ins Gedächtnis zurückrufen, was ich über diese Frage wußte, daß nämlich die sitzende Stellung wegen meines kurzen und steifen Beins nicht mehr für mich in Betracht kam, sondern daß ich nur zwischen zwei Stellungen wählen konnte, nämlich entweder senkrecht kraftlos an meinen Krücken zu hängen und im Stehen zu schlafen oder mich waagerecht auf der Erde auszustrecken. Dennoch verspürte ich, wie in Erinnerung an längst entschwundene Zeiten, hin und wieder Lust, mich zu setzen. Und ich konnte ihr nicht immer widerstehen, sooft ich auch eines Besseren belehrt worden war. Dieser Bodensatz mußte sich wohl in meinem Geist auf unerklärliche Weise regen, gleich kleinen Kieselsteinen auf dem Grund einer Pfütze, während mein Gesicht und mein großer Adamsapfel sich dem herrlichen Himmel und den sommerlichen Lüften darboten. Und plötzlich fiel mir mein Name ein: Molloy. Ich heiße Molloy, schrie ich heraus, Molloy, eben ist es mir eingefallen. Nichts verpflichtete mich, diese Auskunft zu geben; trotzdem gab ich sie, wahrscheinlich weil ich hoffte, damit Gefallen zu erwecken. Man erlaubte mir, meinen Hut aufzubehalten; ich frage mich, weshalb. Das ist also der Name Ihrer Mutter, sagte der Kommissar, es mußte ein Kommissar sein. Molloy, sagte ich, ich heiße Molloy. Ist das der Name Ihrer Mutter? sagte der Kommissar. Was? sagte ich. Sie heißen Molloy, sagte der Kommissar. Jawohl, sagte ich, es ist mir gerade eingefallen. Und Ihre Mutter? sagte der Kommissar. Ich begriff nicht. Heißt sie auch Molloy? sagte der Kommissar. Ob sie Molloy heißt? sagte ich. Allerdings, sagte der Kommissar. Ich überlegte. Sie heißen Molloy, sagte der Kommissar. Jawohl, sagte ich. Und Ihre Mutter, sagte der Kommissar, heißt sie auch Molloy? Ich dachte nach. Ihre Mutter, sagte der Kommissar, heißt sie – Lassen Sie mich nachdenken! schrie ich. Wenigstens stelle ich mir vor, daß es sich so abgespielt haben muß. Denken Sie nach, sagte der Kommissar. Hieß Mama Molloy? Wahrscheinlich. Sie muß wohl auch Molloy heißen, sagte ich. Man führte mich aus dem Zimmer, ich glaube in die Wachstube, und befahl mir, mich zu setzen. Es gab einen Wortwechsel. Ich will mich kurz fassen. Wenn ich mich auch nicht auf einer Bank ausstrecken durfte, so erlaubte man mir doch, stehen zu bleiben und mich an die Wand zu lehnen. Der Raum war düster und in allen Richtungen durchquert von hastenden Leuten, von Verbrechern, Polizisten, Anwälten, Priestern und Journalisten, nehme ich an. Alles das wirkte düster, diese düsteren Gestalten, die sich im düsteren Raum drängten. Sie schenkten mir keine Beachtung, und ich zahlte es ihnen heim. Doch wie konnte ich wissen, daß sie mir keine Beachtung schenkten, und wie konnte ich es ihnen heimzahlen, da sie mir doch keine Beachtung schenkten? Ich weiß es nicht. Ich wußte es, und ich zahlte es ihnen heim, basta. Da aber tauchte plötzlich eine große, dicke Frau in einem schwarzen – nein, in einem malvenfarbenen Kleid vor mir auf. Noch heute frage ich mich, ob sie nicht die Fürsorgerin war. Sie hielt mir eine

Schale mit einer grauen Flüssigkeit hin, die anscheinend grüner Tee war, samt Saccharin und Milchpulver und einer nicht dazu passenden Untertasse. Das war nicht alles, denn zwischen Schale und Untertasse balancierte, nicht unbedenklich schwankend, eine große Scheibe trockenes Brot, was mich zu dem beinahe ängstlichen Ausruf veranlaßte: Es wird herunterfallen, es wird herunterfallen – als ob es etwas ausgemacht hätte, ob es herunterfiel oder nicht. Einen Augenblick später hielt ich diesen kleinen hin und her schwankenden Haufen, dieses Sammelsurium von harten, flüssigen und weichen Sachen, in meinen zitternden Händen, ohne zu begreifen, wie sie da hineingekommen waren. Ich will euch etwas verraten: wenn Fürsorgerinnen euch unentgeltlich etwas anbieten, damit ihr nicht ohnmächtig werdet, was bei ihnen zu einer wahren Zwangsvorstellung geworden ist, gibt es kein Entkommen. Sie würden euch mit dem Brechmittel in der Hand bis ans Ende der Welt verfolgen. Die Mädchen von der Heilsarmee sind nicht viel besser. Nein, gegen mildtätige Gesten ist nach meiner Erfahrung kein Kraut gewachsen. Man neigt den Kopf, man hält seine zitternden, verschränkten Hände hin und sagt: Danke, ich danke Ihnen, danke, gnädige Frau. Wer nichts hat, hat kein Recht, den Dreck nicht zu lieben. Die Flüssigkeit lief über, die Schale wackelte auf der Untertasse mit einem Geräusch, als ob jemand mit den Zähnen klapperte, ich denke dabei nicht an meine Zähne, denn ich hatte keine mehr; und das feuchte Brot kam immer mehr ins Rutschen. Bis ich, aufs höchste beunruhigt, den ganzen Haufen so weit von mir weg warf, wie ich konnte. Ich ließ ihn nicht einfach fallen, o nein, sondern schmiß ihn mit zuckenden Händen krachend auf den Boden oder gegen die Wand, jedenfalls so weit von mir fort, wie meine Kräfte es erlaubten. Was folgte, will ich übergehen, denn ich bin dieser Umgebung überdrüssig und möchte mich anderswohin begeben. Es dauerte bis zum späten Nachmittag, bis man mich gehen ließ. Ich wurde ermahnt, mich in Zukunft besser zu benehmen. Ich war mir meiner Schuld bewußt geworden und begriff jetzt die Beweggründe für meine Verhaftung; auch war ich nicht unempfindlich für die Ungehörigkeiten, die mein Verhör zutage gefördert hatte. Daher wunderte es mich, daß mir die Freiheit – wenn es wirklich die Freiheit war – so bald wiedergeschenkt wurde, ohne daß im geringsten von einer Strafe die Rede gewesen wäre. Besaß ich höheren Orts einen unbekannten Gönner? Hatte ich dem Kommissar, ohne es zu wissen, imponiert? War es ihnen gelungen, meine Mutter aufzufinden? Hatte sie oder ein Nachbar einen Teil meiner Aussagen bestätigt? Glaubte man, es lohne sich nicht, ein polizeiliches Verfahren gegen mich einzuleiten? Jemanden wie mich nach den Richtlinien zu bestrafen, war eine lästige Sache. Man versucht es manchmal, aber Gründe der Klugheit sprechen dagegen. Es ist vielleicht besser, so etwas den Polizisten zu überlassen. Ich weiß es nicht. Wenn das Gesetz verlangt, daß man seine Papiere bei sich hat, warum bestanden sie dann nicht darauf, daß ich mir welche beschaffte? Weil man eine Gebühr dafür zahlen muß und ich kein Geld hatte? Hätten sie dann nicht mein Fahrrad beschlagnahmen können? Ohne eine Verfügung des Gerichts wahrscheinlich nicht. Alles das ist ganz unverständlich. Sicher aber habe ich mich nie wieder in dieser Stellung ausgeruht, mit unanständig gespreizten Beinen dastehend, die Arme auf der Lenkstange, und auf den Armen meinen verlassenen hin und her schaukelnden Kopf. Das war wirklich ein trauriger Anblick – ein trauriges Beispiel für die Städter, die es so nötig haben, in ihrer harten Arbeit ermutigt zu werden und nichts anderes um sich herum zu sehen als Beweise der Kraft, des Schneids und der Freude, denn ohne das möchten sie vielleicht am Ende des Tages umfallen und sich auf dem Boden wälzen. Man braucht mir nur klarzumachen, worin gutes Benehmen besteht, dann werde ich mich schon gut benehmen, soweit meine körperliche Verfassung es zuläßt. Auch habe ich mich in dieser Beziehung ständig gebessert, denn ich – ich war früher intelligent und lebhaft. Und was den guten Willen anbetrifft, so besaß ich zuviel davon, zuviel von dem fieberhaften guten Willen der Verängstigten. Auf diese Weise hat sich mein Vorrat an zulässigen Handlungen stets vergrößert, angefangen von meinen ersten Schritten bis zu den letzten, die ich vor einem Jahr getan habe. Und wenn ich mich immer wie ein Schwein benommen habe, so ist es nicht meine Schuld, sondern die Schuld meiner Lehrer und Vorgesetzten, die mir immer nur kleine Einzelheiten verwiesen haben, anstatt mich über das eigentliche Wesen der ganzen Ordnung aufzuklären, wie es in den großen angelsächsischen Colleges üblich ist, und mir zu zeigen, von welchen Prinzipien die guten Manieren sich herleiten, wie man, ohne sich selbst zu betrügen, von jenen zu diesen übergehen und wie man eine bestimmte Haltung auf ihren Ursprung zurückführen kann. Das hätte es mir ermöglicht, mich vor einer öffentlichen Darstellung von Manieren, die sich rein aus der körperlichen Bequemlichkeit ergeben – wie mit dem Finger in der Nase bohren, die Hände auf die Geschlechtsteile legen, sich ohne Tuch schnäuzen oder im Laufen pissen – auf die Grundsätze einer vernünftig aufgebauten Theorie zu berufen. Ja, über dieses Gebiet hatte ich nur negative, aus eigener Erfahrung gewonnene Vorstellungen, was wieder darauf hinausläuft, daß ich fast immer im Dunkeln tappte, um so mehr als meine Beobachtungen, die ich während des ganzen Jahrhunderts angestellt hatte, mich sogar an den Grundlagen der guten Manieren – selbst auf einem beschränkten Gebiet – zweifeln ließen. Doch erst, seit ich nicht mehr lebe, denke ich an solche und andere Dinge. In der Stille, in der meine langsame Auflösung sich vollzieht, schaue ich zurück auf die lange, wilde Erregung, aus der mein Leben bestanden hat, und halte Gericht darüber, so, wie geschrieben steht, daß Gott über uns Gericht halten wird, und mit der gleichen Anmaßung. Sichauflösen, auch das ist das Leben, ich weiß, ich weiß, ermüden Sie mich nicht damit, aber man ist nicht immer ganz dabei beteiligt. Im übrigen werde ich vielleicht die Güte haben, Sie eines Tages auch von diesem Leben zu unterhalten, an dem Tage, an dem ich wissen werde, daß, während ich zu wissen glaubte, ich nur existierte; daß mein unaufhörliches, gesichtsloses Leiden mich am Ende bis auf mein eifriges Fleisch verzehrt haben wird; und daß ich, wenn ich dies weiß, nichts weiß, daß ich nur schreie, wie ich immer nur geschrien habe, lauter oder leiser, insgeheim oder ganz ohne Scham. Schreien wir also, man sagt, das tue uns gut. Ja, schreien wir, dieses Mal noch und dann vielleicht noch einmal. Schreien wir es heraus, daß die untergehende Sonne voll auf die weiße Mauer des Wachthauses schien. Man hätte meinen können, in China zu sein. Ein vielgliedriger Schatten zeichnete sich auf der Mauer ab: ich und mein Fahrrad. Ich vergnügte mich mit einem Schattenspiel, gestikulierte, schwenkte meinen Hut, schob mein Fahrrad hin und her, vor und zurück, und hupte. Ich blickte auf die Mauer. Aus den vergitterten Fenstern sahen sie mir zu, ich fühlte ihre Blicke auf mir ruhen. Die Schildwache vor dem Tor forderte mich auf, mich davonzumachen. Ich hätte mich schon ganz alleine beruhigt. Der Schatten ist schließlich kaum amüsanter als der Körper. Ich bat den Wachtposten, Mitgefühl mit mir zu haben und mir zu helfen. Er begriff nichts. Ich dachte mit Bedauern an den Imbiß, den mir die Fürsorgerin angeboten hatte.

Ich nahm ein Steinchen aus meiner Tasche und lutschte daran. Es war ganz glatt von meinem Lutschen und vom Herumrollen in stürmischer See. Ein kleines, rundes, glattes Steinchen im Mund – das beruhigt, erfrischt, vertreibt den Hunger und täuscht über den Durst hinweg. Der Polizist kam auf mich zu; meine Langsamkeit mißfiel ihm. Auch ihn beobachteten sie von ihren Fenstern aus. Irgendwo lachte jemand. Auch in mir selbst war jemand, der lachte. Ich nahm mein krankes Bein in meine Hände und schwang es über den Rahmen meines Fahrrads. Ich fuhr los. Ich hatte vergessen, wohin ich wollte. Ich hielt an, um darüber nachzudenken. Es fällt mir schwer, beim Fahren nachzudenken. Wenn ich beim Fahren nachzudenken versuche, verliere ich das Gleichgewicht und falle hin. Ich rede im Präsens, es ist so leicht, das Präsens zu gebrauchen, wenn es sich um die Vergangenheit handelt. Achten Sie nicht darauf, es ist das mythologische Präsens. Ich sank schon wieder wie ein Sack zusammen, als mir einfiel, das sei nicht das Richtige. Ich machte mich also wieder auf meinen Weg, diesen Weg, von dem als Weg ich nichts wußte, der für mich nur aus einer helleren oder dunkleren, ebenen oder holperigen, aber, wenn ich mir's recht überlege, stets innig geliebten Fläche bestand, samt dem herzerwärmenden Geräusch von etwas Vorwärtsrollendem, das von kleinen Staubwolken begrüßt wird, wenn das Wetter trocken ist. Schon bin ich am Ufer des Kanals angelangt; dabei kann ich mich nicht entsinnen, die Stadt verlassen zu haben. Der Kanal durchquert die Stadt, ich weiß, ich weiß, es gibt da sogar zwei Kanäle. Doch diese Hecken, diese Felder? Zerbrich dir nicht den Kopf darüber, Molloy. Jetzt fällt es mir plötzlich wieder ein: das rechte Bein war zu jener Zeit das steife. Während ich mühsam den Treidelweg entlangfuhr, sah ich, wie mir auf dem anderen Ufer ein Gespann kleiner grauer Esel entgegenkam, und ich hörte wütendes Geschimpfe und den dumpfen Ton von Stockhieben. Ich hielt an, um den Schleppkahn, der langsam, fast ohne das Wasser zu kräuseln, herankam, besser betrachten zu können. Die Ladung, die gewiß für einen Zimmermann bestimmt war, bestand aus Holz und Nägeln. Mein Blick traf den Blick eines der Esel, ich senkte meine Augen, sah seine kleinen, behutsamen, tapferen Schritte. Der Fährmann stützte den Ellenbogen auf sein Knie und den Kopf auf seine Hand. Nach jedem dritten oder vierten Zug aus seiner Pfeife, die er nicht aus dem Mund nahm, spuckte er ins Wasser. Die Sonne warf ihre schwefel- und phosphorfarbigen Strahlen auf den Horizont, und auf sie bewegte ich mich zu. Nach einiger Zeit stieg ich ab, erreichte hinkend den Straßengraben und legte mich neben meinem Fahrrad darin nieder. Ich lag der Länge nach ausgestreckt, mit ausgebreiteten Armen. Ein weißer Hagedornbusch neigte sich über mich, leider liebe ich den Geruch von Hagedorn nicht. Das Gras im Graben war dicht und hoch, ich nahm meinen Hut ab und bedeckte mein Gesicht mit den langen behaarten Stengeln. Jetzt roch ich die Erde, der Erdgeruch haftete an dem Gras, das meine Hände ganz dicht über mein Gesicht zogen, bis ich nichts mehr sehen konnte. Ich aß auch ein wenig von dem Gras. Dann fiel mir ein, aus ebenso unverständlichen Gründen, wie mir vorhin mein Name eingefallen war, daß ich mich am Morgen dieses Tages, der jetzt zu Ende ging, aufgemacht hatte, um meine Mutter zu besuchen. Meine Gründe? Ich hatte sie vergessen. Aber ich kannte sie, ich glaubte sie zu kennen, sie brauchten mir nur wieder einzufallen, und ich würde auf den Hühnerflügeln der Notwendigkeit dorthin, zu meiner Mutter fliegen. Ja, sobald man die Gründe weiß, wird alles leicht, ist alles einfach eine Frage der Zauberei. Das ganze Geheimnis besteht darin, den Heiligen zu kennen – was für ein Rindvieh zu ihm betet, darauf kommt es nicht an. Wegen der Einzelheiten (im Falle man sich für Einzelheiten interessiert) braucht man sich keine Sorgen zu machen, wenn man am Ende bloß in der richtigen Art an die richtige Tür klopft. Nur für das Ganze scheint es keine Zauberformel zu geben. Vielleicht gibt es auch kein Ganzes, oder erst nach dem Tode. Um ein Beruhigungsmittel für das Leben der Toten zu finden, dazu ist keine besondere Durchtriebenheit erforderlich. Worauf warte ich also, auf welche Beschwörungsformel für mein eigenes Leben? Gemach, gemach, ich höre von hier den Schrei, der den Frieden bringen wird, selbst wenn nicht ich es bin, der ihn ausstößt. Während des Wartens nützt es nichts, sich als tot zu erkennen; man ist es nicht, man windet sich noch, die Haare und die Nägel wachsen, die Eingeweide entleeren sich; tot sind in Wahrheit die Leichenträger. Jemand, vielleicht man selbst, hat die Vorhänge zugezogen. Nicht das kleinste Geräusch. Wo sind die Fliegen, von denen man so viel hat reden hören? Man läßt sich durch den Augenschein überzeugen, daß man nicht selbst tot ist, tot sind alle anderen. Also steht man auf und geht zu seiner Mutter, die glaubt, sie sei lebendig. Das ist mein Eindruck. Aber jetzt wird es nötig sein, daß ich aus diesem Graben herauskomme. Ich würde gern darin verschwinden, indem ich mich von den Regengüssen tiefer und tiefer hineinspülen ließe. Sicher werde ich eines Tages in diese oder eine ähnliche Vertiefung zurückkehren, das traue ich meinen Füßen zu, wie ich gewiß auch einmal den Kommissar und seine Gehilfen wiederfinden werde. Und wenn ich dann nicht ausdrücklich erwähne, daß sie dieselben geblieben sind, weil ich mich zu sehr verändert habe, um sie wiederzuerkennen, so laßt euch dadurch nicht irre machen, es werden dieselben sein, auch wenn sie sich geändert haben. Denn ein menschliches Wesen, eine Örtlichkeit, beinahe hätte ich hinzugefügt: eine Stunde, aber ich will niemanden beleidigen, in festen Umrissen hinstellen und sich ihrer dann nicht mehr bedienen, das wäre, wie soll ich sagen, ich weiß nicht. Nicht sagen wollen, nicht wissen, was man sagen möchte, nicht herausbringen, was man sagen zu wollen glaubt, und immerzu sprechen – oder doch beinahe –, das ist ein Punkt, den man im Eifer der Formulierung keinesfalls aus dem Auge verlieren sollte. Diese Nacht war nicht gleich jener anderen; wenn sie es gewesen wäre, hätte ich es gewußt. Denn wenn ich versuche, mir diese Nacht vorzustellen, die ich am Ufer des Kanals zugebracht habe, so finde ich nichts, keine Nacht im eigentlichen Sinn, nur Molloy im Straßengraben und eine vollkommene Stille und hinter meinen geschlossenen Augenlidern ein nächtliches Dunkel, in dem helle Flecken auftauchen, erglänzen und verlöschen, Kreise, die manchmal leer, manchmal mit etwas angefüllt sind, wie die Flamme, die an Heiligen emporlodert und den Schmutz verbrennt. Ich sage »diese Nacht«, aber vielleicht hat es eine Reihe solcher Nächte gegeben. Betrügen wir, betrügen wir das trügerische Denken. Aber der Morgen – ein Morgen – ich finde ihn wieder, er war schon vorgerückt, und das Schläfchen, das ich wie immer hielt, und den erwachenden Widerhall des Raums, und den Schäfer, der mich betrachtete, während ich schlief, und unter dessen Augen ich die Augen öffnete. An seiner Seite ein japsender Hund, der mich auch ansah, aber nicht so starr wie sein Herr, denn zwischendurch hörte er auf, mich zu betrachten, um sich wütend ins Fell zu beißen, wahrscheinlich an einer Stelle, wo die Zecken ihren Tribut von ihm erhoben. Hielt er mich für ein schwarzes Schaf, das sich in ein Dornengestrüpp verwikkelt hatte, und wartete auf den Befehl seines Herrn, mich da hinauszujagen? Ich glaube nicht. Ich rieche nicht wie ein Schaf, ich würde gern wie ein Schaf oder wie ein Ziegenbock riechen. Die Dinge, die mir beim Erwachen zuerst vor Augen kommen, sehe ich ziemlich klar, und wenn sie nicht zu schwierig sind, begreife ich sie. Dann beginnt wie aus der Brause einer Gießkanne ein feiner Regen vor meinen Augen und in meinem Kopf niederzugehen. Das ist ein wichtiger Punkt. Ich verstand also sofort, daß ich einen Schäfer und seinen Hund vor mir hatte – vielmehr über mir, denn sie waren nicht von der Straße heruntergegangen. Und auch das Blöken der Herde, die unruhig war, weil sie den Treiber nicht hinter sich spürte, konnte ich ohne Mühe unterscheiden. Das ist der Augenblick, in dem mir auch der Sinn der Worte am wenigsten dunkel ist. Ich sagte daher mit ruhiger Sicherheit: Wohin führt Ihr sie, aufs Feld oder zum Schlachthof? Ich hatte offenbar den Orientierungssinn verloren – als ob die Richtung irgend etwas mit der Frage zu tun gehabt hätte. Denn selbst wenn er sich auf die Stadt zu bewegte, was hinderte ihn daran, sie zu umgehen oder sie durch ein anderes Tor zu verlassen, um zu den frischen Weiden zu gelangen? Und wenn er sich von ihr entfernte, so hatte das auch keine Bedeutung, denn Schlachthöfe gibt es nicht nur in den Städten, sondern überall, auch auf dem Lande; jeder Metzger besitzt einen Schlachtraum und hat das Recht, seinen Bedürfnissen entsprechend zu schlachten. Doch – ob er mich nun nicht begriffen hatte oder nicht antworten wollte – er erwiderte nichts; er ging ohne ein Wort fort; ich meine: ohne ein Wort an mich zu richten, denn er sprach mit seinem Hund, der ihm mit gespitzten Ohren aufmerksam zuhörte. Ich richtete mich kniend auf – nein, das geht nicht: ich stand auf und beobachtete, wie die kleine Karawane sich entfernte. Ich hörte ihn pfeifen, diesen Schäfer, und sah, wie er mit seinem Stock wirbelte und wie der Hund geschäftig die Herde umkreiste, die ohne ihn gewiß in den Kanal gefallen wäre. Das alles durch einen Vorhang von glitzerndem Staub und später durch den feinen Regenschleier hindurch, der mich täglich mir selbst ausliefert und alles andere verhüllt und mich vor mir selbst verhüllt. Das Blöken wurde leiser, vielleicht weil die Schafe nicht mehr so unruhig waren oder weil sie sich weiter entfernt hatten oder vielleicht weil ich schlechter hörte als vorher, was mich verwundern würde, denn mein Gehör ist immer ziemlich scharf und höchstens zur Zeit der Morgendämmerung etwas dumpf, und wenn es mir passiert, daß ich stundenlang nichts höre, so hat das Gründe, die mir völlig unbekannt sind, oder es liegt daran, daß von Zeit zu Zeit alles um mich herum wirklich still wird, während für einen Gerechten der Lärm der Welt niemals aufhört. So begann also der zweite Tag, wenn es nicht der dritte oder vierte war, und es war ein schlechter Anfang, denn von ihm stammte meine lang anhaltende Beunruhigung über das Schicksal der Herde, in der es auch einige Lämmer gab, und ich fragte mich immer wieder, ob sie heil auf einer großen Weide angekommen oder mit zerschmettertem Schädel, zuerst kniend, dann auf der wolligen Seite liegend, unter das Hackmesser geraten seien, während ihre dünnen Beinchen noch zitterten. Aber diese kleinen Beunruhigungen haben auch ihr Gutes. Mein Gott, was für eine ländliche Gegend dies ist, überall sieht man Vierfüßler. Das ist nicht alles: da sind noch die Pferde und die Ziegen, um nur sie zu nennen, ich spüre es wohl, wie sie mich belauern, mit der Absicht, sich mir in den Weg zu stellen. Ich kann das nicht gebrauchen. Indessen verlor ich das Ziel meiner augenblicklichen Anstrengung nicht aus den Augen, nämlich möglichst schnell wieder mit meiner Mutter zusammenzutreffen; und wie ich so aufrecht im Straßengraben stand, zählte ich mir zur Stärkung all die guten Gründe auf, die dafür sprachen, daß ich mich, ohne eine Sekunde Zeit zu verlieren, dorthin begab. Wenn ich auch fähig war, viele Dinge ohne Überlegung zu tun, und oft nicht wußte, was ich tat, bis ich es getan hatte, und auch dann nicht immer, so gehörte ein Besuch bei meiner Mutter nicht dazu. Meine Füße trugen mich nämlich niemals zu meiner Mutter, ohne daß eine höhere Stelle es ihnen ausdrücklich befahl. Das Wetter war herrlich, so herrlich, daß jeder andere als ich sich glücklich gepriesen hätte. Aber ich brauche mich nicht glücklich zu preisen, weil die Sonne scheint, und ich vermeide es zu tun. Den Ägäer, durstig nach Wärme und Licht, habe ich in mir ertötet, er hat sich schon früh selbst in mir getötet. Die blaßgrauen Schatten der Regentage entsprechen eher meinem Geschmack, nein, ich drücke mich schlecht aus, auch nicht: meiner Stimmung, ich habe weder Geschmack noch Stimmungen, schon seit langer Zeit nicht mehr. Vielleicht will ich sagen, daß die blaßgrauen Schatten, und so weiter, mich besser verbargen, was nicht bedeutet, daß sie mir deshalb besonders angenehm erschienen wären. Ein Chamäleon wider Willen, das ist Molloy, wenn man ihn unter einem bestimmten Gesichtswinkel betrachtet. Und im Winter wickelte ich mich unter meinem Mantel in Streifen von Zeitungspapier ein, aus denen ich mich nicht vor dem Erwachen der Erde – dem wirklichen, im April – herausschälte. Die literarische Beilage der »Times« eignete sich großartig dafür; man konnte sich auf ihre Haltbarkeit und Undurchlässigkeit absolut verlassen. Blähungen zerrissen sie nicht. Was kann ich tun, bei dem geringsten Anlaß kommt das Gas aus meinem Kellergewölbe, also bin ich verpflichtet, von Zeit zu Zeit darauf hinzuweisen, auch wenn es mir Widerwillen einflößt. Einmal habe ich sie gezählt. Dreihundertfünfzehn Blähungen in neunzehn Stunden, das sind im Mittel mehr als sechzehn Blähungen während einer Stunde. Alles in allem ist das nicht übermäßig viel. Vier Blähungen pro Viertelstunde. Das ist gar nichts. Nicht einmal alle vier Minuten eine. Man sollte es nicht für möglich halten. Gut, gut – ich bin nur ein ganz kleiner Furzer, und es war unrecht von mir, überhaupt von dieser Sache zu sprechen. Erstaunlich, wie die Mathematik einem hilft, sich kennenzulernen. Im übrigen hatte diese ganze Witterungsangelegenheit für mich kein Interesse; ich paßte mich jeder Wetterlage an. Also will ich nur noch hinzufügen, daß in dieser Gegend morgens oft bis zehn, zehneinhalb Uhr die Sonne schien; zu dieser Stunde bedeckte sich der Himmel, und es regnete und regnete bis zum Abend. Dann brach die untergehende Sonne hervor, der durchnäßte Boden erglänzte für einen Augenblick, darauf verdunkelte er sich und lag lichtlos da. Ich saß nun wieder auf meinem Fahrrad; in meinem abgestumpften Herzen spürte ich einen Stachel, eine Unruhe, wie sie der Krebsleidende fühlt, wenn er zum Zahnarzt gehen muß. Denn ich wußte nicht, ob ich auf dem richtigen Wege war. Es kam selten vor, daß nicht alle Wege gleich richtig für mich waren. Aber wenn ich zu meiner Mutter ging, gab es nur einen richtigen Weg, nämlich den, der dorthin führte, oder einen von denen, die dorthin führten, denn nicht alle führten dorthin. Ich wußte nicht, ob ich mich auf einem der richtigen befand, und das verdroß mich wie alles, was mich wieder an das Leben gemahnt. Danach kann man sich vorstellen, mit welcher Erleichterung ich hundert Schritte vor mir die vertrauten Stadtwälle auftauchen sah. Ich fuhr hinein und gelangte in einen Stadtteil, der mir völlig fremd war – mir, der ich doch diese Stadt so gut kannte, in der ich geboren war und von der ich mich nie mehr als fünfzehn oder zwanzig Meilen hatte entfernen können, so sehr zog sie mich an, ich weiß nicht, warum. Schließlich war ich nahe daran, mich zu fragen, ob ich wirklich in der richtigen Stadt sei, in der ich die Nacht der Welt erblickt hatte und in der meine Mutter irgendwo hauste, oder ob ich mich nicht aus Ungeschick in eine andere Stadt, von der ich nicht einmal den Namen wußte, verirrt habe. Denn ich kannte nur die Stadt meiner Geburt, da ich nie in eine andere gekommen war. Aber früher, als ich noch lesen konnte, hatte ich Berichte von glücklicheren Reisenden, als ich einer bin, mit Aufmerksamkeit gelesen, und darin wurde von anderen Städten erzählt, die ebenso schön waren wie meine Stadt oder sogar noch schöner, wenn auch von einer anderen Schönheit. Und für diese Stadt, die einzige, die kennenzulernen mir vergönnt gewesen ist, suchte ich den Namen in meinem Gedächtnis, und sobald ich ihn gefunden hätte, wollte ich stehenbleiben und einem Passanten mein Herz eröffnen mit der Frage: »Entschuldigen Sie, mein Herr, wir sind hier doch wohl in X?«; wobei X den Namen meiner Stadt bedeutet. Es schien mir, daß der Name, den ich suchte, mit B oder P begann, aber die weiteren Buchstaben wollten mir trotz dieses Anhaltspunkts, oder auch weil er ganz falsch war, nicht einfallen. Ich hatte mich seit langem der Sprache so entfremdet, verstehen Sie, daß ich zum Beispiel nur meine Stadt – wenn sie es wirklich war – zu erblicken brauchte, um nicht imstande zu sein, Sie verstehen. Es ist schwer auszudrücken, schwer für mich. Ebenso umgab sich die Empfindung meiner selbst mit einer unpersönlichen Schicht, die oft kaum zu durchbrechen war, wie wir gesehen haben, glaube ich. Und so verhielt es sich mit all den anderen Dingen, die Spott mit meinen Sinnen trieben. Ja sogar in jener Epoche meines Lebens, als schon alles sich verwischte, alle Wellen und Teilchen, gehörte es zum Wesen der Dinge, ohne Namen zu sein und umgekehrt. Ich sage das jetzt, aber was weiß ich jetzt eigentlich von jener Zeit – jetzt, wo Worte, durch ihren Sinn vereist, wie Hagel auf mich herunterprasseln und wo auch die feige mit Namen belastete Welt abstirbt? Ich weiß von ihr, was die Worte und die toten Dinge von ihr wissen, und das ist eine ganze Menge, das hat einen Anfang, eine Mitte und ein Ende, wie ein gut gebauter Satz oder die lange Sonate der Leichen. Und ob ich dies oder das oder etwas anderes sage, daran ist wirklich nicht viel gelegen. Sprechen ist Erfinden. Falsch – ganz wie zu erwarten war. Man erfindet nichts, man glaubt zu erfinden, sich zu entkommen, aber man stammelt nur seine Lektion herunter, kleine Brocken einer Strafarbeit, die man gelernt und wieder vergessen hat; ein leichtes Leben ohne Tränen, so, wie man es beweint. Schweinerei! Spaß beiseite. Da es mir nicht gelang, mich an den Namen meiner Stadt zu erinnern, beschloß ich am Trottoir anzuhalten, auf einen nett und gebildet aussehenden Passanten zu warten, meinen Hut zu lüften und ihn lächelnd zu fragen: Bitte, mein Herr, entschuldigen Sie, mein Herr, wie heißt diese Stadt, bitte? Denn sobald er das Wort gesagt haben würde, würde ich wissen, ob es wirklich das Wort wäre, das ich in meiner Erinnerung suchte, oder ein anderes. Damit würde mir geholfen sein. Diesen Entschluß, den ich im Fahren gefaßt hatte, konnte ich nicht ausführen, weil ein völlig sinnloser unglücklicher Zufall dazwischenkam. Mit meinen Entschlüssen erging es mir tatsächlich sonderbar; kaum hatte ich sie gefaßt, so trat ein Zwischenfall ein, der ihre Durchführung unmöglich machte. Das ist gewiß der Grund, warum ich heute noch weniger entschlußfähig bin als zu der Zeit, von der ich spreche, und warum ich es damals verhältnismäßig wenig war im Vergleich mit der Zeit vorher. Doch um die Wahrheit zu sagen (die Wahrheit zu sagen!), bin ich nie besonders entschlußfähig gewesen, ich meine, jemand, der dazu neigte, Entschlüsse zu fassen, sondern ich war viel eher bereit, mich blindlings in den Dreck zu stürzen, ohne zu wissen, wer wen beschiß und wo mir am wenigsten passieren würde. Aber auch diese Neigung verschaffte mir keine Befriedigung, und wenn ich nicht ganz davon geheilt bin, so liegt es nicht daran, daß mir der Wille dazu gefehlt hätte. Die Sache ist die, möchte man meinen, daß man höchstens darauf hoffen kann, am Ende etwas weniger der gleiche Mensch zu sein, der man am Anfang und in der Zeit danach gewesen ist. Denn kaum hatte ich mir meinen Plan im Kopf zurechtgelegt, als ich schon mit aller Gewalt in einen Hund hineinfuhr – das wurde mir später klar – und hinstürzte. Meine Ungeschicklichkeit war um so weniger zu entschuldigen, als der Hund, der an einer Leine gehalten wurde, sich nicht auf der Straße, sondern auf dem Bürgersteig befand, wo er wohlweislich neben seiner Herrin einherkroch. Mit Vorsichtsmaßregeln muß man, genau wie mit Entschlüssen, eben vorsichtig zu Werke gehen. Diese Dame glaubte anscheinend, daß sie in der Frage der Sicherheit ihres Hundes nichts dem Zufall überlassen hätte, aber in Wirklichkeit hatte sie durch ihre Handlungsweise nur die gesamten Kräfte der Natur herausgefordert, aus dem gleichen Grund wie ich es mit meiner verrückten Anmaßung, etwas ans Licht ziehen zu wollen, getan hatte. Aber anstatt mich nun selbst aufs Kriechen zu verlegen und mich auf mein hohes Alter und mein Siechtum zu berufen, machte ich meine Lage durch einen Fluchtversuch noch schlimmer. Ich wurde schnell von einer kleinen Meute von Rächern eingeholt, unter denen sich Männer und Frauen jeden Alters befanden, wie ich an einigen weißen Bärten und beinahe unschuldig aussehenden Fratzen erkannte, und schon schickten alle sich an, mich zu zerhacken, als die Dame sich einmischte. Sie sagte dem Sinne nach – sie erzählte es mir später, und ich glaubte es – Lassen Sie diesen armen alten Mann in Ruhe. Er hat Teddy getötet, das steht fest, Teddy, den ich wie ein Kind geliebt habe, aber die Sache ist nicht so schlimm wie es aussieht, ich wollte ihn nämlich gerade zum Tierarzt bringen, um ihn von seinen Leiden zu erlösen. Denn Teddy war alt, blind, taub, von Gicht gelähmt und machte immerzu unter sich, bei Tag und bei Nacht, im Haus und im Garten. Dieser arme Greis hat mir also einen schmerzlichen Weg erspart, von den Unkosten gar nicht zu reden, die zu tragen meine Lage mir kaum erlaubt hätte, denn ich habe keine andere Hilfsquelle als die Pension meines teueren Verblichenen, gefallen für ein Vaterland, das sich das seine nannte und von dem er zu seinen Lebzeiten nicht den geringsten Vorteil bezog, sondern nur Kränkungen und Scherereien. Die Menge, die sich angesammelt hatte, begann schon, auseinanderzugehen; die Gefahr war vorbei, aber die Dame im Schwung. Sie werden mir erwidern, sagte sie, daß er nicht recht daran getan hat, die Flucht zu ergreifen, daß er sich hätte entschuldigen und rechtfertigen müssen. Einverstanden. Aber Sie sehen doch, daß er nicht ganz bei Verstand ist, daß er sich nicht mehr in der Gewalt hat, aus Gründen, die wir nicht kennen und die uns vielleicht allen Schande machen würden, wenn wir sie wüßten. Ich frage mich sogar, ob er weiß, was er angerichtet hat. Von ihrer eintönigen Stimme ging eine solche Langeweile aus, daß ich mich schon anschickte weiterzufahren, als vor mir der unvermeidliche Schutzmann auftauchte. Plump legte er seine große, rote, behaarte Hand auf meine Lenkstange – ich habe es selbst gesehen – und begann, wie es scheint, mit der Dame folgende Unterhaltung: Dieser Mann hat offenbar Ihren Hund überfahren, Madame. Stimmt, Herr Wachtmeister, und was weiter? Nein, ich kann dieses einfältige Geschwätz nicht wiedergeben. Ich will also nur bemerken, daß auch der Schutzmann schließlich vor sich hinbrummend auseinanderging, das Wort ist nicht zu stark, und mit ihm der letzte Haufen von Gaffern, die auf einen schlechten Ausgang meiner Sache hoffen konnten. Aber er drehte sich um und sagte: Entfernen Sie sofort Ihren Hund. Endlich durfte ich losfahren und brachte mich dafür in Positur. Aber die Dame, eine Madame Loy, um es lieber gleich zu sagen, oder Lousse, ich weiß es nicht mehr genau, ein Vorname in der Art von Sophie, hielt mich an den Rockschößen fest und sagte – vorausgesetzt, daß der Satz beim letztenmal der gleiche war wie beim erstenmal –: Monsieur, ich habe Sie nötig. Und da sie ohne Zweifel an meinem Ausdruck, der mich gewöhnlich verrät, erkannte, daß ich verstanden hatte, mußte sie sich sagen: Wenn er das versteht, kann er alles übrige verstehen. Und sie täuschte sich nicht, denn nach einer gewissen Zeit beherbergte ich in meinem Kopf bestimmte Ideen oder Gesichtspunkte, die ich nur von ihr angenommen haben konnte, nämlich, daß ich als anständiger Mensch ihr helfen müsse, den Hund, den ich getötet hatte, nach ihrem Haus zurückzuschaffen und zu begraben; daß sie wegen meiner Tat keine Klage gegen mich anstrengen wolle, daß man aber nicht immer tue, was man nicht wolle; daß ich trotz meines abschrekkenden Äußeren Sympathie in ihr erwecke, daß sie sich ein Vergnügen daraus machen würde, mir zur Seite zu stehen, und ich weiß nicht was noch. Ach ja – daß ich sie offenbar auch nötig hätte. Sie hatte mich nötig, um mit meiner Hilfe ihren Hund verschwinden zu lassen, und ich hatte sie nötig, ich weiß nicht aus welchen Beweggründen. Sie mußte mir diese Gründe auseinandersetzen, denn darin lag eine Anspielung, die ich schicklicherweise nicht schweigend übergehen konnte, wie ich den Rest schweigend übergangen hatte, und ich genierte mich nicht, ihr zu sagen, daß ich weder sie noch sonst irgend jemanden nötig hätte, was vielleicht etwas übertrieben war, denn offenbar hatte ich meine Mutter nötig, warum wäre ich sonst so erpicht darauf gewesen, zu ihr zu gehen? Hier liegt einer der Gründe, warum ich das Reden soviel wie möglich vermeide. Denn ich sage immer entweder zu viel oder zu wenig, und das schmerzt mich, derart bin ich auf die Wahrheit versessen. Und ich will dieses Thema, auf das ich wohl nicht mehr zurückkommen kann, so sehr verdichtet sich das Gewölk, nicht verlassen, ohne die folgende wunderliche Bemerkung gemacht zu haben: zu der Zeit, als ich noch sprach, ist es mir oft passiert, daß ich zu viel gesagt habe, während ich glaubte, zu wenig gesagt zu haben, und daß ich zu wenig gesagt habe, während ich glaubte, zu viel gesagt zu haben. Ich will sagen, daß bei nachdenklicher Betrachtung, vielmehr mit der Zeit, mein übermäßiges Reden sich als lauter Armut enthüllte und umgekehrt. Sonderbares Umschlagen, nicht wahr, und einfach bewirkt durch den Ablauf der Zeit. Anders ausgedrückt: was ich auch sagen mochte, es war nie genug, nie wenig genug. Ich schwieg nicht, das war es; was ich auch sagte, ich schwieg nicht. Himmlische Analyse. Möge sie euch helfen, euch zu erkennen, und damit alle euresgleichen, falls ihr solche Leute kennt. Denn wenn ich sagte, daß ich niemanden nötig hatte, dann sagte ich nicht zu viel, sondern es war nur ein unendlich kleiner Bruchteil von dem, was ich hätte sagen müssen, nicht hätte sagen können, hätte verschweigen müssen. Meine Mutter nötig haben! Ja, sie war ganz unaussprechlich, diese Bedürfnislosigkeit, an der ich zugrunde ging. So daß sie mir die Gründe angeben mußte – ich rede jetzt wieder von Sophie – warum ich sie brauchte, da ich so frei gewesen war, ihr in dieser Sache zu widersprechen. Und wenn ich mir Mühe gäbe, würden sie mir wieder einfallen, aber die Mühe, danke schön, ich werde sie mir nicht geben, ich nicht. Und von diesem Boulevard habe ich genug, es mußte ein Boulevard sein, genug von diesen Gerechten, die vorbeiwandeln, von diesen lauernden Polizisten, von all diesen stampfenden Füßen, von diesen Händen, die etwas tragen, da ihnen das Prügeln verwehrt ist, von diesen Mäulern, die nur wohlüberlegt zu heulen wagen, von diesem Himmel, der anfängt zu sickern; genug davon, den Blicken preisgegeben und rings umstellt auf der Straße zu sein. Ein Herr entfernte den Hund mit der Spitze seines Spazierstöckchens. Es war ein Hund mit gleichmäßig gelbem Fell, gewiß ein Bastard; es fällt mir schwer, zwischen Bastarden und Rassehunden zu unterscheiden. Sein Tod konnte ihm nicht so weh getan haben wie mir mein Sturz. Zudem war er tot. Wir legten ihn quer über den Sattel und machten uns auf den Weg; wie, weiß ich nicht, ich nehme an, wir halfen uns gegenseitig, den Kadaver im Gleichgewicht zu halten, das Rad voranzubewegen und uns selbst inmitten der spottlustigen Menge voranzubewegen. Sophiens Haus – nein, ich kann sie nicht länger so nennen, ich werde versuchen, sie Lousse, ganz einfach Lousse, zu nennen – war nicht weit entfernt. Oh, es war auch nicht nahebei, denn ich hatte mein Teil weg, als wir dort ankamen. Das heißt, ich hatte nicht wirklich mein Teil weg. Man meint, man bekommt sein Teil, aber in Wirklichkeit bekommt man es selten.

Nur weil ich wußte, daß ich angelangt war, hatte ich mein Teil weg; ich hätte bloß eine Meile weiter zu gehen brauchen, um erst eine Stunde später mein Teil weg zu haben. So ist man eben. Soll ich das Haus beschreiben? Ich glaube nicht. Ich werde nichts dergleichen tun, mehr weiß ich im Augenblick nicht. Vielleicht später, in dem Maße, wie ich tiefer darin eindringen werde. Und Lousse? Das läßt sich schwer vermeiden. Zunächst wollen wir schnell den Hund begraben. Sie selbst hob unter einem Baum das Loch aus. Hunde begräbt man immer unter einem Baum, warum, weiß ich nicht. Das heißt, ich habe meine eigenen Gedanken darüber. Sie hob das Loch selbst aus, weil ich, obschon ich der Mann war, wegen meines steifen Beins nicht dazu fähig gewesen wäre. Das heißt, mit einer Kelle hätte ich graben können, mit einem Spaten niemals. Denn wenn man mit einem Spaten gräbt, trägt ein Bein das Gewicht des Körpers, während das andere durch Biegen und Strecken den Spaten in die Erde stößt. Nun aber konnte mein krankes Bein, ich weiß nicht mehr, welches es war, das ist hier auch nicht wichtig, weder auf den Spaten treten, da es steif war, noch ganz allein mir als Halt dienen, denn es wäre umgeknickt. Ich hatte sozusagen nur ein Bein zur Verfügung, ich war, moralisch betrachtet, ein Einbeiniger, und ich wäre glücklicher und weniger belastet gewesen, wenn das Bein mir von der Hüfte an amputiert worden wäre. Und wenn sie mir bei dieser Gelegenheit noch meine Hoden weggenommen hätten, hätte ich auch nichts gesagt. Denn aus meinen Hoden, die zwischen meinen Oberschenkeln an einem dünnen Strang hin- und herbaumelten, ließ sich nichts mehr herausbekommen, was bewirkte, daß ich keine Lust mehr hatte, etwas aus ihnen herauszubekommen, vielmehr hätte ich sie lieber verschwinden sehen, diese Be- und Entlastungszeugen während meines lebenslänglichen Anklagezustandes. Denn auf der einen Seite beschuldigten sie mich, sie infam behandelt zu haben, anderseits aber gratulierten sie mir aus der Tiefe ihres erschlafften Beutels, der rechte niedriger hängend als der linke, oder umgekehrt, ich weiß es nicht mehr, diese beiden Zirkusartisten. Und was noch schlimmer war: sie behinderten mich, wenn ich ging oder mich setzte, als ob es an meinem kranken Bein nicht genug gewesen wäre, und beim Radfahren rieben sie sich überall. Es lag mir also daran, von ihnen befreit zu werden, und ich hätte es selbst bewerkstelligt, mit einem Messer oder einer Baumschere, wenn ich nicht beim Gedanken an den physischen Schmerz und an eine infizierte Wunde vor Angst geschlottert hätte. Ja, mein ganzes Leben lang habe ich eine schreckliche Angst vor infizierten Wunden gehabt, ausgerechnet ich, der sich vor lauter Säure nie infiziert. Mein Leben, mein Leben – manchmal spreche ich davon wie von einer endgültig abgeschlossenen Sache, manchmal wie von einem Spaß, der noch anhält, und ich tue Unrecht daran, denn es ist zu Ende und dauert zugleich an, aber durch welche Zeit des Verbums soll man das ausdrücken? Eine große Uhr, die der Uhrmacher vor seinem Tode aufzieht und begräbt und deren Räderwerk eines Tages zu den Würmern von Gott sprechen wird. Aber im Grunde sollte ich ein Gefühl der Anhänglichkeit für diese Hoden haben und sie wert halten wie andere ihre Narben oder das Photographie-Album ihrer Großmutter. Jedenfalls lag es nicht an ihnen, daß ich nicht graben konnte, sondern an meinem Bein. Während Lousse das Loch aushob, trug ich den Hund in den Armen. Er war schon schwer und kalt, aber er hatte noch nicht angefangen zu stinken. Er roch schlecht, zugegeben, aber nur so, wie eben ein alter Hund riecht, nicht wie einer, der schon krepiert ist. Auch er hatte Löcher ausgescharrt, vielleicht sogar auf demselben Fleck. Er wurde begraben, so wie er war, ohne Kiste oder irgendeine Hülle, ganz wie ein Karthäuser, aber samt seiner Leine und seinem Halsband. Sie legte ihn in das Loch; ich bin wegen meines Gebrechens nicht imstande, zu knien oder mich zu bücken, und wenn ich jemals aus der Rolle fallen und mich bücken oder hinknien sollte, so glaubt es nicht, es wird jemand anders sein, nicht ich. Ihn in das Loch werfen, wäre alles gewesen, was ich hätte tun können, und ich hätte es gerne getan. Und doch tat ich es nicht. Die vielen Dinge, die man gern tun würde – oh, nicht gerade mit Begeisterung, aber doch gern –, die zu tun augenscheinlich nichts hindert und die man dennoch nicht tut! Sollte man nicht frei sein? Das wäre zu untersuchen. Aber was hatte ich zu diesem Begräbnis beizusteuern? Es war sie, die das Loch ausgrub, den Hund hineinlegte und das Loch wieder zuschüttete. Mit einem Wort, ich war nur zugegen, mehr nicht. Was ich beisteuerte, war meine Anwesenheit. Als ob es mein eigenes Begräbnis gewesen wäre. Und so war es auch. Der Baum war eine Lärche; es ist der einzige, den ich sicher erkennen kann. Sonderbar, daß sie den einzigen Baum, den ich sicher erkennen kann, ausgesucht hatte, um ihren Hund darunter zu bestatten. Die wassergrünen Nadeln sind wie aus Seide und mit kleinen roten Punkten geschmückt, scheint mir. Der Hund hatte Zecken an den Ohren, für so etwas habe ich ein gutes Auge; sie wurden mit ihm beerdigt. Als sie mit dem Graben fertig war, gab sie mir den Spaten und sammelte sich. Ich glaubte, sie würde jetzt anfangen zu weinen, es gehörte dazu, aber statt dessen lachte sie. Es war vielleicht ihre Art zu weinen. Oder der Irrtum war auf meiner Seite, und sie weinte wirklich so geräuschvoll, daß es wie Lachen klang. Tränen und Gelächter – darin kenne ich mich schlecht aus. Sie würde ihn nicht mehr sehen, ihren Teddy, den sie wie ein Kind geliebt hatte. Da es offensichtlich ihre wohlüberlegte Absicht gewesen war, den Hund bei sich zu Hause zu begraben, so frage ich mich, warum sie den Tierarzt nicht hatte kommen lassen, um den Hund an Ort und Stelle zu töten. War sie wirklich auf dem Weg zum Tierarzt, als unsere Pfade sich kreuzten? Oder hatte sie es einzig und allein deswegen versichert, um meine Schuld in milderem Licht erscheinen zu lassen? Hausbesuche kosten natürlich mehr. Sie führte mich in den Salon und gab mir zu essen und zu trinken; es waren ganz gewiß gute Sachen. Unglücklicherweise mache ich mir nicht viel aus guten Sachen zum Essen. Aber ich betrinke mich gern. Wenn sie sich in Geldverlegenheit befand, so merkte man nichts davon. Diese Art von Verlegenheit spüre ich sofort. Als sie sah, wie schwer es mir fiel, aufrecht zu sitzen, schob sie einen Stuhl unter mein steifes Bein. Während sie mir auftischte, hielt sie mir Reden, von denen ich nicht den hundertsten Teil begriff. Mit eigener Hand nahm sie mir den Hut vom Kopf und wollte damit verschwinden, sicher um ihn an irgendeinem Kleiderhaken aufzuhängen, und schien erstaunt, als die Hutschnur ihren Schwung bremste. Sie besaß einen Papagei, ein sehr hübsches, ausgesucht gefärbtes Tier. Ihn verstand ich besser als seine Herrin. Ich meine nicht, daß ich ihn besser verstand, als sie ihn verstand, ich meine, daß ich ihn besser verstand, als ich sie verstand. Er sagte von Zeit zu Zeit: Hure von einer Dirne von einem liederlichen Scheißstück. Er mußte einem Franzosen gehört haben, bevor er Lousse gehörte. Tiere wechseln oft ihren Eigentümer. Viel anderes sagte er nicht. Doch, er sagte auch: Fuck! Indessen konnte es kein Franzose gewesen sein, der ihm beigebracht hatte, Fuck! zu sagen. Vielleicht war er von selbst darauf gekommen, es würde mich nicht verwundern. Lousse versuchte, ihn dahin zu bringen, Pretty Polly! zu sagen. Ich glaube, dazu war es zu spät. Er hörte mit auf die Seite geneigtem Kopf zu, dachte nach und sagte dann: Hure von einer Dirne von einem liederlichen Scheißstück. Man merkte, daß er sich Mühe gab. Auch ihn würde sie eines Tages begraben. Wahrscheinlich in seinem Käfig. Auch mich hätte sie begraben, wenn ich dageblieben wäre. Wenn ich ihre Adresse hätte, würde ich ihr schreiben, sie solle kommen, um mich zu begraben. Ich schlief ein. Ich erwachte in einem Bett, ausgekleidet. Man hatte die Unverfrorenheit so weit getrieben, mich zu säubern, das ließ sich aus dem Geruch erkennen, den ich ausströmte, den ich nicht mehr ausströmte. Ich ging zur Tür. Verschlossen. Ans Fenster. Vergittert. Es war noch nicht vollständig Nacht. Was kann man noch versuchen, nachdem man Türen und Fenster versucht hat? Den Kamin vielleicht. Ich suchte meine Kleider. Ich fand einen Lichtschalter und drehte das Licht an. Vergebens. Was für eine Geschichte! Das alles ließ mich einigermaßen kalt. Ich entdeckte meine Krücken, die gegen einen Sessel gelehnt waren. Man wird es sonderbar finden, daß ich die angegebenen Bewegungen ohne ihre Hilfe hatte machen können. Das finde ich sonderbar. Beim Aufwachen erinnert man sich nicht sogleich daran, wer man ist. Auf einem Stuhl entdeckte ich ein weißes Nachtgeschirr mit einer Rolle Toilettenpapier darin. Nichts war dem Zufall überlassen worden. Ich gebe diese Einzelheiten mit einer gewissen Kleinlichkeit wieder, das erleichtert mir das Kommende, ich spüre es. Ich zog einen Stuhl an einen Sessel heran, setzte mich in den zweiten, legte mein steifes Bein auf den ersten. Das Zimmer war zum Platzen voll von Stühlen und Sesseln, ein ganzes Gewimmel von ihnen stand im Halbdunkel um mich herum. Es gab auch Tischchen, Fußschemel, Kommoden usw. im Überfluß. Dieser seltsame Eindruck einer drangvollen Enge verging mit dem Verschwinden des Tageslichts, das auch den Kronleuchter erstrahlen ließ, denn ich hatte den Kontakt nicht herausgenommen. Die Borsten fehlten mir im Gesicht, ich merkte es, als ich mit ängstlicher Hand darüber strich. Man hatte mich rasiert, meine Bartfetzen beseitigt. Wie hatte mein Schlaf so viel vertrauliche Berührungen überstehen können? Mein Schlaf, der gewöhnlich so leicht war. Ich fand eine Reihe von Antworten auf diese Frage. Aber ich wußte nicht, welche die richtige war. Vielleicht waren sie alle falsch. Mein Bart wächst in Wahrheit nur auf dem Kinn und auf der Wamme. Da, wo bei anderen hübsche Barthaare sprießen, sprießen bei mir keine. Jedenfalls hatte man mir den

Bart gestutzt. Vielleicht hatte man ihn auch gefärbt, nichts bewies mir das Gegenteil. Ich glaubte, ich säße nackt in dem Sessel, aber ich überzeugte mich schließlich, daß ich ein ganz ungewöhnlich leichtes Nachthemd anhatte. Wenn jemand gekommen wäre, um mir anzukündigen, daß ich bei Sonnenaufgang hingeopfert werden sollte, hätte ich das ganz natürlich gefunden. Wie dumm man sein kann. Es kam mir auch so vor, als ob man mich parfümiert hätte, vielleicht mit Lavendelwasser. Ich kenne mich in Parfüms schlecht aus. Ich sagte zu mir: Wenn deine arme Mutter dich sehen könnte. Ich habe die Formeln gern. Sie schien mir sehr fern, meine Mutter, fern von mir, und dennoch war ich ihr ein wenig näher als in der vorhergehenden Nacht, wenn meine Überlegungen stimmten. Aber stimmten sie denn? Wenn ich in der richtigen Stadt war, hatte ich Fortschritte gemacht. Aber war ich darin? Wenn ich mich dagegen in einer anderen Stadt befand, wo meine Mutter nicht sein konnte, hatte ich Boden verloren. Ich mußte wohl einschlafen, denn im Fensterrahmen erschien ein riesiger Mond. Durch zwei Gitterstäbe war er in drei Teile geteilt, von denen der mittlere immer gleich groß blieb, während der rechte langsam um so viel zunahm, wie der linke verlor. Denn der Mond wanderte von links nach rechts, oder das Zimmer von rechts nach links, oder beide wanderten gleichzeitig, aber in verschiedenen Richtungen, oder Mond und Zimmer wanderten von links nach rechts, aber das Zimmer langsamer als der Mond, oder von rechts nach links, aber der Mond langsamer als das Zimmer. Aber kann man unter diesen Umständen von rechts und links sprechen? Es ließ sich kaum daran zweifeln, daß höchst verwickelte Begegnungen im Gange waren, doch wie einfach erschien bei alledem diese große gelbe Lichtkugel, die vor meinen Gitterstangen langsam vorbeischwebte und allmählich von dem undurchsichtigen Mauerwerk verschlungen wurde, bis sie dem Blick entschwand. Und ihr ruhiger Lauf zeichnete sich auf den Wänden durch eine helle, senkrecht gestreifte Fläche ab, die sekundenlang von Blättern – wenn es Blätter waren – zum Erzittern gebracht wurde und die dann selbst verschwand und mich der Dunkelheit überlieferte. Wie schwer es ist, sich zurückzuhalten, wenn man vom Mond spricht! Er ist so blödsinnig, der Mond. Es muß wohl sein Hinterteil sein, was er uns ständig darbietet. Wie man sieht, habe ich mich früher für Astronomie interessiert. Ich will es nicht leugnen. Später war die Geologie mein Zeitvertreib. Darauf habe ich mich kurze Zeit mit der Anthropologie zu Tode gelangweilt und mit den anderen Gebieten, wie der Psychiatrie, die sich daran anschließen, sich wieder davon abschließen und sich aufs neue daran anschließen, je nach den letzten Entdeckungen. Was ich an der Anthropologie schätzte, war ihre Kraft der Verneinung, ihre verbissene Sucht, den Menschen, ebenso wie Gott, durch etwas zu definieren, was er nicht ist. Aber ich habe in dieser Beziehung immer nur ganz verworrene Ideen gehabt, weil ich die Menschen so schlecht kenne und nicht allzu genau weiß, was das heißt: Sein. Oh, ich habe alles versucht. Schließlich ist der Magie die Ehre zuteil geworden, sich in meinen Trümmern einzunisten, und noch heute finde ich ihre Spuren wieder, wenn ich in dem Schutthaufen herumspaziere. Meistens aber ist es ein Gebiet ohne Gestalt noch Grenzen, und alles darin ist mir unverständlich, sogar die stofflichen Elemente, gar nicht zu reden von ihrer Anordnung. Und dieses ruinenhafte Gebilde, ich weiß nicht, was es ist, was es war, und folglich auch nicht, ob es sich nicht weniger um Ruinen handelt, als um das unerschütterliche Durcheinander der ewigen Dinge, wenn das der richtige Ausdruck ist. Auf jeden Fall ist es ein Ort ohne Geheimnis, die Magie hat ihn verlassen, weil sie ihn ohne Geheimnis fand. Und wenn ich nicht gern dorthin gehe, so doch lieber als anderswohin, und ich tue es mit stiller Verwunderung, fast hätte ich gesagt, wie im Traum, aber keineswegs, keineswegs. Aber es ist kein Ort, zu dem man sich hinbegibt, sondern einer, an dem man sich mitunter befindet, ohne zu wissen wie, den man nicht nach Belieben verläßt, und wo man ohne das geringste Vergnügen verweilt, aber vielleicht mit weniger Mißvergnügen als an Orten, von denen man sich entfernen kann, wenn man sich bemüht, geheimnisvollen Orten, voll von bekannten Geheimnissen. Ich lausche und höre von einer erstarrten Welt erzählen, die ihr Gleichgewicht verloren hat; das Licht, unter dem sie liegt, ist schwach und ruhig, nichts als das, es genügt gerade zum Sehen, Sie verstehen, und es ist selbst erstarrt. Und ich höre wispern, daß alles, auch der Boden, der kaum etwas tragen kann, und auch das Licht, wie unter einem Gewicht – aber es gibt hier kein Gewicht – sich einem Ende zuneigt und entgegenbiegt, das nie zu kommen scheint. Denn wie enden diese Einöden, in die das wahre Licht nie gedrungen ist, wo es nichts Gerades noch auch nur etwas Festgegründetes gibt, sondern wo alle Dinge sich krümmen und in einem ewigen Sturz abgleiten, unter einem Himmel, der ohne

Erinnerung an den Morgen und ohne Hoffnung auf den Abend ist? Alle Dinge, welche Dinge, woher gekommen, woraus gemacht? Und es scheint, daß sich hier nichts bewegt, noch jemals bewegt hat, noch bewegen wird, außer mir, der ich mich auch nicht bewege, wenn ich dort bin, sondern um mich blicke und mich blicken lasse. Ja, diese Welt ist zu Ende, dem Anschein zum Trotz, ihr Ende hat sie hervorgebracht, sie hat begonnen, indem sie zu Ende ging, ist das klar genug? Und wenn ich in ihr bin, ist es auch mit mir zu Ende, meine Augen schließen sich, meine Leiden hören auf, und ich ende, ich krümme mich zusammen, wie kein Lebender es vermag. Und wenn ich dieses ferne Säuseln noch hören würde, das seit langem verstummt war und das ich nun endlich vernähme, würde ich noch anderes über all dies erfahren. Aber im Augenblick werde ich es nicht hören, denn ich liebe es nicht, dieses ferne Säuseln, ich fürchte es sogar. Aber es ist kein Laut wie alle anderen, die man hört, wann man möchte, und oft zum Schweigen bringen kann, indem man sich wegbegibt oder sich die Ohren verstopft, sondern es füllt uns den Kopf mit Brausen, niemand weiß, wie und warum. Der Kopf hört diesen Ton, die Ohren haben nichts damit zu schaffen, man kann ihn nicht ersticken, er erstickt von selbst, wann er will. Ob ich ihn höre oder nicht, ist daher ohne Bedeutung, ich werde ihn immer vernehmen, bis er endet, kein Donner könnte mich davon befreien. Aber nichts verpflichtet mich, davon zu sprechen, sobald es mir nicht mehr paßt. Und im Augenblick paßt es mir nicht. Nein, im Augenblick paßt es mir, mit dieser Geschichte vom Mond ein für allemal fertig zu werden; sie ist unvollendet geblieben, ich weiß. Und falls ich weniger gut damit fertig werde, als es mir mit klarem Kopf möglich wäre, so werde ich doch so gut ich kann damit fertig werden, ich glaube es wenigstens. Dieser Mond nun, wenn ich es wohl erwäge, hat mich plötzlich aufs höchste verblüfft – oder erstaunt, wenn man das vorzieht. Ja, ich dachte auf meine Art, das heißt gleichgültig, darüber nach, ich sah ihn gewissermaßen in meinem Kopf wieder und wurde von Entsetzen gepackt. Und da es mir schien, es lohne sich, meine Nase in diese Sache zu stecken, steckte ich sie hinein, und es dauerte nicht lange, bis ich folgende Entdeckung machte – ich habe noch andere gemacht, aber ich erinnere mich nur an die eine –: diesen Mond, der gerade stolz und rund an meinem Fenster vorübergezogen war, hatte ich am Vorabend oder vor zwei Abenden gesehen, wie er blutjung und winzig auf dem Rücken lag, gleich einem Hobelspan. Und damals hatte ich mir gesagt, Sieh einer an, er hat den Neumond abgewartet, um sich auf unbekannte Wege zu begeben, die nach Süden führen. Und dann ein wenig später: Wenn ich morgen Mama besuchte. Denn alles hängt zusammen, dank dem Wirken des Heiligen Geistes, sagt man. Und wenn ich diesen Umstand nicht an der gehörigen Stelle erwähnt habe, so liegt es daran, daß man nicht alles an der gehörigen Stelle erwähnen kann, sondern zwischen Dingen, die es nicht verdienen, erwähnt zu werden, und solchen, die es noch weniger verdienen, wählen muß. Denn wollte man alles erwähnen, so würde man nie damit zu Ende kommen, und nur darum handelt es sich, zu Ende zu kommen, zu Ende zu kommen. O ich weiß, selbst wenn man sich damit begnügt, nur einige Umstände wirklich zu schildern, so wird man darum nicht eher damit zu Ende kommen, ich weiß, ich weiß. Aber man wechselt den Dreckhaufen. Und wenn alle Dreckhaufen sich gleichen, was nicht stimmt, so macht das nichts, es tut gut, den Dreckhaufen zu wechseln, sich von Zeit zu Zeit zu einem anderen Dreckhaufen zu begeben, darin umherzuflattern, als ob man eine Eintagsfliege wäre. Und falls man sich täuscht, und man täuscht sich gewiß, ich meine, indem man Dinge berichtet, die man besser verschwiegen hätte, und andere verschweigt – mit vollem Recht, wenn Sie wollen, aber, wie soll ich sagen, ohne Grund, mit vollem Recht, aber ohne Grund –, wie etwa die Geschichte von diesem Neumond, so geschieht es oft in gutem Glauben, in allerbestem Glauben. Zwischen der Nacht in den Bergen, in der ich die beiden Schächer erblickte und den Entschluß faßte, meine Mutter aufzusuchen, und der Nacht, von der ich jetzt rede, war also mehr Zeit verstrichen, als ich dachte, das heißt, vierzehn Tage oder beinahe so viel. Was war nun aus diesen vierzehn Tagen, oder beinahe vierzehn Tagen, geworden, wohin waren sie verschwunden? Und was in ihnen auch geschehen sein mochte, wo gab es eine Möglichkeit in der lückenlosen Verkettung von Zwischenfällen, bei denen ich der Leidtragende gewesen war, Platz für sie zu finden? Empfahl es sich nicht vielmehr anzunehmen, daß der Mond, den ich zwei Tage vorher gesehen und für den Neumond gehalten hatte, im Gegenteil beinahe ein Vollmond gewesen, oder daß der Mond, den ich vom Hause der Madame Lousse aus erblickt und als Vollmond angesehen hatte, in Wirklichkeit gerade in sein erstes Viertel eingetreten war, oder schließlich, daß es sich um zwei Monde handelte, die beide vom Stadium des Neumonds wie des Vollmonds gleich weit entfernt waren und sich durch die Krümmung der Sichel so ähnlich sahen, daß man sie mit nacktem Auge kaum unterscheiden konnte, und daß alles, was diesen Annahmen widersprach, nur blauer Dunst und Einbildung war? Jedenfalls gelang es mir mit Hilfe dieser Überlegungen, mich zu beruhigen und angesichts der Eulenspiegeleien der Natur zu der alten Unerschütterlichkeit – was immer sie wert sein mochte – zurückzufinden. Und mein Geist, den der Schlaf aufs neue überwältigte, besann sich wieder darauf, daß meine Nächte mondlos waren; der Mond hatte nichts mit ihnen zu schaffen, mit meinen Nächten, und infolgedessen konnte ich den Mond, der vor meinen Augen an meinem Fenster vorübergezogen war und der mich an andere Nächte und andere Monde gemahnt hatte, niemals gesehen haben; ich hatte vergessen, wer ich war (es gab Gründe dafür), und von mir gesprochen, wie ich von einem anderen gesprochen hätte, wenn ich unbedingt von einem anderen hätte sprechen müssen. Ja, es passiert mir, und es wird mir wieder passieren, daß ich vergesse, wer ich bin, und mich vor meinen Augen wie ein Fremder bewege. Dann erscheint mir der Himmel anders, als er ist, und die Erde nimmt falsche Farben an. Es macht den Eindruck, als ob ich mich ausruhte, aber weit gefehlt; zufrieden tauche ich in das Licht, in dem die anderen leben und in dem ich auch früher gelebt haben muß, wie ich nicht abstreiten will, aber dann kommt die Angst der Rückkehr, ich will nicht sagen, wohin, ich kann es nicht, zurück zum Nicht-Dasein vielleicht, man muß dahin zurückkehren, mehr weiß ich nicht, es ist nicht schön, dort zu verweilen, es ist nicht schön, daraus herauszutreten. Am folgenden Morgen verlangte ich meine Kleider. Der Diener ging, um sich zu erkundigen. Er kam mit der Nachricht zurück, daß man sie verbrannt habe. Ich setzte meine Untersuchung des Zimmers fort. Es glich auf den ersten Blick einem vollkommenen Würfel. Vor dem hohen Fenster sah ich Zweige. Sie schwankten kaum merklich, aber manchmal, wenn plötzliche Windstöße sie trafen, bewegten sie sich heftiger. Ich bemerkte, daß der Kronleuchter brannte. Meine Kleider, sagte ich, meine Krücken. Ich vergaß, daß meine Krücken an den Sessel angelehnt dastanden. Er ging wieder fort und ließ die Tür hinter sich offen. Durch die Tür erblickte ich ein großes, undurchsichtiges Fenster, das rundum umfänglicher war als der

Türrahmen. Der Diener kam zurück und sagte mir, die Kleider seien in die Färberei geschickt worden, um dort von ihrem Glanz befreit zu werden. Er brachte mir die Krücken, was mich hätte befremden sollen, mir aber im Gegenteil ganz natürlich vorkam. Ich ergriff eine Krücke und schlug auf die Möbel los, nicht sehr kräftig, gerade kräftig genug, um sie umzuwerfen, ohne sie zu zerschlagen. Sie waren nicht so zahlreich wie während der Nacht. Die Wahrheit zu sagen, hieb ich nicht auf sie ein, sondern schob sie weg, mit Fechtstößen und Ausfällen, was man auch nicht Wegschieben nennen kann, aber eher Wegschieben als Einhauen. Doch dann erinnerte ich mich daran, wer ich war, und es dauerte nicht lange, bis ich meine Krücke wegwarf und mich bewegungslos in der Mitte des Zimmers aufpflanzte, entschlossen, nichts mehr zu verlangen und nicht mehr den Anschein zu erwekken, als ob ich in Wut sei. Denn wenn ich meine Kleider haben wollte, und ich glaubte, daß ich sie haben wollte, so war das kein Grund, den Wütenden zu spielen, weil man sie mir verweigerte. Und sobald ich wieder allein war, begann ich meine Untersuchung des Zimmers aufs neue und war dabei, andere Merkwürdigkeiten zu entdecken, als der Diener zurückkehrte und mir sagte, man habe nach meinen Kleidern geschickt und ich werde sie bald bekommen. Dann machte er sich daran, die Möbel, die ich umgeworfen hatte, wieder aufzurichten und an ihren Platz zu stellen, wobei er sie jedesmal mit einem Federbesen abstaubte, den er unversehens in der Hand hatte. Und es dauerte nicht lange, so half ich ihm dabei nach Kräften, um zu zeigen, daß ich auf niemanden böse war. Und wenn ich wegen meines steifen Beins nicht imstande war, viel zu schaffen, so tat ich doch, was ich konnte, das heißt, ich bemächtigte mich jedes Möbelstücks, sobald er es auf die Füße gestellt hatte, und schob es mit verrückter Genauigkeit an seinen Platz; dabei ging ich zur besseren Beurteilung der Wirkung mit hochgehobenen Armen ein paar Schritte zurück und stürzte dann wieder vor, um unmerkliche Änderungen in der Anordnung vorzunehmen. Mit den zusammengerafften Schößen meines Nachthemdes teilte ich den Möbeln ungestüme Hiebe aus. Aber da ich mich auch in dieser Rolle nicht behaupten konnte, pflanzte ich mich rasch wieder unbeweglich in der Mitte des Zimmers auf. Als ich jedoch bemerkte, daß er Miene machte, zu gehen, trat ich auf ihn zu und sagte: Mein Fahrrad. Und diesen Satz wiederholte ich so oft, bis er ihn begriffen zu haben schien. Er war klein und sah aus, als ob er kein Alter hätte, dieser Diener; ich weiß nicht, welcher Rasse er angehörte, sicher nicht der weißen. Vielleicht war er ein Orientale, das hat etwas Unbestimmtes, ein Orientale, ein Kind des Morgenlandes. Er trug eine weiße Hose, ein weißes Hemd, darüber eine gelbe, vermutlich hirschlederne Weste mit vergoldeten Knöpfen und an den Füßen Sandalen. Es kommt selten vor, daß ich mir so genau ansehe, was die Leute tragen, und ich bin glücklich, Sie an dieser vorteilhaften Gelegenheit teilnehmen lassen zu können. Die Erklärung ist vielleicht darin zu finden, daß während dieses ganzen Vormittags sozusagen von nichts anderem die Rede war als von Kleidern, und zwar von meinen. Und was ich mir vielleicht sagte, war, kurz zusammengefaßt: Sieh dir den da an, wie sicher er sich fühlt in seinen Kleidern, und ich, ich flattere umher in einem fremden Nachthemd, und noch dazu wahrscheinlich im Nachthemd einer Frau – denn es war rosafarben, durchsichtig und mit Bändern, Spitzen und Fältchen verziert. Das Zimmer hingegen sah ich nur schlecht, bei jeder neuen Untersuchung erschien es mir verändert, und das nennt man, nach dem gegenwärtigen Stand unseres Wissens, schlecht sehen. Sogar die Zweige schienen sich vom Platz zu bewegen, als ob sie eine eigene planetarische Geschwindigkeit gehabt hätten, und die Tür nahm gegenüber dem großen, undurchsichtigen Fenster nicht mehr dieselbe Stelle ein, sondern war etwas nach links oder rechts – ich weiß es nicht mehr – gerückt, so daß in ihrer Öffnung ein weißes Mauerstück sichtbar wurde, auf dem ich durch bestimmte Bewegungen schwache Schatten hervorrufen konnte. Aber für all das gibt es natürliche Erklärungen, wie ich gern zugebe, denn die Natur verfügt offenbar über unbegrenzte Möglichkeiten. Allein, ich selbst war nicht natürlich genug, um mich mit Leichtigkeit in diese Ordnung der Dinge einfügen und ihre Feinheiten würdigen zu können. Aber ich war es gewohnt, die Sonne im Süden aufgehen zu sehen und nicht mehr zu wissen, wohin ich ging, noch was ich verließ und was mich begleitete, so willkürlich und sinnlos drehte sich alles. Unter solchen Umständen sich zu seiner Mutter begeben, ist nicht bequem, das werden Sie mir zugestehen, nicht so bequem, wie zu den Lousses zu gehen, ohne es zu wollen, oder auf die Polizeiwache oder zu den anderen Orten, die meiner noch warten, ich spürte es. Aber als der Diener mir meine Kleider brachte und sie aus dem Papier, in dem sie eingewickelt waren, vor mir auspackte, stellte ich fest, daß mein Hut nicht darin war, was mich zu sagen veranlaßte: Mein Hut. Und als er verstand, was ich wollte, ging er weg und kehrte kurz darauf mit meinem Hut zurück. Nichts fehlte also mehr, außer dem Schnürriemen, um den Hut am Knopfloch zu befestigen, aber ich verzweifelte daran, ihm das klarzumachen, und äußerte daher nicht das leiseste Wort darüber. Ein alter Schnürriemen – so etwas findet sich immer, ein Schnürriemen ist nichts Ewiges, wie richtige Kleider. Was das Fahrrad anging, so hoffte ich zuversichtlich, daß es unten irgendwo, vielleicht sogar vor der Einfahrt, auf mich wartete, bereit, mich von dieser Stätte des Schreckens weit fortzutragen. Und ich konnte keinen Vorteil darin sehen, noch einmal eine Anspielung darauf zu machen und uns beiden diese neue Prüfung aufzuerlegen, wenn es möglich war, sie uns zu ersparen. Diese Überlegungen stellte ich mit einer gewissen Schnelligkeit an. Vor den Augen des Dieners durchsuchte ich meine Kleidertaschen, im ganzen waren es vier, und stellte fest, daß ihr Inhalt nicht vollständig vorhanden war. Vor allem fehlte der Lutschstein. Aber Steine zum Lutschen – so etwas läßt sich bei uns am Strand leicht finden, vorausgesetzt, daß man zu suchen versteht, und ich hielt es für richtiger, diese Sache überhaupt nicht zu erwähnen, zumal er nach einer stundenlangen Diskussion imstande gewesen wäre, mir aus dem Garten einen zum Lutschen gänzlich ungeeigneten Stein zu holen. Auch diese Entscheidung traf ich sozusagen auf der Stelle. Die anderen verschwundenen Sachen zu erwähnen, war offenbar nutzlos, besonders da ich nicht genau wußte, was für Sachen es waren. Vielleicht hatte man sie mir auch ohne mein Wissen auf der Polizeistation abgenommen, oder ich hatte sie möglicherweise bei meinem Sturz oder bei einer anderen Gelegenheit verloren; vielleicht hatte ich sie weggeworfen, denn es passierte mir oft, daß ich alles, was ich bei mir trug, in einer Aufwallung von Ärger wegwarf. Also wozu ein Wort darüber verlieren. Indessen entschied ich mich dafür, mit Nachdruck zu versichern, daß mir ein Messer abhanden gekommen sei, ein feines Messer, und ich tat es so geschickt und nachhaltig, daß ich ein schönes Gemüsemesser bekam, angeblich ein rostfreies, aber ich brauchte nicht lange, um es rostig zu machen. Obendrein ließ es sich öffnen und schließen, im Gegensatz zu allen mir bekannten Gemüsemessern, und es besaß eine Hinderungsvorrichtung, die sich bald als unfähig herausstellte, irgend etwas zu hindern; daher rührten die unzähligen Wunden an meinen fünf Fingern, die zwischen dem aus sogenanntem echten irländischen Horn gearbeiteten Heft und der von Rost zerfressenen Klinge eingekeilt wurden. Die Klinge war so stumpf, daß es sich in Wahrheit nicht so sehr um Wunden als um Quetschungen handelte. Und ich rede deshalb so ausführlich von diesem Messer, weil es sich wahrscheinlich immer noch irgendwo unter meinen Besitztümern befindet und weil ich nach der ausführlichen Behandlung dieses Themas nicht mehr davon zu sprechen haben werde, wenn die Zeit kommt, falls sie kommt, ein Verzeichnis meiner Besitztümer aufzustellen, und das wird mir in einem Augenblick, in dem ich Erleichterung brauche, die Arbeit entsprechend erleichtern, ich fühle es. Denn es ist natürlich, daß ich mich über Dinge, die ich verloren habe, weniger ausführlich verbreite als über etwas, was ich nicht habe verlieren können, das versteht sich von selbst. Und wenn ich mich nicht immer an dieses Prinzip zu halten scheine, so liegt es daran, daß es mir manchmal aus dem Kopf entschwindet und einfach nicht mehr da ist, gerade so, als ob ich es nie entwickelt hätte. Verrückter Satz, aber das macht nichts. Denn ich weiß nicht mehr genau, was ich tue, noch warum ich es tue; das ist etwas, was ich immer weniger begreife, ich verhehle es nicht, warum es verhehlen, vor wem, etwa vor euch, vor denen man nichts verhehlt? Und dann, Tun erfüllt mich mit einem solchen – ich weiß nicht, unmöglich, es auszudrücken, für mich, in diesem Augenblick, nach einer so langen Zeit; Sie verstehen, daß ich mich nicht damit aufhalte zu erfahren, welches Prinzip sich hier auswirkt. Und um so weniger, als alles, was ich auch tun, das heißt sagen mag, in gewisser Weise immer dasselbe sein wird, jawohl, in gewisser Weise. Und wenn ich von Prinzipien spreche und es gibt keine, so kann ich nichts daran ändern. Irgendwo muß es welche geben. Und wenn immer das gleiche tun in gewisser Weise nicht dasselbe ist wie sich stets nach dem gleichen Prinzip richten, so kann ich auch daran nichts ändern. Außerdem, wie soll man wissen, ob man sich danach richtet oder nicht? Und wie soll man wünschen, es zu wissen? Nein, das alles ist nicht der Mühe wert, daß man sich damit aufhält, und dennoch hält man sich damit auf, weil man sich der Wertunterschiede nicht bewußt ist. Und mit den Dingen, die der Mühe wert sind, hält man sich niemals auf, man unterläßt sie, aus dem gleichen Grund oder wohlweislich auch deswegen, weil man mit dieser ganzen Geschichte von verschiedenen Werten nichts anfangen kann, da man nicht mehr genau weiß, was man tut, noch warum man etwas tut, und darum in Unwissenheit verharren muß bei Strafe von – ich frage mich, von was, jawohl, das frage ich mich. Denn Schlimmeres als das, was ich tue, ohne zu wissen, was und warum ich es tue, habe ich mir nie vorstellen können, und das erstaunt mich nicht, denn ich habe es nie versucht. Denn wenn ich fähig gewesen wäre, mir etwas Schlimmeres vorzustellen als das, was ich hatte, würde ich mich gierig darauf gestürzt haben, um es zu bekommen, wie ich mich kenne. Und was ich habe und bin, genügt mir, hat mir immer genügt, und auch über meine entzückende Zukunft bin ich beruhigt, ich bin weit davon entfernt, mich zu langweilen. Ich kleidete mich also an, nachdem ich mich vorher davon überzeugt hatte, daß am Zustand meiner Kleider nichts geändert worden war; das heißt, ich setzte meinen Hut auf und zog meine Hose, meinen Mantel und meine Schuhe an. Meine Schuhe. Sie reichten mir bis dahin, wo meine Waden gewesen wären, wenn ich Waden gehabt hätte; sie waren teils zum Knöpfen, wenn Knöpfe daran gewesen wären, teils zum Schnüren, und ich habe sie immer noch irgendwo, glaube ich. Dann nahm ich meine Krücken und verließ das Zimmer. Der ganze Tag war mit diesen Albernheiten vergangen, und nun dämmerte schon wieder der Abend. Während ich die Treppe hinunterging, warf ich einen prüfenden Blick auf das Fenster, das ich durch den Türrahmen gesehen hatte. Von dort empfing das Treppenhaus sein Licht, ein heftiges, braunes Licht. Lousse war im Garten und putzte das Grab ihres Hundes auf. Sie säte Gras, als ob das Gras sich nicht von selbst dorthin gesät haben würde. Sie wollte die kühleren Stunden ausnutzen. Als sie mich sah, ging sie herzlich auf mich zu und gab mir zu essen und zu trinken. Ich aß im Stehen und sah mich dabei nach meinem Fahrrad um. Sie redete. Nachdem ich mich schnell gesättigt hatte, machte ich mich auf die Suche nach meinem Fahrrad. Sie folgte mir. Endlich erblickte ich es, mein Fahrrad; es war gegen einen dichten Busch gelehnt, dessen Blätter es halb verdeckten. Ich warf meine Krükken fort und nahm es in meine Hände, eine legte ich auf den Sattel, die andere auf die Lenkstange, um es ein wenig voran- und zurückzubewegen, bevor ich es besteigen und diese verfluchte Stätte für immer verlassen würde. Aber soviel ich zog und drückte, die Räder wollten sich nicht drehen. Man hätte meinen sollen, alle Bremsen seien angezogen, aber das konnte nicht sein, denn mein Fahrrad hatte keine Bremsen. Und plötzlich fühlte ich eine große Müdigkeit, obgleich ich zu dieser Tageszeit sonst immer meine allergrößte Lebenskraft entfaltete. Ich warf das Fahrrad wieder in den Busch und legte mich auf den Rasen, ohne mich um den Tau zu kümmern, vor dem Tau habe ich mich nie gefürchtet. Sofort machte Lousse sich meine Schwäche zunutze, kauerte sich neben mich und erging sich in Vorschlägen, denen ich, wie ich gestehen muß, zerstreut mein Ohr lieh, da ich nichts anderes zu tun hatte oder in der Tat nichts anderes tun konnte, und sicher hatte sie mir irgend etwas in mein Bier getan, um mich, Molloy, weich zu machen, so daß ich sozusagen nur noch ein großes Stück Wachs war, das anfing zu schmelzen. Und aus ihren Vorschlägen, die sie Punkt für Punkt langsam mehrmals wiederholte, hörte ich schließlich folgende Einzelheiten heraus, die ohne Zweifel die wesentlichsten waren: Ich konnte nichts dagegen tun, daß sie Sympathie für mich hatte; sie auch nicht. Ich würde bei ihr bleiben und so tun, als ob ich zu Hause wäre. Ich würde umsonst zu essen und zu trinken bekommen, zu rauchen ebenfalls, wenn ich Raucher wäre, und würde ein sorgenfreies Leben führen. Ich würde irgendwie den Hund ersetzen, den ich getötet und den sie als ihr Kind betrachtet hatte. Ich würde im Garten und im Haus helfen, wenn und wann immer ich wollte. Ich würde nicht auf die Straße gehen, denn einmal draußen, würde ich nicht wieder zurückfinden. Ich würde mir den Tag einteilen, wie es mir paßte, und könnte ganz nach Belieben aufstehen, zu Bett gehen und die Mahlzeiten einnehmen. Wenn ich keinen Wert darauf legte, reinlich zu sein, anständige Kleider zu tragen, mich zu waschen und so weiter, so gab es nichts, was mich dazu verpflichtete. Sie würde darüber bekümmert sein, aber was bedeutete ihr Kummer neben meinem? Sie wünschte nur, daß ich mich bei ihr und in ihrer Nähe zu Hause fühlte, und daß sie von Zeit zu Zeit Gelegenheit hätte, diesen erstaunlichen Körper zu betrachten, wenn ich stand oder hin und her lief. In gewissen Abständen unterbrach ich sie mit der Frage, in welcher Stadt ich mich befände. Aber entweder konnte sie mich nicht verstehen, oder sie zog es vor, mich im Dunkeln zu lassen, jedenfalls gab sie auf meine Frage keine Antwort, sondern fuhr in ihrer Rede fort. Mit unendlicher Geduld kam sie wieder auf das zurück, was sie schon gesagt hatte, dann ging sie langsam, sachte etwas näher auf die Vorteile ein, die ich genießen würde, wenn ich bei ihr wohnte, und sie, wenn sie mich bei sich hätte. Bis schließlich nichts mehr da war als diese monotone Stimme, und nächtliches Dunkel und der Geruch von feuchter Erde, gemischt mit dem einer stark riechenden Blume, welcher Blume, konnte ich im Augenblick nicht feststellen, aber später fiel mir ein, daß es Lavendel war. In diesem Garten gab es überall Beete davon, denn Lousse liebte Lavendel – sie mußte es mir selbst sagen, sonst hätte ich es nicht gewußt – sie liebte diese Pflanze mehr als alle anderen Kräuter und Blumen, einmal wegen ihres Geruchs, und dann auch wegen ihrer Ähren und ihrer Farbe. Und wenn ich noch einen Geruchssinn hätte, so würde der Geruch von Lavendel infolge des wohlbekannten Mechanismus der Assoziation mich immer an Lousse denken lassen. Und sobald dieser Lavendel reif wurde, erntete sie ihn ein, trocknete ihn und tat ihn in kleine Beutel, die sie in ihre Schränke legte, um ihre Taschentücher und ihre Leib- und Hauswäsche zu parfümieren. Indessen hörte ich von Zeit zu Zeit das Schlagen vieler Kirchen- und Turmuhren, es wurde immer länger, dann auf einmal war es ganz kurz, und dann wurde es wieder länger und länger. Hiernach mag man sich vorstellen, wieviel Zeit sie daransetzte, um mich zu gewinnen, und welche Geduld und physische Ausdauer sie aufwandte, denn sie kniete oder kauerte während all dieser Stunden an meiner Seite, wogegen ich friedlich ausgestreckt auf dem Gras lag, manchmal auf dem Rücken, manchmal auf dem Bauch, manchmal auf der einen und manchmal auf der anderen Seite. Und sie hörte nicht auf zu reden, während ich den Mund nur auftat, um in immer längeren Abständen und mit immer schwächerer Stimme zu fragen, in welcher Stadt wir seien. Und als sie ihrer Sache sicher war oder als sie einfach dachte, daß sie alles getan hätte, was in ihren Kräften stand, und daß ein weiteres Beharren zu nichts führen würde, stand sie auf und ging fort, wohin, weiß ich nicht, denn ich blieb, wo ich war, nicht ohne Bedauern, aber auch nicht mit allzuviel. Denn in mir gibt es – neben anderen – immer zwei Hanswurste: einen, der immer nur da bleiben möchte, wo er gerade ist, und einen, der sich einbildet, daß es ihm etwas weiter weg etwas weniger schlecht gehen würde. In dieser Hinsicht war mir daher auf die eine oder die andere Art immer gedient, was ich auch tun mochte. Und ich ließ sie abwechselnd gewähren, diese traurigen Kumpane, damit sie ihren Irrtum einsehen könnten. Und diese Nacht hatte keinen Raum für den Mond noch für ein anderes Licht, es war eine Nacht der Laute, des leisen Rauschens und Seufzens, das um diese Stunde durch die kleinen Lustgärten zieht und hervorgerufen wird durch das schüchterne Rascheln der Blätter an Büschen und Blüten; durch die Luft, die dort anders weht als in offenen Räumen oder am Tage, wenn man alles überwachen und in alles eingreifen kann; und noch durch etwas anderes, dessen Natur nicht feststeht, denn es ist nicht der Wind und nicht das vom Wind Bewegte. Vielleicht ist es das ferne, immer gleiche Geräusch, das die Erde hervorbringt und das die anderen Geräusche übertönen, aber nicht für lange. Denn sie klingen anders als jenes Geräusch, das man vernimmt, wenn man in einem Augenblick, da ringsum alles zu schweigen scheint, wirklich lauscht. Und da war noch ein anderes Geräusch, das meines Lebens, das dieser über Abgründen und Wüsten hängende Garten sich zu eigen gemacht hatte. Ja, manchmal vergaß ich nicht nur, wer ich war, sondern daß ich war, ich vergaß mein Dasein. In solchen Zeiten war ich nicht mehr dieser geschlossene Kasten – dem ich es verdankte, daß ich mich so gut konserviert hatte –, sondern eine Wand fiel nieder, und ich ließ mich von sanften Stengeln und Wurzeln durchdringen, von Reishölzern, die schon seit langem kein Leben mehr in sich hatten und bald verbrannt werden würden, ich füllte mich an mit der Ruhe der Nacht und der Erwartung des Sonnenaufgangs und auch mit dem Knarren des Planeten, der eine dicke Haut hatte, denn er kreiste dem Winter entgegen, der Winter würde ihn von diesen albernen Krusten befreien. Oder ich war der unsichere Frieden dieses Winters, das Schmelzen des Schnees, der nichts ändert, und das Grauen des neuen Beginns. Aber das erlebte ich nicht oft, meist blieb ich in meinem Kasten, für den es keine Gärten und Jahreszeiten gab. Und es war besser so. Aber man muß aufpassen in der Abgeschlossenheit, man muß sich Fragen stellen, zum Beispiel die, ob man immer noch lebt, und wenn nicht, wann alles zu Ende gegangen ist, und wenn ja, wie lange es noch dauern wird; und man muß gleichgültig bleiben gegen alles, was einen daran hindert, den Faden des Traums zu verlieren. Ich stellte mir gerne Fragen, eine nach der anderen, nur um sie zu betrachten. Nein, nicht gern, sondern aus Vernunftgründen, um glauben zu können, daß ich noch immer da sei. Und doch sagte mir das nichts, noch immer da zu sein. Das nannte ich nachdenken. Fast ununterbrochen dachte ich nach und wagte nicht aufzuhören. Vielleicht verdankte ich diesem Umstand meine Unschuld. Sie war ein wenig abgenutzt und an den Rändern gleichsam angefressen, aber ich war froh, sie zu besitzen, jawohl, einigermaßen froh. Einigen Dank, wie ein Gassenjunge einmal zu mir sagte, als ich ihm seine Murmel auflas; ich weiß nicht, warum ich es tat, nichts verpflichtete mich dazu, und der Junge hätte sicher seine Murmel lieber selbst aufgelesen. Oder vielleicht durfte sie nicht aufgelesen werden. Und die Anstrengung, die es mich kostete, mit meinem steifen Bein! Jene Worte haben sich meinem Gedächtnis für immer eingeprägt, gewiß deshalb, weil ich sie blitzschnell verstand, was mir nicht oft passiert. Das heißt nicht, daß ich schwerhörig gewesen wäre, denn ich hatte ein ziemlich gutes Gehör, und Geräusche, mit denen sich kein klar bestimmter Sinn verband, vernahm ich vielleicht besser als irgendeiner. Um was handelte es sich also? Vielleicht um eine Schwäche meines Auffassungsvermögens, das erst nach mehrfachem Anklopfen einen Widerhall gab, oder das möglicherweise einen Widerhall gab, aber auf einer niedrigeren Stufe als die Urteilskraft, wenn sich das begreifen läßt, und es läßt sich begreifen, da ich es begreife. Ja, die Worte, die ich hörte, und ich hörte sie infolge meines ziemlich scharfen Gehörs recht gut, vernahm ich beim erstenmal, und selbst beim zweiten- und oft sogar beim drittenmal, als reine Laute, die kein Sinn belastete, und wahrscheinlich liegt hier einer der Gründe, warum jede Unterhaltung so unsagbar mühsam für mich war. Und meine eigenen Worte, die fast immer auf eine geistige Anstrengung zurückgehen mußten, kamen mir oft vor wie das Gesumme von Insekten. Und das erklärt, warum ich so wenig redselig war; es fiel mir nicht nur schwer, zu verstehen, was andere zu mir sagten, sondern auch, was ich selbst zu ihnen sagte. Allerdings, mit viel Geduld verstand man einander am Ende, aber worin verstand man einander, frage ich Sie, und was kam dabei heraus? Und auch auf die Laute der Natur und die Geräusche der menschlichen Arbeit reagierte ich auf meine Art, glaube ich, und dachte nicht daran, Lehren daraus zu ziehen. Und auch mein Auge – das gute – schien mit dem Spinngewebe des Denkens nur schlecht verbunden zu sein, denn für das, was sich oft sehr deutlich darin widerspiegelte, konnte ich schwer eine Bezeichnung finden. Und wenn ich auch nicht so weit gehen will zu sagen, daß ich ein umgekehrtes Bild der Welt gesehen hätte (das wäre zu einfach), so sah ich sie doch ganz zweifellos in übertriebener Weise auf ihre Form hin an, ohne deswegen im geringsten ein Ästhet oder Künstler zu sein. Und da von meinen zwei Augen nur eines einigermaßen erträglich funktionierte, so schätzte ich die Entfernung, die mich von der anderen Welt trennte, nicht richtig ein und streckte die Hand oft nach etwas aus, das sich ganz gewiß nicht in ihrer Reichweite befand, und oft stieß ich mich an festen Massen, die am Horizont kaum sichtbar waren. Aber auch als ich noch meine beiden Augen gebrauchte, war ich so, will mir scheinen, aber vielleicht auch nicht, denn dieser Abschnitt meines Lebens liegt weit zurück, und meine Erinnerung daran ist mehr als ungenau. Und wenn ich es recht bedenke, so stand es um meine Versuche auf den Gebieten des Geschmacks und des Geruchs nicht viel besser, ich roch und schmeckte, ohne genau zu wissen was, ja nicht einmal, ob es gut oder schlecht war, und selten roch und schmeckte ich zweimal hintereinander die gleiche Sache. Ich hätte wohl einen ausgezeichneten Ehemann abgegeben, einen, der nicht fähig gewesen wäre, seiner Gattin überdrüssig zu werden, und der sie nur aus Zerstreuung betrogen hätte. Nun aber, auf die Frage, warum ich eine ganze Weile bei Lousse geblieben bin, kann ich euch keine Antwort geben. Das heißt, wenn ich mir Mühe gäbe, brächte ich es doch fertig. Warum aber sollte ich sie mir geben? Um unwiderleglich festzustellen, daß ich nicht anders konnte. Denn darauf würde es notwendigerweise hinauslaufen. Ich liebte einst das Bild jenes alten, jung verstorbenen Geulincx, der mir auf dem schwarzen Schiff des Ulysses die Freiheit gewährte, an der Brücke entlang nach Osten zu schleichen. Das ist eine große Freiheit für jemanden, der nicht die Seele eines Pioniers hat. Und am Heck des Boots über die Fluten gebeugt, ein traurig lächelnder Sklave, betrachte ich die hoffärtige und nutzlose Furche der Fahrt, die mich von keinem Vaterland wegführt und mich keinem Schiffbruch entgegenträgt. Also eine ganze Weile bei Lousse. Eine ganze Weile – das ist etwas Unbestimmtes, vielleicht einige Monate, vielleicht ein Jahr. Ich weiß, daß es am Tage meines Aufbruchs wieder warm war, aber das besagte nichts in meiner Gegend, wo es zu irgendeiner Jahreszeit warm oder kalt oder einfach mild zu sein schien, und wo die Tage nicht sanft dahinglitten, nein, nicht sanft dahinglitten. Das hat sich vielleicht inzwischen geändert. Ich weiß also nur, daß bei meiner Abreise ungefähr das gleiche Wetter herrschte wie bei meiner Ankunft, wenigstens soweit ich zu beurteilen vermochte, was für ein Wetter es war. Und ich hatte eine so lange Zeit bei jeder Witterung im Freien zugebracht, daß ich die verschiedenen Arten von Wetter gut unterscheiden konnte, mein Körper unterschied sie und schien sogar seine Vorlieben zu haben. Ich glaube, ich bewohnte mehrere Zimmer, eins nach dem anderen, oder abwechselnd das eine und das andere, ich weiß es nicht. In meinem Kopf gibt es mehrere Fenster, dessen bin ich sicher, aber vielleicht ist es immer das gleiche Fenster, das einmal diesen, einmal einen anderen Ausblick auf das vorüberziehende Universum bietet. Das Haus stand still, vielleicht meine ich das, wenn ich von diesen verschiedenen Zimmern spreche. Garten und Haus waren unbeweglich, wohl vermöge irgendeines Ausgleich-Mechanismus, und wenn ich immer am gleichen Fleck blieb, was ich meistens tat, war ich selbst unbeweglich, und wenn ich mich von der Stelle rührte, so geschah es mit äußerster Langsamkeit, als ob ich in einem Käfig außerhalb der Zeit, wie die Scholasten es nennen, und wohlverstanden auch außerhalb des Raumes eingeschlossen wäre. Denn außerhalb des einen und nicht zugleich außerhalb des anderen zu sein, dazu mußte man schlauer sein als ich, denn ich war kein Schlaukopf, sondern viel eher ein Schafskopf. Aber ich kann mich völlig täuschen. Und diese verschiedenen Fenster, die sich in meinem Kopf öffnen, wenn ich über jene Zeit nachsinne, waren vielleicht wirklich da und sind vielleicht immer da, auch ohne daß ich da bin, ich meine, ohne daß ich im Begriff bin, sie zu betrachten, sie zu öffnen und zu schließen oder mich in eine entfernte Ecke des Zimmers zu kauern und über die Dinge zu erstaunen, die sich in den Fensterrahmen zeigen. Aber ich will nicht weiter bei dieser Episode verweilen, die im ganzen nur eine lächerlich kurze Zeit dauerte und so arm an Inhalt war. Denn ich half weder im Haus noch im Garten aus und wußte nichts von der Arbeit, die dort Tag und Nacht geleistet wurde und deren Geräusch zu mir drang; es waren dumpfe und auch abgehackte Geräusche, und oft schien es mir, daß sie wie zischende Luft klangen, was vielleicht einfach von der Feuerung herrühren konnte. Ich zog den Garten dem Haus vor, nach den vielen Stunden zu urteilen, die ich in ihm verbrachte, denn ich verbrachte den größten Teil des Tages und der Nacht darin, bei gutem und bei schlechem Wetter. Beständig machten Leute sich dort etwas zu schaffen und taten, ich weiß nicht was. Denn offensichtlich blieb der Zustand des Gartens immer der gleiche, wenn man von den winzigen Veränderungen absieht, die der gewohnte Kreislauf von Geburt, Leben und Tod mit sich bringt. Und mitten zwischen diesen Leuten irrte ich umher wie ein hin und her getriebenes welkes Blatt, oder ich legte mich auf den Boden nieder, worauf sie so vorsichtig über mich wegsprangen, als ob ich ein Beet kostbarer Blumen gewesen wäre. Ja, sie gaben sich all diese Mühe, nur um zu verhindern, daß der Garten sein Aussehen ändere. Mein Fahrrad war schon wieder verschwunden. Manchmal kam mich ein Verlangen an, es zu suchen, um es wiederzusehen und mir eine klare Vorstellung von seinem Zustand zu verschaffen oder um auf den Alleen und Pfaden zwischen den einzelnen Teilen des Gartens etwas herumzufahren. Aber anstatt dieses Verlangen zu befriedigen, verharrte ich dabei, es zu betrachten, wenn ich so sagen darf, es so lange zu betrachten, bis es geringer und geringer wurde und sich schließlich ganz verflüchtigte wie die berühmte peau de chagrin, nur viel geschwinder. Denn wie mir scheint, gibt es gegenüber Anwandlungen von Verlangen zwei Arten des Verhaltens, eine tätige und eine betrachtende, und wenn sie auch im Ergebnis auf dasselbe herauslaufen, so hatte ich doch eine Vorliebe für die zweite – unzweifelhaft eine Frage des Temperaments. Um den Garten lief eine hohe Mauer, deren First mit Glasstücken in Form von Fischflossen gespickt war. Aber – und das kommt gewiß unerwartet – es befand sich eine Gittertür darin, durch die man ohne weiteres auf die Straße gelangen konnte, denn sie war nicht verschlossen, das schien mir fast sicher, weil ich sie mehrmals ohne die geringste Schwierigkeit bei Tage und bei Nacht geöffnet und geschlossen und weil ich gesehen hatte, wie andere in beiden Richtungen hindurchgegangen waren. Ich steckte die Nase heraus und zog sie schnell wieder zurück. Noch einige Bemerkungen. Nie erblickte ich innerhalb dieser Umzäunung (und darunter verstehe ich nicht nur den Garten, wie ich wohl müßte, sondern auch das Haus) eine Frau, sondern ausschließlich Männer, selbstverständlich abgesehen von Lousse. Was ich sah und was ich nicht sah, bedeutete natürlich nicht viel, aber ich gebe trotzdem diesen Hinweis. Lousse sah ich nicht oft, sie zeigte sich mir kaum, vielleicht aus Zurückhaltung und auch aus Furcht, mich zu verscheuchen. Aber ich glaube, daß sie sich oft hinter den Büschen oder den Vorhängen versteckte oder im Hintergrund eines Zimmers auf der ersten Etage kauerte, um mich zu belauern, vielleicht sogar mit Hilfe eines Fernstechers. Denn hatte sie nicht gesagt, daß sie vor allem wünsche, mich zu sehen, wie ich hin und her ging und wie ich mich regungslos ausruhte? Und um gut sehen zu können, braucht man ein Schlüsselloch, eine kleine Öffnung zwischen den Blättern, kurzum alles, was verhindert, daß man selbst gesehen wird, und was zugleich von dem beobachteten Objekt jedesmal nur einzelne Teile freigibt. Ist es nicht so? Ja, sie musterte mich Stückchen für Stückchen, und ohne Zweifel beobachtete sie auch so intime Vorgänge wie mein Zu-Bett-Gehen, meinen Schlaf und mein Aufstehen, und zwar am Morgen, wenn ich mich zum Schlafen niederlegte. Denn in dieser Beziehung blieb ich meiner Gewohnheit treu, am Morgen zu schlafen, wenn ich schlief. Denn manchmal schlief ich während mehrerer Tage überhaupt nicht, ohne die geringste Unannehmlichkeit dabei zu verspüren. Denn mein Wachen war eine Art von Schlaf. Und ich schlief nicht immer an derselben Stelle, sondern manchmal schlief ich im Garten, der groß genug war, und manchmal schlief ich im Hause, das ebenfalls groß, ja wirklich außerordentlich geräumig war. Und diese Ungewißheit über Zeit und Ort meines Schlafs mußte Lousse entzücken, denke ich mir, und ihr ein sehr angenehmer Zeitvertreib sein. Aber es nützt nichts, bei dieser Epoche meines Lebens zu verweilen. Wenn ich nicht aufhöre, das als mein Leben zu bezeichnen, werde ich schließlich selbst daran glauben. Das ist das Prinzip der Publizität. Diese Epoche meines Lebens. Sie läßt mich an eine Luftblase in einer Wasserleitung denken, wenn ich an sie denke. Ich will also nur hinzufügen, daß diese Frau fortfuhr, mich langsam zu vergiften, indem sie mir ich weiß nicht was für ein Gift zu trinken oder zu essen gab, oder vielleicht beides, oder einen Tag das eine, den anderen Tag das andere. Das ist eine schwere Beschuldigung, die ich hier vorbringe, und ich tue es nicht leichtfertig. Und ich tue es ohne Nachträglichkeit, ja, ich beschuldige Lousse ohne Nachträglichkeit, meiner Nahrung Pulver und Flüssigkeiten von übler Wirkung und ohne Geschmack zugesetzt zu haben. Übrigens, wenn sie nach etwas geschmeckt hätten, so hätte das an der Geschichte nichts geändert, ich hätte alles ebenso gutwillig hinuntergeschluckt. Jener berühmte Mandelgeruch zum Beispiel hätte mir ganz gewiß nicht den Appetit verdorben. Mein Appetit! Reden wir ein wenig davon. Eine höchst merkwürdige Sache, mein Appetit. Ich hatte nur sehr wenig und aß wie ein Vögelchen, aber das Wenige, das ich aß, verschlang ich mit einer Gier, wie man sie sonst den Vielessern anzuschreiben pflegt, aber mit Unrecht, denn diese essen im allgemeinen langsam und mit Bedacht, das ergibt sich schon aus dem Begriff eines Vielessers. Während ich mich auf mein einziges Gericht stürzte und die Hälfte oder ein Viertel davon mit zwei Bissen wie ein Raubfisch verschlang, ich meine, ohne zu kauen (womit hätte ich kauen sollen?), und es dann voller Ekel weit von mir wegschob. Man hätte glauben können, ich äße, um zu leben! Ebenso leerte ich fünf oder sechs Kannen Bier hintereinander und trank dann eine Woche lang gar nichts. Was soll man tun, man ist wer man ist, zum mindesten teilweise. Daran ist nichts oder kaum etwas zu ändern. Was das Zeug anlangt, das sie den verschiedenen Säften meines Körpers heimlich hinzufügte, so wüßte ich nicht zu sagen, ob es sich um Erregungs- oder nicht vielmehr um Deprimierungsmittel handelte. Um die Wahrheit zu gestehen, ging es mir, was die Einheit von Körper- und Lebensgefühl angeht, fast so wie immer: ich war – gebt acht, ich lasse die Katze aus dem Sack – von einer solchen Nervosität durchzittert, daß ich gewissermaßen nichts empfand, um nicht zu sagen das Bewußtsein verlor, und tief in eine barmherzige Betäubung versank, die manchmal blitzartig von schrecklichen Lichtblicken erhellt wurde; genau so war es, mit Ihrer Erlaubnis. Was vermochten gegen ein solches Gleichgewicht die elenden Zaubermittel der Lousse, die sie mir, wahrscheinlich in winzigen Dosen, verabreichte, damit die Wonne länger dauerte? Daß sie ganz ohne Wirkung geblieben wären, nein, zu dieser Behauptung werde ich mich nie versteigen. Denn von Zeit zu Zeit überraschte ich mich dabei, wie ich einen kleinen Luftsprung von wenigstens – wenigstens – zwei bis drei Fuß machte, ich, der ich niemals sprang. Es war, als ob die Schwerkraft aufgehoben sei. Und manchmal passierte es mir auch, was allerdings weniger überraschend ist, daß ich mitten im Gehen oder sogar dann, wenn ich mich gegen eine Stütze lehnte, mit einem Male hinsank, gleich einer Marionette, deren Fäden man losläßt, und eine ganze Zeit liegenblieb, buchstäblich wie ein Sack. Ja, das erschien mir nicht so merkwürdig, weil ich diese Schwächeanfälle gewohnt war, aber mit dem Unterschied, daß ich sie herannahen fühlte und meine Vorbereitungen traf wie ein Epileptiker, der spürt, daß die Krise kommt. Ich meine, wenn ich wußte, daß ich im Begriff war zu fallen, legte ich mich nieder oder faßte mit solcher Geschicklichkeit Fuß, daß nur ein Erdbeben mich von der Stelle hätte bewegen können, und wartete ab. Aber diese Vorsichtsmaßnahmen ergriff ich nicht immer, da ich lieber stürzte, als daß ich mich mühsam niedergelegt oder fest aufgepflanzt hätte. Wogegen die Stürze, die ich bei Lousse tat, so waren, daß ich keine Zeit fand, ihnen entgegenzuwirken. Dennoch kamen sie mir weniger überraschend, sie schlugen mehr in mein Fach als die kleinen Sprünge. Denn ich erinnere mich, selbst als Kind keine Sprünge gemacht zu haben, sogar Wut und Schmerz konnten mich nicht zum Springen veranlassen, nicht einmal in der Kindheit, so wenig Anspruch ich auch darauf machen darf, über diese Epoche etwas auszusagen. Meine Mahlzeiten nahm ich ein, wann, wo und wie es mir am besten paßte, glaube ich. Ich brauchte sie nie zu bestellen. Man servierte sie mir, wo ich auch war, auf einem Tablett. Das Tablett habe ich noch vor Augen, ich kann es mir fast immer vorstellen, wenn ich will; es war rund, hatte einen kleinen Rand, damit die Speisen nicht herunterfielen, und war ganz von rotem Lack bedeckt, der an einigen Stellen Sprünge zeigte. Es war klein, wie es sich für ein Tablett ziemte, das nur einen einzigen Teller und ein Stück Brot zu tragen brauchte. Denn das Wenige, was ich aß, stopfte ich mir mit der Hand in den Mund, und die Getränke, die ich direkt aus der Flasche schlürfte, brachte man mir gesondert in einem Körbchen. Aber dieses Körbchen hinterließ bei mir nicht den geringsten Eindruck, weder im guten noch im schlechten Sinne, und ich wüßte nicht zu sagen, wie es beschaffen war. Und wenn ich mich aus dem einen oder anderen Grunde von der Stelle entfernt hatte, wohin mir die Eßwaren gebracht worden waren, und mich später das Verlangen ankam, sie zu verzehren, konnte ich sie oft nicht wiederfinden. Dann suchte ich überall danach, und oft hatte ich Erfolg, denn ich kannte die Stellen gut, an denen ich hätte gewesen sein können, aber oft hatte ich keinen Erfolg. Oder ich verzichtete darauf zu suchen und litt lieber Hunger und Durst, als daß ich die Mühe des Suchens auf mich genommen hätte, ohne im voraus zu wissen, daß ich etwas finden würde; oder die Mühe, ein anderes Tablett oder ein anderes Körbchen oder auch die gleichen dorthin zu bestellen, wo ich mich befand. Dann kam es vor, daß ich meinem Lutschstein nachtrauerte. Und wenn ich Worte wie Vorziehen oder Nachtrauern gebrauche, so darf man nicht annehmen, daß ich das geringere Übel wählte und darin einwilligte, denn das wäre ein Irrtum. Aber da es mir nicht ganz klar war, was ich tat oder vermied, tat oder vermied ich es, ohne zu ahnen, daß ich viel später eines Tages auf alle diese

Handlungen und Unterlassungen, die der Ablauf der Zeit entfärbt und mit schmückenden Zutaten versehen haben würde, zurückkommen müsse, um sie in die eudämonistische Pollution hineinzuziehen. Aber ich muß gestehen, daß der Zustand meiner Gesundheit bei Lousse ungefähr der gleiche blieb. Das heißt, alles, was an mir gestört war, erschien nach und nach mehr und mehr gestört, wie zu erwarten war. Aber es bildete sich kein neuer Krankheits- oder Ansteckungsherd, abgesehen natürlich von denen, die durch eine erweiterte Plethora und schon vorhandene Schwächen entstanden. In Wahrheit ist es schwer, über dieses Thema irgend etwas mit Sicherheit auszusagen. Denn was die Störungen angeht, die noch kommen sollten, wie zum Beispiel das Abfallen der Zehen an meinem linken Fuß – nein, ich täusche mich, es ist der rechte –, wer weiß da genau, in welchem Augenblick ich den verderblichen Keim dazu wider meinen Willen, o gewiß wider meinen Willen, empfangen habe? Infolgedessen kann ich nicht mehr sagen, und ich werde mich zwingen, nicht mehr zu sagen, als daß während meines Aufenthalts bei Lousse sich nichts Auffallendes oder Unerwartetes auf der pathologischen Ebene bemerkbar machte, nichts, was ich nicht hätte voraussagen können, wenn ich dazu imstande gewesen wäre, nichts, was man mit dem plötzlichen Verlust der Hälfte der Zehen eines Fußes vergleichen könnte. Das ist nämlich eine Sache, die ich niemals hätte voraussehen und deren Bedeutung ich niemals hätte erfassen können, ich meine den Zusammenhang mit meinen anderen Unpäßlichkeiten; wahrscheinlich fehlen mir dafür die medizinischen Kenntnisse. Denn in der langen Tollheit des Körpers hängt alles zusammen, ich spüre es. Aber es ist nicht der Mühe wert, daß ich in dem Bericht über diesen Abschnitt meines Daseins fortfahre, denn nach meinem Gefühl ist er ohne Bedeutung. An diesem Euter mag ich noch so oft ziehen, es kommt nichts aus ihm heraus als Blasen und Spucke. Ich will also nur ein paar weitere Bemerkungen hinzufügen, von denen die erste ist, daß Lousse eine außerordentlich platte Frau war, im physischen Sinn, versteht sich, so platt, daß ich mich sogar an diesem Abend, in der verhältnismäßigen Stille meines letzten Aufenthaltsorts, frage, ob sie nicht vielmehr ein Mann oder wenigstens ein Mannweib gewesen ist. Sie hatte ein etwas behaartes Gesicht, oder bilde ich mir das ein, um mir das Erzählen leichter zu machen? Ich habe sie so wenig gesehen, diese Unglückliche, und auch so wenig betrachtet. Und hatte ihre Stimme nicht einen verdächtig tiefen Klang? So erscheint es mir im Augenblick. Zermartere dir nicht den Kopf, Molloy, Mann oder Frau, was macht das aus? Aber ich kann die folgende Frage nicht zurückhalten. Wäre eine Frau fähig gewesen, mich aufzuhalten, während ich so zu meiner Mutter hindrängte? Ohne Zweifel. Und weiter, war ein solches Zusammentreffen möglich, ich meine, zwischen mir und einer Frau? Einige Männer habe ich gestreift, aber Frauen? Gut denn, ich will es nicht länger verheimlichen, ja, ich habe eine gestreift. Ich spreche nicht von meiner Mutter, sie habe ich mehr als gestreift. Und dann wollen wir meine Mutter aus diesen Geschichten herauslassen, wenn ich bitten darf. Aber von einer anderen, die meine Mutter und – ich glaube – fast meine Großmutter hätte sein können, wenn der Zufall es nicht anders gewollt hätte. Seht einmal an, wer jetzt vom Zufall spricht. Sie war es, die mich in die Liebe einweihte. Sie trug den friedlichen Namen Ruth, glaube ich, aber ich kann es nicht versichern. Vielleicht nannte sie sich Edith. Sie hatte ein Loch zwischen den Beinen, oh, nicht ein Spundloch, wie ich es mir immer vorgestellt hatte, sondern eine Ritze, und ich steckte, oder vielmehr sie steckte mein sogenanntes männliches Glied hinein, nicht ohne Mühe, und ich stieß und strengte mich mit Keuchen an, bis ich einen Erguß hatte oder bis ich es aufgab oder sie mich anflehte aufzuhören. Ein saudummes Spiel, finde ich, und noch dazu auf die Dauer ermüdend. Aber ich gab mich ziemlich bereitwillig dazu her, weil ich wußte, daß dies die Liebe war, denn so hatte sie mir gesagt. Sie beugte sich ihres Rheumatismus wegen über die Cosy, und ich stieß von hinten in sie hinein. Es war die einzige Position, die sie aushalten konnte, infolge ihres Rückenwehs. Ich fand das natürlich, denn ich hatte den Hunden zugesehen, und ich war erstaunt, als sie mir anvertraute, daß man die Sache auch anders anfangen könne. Ich frage mich, was sie genau damit gemeint hat. Vielleicht führte sie mich einfach in ihr Rectum ein. Das war mir im höchsten Grade gleichgültig, wie Sie sich denken können. Aber ist das die wahre Liebe, im Rectum? Das ist die Frage, die mich beunruhigt. Sollte ich trotz allem die Liebe niemals kennengelernt haben? Auch diese Frau war überaus platt und bewegte sich mit kleinen, steifen Schritten, wobei sie sich auf einen Stock aus Ebenholz stützte. Es war vielleicht auch ein Mann, noch einer. Aber wären in diesem Falle unsere Hoden nicht aneinander gestoßen, während wir uns hin und her bewegten? Vielleicht hielt sie, gerade um das zu vermeiden, die ihren zusammengedrückt in ihrer Hand. Sie trug viele raschelnde Unterröcke, Spitzen und andere Unterwäsche, deren Bezeichnung ich nicht kenne. Alles das hob sich mit Rauschen und Knistern, und wenn die Verbindung hergestellt war, senkte es sich langsam kaskadenförmig darauf nieder. So daß ich nichts sah außer diesem gelblichen Nacken, der sich spannte, als ob er brechen wollte, und in den ich manchmal leicht hineinbiß, so groß ist die Macht des Instinkts. Wir schlossen unsere Bekanntschaft auf einem Gelände ohne bestimmtes Aussehen, ich würde es unter Tausenden wiedererkennen, und trotzdem gleichen sie einander, die unbestimmten Gelände. Was sie dort vorhatte, weiß ich nicht; ich rührte lässig in den Schutthaufen herum, während ich mir wahrscheinlich sagte (denn in diesem Alter hatte ich wohl noch einige allgemeine Ideen): das ist dein Leben. Sie hatte keine Zeit zu verlieren, ich hatte nichts zu verlieren, ich würde mich mit einer Ziege eingelassen haben, um die Liebe kennenzulernen. Sie hatte eine niedliche Wohnung, nein, nicht niedlich: dort bekam man Lust darauf, eine Ruhestätte zu finden und sich nie wieder daraus wegzubegeben. Die Wohnung gefiel mir. Sie war voll von kleinen Möbeln, unter unseren Stößen setzte die Cosy sich auf ihren Rollen in Bewegung, alles um uns herum fiel zu Boden, die Hölle war los. Die Beziehungen zwischen uns waren nicht ohne Zärtlichkeit; sie schnitt mir mit leicht zitternder Hand die Fußnägel, und ich rieb ihr das Kreuz mit einer Mixtur ein. Unsere Idylle dauerte nur kurz. Arme Edith, vielleicht beschleunigte ich ihr Ende. Nun ja, aber sie ist es doch gewesen, die in dem unbestimmten Gelände den ersten Schritt getan hat, indem sie mit der Hand über meinen Hosenschlitz fuhr. Genauer gesagt, ich hatte mich über einen Abfallhaufen gebeugt, in der Hoffnung, etwas zu finden, was mir den Hunger verleiden könnte, als sie sich mir von hinten näherte, ihren Stock zwischen meine Beine schob und anfing, gewisse Teile meines Körpers zu streicheln. Nach jeder Lustpartie gab sie mir Geld, mir, der ich auch ohne Bezahlung mich gefreut hätte, die Liebe kennenzulernen und tiefer zu erforschen. Sie war keine praktisch denkende Frau. Ich glaube, ich hätte eine weniger trockene und nicht so große Öffnung vorgezogen, das hätte mir eine höhere Meinung von der Liebe gegeben. Nun also. Zwischen Daumen und Zeigefinger ist man sowieso besser dran. Aber die Natur kümmert sich gewiß nicht um solche zufälligen Umstände. Und vielleicht entsteht die wahre Liebe nicht, wenn man es bequem hat, sondern wenn das Glied wie toll nach einem Gegenstand sucht, an dem es sich reiben kann, und nach befeuchtendem Schleim und, im Fall es nichts findet, seine Schwellung behält, anstatt zusammenzuschrumpfen, vielleicht erhebt sie sich dann hoch über alle Fragen niederen Kalibers. Und wenn man noch ein wenig Fußpflege und Massage, die sicher mit eigentlicher Ekstase nicht unmittelbar etwas zu tun haben, hinzufügt, dann ist nach meinem Eindruck in dieser Hinsicht kein Zweifel mehr erlaubt. Das einzige, was mich in dieser Geschichte stört, ist die Gleichgültigkeit, mit der ich eines Nachts, als ich mich bei ihr herumtrieb, ihren Tod aufnahm; diese Gleichgültigkeit wurde allerdings durch den Ärger darüber gemildert, daß ich eine Quelle des Einkommens versiegen sah. Sie starb, als sie ein lauwarmes Bad nahm, wie sie gewöhnlich tat, bevor sie mich empfing. Das machte sie weicher. Wenn ich mir vorstelle, daß sie vielleicht darauf wartete, in meine Arme zu kommen! Die Wanne stürzte um, das schmutzige Wasser verbreitete sich überall, auch in der unteren Etage, deren Bewohner Lärm schlugen. Sieh an, ich dachte nicht, daß ich diese Geschichte so gut kannte. Es muß sich trotzdem um eine Frau gehandelt haben, das Gegenteil hätte sich in der Nachbarschaft herumgesprochen. Allerdings ist es wahr, daß man sich in dieser Gegend allem verschloß, was mit sexuellen Fragen zu tun hatte. Wie es heute ist, weiß ich nicht. Wenn man tatsächlich einen Mann dort gefunden hatte, wo man eine Frau hätte finden müssen, so kann es durchaus sein, daß dieses Vorkommnis von den wenigen, die zu ihrem Unglück davon Kenntnis hatten, sofort verdrängt und vergessen worden ist. Oder es kann auch sein, daß alle auf dem laufenden waren und sich über die Geschichte unterhielten – außer mir. Aber eins plagt mich bei dieser ganzen Sache, wenn ich mich prüfe, und das ist die Frage, ob mein Leben ohne Liebe gewesen ist oder ob ich sie wirklich bei Ruth kennengelernt habe. Aber ich kann versichern, daß ich nie versucht habe, noch einmal die gleiche Erfahrung zu machen, gewiß weil ich fühlte, etwas in seiner Art Unvergleichliches, vollkommen Abgerundetes und Unwiederholbares erlebt zu haben, und es schien mir wichtig, das Andenken daran unverfälscht in meinem Herzen zu bewahren, bereit, von Zeit zu Zeit zu den angeblichen Diensten des sogenannten einsamen Genusses meine Zuflucht zu nehmen. Sprecht mir nicht von dem Dienstmädchen, es war nicht richtig von mir, sie zu erwähnen, das liegt viel weiter zurück, ich war krank, vielleicht hat es nie ein Dienstmädchen in meinem Leben gegeben. Molloy, oder das Leben ohne Dienstmädchen. Alles das soll darauf hinweisen, daß die Tatsache meiner Begegnung und – in gewissem Sinne – meines Verkehrs mit Lousse in bezug auf ihr Geschlecht nichts bewies. Und ich will gern an dem Glauben festhalten, daß sie eine alte, verwitwete und ausgetrocknete Frau war, und Ruth ebenso, denn auch sie sprach von ihrem verstorbenen Mann und von seiner Unfähigkeit, ihr legitimes Verlangen zu befriedigen. Es gibt Tage, wie zum Beispiel heute abend, wo die beiden sich in meinem Gedächtnis vermischen und ich versucht bin, in ihnen nur ein einziges, vom Leben erniedrigtes und rasend gemachtes Geschöpf zu sehen. Und Gott verzeihe mir – um euch das Geheimnis meines Entsetzens zu enthüllen –, manchmal vereinigt sich das Bild meiner Mutter mit dem Bild jener beiden, und das ist eigentlich unerträglich, man glaubt ans Kreuz geschlagen zu werden, ich weiß nicht warum und lege keinen Wert darauf, es zu wissen. Aber endlich, in einer heißen und erstickenden Nacht verließ ich Lousse, ohne Abschied von ihr zu nehmen, was doch das wenigste gewesen wäre, und ohne daß sie versucht hätte, mich zurückzuhalten, außer durch Zaubereien, wie ich annehme. Aber mein Aufbruch konnte ihr nicht entgehen, sie mußte sehen, wie ich aufstand, meine Krücken nahm, mich mit deren Hilfe voranschwang und fortging. Und sie mußte sehen, wie die Gittertür sich hinter mir schloß – denn sie fiel durch eine Zugvorrichtung von selber zu –, und sie mußte wissen, daß ich für immer gegangen war. Denn sie kannte meine Gewohnheit, zur Gittertür zu gehen und nur meine Nase hinauszustecken und sie eine Sekunde später zurückzuziehen. Und sie versuchte nicht, mich zurückzuhalten, sondern setzte sich womöglich vor das Grab ihres Hundes, das in gewisser Hinsicht auch mein Grab war und auf das sie, nebenbei bemerkt, kein Gras gesät hatte, wie es mir vorgekommen war, sondern kleine Blumen aller Art und Farbe und grasartige Pflanzen, die so ausgewählt waren, daß die Blüte der einen Sorte begann, wenn die der anderen aufhörte, ich fühle es. Ich ließ ihr mein Fahrrad, das ich angefangen hatte nicht mehr zu lieben, weil ich es verdächtigte, ein Gefährt des Bösen und vielleicht die Ursache der Unglücksfälle zu sein, die mich jüngst betroffen hatten. Ich würde es trotzdem mitgenommen haben, wenn ich gewußt hätte, wo es sich befand und ob man noch darauf fahren konnte. Aber über diese Dinge wußte ich nicht Bescheid; ich fürchtete, wenn ich über sie nachdächte, die kleine Stimme abzunutzen, die sagte: Mach dich davon, Molloy, nimm deine Krücken und mach dich davon. Es hatte mich viel Zeit gekostet, sie zu verstehen, denn ich vernahm sie schon seit langem. Und ich verstand sie vielleicht falsch, aber ich verstand sie, und das war das Neue daran. Es schien mir auch, daß dieses Scheiden nicht notwendigerweise endgültig war und daß es mich eines Tages nach langen, verworrenen Umwegen wieder zum Ausgangspunkt zurückbringen würde. Und vielleicht bin ich noch nicht ganz am Ende meines Weges angelangt. Draußen blies der Wind, es war eine andere Welt. Da ich nicht wußte, wo ich war, und daher auch nicht, wohin ich mich am besten wenden sollte, so ging ich mit dem Wind. Und als ich mich voranschwang, gut zwischen meinen Krücken aufgehängt, fühlte ich, wie es mir half, dieses Windchen, das, ich weiß nicht von woher, blies. Und sprecht mir nicht von den Sternen, ich kann sie kaum unterscheiden und nicht in ihnen lesen, trotz meiner astronomischen Studien. Und in dem ersten besten Obdach, das ich fand, blieb ich bis zum Morgen, denn ich wußte, daß jeder Polizist mir unfehlbar in den Weg treten und mich fragen würde: Was machen Sie da – eine Frage, auf die ich nie eine rechte Antwort habe finden können. Aber es war wohl kein richtiges Obdach, und ich blieb auch nicht bis zum Morgen, denn nach einiger Zeit erschien ein Mann und vertrieb mich daraus. Und dennoch war dort Platz genug für zwei. Er war eine Art Nachtwächter, glaube ich, ohne Zweifel ein Mann; er hatte wohl irgendwelche Ausgrabungsarbeiten zu beaufsichtigen. Mir schwebt ein Kohlenbecken vor Augen. Es schien eine kalte Luft zu wehen, wie man zu sagen pflegt. Ich ging notgedrungen weiter und machte es mir auf den Stufen einer Haustreppe bequem. Es mußte ein ärmliches Haus sein, denn es hatte keine Tür, oder die Tür ging nicht zu, ich weiß es nicht. Lange vor Morgengrauen fing dieses ärmliche Haus an, sich zu entleeren. Leute kamen die Treppen hinunter. Ich drückte mich gegen die Wand. Man schenkte mir keine Beachtung, niemand trat mir zu nahe. Schließlich, als ich den Augenblick für richtig hielt, machte ich mich auch auf und irrte in der Stadt umher, ich suchte ein Erkennungsmal, das mich zu dem Ausruf veranlassen könnte: Ich bin in meiner Stadt, trotz allem, ich bin die ganze Zeit über darin gewesen. Die Stadt erwachte, auf den Türschwellen wurde es lebendig, der Lärm schwoll schon beträchtlich an. Aber als ich einen engen Gang zwischen zwei hohen Häusern erblickte, sah ich mich nach allen Richtungen um und schlüpfte dort hinein. Zu beiden Seiten des Ganges gab es nichts als kleine Fenster, eins auf jeder Etage. Sie lagen sich in gleichmäßiger Anordnung gegenüber. Es waren ohne Zweifel die Toilettenfenster. Man stößt trotz allem manchmal auf Dinge, die sich dem Verstand mit der Überzeugungskraft eines Axioms einprägen, ohne daß man weiß, warum. Der Gang lief nicht durch, er war keine Gasse, sondern eher eine Sackgasse. Wo sie endete, waren zwei Vertiefungen – nein, das ist nicht der richtige Ausdruck –, die einander gegenüberlagen und die beide von allen möglichen Abfällen und von teils trockenen und geruchlosen, teils noch feuchten Exkrementen von Herr und Hund angefüllt waren. Ah, diese Zeitungen, die niemand mehr lesen wird und die vielleicht nie jemand gelesen hat. Man schien sich nachts dort zusammenzufinden und Eidschwüre auszutauschen. Ich trat in einen dieser Schlupfwinkel – nein, das ist es auch nicht – ein und lehnte mich an die Mauer. Ich hätte es vorgezogen, mich hinzulegen, und nichts sagte mir, daß ich es nicht tun würde. Aber für den Augenblick begnügte ich mich damit, an die Mauer gelehnt, die Füße so weit wie möglich von ihr entfernt, in gleitender Stellung dazustehen, aber ich hatte noch andere Stützpunkte, nämlich die Enden meiner Krükken. Aber nach einigen Minuten überquerte ich den Durchgang, um in die andere Kapelle – das ist es – zu gehen, wo ich, wie mir schien, etwas besser daran sein würde, und stellte mich dort ebenfalls in der Haltung einer Hypotenuse hin. Und zuerst schien es mir, daß ich dort tatsächlich besser daran sei, aber allmählich mußte ich mich vom Gegenteil überzeugen. Es fiel ein feiner Regen, und ich nahm meinen Hut ab, zur Erfrischung meines verrunzelten, durchfurchten und brennenden Schädels. Aber ich nahm den Hut auch deswegen ab, weil er an die Mauer stieß und mir in den Nacken rutschte. Ich hatte also zwei gute Gründe, weshalb ich ihn abnahm, und das war nicht zuviel, ein einzelner hätte nie genügt, um mich zu einer Entscheidung zu veranlassen, glaube ich. Ich warf den Hut mit einer unbekümmerten, großen Geste fort, und er kehrte an seinem Band oder seinem Schnürriemen wieder zu mir zurück und kam nach einigen Luftsprüngen an meiner Seite zur Ruhe. Schließlich begann ich nachzudenken, das heißt angestrengter zu lauschen. Kaum eine Gefahr, daß man mich dort finden würde, ich hatte Frieden und Ruhe, solange ich die friedliche Ruhe ertragen könnte. Für einen kurzen Augenblick dachte ich daran, mich an diesem Ort niederzulassen, mein Lager und meine Zuflucht daraus zu machen – für einen kurzen Augenblick. Ich zog das Gemüsemesser aus der Tasche und versuchte, mir die Pulsader damit zu öffnen. Aber der Schmerz gewann bald die Oberhand. Zuerst schrie ich auf, dann ließ ich von meinem Vorhaben ab. Ich schloß das Messer und steckte es wieder in die Tasche. Ich fühlte keine große Enttäuschung, im Grunde hatte ich dieses Ergebnis vorausgesehen. Nun also. Es hat mich immer betrübt, wenn ich rückfällig wurde, aber das Leben besteht aus lauter Rückfällen, könnte man meinen, und auch der Tod muß eine Art Rückfall sein, es würde mich nicht wundern. Habe ich schon gesagt, daß der Wind sich gelegt hatte? Ein feiner Regen schließt in gewissem Sinn jeden Gedanken an Wind aus. Meine Knie sind enorm dick, ich habe sie gerade gesehen, als ich einen Augenblick aufstand. Meine Beine lassen sich so wenig beugen wie die Gerechtigkeit, und trotzdem stehe ich manchmal auf. Was soll man machen? Ebenso werde ich mich auch manchmal an meine wirkliche Existenz erinnern, von ihr kann die andere, über die ich hier berichte, nur eine schwache Vorstellung geben. Aber ich werde es nur in weiten Abständen tun, damit man sich, wenn ich es tue, sagen kann: Nicht möglich, das lebt noch? Oder auch: Nun, es ist ein intimes Tagebuch und wird bald abbrechen. Daß ich enorm dicke Knie habe und noch manchmal aufstehe – welcher Sinn dahintersteckt, sieht man zunächst nicht. Um so lieber weise ich darauf hin. Nachdem ich endlich diese Sackgasse verlassen hatte, wo ich möglicherweise halb im Liegen, halb im Stehen ein kurzes Schläfchen gehalten hatte, denn es war die gewohnte Zeit dafür, ging ich – wundern Sie sich nicht – der Sonne entgegen, es blieb mir nichts anderes übrig, nachdem der Wind sich gelegt hatte. Oder richtiger gesagt, ich ging auf die lichteste Stelle des Himmels zu, der vom Zenit bis zum Horizont ganz mit Wolken bedeckt war. Aus dieser Wolkenmasse kam der Regen, den ich erwähnt habe. Da sehen Sie, wie alles zusammenhängt. Und welcher Teil des Himmels am wenigsten düster war, ließ sich nicht leicht entscheiden. Denn auf den ersten Blick erschien der ganze Himmel gleichmäßig düster. Aber da ich mir Mühe gab, das tue ich nämlich manchmal in meinem Leben, gelangte ich zu einem Ergebnis, das heißt, ich fällte eine Entscheidung in dieser Sache. Dadurch war ich in der Lage, meinen Weg wieder aufzunehmen und mir zu sagen: Ich gehe auf die Sonne zu, also im Prinzip nach Osten oder Südosten, denn ich bin nicht mehr bei Lousse, sondern aufs neue mitten in der prästabilierten Harmonie, die eine so liebliche Musik hervorbringt und für den, der sie versteht, eine so liebliche Musik ist. Es gingen Leute vorüber, ihr Gang war meist hastig und nervös, einige duckten sich unter einen Regenschirm, andere schützten sich vielleicht weniger wirksam durch einen wasserdichten Mantel. Ich sah auch einige, die unter Bäumen oder Torgewölben Zuflucht suchten. Und sowohl von den Mutigen oder weniger Anfälligen, die noch immer hin und her liefen, als auch von denen, die sich untergestellt hatten, um nicht so naß zu werden, sagten sich viele: ich täte besser daran, es so zu machen wie die da drüben, und mit »Die da drüben« meinten sie die Gruppe, zu der sie selbst nicht gehörten, wenigstens nehme ich das an. Wie es auch viele gab, die sich auf ihre Geschicklichkeit etwas zugute taten, während sie auf das schlechte Wetter fluchten, das sie zu dieser Geschicklichkeit zwang. Aber als ich einen jungen, elend aussehenden Greis erblickte, der ganz allein unter einem Dachfirst stand und vor Kälte zitterte, erinnerte ich mich plötzlich an den Plan, den ich am Tage meiner Begegnung mit Lousse und ihrem Hund gefaßt hatte und dessen Ausführung durch diese Begegnung verhindert worden war. Ich stellte mich also an die Seite dieses alten Mannes und nahm dabei, so hoffte ich, den Ausdruck eines Menschen an, der sich sagt: Das ist ein Schlaukopf, ich werde es so machen wie er. Aber bevor ich Zeit fand, das Wort an ihn zu richten, was ich auf eine natürlich klingende Art und ohne Überstürzung tun wollte, ging er in den Regen hinaus und entfernte sich. Denn die Worte, die ich sagen wollte, hätten ihn durch ihren Inhalt wenn nicht beleidigen, so doch mindestens erstaunen können. Und es kam deshalb darauf an, sie im richtigen Augenblick und in passendem Ton vorzubringen. Ich muß mich wegen dieser Einzelheiten entschuldigen, aber wir werden jetzt viel schneller vorangehen, viel schneller. Ohne Rückfälle in peinliche und übelriechende kleine Geschichten von vornherein auszuschließen. Die jedoch, wenn die Reihe an sie kommt, zur Entstehung großer, mit Abscheu hingepinselter Fresken beitragen werden. Für den *homo mensura* ist eine Staffage nötig. Jetzt war ich es, der allein unter dem Vorsprung stand. Ich erwartete nicht, daß jemand kommen und sich an meine Seite stellen würde, aber ich schloß diese Möglichkeit nicht aus. Das ist eine recht gute Karikatur meines Geisteszustandes in jenem Augenblick. Ergebnis: ich blieb, wo ich war. Ich hatte aus Lousse's Wohnung etwas Silber mitgenommen, oh, nichts Besonderes, zum größten Teil waren es massiv-silberne Kaffeelöffel, dazu ein paar kleine Sachen, deren praktischen Nutzen ich nicht begriff, die mir jedoch wertvoll zu sein schienen. Darunter war ein Stück, an das ich jetzt noch manchmal denken muß. Es bestand aus zwei X, die an der Stelle, wo die Striche sich kreuzten, durch ein Stäbchen miteinander verbunden waren. Es glich einem winzigen Sägebock, allerdings mit dem Unterschied, daß die X des wirklichen Sägebocks keine ganzen X, sondern oben verkürzt sind, während die X des kleinen Dings, von dem ich spreche, voll ausgeführt waren, das heißt, sie bestanden beide aus zwei völlig gleichen V, einem oberen V, das sich nach oben öffnete, wie übrigens jedes V es tut, und einem unteren, das nach unten offen war, genauer gesagt, aus vier V, die bis aufs kleinste miteinander übereinstimmten, und zwar aus den beiden, die ich erwähnt habe, und aus zwei weiteren, eins auf der rechten, eins auf der linken Seite, und je nachdem waren auch die Öffnungen auf der rechten oder linken Seite. Aber vielleicht ist es nicht angebracht, hier von rechts und links, oben und unten zu sprechen. Denn dieses kleine Ding schien keine eigentliche Grundfläche zu haben, sondern stand in jeder seiner vier Grundstellungen gleich fest, ohne sein Aussehen zu ändern, was bei einem wirklichen Sägebock nicht der Fall ist. Dieses seltsame Instrument habe ich immer noch irgendwo, glaube ich, da ich mich nie, selbst nicht in der äußersten Not, entschließen konnte, es zu Geld zu machen, denn ich sah einfach nicht ein, wozu es dienlich sein könnte, noch war ich imstande, eine Hypothese darüber aufzustellen. Und von Zeit zu Zeit holte ich es aus meiner Tasche und starrte es an, mit erstauntem und ich will nicht sagen zärtlichem Blick, denn ich war keiner Zärtlichkeit fähig. Aber ich glaube, daß es mir eine Zeitlang so etwas wie Verehrung einflößte, denn wenn ich es auch nicht für ein Wertstück hielt, so nahm ich doch sicher an, daß es eine höchst besondere Funktion habe, die mir für immer verborgen bleiben würde. Ich konnte es also ohne Gefahr endlos lange untersuchen. Denn nichts wissen, das hat keine Bedeutung, nichts wissen wollen auch nicht, aber nichts wissen können, wissen, daß man nichts wissen kann, das ist die Tür, durch die der Frieden in die Seele des Forschers ohne Wißbegierde gelangt. Erst dann beginnt das wirkliche Dividieren, zweiundzwanzig durch sieben zum Beispiel, erst dann füllen sich die Kladden endlich mit echten Zeichen. Aber ich möchte darüber nichts Sicheres sagen. Im Gegensatz dazu erscheint mir unleugbar, daß ich – der Augenschein, oder besser gesagt eine sehr große Wahrscheinlichkeit, überzeugte mich davon – meinen Platz unter dem Vorsprung verließ und mich langsam durch die Luft voranschwang. Die Bewegungen eines Menschen, der an Krücken geht, haben etwas an sich, das begeistert – oder begeistern sollte. Denn sie bestehen aus lauter kleinen Flügen dicht über dem Erdboden. Man stößt sich ab, man landet wieder – inmitten der flinken Leute, die nicht wagen, mit einem Fuß den Boden zu verlassen, bevor sie nicht den anderen fest und sicher aufgesetzt haben. Und selbst ihr fröhlichstes Laufen ist keine Luftreise wie mein Humpeln. Aber das sind rein analytische Überlegungen. Und obgleich die Sorge um meine Mutter und der Wunsch zu wissen, ob ich in ihrer Nähe sei, mich immer beschäftigen, fingen sie doch an, mich weniger zu beschäftigen, vielleicht wegen des Silbers in meiner Tasche, aber das glaube ich nicht, und dann auch, weil es ganz alte Sorgen waren und man nicht immer dieselben Sorgen in seinem Kopf herumwälzen kann, sondern sie von Zeit zu Zeit auswechseln muß, um sich den alten im passenden Augenblick mit vermehrter Kraft widmen zu können. Aber ist es möglich, hier von alten und neuen Sorgen zu sprechen? Ich denke nein, aber es würde mir schwerfallen, den Beweis dafür zu erbringen. Ich kann nur versichern, und zwar ohne Furcht vor – ohne Furcht, daß es mir fühlbar gleichgültiger wurde zu erfahren, in welcher Stadt ich mich befände und ob ich bald meine Mutter treffen würde, um die Angelegenheit zu regeln, die uns interessierte. Und selbst die Natur dieser Angelegenheit verlor für mich etwas von ihrer Bestimmtheit, ohne sich jedoch ganz zu verflüchtigen. Denn es war keine kleine Sache, und ich hing daran. Mein ganzes Leben lang hatte ich daran gehangen, glaube ich. Ja, soweit ich während der ganzen Dauer eines solchen Lebens an einer Sache hängen konnte, war es mir darauf angekommen, die Angelegenheit zwischen meiner Mutter und mir zu regeln, aber ich hatte es nicht fertiggebracht. Und während ich mir sagte, daß die Zeit dränge und daß es bald zu spät sein werde – vielleicht war es schon zu spät –, diese Regelung zu treffen, fühlte ich, wie ich von anderen Sorgen, anderen

Schreckbildern abgelenkt wurde. Und viel stärker als das Verlangen zu wissen, in welcher Stadt ich sei, war jetzt mein Begehren, sie zu verlassen, selbst wenn es die richtige wäre, die, in der meine Mutter so lange gewartet hatte und vielleicht immer noch wartete. Und wenn ich geradeaus ginge, schien mir, würde ich schließlich zwangsläufig aus ihr herauskommen. Das versuchte ich also mit meiner ganzen Geschicklichkeit zu tun, wobei ich der Rechtsabweichung des schwachen Lichtscheins, dem ich entgegenging, Rechnung trug. Und ich war mit so viel Eifer und Gewandtheit dabei, daß ich tatsächlich bei Einbruch der Nacht den Stadtwall erreichte, nachdem ich infolge meiner schlechten Navigation gewiß mindestens einen Viertelkreis beschrieben hatte. Aber ich muß auch berichten, daß ich oft haltmachte, um mich auszuruhen, aber immer nur für kurze Zeit, denn ich fühlte mich verfolgt, ohne Zweifel zu Unrecht. Aber auf dem Land gibt es in der ersten Zeit eine andere Gerechtigkeit und andere Rächer. Und als ich den Stadtwall hinter mir hatte, mußte ich erkennen, daß der Himmel seine Wolkenhülle abgeworfen hatte, bevor er sich in das andere, nächtliche Leichentuch wickelte. Ja, die großen Wolken faserten auseinander, um hier und da einen bleichen, sterbenden Himmel durchscheinen zu lassen. Und die Sonne, die nicht als runde Scheibe sichtbar war, zeichnete sich durch gelbe und rote Feuerstreifen ab, die gegen den Zenit hin züngelten, zurückfielen, wieder hervorschossen, und immer schwächer, immer blasser wurden, als ob sie gleich nach dem Aufleuchten dem Verlöschen geweiht seien. Diese Erscheinung war für meine Gegend charakteristisch, wenn ich meiner Erinnerung an diese Beobachtungen trauen darf. Heute geht das alles vielleicht ganz anders vor sich. Obgleich ich nicht recht sehe, wie ich von den Eigentümlichkeiten meiner Gegend sprechen kann, da ich sie nie verlassen habe. Nein, ich bin niemals aus mir selbst herausgekommen, und nicht einmal von den Grenzen meiner Gegend wußte ich das geringste, aber ich glaubte, sie seien ziemlich weit hinausgeschoben. Dieser Glaube konnte sich jedoch auf keine feste Grundlage stützen, er war einfach ein Glaube. Denn wenn meine Gegend nur so weit reichte, wie meine Füße mich tragen konnten, so hätten kleine Veränderungen es mich wohl ahnen lassen. Denn soviel ich weiß, hört eine Gegend nicht plötzlich auf, sondern geht allmählich in eine andere über. Und davon habe ich nie etwas empfunden. Und so weit ich auch gelangt bin – in welcher Richtung es auch sein mag –, immer war es genau der gleiche Himmel, die gleiche Erde, Tag für Tag und Nacht für Nacht. Andererseits, wenn Gegenden allmählich ineinander übergehen, was erst bewiesen werden müßte, so habe ich die meine vielleicht oft verlassen, während ich immer noch darin zu sein wähnte. Aber ich zog es vor, an meinem einfachen Glauben festzuhalten, der zu mir sprach: Molloy, deine Gegend hat eine große Ausdehnung, du bist nie aus ihr herausgekommen und wirst nie aus ihr herauskommen. Und wo du auch zwischen ihren weit entfernten Grenzen umherirren magst, alles wird immer genau das gleiche sein. Was zu der Annahme verleiten könnte, daß meine Ortsveränderungen nicht von einem Wechsel der Umgebung herrührten, sondern daß ich sie etwas anderem verdankte, zum Beispiel dem verbogenen Rad, das mich mit unberechenbaren Stößen von der Müdigkeit zur Ruhe, von der Ruhe zur Müdigkeit trug. Aber jetzt irre ich nirgends mehr umher, ich rühre mich sogar kaum, und doch ändert sich nichts. Und die Grenzen meines Zimmers, meines Bettes und meines Körpers sind ebenso weit von mir entfernt, wie die Grenzen meiner Gegend es in meiner Glanzzeit waren. Und der Kreislauf geht weiter, mit Stocken, zwischen Flucht und Rast, in einem Ägypten ohne Grenzen, ohne Kind und ohne Mutter. Und wenn ich meine Hände betrachte, wie sie auf dem Bettlaken liegen und sich schon darin gefallen, es zu zerknittern – sie gehören mir nicht, weniger als jemals gehören sie mir, ich habe keine Arme, diese Hände sind ein Pärchen, ihr Spiel mit der Bettdecke ist vielleicht ein Liebesspiel, sie wollen vielleicht aufeinandersteigen. Aber das hält nicht lange an, ich ziehe sie allmählich wieder auf mich zu, hier finden sie Ruhe. Und ebenso ist es manchmal mit meinen Füßen, wenn ich sie am Ende des Betts liegen sehe, den einen mit Zehen, den anderen ohne. Und das erscheint mir noch viel bemerkenswerter. Denn meine Beine, die nun an die Stelle meiner eben erwähnten Arme treten, sind jetzt beide steif und überaus empfindlich, und ich dürfte nicht imstande sein, sie zu vergessen, wie ich meine mehr oder weniger unversehrten Arme vergessen kann. Und trotzdem vergesse ich sie, und ich sehe nur, wie die zwei fern von mir einander beobachten. Aber wenn meine Füße wieder nur Füße geworden sind, ziehe ich sie nicht an mich, denn das vermag ich nicht, sondern sie bleiben, wo sie sind, fern von mir, obgleich nicht mehr so fern wie eben vorhin. Ende der Erinnerung. Aber man sollte meinen, daß ich jetzt, nachdem die Stadt wirklich hinter mir lag und ich mich umgedreht hatte, um einen Teil des Ganzen zu betrachten, mir hätte klar darüber werden müssen, ob es meine Stadt war oder nicht. Nichts davon, ich betrachtete sie vergebens, ich prüfte sie vielleicht nicht einmal und wollte nur das Schicksal herausfordern, als ich mich umdrehte. Vielleicht tat ich ganz einfach nur so, als ob ich sie betrachtete. Ich empfand kein Bedauern wegen meines Fahrrads, wirklich nicht. Es ging mir nicht zu sehr gegen den Strich, mich so voranzubewegen, wie ich es beschrieben habe, indem ich in der Dunkelheit auf den kleinen verlassenen Landwegen dicht über dem Erdboden einherschwankte. Und ich sagte mir, es sei ziemlich unwahrscheinlich, daß man mich beunruhigen könnte; vielmehr würde ich die anderen beunruhigen, falls sie mich zu Gesicht bekämen. Besonders am Morgen muß man sich verbergen. Die Leute wachen frisch und munter auf, sie dürsten nach Ordnung, Schönheit und Gerechtigkeit, sie fordern von anderen ein gleiches. Ja, von acht oder neun Uhr bis mittags ist die gefährliche Zeit. Aber gegen Mittag legt sich das, die am schwersten zu Befriedigenden haben ihr Teil bekommen, sie gehen nach Hause, nicht alles ist ganz so, wie es sein sollte, aber man hat gute Arbeit geleistet, einige sind noch gerade davongekommen, aber sie sind nicht zu gefährlich, jeder zählt seine Ratten. Am frühen Nachmittag kann alles wieder aufs neue beginnen, nach dem Bankett, den Feiern, den Beglückwünschungen, den Ansprachen – aber das ist im Vergleich mit der Morgenbeschäftigung ein reines Kinderspiel. Gegen vier oder fünf Uhr wird es natürlich Zeit für die Nachtschicht, für die Aufpasser, sich zu rühren. Aber dann ist der Tag schon zu Ende, die Schatten werden länger, die Mauern treten hervor, man streift an den Mauern entlang, duckt sich vorsichtig, ist zu jeder Unterwürfigkeit bereit, man hat zwar nichts zu verbergen, verbirgt sich aber aus Furcht, ohne nach rechts oder links zu sehen, verbirgt sich, aber nicht so sehr, daß es Anstoß erregt, ist bereit, sich zu zeigen, zu lächeln, zuzuhören, zu kriechen, ekelerregend, ohne pestilenzialisch zu sein, mehr Kröte als Ratte. Dann kommt die wirkliche Nacht, gefährlich auch sie, aber gut für den, der sie kennt, der sich ihr zu öffnen vermag, wie die Blume dem Sonnenlicht, für den, der selbst Nacht ist, immer, Tag und Nacht. Nein, sie ist auch nicht besser, die Nacht, aber im Vergleich zum Tag ist sie besser, und im Vergleich zum Morgen ist sie ganz fraglos viel besser. Denn für die Reinigung, die sich in der Nacht vollzieht, leisten meistens die Fachleute auf diesem Gebiet Gewähr, sie beschäftigen sich nur damit, während die Mehrheit der Bevölkerung, alles in allem genommen, sich nicht daran beteiligt, sondern es vorzieht zu schlafen. Man lyncht nur am Tage, und besonders morgens zwischen Frühstück und Mittagessen, weil der Schlaf heilig ist. Nach einigen Meilen, die ich in der einsamen Morgendämmerung zurückgelegt hatte, war daher meine erste Sorge, einen Platz zum Schlafen zu finden, denn auch der Schlaf gewährt einen gewissen Schutz, so widersinnig das klingen mag. Denn wenn der Anblick eines Schlafenden den Beuteinstinkt wachruft, so besänftigt er, wie es scheint, den Instinkt, zu töten und Blut zu vergießen, ganz gleich, was für ein Jäger euch das mitteilt. Ein Untier, das sich bewegt oder lauernd in seinem Schlupfwinkel hockt, erweckt kein Mitleid, aber wenn es sich im Schlaf überraschen läßt, so mögen andere Gefühle, die den Jäger das Gewehr senken und den Dolch in die Scheide stecken lassen, ihm zugute kommen. Denn der Jäger ist nur ein sentimentaler Schwächling, dessen ungenutzte Fähigkeit zur Güte und zum Mitgefühl nur darauf wartet, sich zu zeigen. Und dem süßen Schlaf der Erschöpfung oder der Angst verdankt es manche todgeweihte Bestie, daß sie das Ende ihrer Tage friedlich in einem zoologischen Garten erwarten darf, wo sie an Sonn- und Feiertagen oft die unschuldige Freude der Kinder und die wohlüberlegte der Erwachsenen erregt. Ich persönlich habe stets die Sklaverei dem Tode, oder besser dem Getötetwerden, vorgezogen. Denn der Tod ist ein Zustand, von dem ich mir nie ein rechtes Bild habe machen können. Es ist also nicht zulässig, ihn als einen Rechnungsposten in der Bilanz von Gut und Böse aufzuführen. Dagegen hatte ich über das Getötetwerden Vorstellungen, auf die ich mich zu Recht oder Unrecht verließ, so daß es mir statthaft erschien, mich unter bestimmten Umständen auf sie zu beziehen. Oh, es waren keine Vorstellungen, wie ihr sie habt, es waren Vorstellungen, wie ich sie habe, begleitet von Zuckungen, Schweißausbrüchen und Schüttelfrost, und man konnte nicht eine Spur von gesundem Menschenverstand oder Kaltblütigkeit darin entdecken. Aber ich gab mich mit ihnen zufrieden. Um Ihnen jedoch eine Ahnung davon zu geben, welchen Grad der Verwirrung meine Ideen über den Tod erreicht hatten, will ich Ihnen offen gestehen, daß ich die Möglichkeit nicht ausschloß, der Tod sei als Zustand noch schlimmer als das Leben. Ich hielt es also für normal, mich nicht hineinzustürzen und zur rechten Zeit einzuhalten, wenn ich mich soweit vergaß, es doch einmal zu versuchen. Das ist meine einzige Entschuldigung. Ich schlüpfte also wahrscheinlich in irgendein Loch, wo ich abwartete, bis die Raserei des Morgens sich ausgetobt hatte. Die Hälfte der Zeit verbrachte ich mit Schlafen, die andere Hälfte mit Seufzen, Ächzen und Lachen; oder ich strich mit den Händen über meinen Körper, um zu sehen, ob er noch der alte war. Dann ging ich weiter auf meiner Spiralbahn. Was ich in den darauf folgenden Monaten oder gar Jahren trieb, wohin ich ging – darüber zu berichten, liegt nicht in meiner Absicht. Denn ich habe von diesen Erdichtungen allmählich genug, und andere locken mich. Aber um noch einige Seiten zu beschmieren, will ich anführen, daß ich eine gewisse Zeit an der Meeresküste zugebracht habe, ohne daß sich ein Zwischenfall ereignet hätte. Es gibt Leute, bei denen das Meer keinen Gefallen findet, die das Gebirge oder das flache Land vorziehen. Ich persönlich fühle mich dort nicht schlechter als anderswo. Ein großer Teil meines Lebens hat sich vor dieser schaudererregenden Unermeßlichkeit entfaltet, beim Rauschen der großen und kleinen Wellen und beim Brausen der Brandung, wenn sie ihre Tatzenhiebe austeilte. Vor ihr? – was sage ich: auf gleicher Höhe mit ihr, auf dem Sand oder in einer Höhle ausgestreckt. Auf dem Sand war ich in meinem Element, ich ließ ihn zwischen meinen Fingern durchrieseln, warf ihn mit vollen Händen in die Luft, wälzte mich darin herum und grub Löcher darin aus, die ich sogleich wieder zuwarf oder die sich von selbst wieder füllten. Und in der Höhle, in die nachts der Feuerschein der Leuchttürme drang, wußte ich mich so einzurichten, daß ich mich dort nicht schlechter fühlte als anderswo. Und daß der Erdboden, auf dem ich stand, aufhörte, zum mindesten auf einer Seite, war keineswegs dazu geeignet, mein Mißfallen zu erregen. Und die Empfindung, daß es wenigstens eine Richtung gab, in die ich nicht gehen konnte, ohne zuerst naß zu werden und dann zu ertrinken, war für mich ein angenehmes Gefühl. Denn ich habe mir immer gesagt: Lerne zuerst gehen, dann nimm Schwimmunterricht. Aber ihr dürft nicht glauben, daß meine Gegend an der Küste aufhörte, das wäre ein großer Irrtum. Denn auch dieses Meer, mit seinen Klippen, seinen fernen Inseln und verborgenen Untiefen gehörte dazu. Und ich war auch darauf umhergeschifft, in einer Art von Kahn ohne Ruder, aber ich hatte mir eine Paddel angefertigt. Und manchmal frage ich mich, ob ich von dieser Fahrt jemals zurückgekehrt bin. Denn wenn ich mich aufs Meer hinausfahren und lange auf den Fluten treiben sehe, sehe ich keine Rückkehr, keinen Tanz auf der Brandung, und ich höre den schwachen Kiel nicht auf dem Sand knirschen. Ich nutzte diesen Aufenthalt, um mich mit Steinen zum Lutschen zu versorgen. Es waren kleine Kiesel, aber ich nenne sie Steine. Ja, dieses Mal brachte ich einen bedeutenden Vorrat von ihnen zusammen. Ich verteilte sie gleichmäßig in meinen vier Taschen und lutschte sie nacheinander. Dadurch entstand ein Problem, das ich zunächst auf folgende Art löste: Angenommen, ich hatte sechzehn Steine und vier davon in jeder meiner vier Taschen, nämlich in den zwei Taschen meiner Hose und den zweien meines Mantels. Wenn ich einen Stein aus der rechten Manteltasche nahm und in den Mund steckte, so ersetzte ich ihn in der rechten Manteltasche durch einen Stein aus der rechten Hosentasche, den ich durch einen Stein aus der linken Hosentasche ersetzte, den ich durch einen Stein aus der linken Manteltasche ersetzte, den ich wiederum durch den Stein in meinem Mund ersetzte, sobald ich mit dem Lutschen fertig war. Auf diese Weise befanden sich immer vier Steine in jeder meiner vier Taschen, aber nicht genau dieselben. Und wenn die Lust zu Lutschen mich wieder ankam, griff ich aufs neue in meine rechte Manteltasche und konnte sicher sein, dort nicht den gleichen Stein in die Hand zu bekommen wie das letzte Mal. Und während des Lutschens nahm ich die neue Verteilung der Steine vor, wie ich gerade auseinandergesetzt habe. Und so fort. Aber diese Lösung befriedigte mich nur zum Teil. Denn die Möglichkeit entging mir nicht, daß durch einen außerordentlichen Zufall es immer dieselben Steine sein könnten, die zirkulierten. Und in diesem Fall würde ich durchaus nicht die sechzehn Steine einen nach dem anderen, sondern in Wirklichkeit immer dieselben vier nacheinander lutschen. Aber ich schüttelte sie gut in meinen Taschen, vor und während des Lutschens, in der Hoffnung, alle Steine in den Kreislauf einzubeziehen, und erst dann schritt ich zu ihrer Verteilung von Tasche zu Tasche. Aber das war nichts als ein Notbehelf, mit dem ein Mann wie ich sich nicht lange zufrieden geben konnte. Ich machte mich also daran, eine andere Methode zu finden. Und zu allererst fragte ich mich, ob ich nicht besser daran täte, jeweils vier Steine auf einmal anstatt jedesmal je einen von einer Tasche in die andere zu bringen, das heißt, während des Lutschens die drei Steine, die noch in meiner rechten Manteltasche waren, in die Hand zu nehmen und an ihre Stelle die vier aus meiner rechten Hosentasche und an deren Stelle die vier aus meiner linken Hosentasche und an deren Stelle die vier aus meiner linken Manteltasche und an deren Stelle endlich die drei aus meiner rechten Manteltasche, die in meiner Hand waren, nebst dem Stein, der sich in meinem Mund befand, wenn ich ihn fertig gelutscht hätte, zu setzen. Ja, anfangs schien es mir so, als ob ich auf diese Weise zu einem besseren Ergebnis gelangen würde. Aber diese Ansicht mußte ich nach reiflicher Überlegung ändern und mir eingestehen, daß der Kreislauf der Steine in Gruppen von je vier genau auf das gleiche hinauslief wie ihr Kreislauf in Einheiten von je einem. Denn wenn ich auch sicher sein konnte, in der rechten Manteltasche jedesmal vier Steine zu finden, die von ihren unmittelbaren Vorgängern in dieser Tasche völlig verschieden waren, so war die Möglichkeit nicht geringer geworden, daß mir innerhalb jeder Vierergruppe immer der gleiche Stein in die Hand kam und daß ich infolgedessen, anstatt die sechzehn Steine nacheinander zu lutschen, wie ich es wollte, in Wirklichkeit nur immer die gleichen vier davon nacheinander lutschte. Es war also nötig, an einem anderen Punkt als an der Art der Zirkulation anzusetzen. Denn wie immer ich auch die Steine zirkulieren ließ, immer stieß ich auf den gleichen Zufallsfaktor. Ganz offenbar konnte ich durch Vermehrung der Anzahl meiner Taschen gleichzeitig meine Chancen vermehren, meine Steine so zu benutzen, wie ich es beabsichtigte, das heißt, einen nach dem anderen, bis der Vorrat erschöpft war. Wenn ich zum Beispiel anstelle meiner vier Taschen acht Taschen gehabt hätte, so hätte der bösartigste Zufall es nicht verhindern können, daß ich von meinen sechzehn Steinen wenigstens acht nacheinander lutschte. Im Grunde hätte ich sechzehn Taschen nötig gehabt, um ganz beruhigt zu sein. Und während einer langen Zeit kam ich nicht über die Schlußfolgerung hinaus, daß ich mindestens sechzehn Taschen haben müßte, jede mit ihrem besonderen Stein darin, um das Ziel, das ich mir gesteckt hatte, zu erreichen – abgesehen von einem außerordentlichen Zufall. Und wenn es auch denkbar war, die Zahl meiner Taschen zu verdoppeln, sei es nur dadurch, daß ich jede Tasche in zwei teilte, nehmen wir an mit Hilfe einiger Sicherheitsnadeln, so schien es doch meine Fähigkeiten zu übersteigen, sie zu vervierfachen. Und ich legte keinen Wert darauf, mich wegen einer halben Maßnahme anzustrengen. Denn seitdem ich mich mit dieser Geschichte herumschlug, verlor ich allmählich den Sinn für das Maß und sagte mir: Entweder alles oder nichts. Und wenn mir einen Augenblick lang der Gedanke vorschwebte, zwischen meinen Steinen und meinen Taschen ein ausgeglicheneres Verhältnis herzustellen, indem ich die Zahl der Steine verringerte und der Zahl der Taschen anglich, so doch nur einen Augenblick lang. Denn damit hätte ich meine Niederlage zugegeben. Und während ich auf dem Strand saß, das Meer vor meinen Augen, betrachtete ich die sechzehn Steine, die ich vor mir ausgebreitet hatte, mit Wut und ratlosem Erstaunen. Denn so schwer es mir fiel, mich in einem Stuhl oder Sessel niederzulassen, wegen meines steifen Beins, verstehen Sie, so leicht war es mir, mich auf die Erde zu setzen, wegen meines steifen und wegen meines anderen Beins, das anfing, steif zu werden, denn es war ungefähr zu dieser Zeit, daß sich an meinem guten Bein – gut in dem Sinne, daß es nicht steif war – Anzeichen des Steifwerdens bemerkbar machten. Ich brauchte eine Stütze für die Kniekehle, Sie verstehen, und sogar für die ganze Länge des Beins brauchte ich den Boden als Stütze. Und während ich so auf meine Steine blickte und mir über die Einsatzmöglichkeiten, die alle gleich mangelhaft waren, den Kopf zerbrach und viele Handvoll Sand zerdrückte, so daß der Sand durch meine Finger rieselte und wieder auf den Strand fiel, jawohl, während ich auf diese Weise meinen Geist und einen Teil meines Körpers beschäftigte und in Gang hielt, kam mir eines Tages auf einmal die erleuchtende Idee, daß ich vielleicht mein Ziel erreichen könne, ohne die Zahl meiner Taschen zu vermehren noch die meiner Steine zu verringern, indem ich einfach das Prinzip der Schichtung fallen ließe. Diese Idee hob plötzlich in mir zu singen an wie ein Bibelvers aus Jesajas oder Jeremias, und ich brauchte einige Zeit, um ihre ganze Bedeutung zu erfassen; und besonders das Wort Schichtung, das ich nicht kannte, blieb mir lange dunkel. Aber am Ende glaubte ich zu erraten, daß dieses Wort Schichtung nichts anderes und nichts besseres bezeichnen könne als die Verteilung der sechzehn Steine in vier Gruppen zu je vieren, mit je einer Gruppe in jeder Tasche, und daß die Weigerung, eine andere Verteilung als diese ins Auge zu fassen, alle meine bisherigen Berechnungen verdorben und das Problem wirklich unlösbar gemacht hatte. Und dank dieser Auslegung, ob sie nun richtig war oder nicht, konnte ich endlich zu einer Lösung gelangen, einer Lösung, die gewiß nicht elegant war, aber handfest, handfest. Inzwischen glaube ich gern, ja, ich glaube sogar sicher, daß es für dieses Problem andere Lösungen gab und sogar immer noch gibt, die eben so handfest sind wie die gerade beschriebene, aber eleganter. Und ich glaube auch, daß ich sie mit etwas mehr Verbissenheit, etwas mehr Beharrlichkeit selbst gefunden haben könnte. Aber ich war müde, müde, und ich begnügte mich träge mit der ersten Lösung dieses Problems, die wirklich eine war. Und ohne die Stufen aufzuzählen und die Schrecken zu beschreiben, durch die ich hindurch mußte, bevor ich zu ihr gelangte, will ich sie enthüllen, meine Lösung, in ihrer ganzen Abscheulichkeit. Ich brauchte zum Beispiel, um zu starten, nur (nur!) sechs Steine in meine rechte Manteltasche zu tun, denn es ist immer diese Tasche, aus der die Zufuhr kommt, und fünf in meine rechte Hosentasche und endlich fünf in meine linke Hosentasche, so ging die Rechnung auf: zweimal fünf plus sechs gleich sechzehn, und keinen Stein – weil keiner übrig war – in meine linke Manteltasche, die für den Augenblick leer blieb, leer von Steinen natürlich, denn ihr ständiger Inhalt befand sich immer darin, zusammen mit einigem Durchgangsgut. Denn wohin tat ich, glaubt ihr wohl, mein Gemüsemesser, meine Silbersachen, meine Hupe und das übrige, das ich noch nicht namentlich angegeben habe und vielleicht nie angeben werde? Also. Jetzt kann ich anfangen zu lutschen. Passen Sie gut auf. Ich nehme einen Stein aus meiner rechten Manteltasche, lutsche ihn, lutsche ihn nicht mehr, und stecke ihn in meine linke Manteltasche, die leer ist (von Steinen). Ich nehme einen zweiten Stein aus meiner rechten Manteltasche, lutsche ihn und stecke ihn in meine linke Manteltasche. Und so fort, bis meine rechte Manteltasche leer ist, abgesehen von ihrem ständigen und gelegentlichen Inhalt, und bis die sechs nacheinander gelutschten Steine in meine linke Manteltasche gekommen sind. An diesem Punkt halte ich ein und konzentriere mich, denn es kommt darauf an, keine Dummheit zu begehen. Nun versehe ich meine rechte Manteltasche, in der keine Steine mehr sind, mit den fünf Steinen aus meiner rechten Hosentasche, die ich durch die fünf Steine aus meiner linken Hosentasche ersetze, die ich durch die sechs Steine aus meiner linken Manteltasche ersetze. Jetzt ist es so weit, daß aufs neue keine Steine mehr in meiner linken Manteltasche sind, während meine rechte Manteltasche wieder mit Steinen versehen ist, und zwar mit solchen von der richtigen Art, das heißt, mit anderen als denen, die ich gerade gelutscht habe und die ich mich jetzt anschicke, nacheinander zu lutschen und dann der Reihe nach in meine linke Manteltasche zu überführen, wobei ich die Gewißheit habe, soweit man sie bei dieser Art von Ideen haben kann, daß ich nicht die gleichen Steine lutsche wie zuletzt, sondern andere. Und wenn meine rechte Manteltasche wieder leer ist (von Steinen), und die fünf gerade gelutschten Steine sich alle ohne Ausnahme in meiner linken Manteltasche befinden, schreite ich dazu, die gleiche oder eine entsprechende Verteilung wie vorhin vorzunehmen, das heißt, ich versehe meine rechte Manteltasche, die wieder verfügbar ist, mit den fünf Steinen aus meiner rechten Hosentasche, die ich durch die sechs Steine aus meiner linken Hosentasche ersetze, die ich durch die fünf Steine aus meiner linken Manteltasche ersetze. Und jetzt bin ich bereit, wieder von vorne anzufangen. Muß ich fortfahren? Nein, denn es ist klar, daß am Ende des nächsten Kreislaufs von abwechselndem Lutschen und Umlagern die Anfangssituation wieder hergestellt sein wird, das heißt, daß ich wieder die sechs ersten Steine in der Tasche, aus der die Zufuhr kommt, die fünf folgenden in der rechten Tasche meiner alten Hose und endlich die letzten fünf in der linken Tasche der gleichen Hose haben werde und daß meine sechzehn Steine in tadelloser Ordnung hintereinander einmal gelutscht sein werden, ohne daß ein einziger zweimal oder ein einziger nicht gelutscht worden wäre. Es ist wahr, daß ich beim Beginn der neuen Serie kaum darauf hoffen durfte, meine Steine in der gleichen Reihenfolge wie beim erstenmal zu lutschen, und daß zum Beispiel der erste, siebente und zwölfte Stein des ersten Kreislaufs sehr wohl nur der sechste, elfte und sechzehnte des zweiten Kreislaufs sein konnten, wenn man das Schlimmste annimmt. Aber das war eine Unannehmlichkeit, die sich nicht vermeiden ließ. Und wenn auch in den Kreisläufen als Ganzes genommen eine unentwirrbare Unordnung herrschen mußte, so war ich wenigstens über den Ablauf innerhalb jedes einzelnen Kreislaufs unbesorgt, oder jedenfalls so weit, wie man es bei dieser Art Tätigkeit sein kann. Denn damit in jedem Zyklus die Steine in derselben Reihenfolge in meinen Mund gelangten – und Gott weiß, wieviel Wert ich darauf legte –, hätte ich entweder sechzehn Taschen haben oder die Steine numerieren müssen. Und ehe ich noch weitere zwölf Taschen anlegte oder die Steine numerierte, begnügte ich mich lieber mit der durchaus relativen Beruhigung, die ich während des Ablaufs jedes einzelnen Kreislaufs empfand. Denn mit der Numerierung der Steine war es nicht getan; ich hätte mich auch jedesmal, wenn ich einen Stein in den Mund steckte, an die richtige Zahl erinnern und in meinen Taschen nach dem betreffenden Stein suchen müssen. Das hätte mir den Appetit auf Steine sehr bald genommen. Denn ich wäre nie sicher davor gewesen, mich zu täuschen, es sei denn, daß ich meine Steine jedesmal, wenn ich sie lutschte, in eine Liste eingetragen hätte. Dazu hielt ich mich nicht für fähig. Nein, als die einzig vollkommene Lösung mußten die sechzehn gleichmäßig angeordneten Taschen, jede mit einem Stein darin, gelten. Dann waren weder Zahlen noch Nachdenken nötig, sondern es genügte, während ich einen bestimmten Stein lutschte, jeden der fünfzehn anderen von einer Tasche in die nächste zu verlegen – eine etwas heikle, aber meine Fähigkeiten nicht übersteigende Arbeit – und immer in dieselbe Tasche zu greifen, wenn ich Lust zum Lutschen bekam. Auf diese Weise wäre ich nicht nur über den Ablauf jedes einzelnen Zyklus, sondern auch über die Zyklen im ganzen beruhigt gewesen, selbst wenn sie nie ein Ende genommen hätten. Aber wenn auch meine eigene Lösung unvollkommen war, so erfüllte es mich doch mit Befriedigung, jawohl, mit ziemlicher Befriedigung, sie ganz allein gefunden zu haben. Sie war vielleicht weniger handfest, als ich in der ersten Entdeckerfreude geglaubt hatte, aber ihr Mangel an Eleganz blieb unangetastet. Und sie war nach meiner Meinung vor allem deswegen unelegant, weil die ungleiche Verteilung der Steine mich physisch belastete. Es ist wahr, daß eine Art von Gleichgewicht sich in einem bestimmten Moment herstellte, nämlich am Anfang jedes Zyklus, das heißt, nach dem dritten und vor dem vierten Lutschvorgang, aber das dauerte nur einen Augenblick. Und während der übrigen Zeit fühlte ich das Gewicht der Steine, das mich bald nach rechts, bald nach links zog. Als ich das Schichtungsprinzip aufgab, gab ich mehr auf als ein Prinzip, ich entsagte einem physischen Bedürfnis. Aber die Steine in der beschriebenen Art zu lutschen, keineswegs gleichgültig wie, sondern mit Methode, war auch ein physisches Bedürfnis, glaube ich. Es standen sich also zwei physische Bedürfnisse gegenüber, die miteinander unvereinbar waren. Solche Sachen kommen vor. Aber im Grunde machte ich mir nicht das geringste daraus, kein Gleichgewicht zu haben und nach rechts oder nach links, nach vorne oder nach hinten gezogen zu werden, wie es mir auch vollkommen gleich war, ob ich jedesmal einen anderen Stein oder immer denselben lutschte, und sei es von einer Ewigkeit zur anderen. Denn sie hatten alle genau denselben Geschmack. Und wenn ich sechzehn davon gesammelt hatte, so nicht, um sie auf die eine oder andere Art als Ballast zu benutzen oder sie der Reihe nach zu lutschen, sondern einfach, um einen kleinen Vorrat zu haben, um nicht ohne Steine zu sein. Aber eigentlich scherte ich mich nicht darum, ohne Steine zu sein; wenn ich keine mehr hätte, dann hätte ich eben keine mehr und würde mich deswegen nicht schlechter fühlen, oder kaum. Und die Lösung, die ich endgültig annahm, war, alle meine Steine in die Luft zu werfen, mit Ausnahme von einem, den ich bald in der einen, bald in der anderen Tasche aufbewahrte und den ich natürlich in kürzester Zeit verlor oder wegwarf oder verschenkte oder hinunterschluckte. Dieser Teil der Küste war ziemlich unbewohnt. Ich erinnere mich nicht, dort jemals ernstlich belästigt worden zu sein. Wie sollte man mir, einem schwarzen Punkt auf der bleichen, endlosen Sandfläche, übelwollen? Allerdings, man näherte sich ihm, um zu sehen, was es da gab, ob es sich vielleicht um eine wertvolle Sache handele, die von einem Schiffbruch stammte und vom Sturm auf den Strand geworfen war. Aber sobald man bemerkte, daß dieses Treibgut lebte und angemessen, wenn auch dürftig bekleidet war, kehrte man ihm den Rücken. Alte Frauen und auch wohl junge, die gekommen waren, um Holz zu sammeln, regten sich anfangs über meinen Anblick auf. Aber es kamen immer dieselben, und sooft ich auch meinen Standort wechselte, immer fanden sie am Ende heraus, was für ein Ding ich war, und hielten sich in einiger Entfernung. Ich glaube, daß eine von ihnen sich eines Tages aus dem Kreis ihrer Gefährtinnen löste und herankam, um mir etwas zum Essen anzubieten, und daß ich sie wortlos anblickte, bis sie sich entfernte. Ja, es scheint mir, daß sich in jener Epoche irgendein Ereignis dieser Art zugetragen hat. Aber ich verwechsele diesen Aufenthalt vielleicht mit einem anderen, früheren, denn dieser hier wird mein letzter – mein vorletzter, denn es gibt nie einen letzten – am Ufer des Meeres sein. Wie es sich damit auch verhalten mag, eine Frau erscheint vor meinen Augen, die auf mich zukommt, von Zeit zu Zeit stehenbleibt und sich nach ihren Gefährtinnen umdreht. Die Gefährtinnen, zusammengedrängt wie

Schafe, blicken ihr nach, wie sie sich entfernt, und winken ihr ermutigend zu, dabei lachen sie wohl, denn ich höre in der Ferne ein Lachen. Dann sehe ich sie von hinten, denn sie hat plötzlich kehrtgemacht, und nun bin ich es, dem sie den Rücken zudreht, aber sie bleibt nicht stehen. Doch vielleicht handelt es sich um zwei verschiedene Vorkommnisse und um zwei Frauen, von denen die eine, verfolgt von dem Rufen und Lachen ihrer Gefährtinnen, furchtsam auf mich zukommt und die andere sich mit entschiedenen Schritten von mir entfernt. Denn meistens sah ich die Leute, die auf mich zukamen, schon von ferne, das ist einer der Vorzüge des Strandes. Sie erschienen mir in der Ferne wie schwarze Punkte, ich konnte ihr Treiben verfolgen und Feststellungen machen wie: er wird kleiner, oder: er wird größer. Ja, es war sozusagen unmöglich, mich aufzustöbern, denn oft wandte ich mich auch dem Festland zu. Ich will Ihnen etwas verraten: an der Meeresküste konnte ich besser sehen. Ja, mein gutes Auge funktionierte besser, wenn es diese weiten Räume, in denen es sozusagen nichts Gegenständliches, nichts Senkrechtes gab, nach jeder Richtung durchforschte, und auch für das schlechte Auge gab es Tage, an denen es sich abwenden mußte. Und ich sah nicht nur besser, sondern es war auch weniger schwierig für mich, für die wenigen Dinge, die ich sah, einen Namen zu finden. Da haben wir einige Vorteile und Nachteile der Meeresküste. Oder vielleicht war ich es, der sich wandelte, warum nicht? Und morgens in meiner Höhle und sogar manchmal nachts, wenn der Sturm brauste, fühlte ich mich einigermaßen geschützt vor den Elementen und allem, was lebte. Aber auch dort muß man einen Preis zahlen. Auch in seinem Kasten und seinen Höhlen, auch dort muß man einen Preis zahlen. Eine Zeitlang zahlt man ihn gern, aber man kann nicht in alle Ewigkeit zahlen. Denn es ist nicht möglich, mit seiner kleinen Wegzehrung immer die gleiche Sache zu kaufen. Und unglücklicherweise gibt es noch andere Bedürfnisse als in Frieden zu verfaulen – das ist nicht das rechte Wort –, ich denke natürlich an meine Mutter, deren Bild, das seit einiger Zeit verblaßt war, mich jetzt wieder zu quälen begann. Ich kehrte also in das Innere des Landes zurück, denn meine Stadt liegt genau genommen nicht am Meer, trotz allem, was man hierzu hat vorbringen können. Und um sie zu erreichen, mußte man das Binnenland durchqueren, wenigstens kannte ich keinen anderen Weg. Aber zwischen meiner Stadt und dem Meer gab es eine Art von Sumpf. Soweit meine Erinnerung an ihn zurückgeht, und einige meiner Erinnerungen reichen tief in die unmittelbare Vergangenheit, war immer davon die Rede, ihn – sicher mit Hilfe von Kanälen – trocken zu legen oder ihn in eine riesige Hafenanlage zu verwandeln oder Arbeitersiedlungen in Form von Pfahlbauten darauf zu errichten, kurz, ihn auf die eine oder andere Weise nutzbar zu machen. Und gleichzeitig hätte man damit die unangenehme Tatsache aus der Welt geschafft, daß vor den Toren der großen Stadt ein stinkender, brodelnder Sumpf lag, der jedes Jahr eine unabsehbare Zahl von Menschenleben verschlang, die Statistiken darüber habe ich im Augenblick nicht im Kopf und werde sie wohl nie im Kopf haben, so gleichgültig läßt mich diese Seite der Angelegenheit. Und es würde mir nicht einfallen zu bestreiten, daß man die Arbeiten in vollem Umfang in Angriff genommen hat und daß es einigen Lagerschuppen gelungen ist, der Entmutigung, den Rückschlägen, der langsamen Vernichtung der Arbeitskräfte und der Untätigkeit der öffentlichen Behörden bis auf diesen Tag Widerstand zu leisten. Aber von da bis zu der Behauptung, daß der Ozean die Mauern meiner Stadt bespüle, ist noch ein weiter Schritt. Und ich selbst werde mich niemals an einer solchen Fälschung (der Wahrheit) beteiligen, es sei denn, daß ich dazu verpflichtet wäre oder es nötig hätte. Und ich kannte diesen Sumpf ein wenig, denn ich hatte dort wiederholt mit Vorsicht mein Leben aufs Spiel gesetzt; jener Abschnitt meines Daseins war reicher an Illusionen als der, dessen Gerüst ich hier aufzuführen versuche, das heißt, reicher an gewissen Illusionen und ärmer an anderen. Also war es nicht möglich, meine Stadt unmittelbar vom Meer aus zu erreichen, sondern man mußte ziemlich weit nördlich oder südlich von ihr landen und sich den Landstraßen anvertrauen, denken Sie an, denn die Eisenbahnlinien waren noch nicht über den Entwurf hinausgediehen, denken Sie an. Und meine Fortbewegung, die seit jeher langsam und mühselig war, wurde jetzt immer schwieriger, und zwar wegen meines kurzen und steifen Beins, von dem ich seit langem den Eindruck hatte, daß es den äußersten Grad von Steifheit erreicht hatte, aber der Teufel soll mich holen, wenn es sich nicht steifer anstellte als je zuvor, was ich für unmöglich gehalten hätte, und zur gleichen Zeit täglich kürzer wurde; aber besonders wegen des anderen Beins, das nun, so biegsam es gewesen war, mit großer Schnelligkeit ebenfalls steif, aber unglücklicherweise nicht zugleich kürzer wurde. Denn im Fall beide Beine zur gleichen Zeit und in demselben Rhythmus kürzer werden, ist die Sache nicht so schlimm, gewiß nicht. Aber wenn ein Bein kürzer wird, während das andere auf demselben Punkt stehenbleibt, dann ist Anlaß, sich zu beunruhigen. Oh, ich beunruhige mich nicht wirklich, aber es ärgerte mich eben. Denn ich wußte nicht, auf welches Bein ich mich bei meinen Kunstsprüngen stützen sollte. Versuchen wir in diesem Dilemma uns über die Dinge klar zu werden. Das Bein, das schon lange steif war, folgen Sie mir gut, tat mir weh, das bedarf keiner Worte, und das andere diente mir gewöhnlich als Drehpunkt oder Stütze. Aber nun begann dieses zweite Bein, gewiß weil es anfing, steif zu werden, was nicht ohne einen gewissen Aufruhr unter den Nerven und Sehnen vor sich ging, mir noch weher zu tun als das andere. Was für eine Geschichte, wenn ich mich nur nicht darin verliere. Denn an das alte Leiden, Sie verstehen, hatte ich mich bis zu einem gewissen Grad gewöhnt, jawohl, bis zu einem gewissen Grad. Aber ich hatte noch keine Zeit gehabt, mich dem neuen Leiden anzupassen, wenn es auch zu genau der gleichen Gattung gehörte. Vergessen wir auch nicht, daß, wenn ein Bein krank und das andere ungefähr gesund war, ich das kranke schonen und die Schmerzen darin auf ein Minimum, auf ein Maximum begrenzen konnte, indem ich mich mit Hilfe meiner Krücken ausschließlich des gesunden Beins bediente. Aber diesen Ausweg hatte ich nicht mehr! Denn ich besaß nicht mehr ein krankes und ein beinahe gesundes Bein, sondern jetzt waren sie alle beide krank. Und das kränkere war für mein Gefühl das Bein, das bis jetzt gesund, oder relativ gesund gewesen war und mit dessen Veränderung ich mich noch nicht abgefunden hatte. So daß ich, wenn Sie wollen, in gewissem Sinne immer noch ein krankes und ein gesundes, vielmehr ein weniger krankes Bein hatte, nur, daß jetzt das weniger kranke nicht das gleiche war wie früher. Daher hatte ich, wenn ich an meinen Krücken ging, oft das Verlangen, mich auf das von alters her kranke Bein zu stützen. Denn es war zwar immer noch außerordentlich empfindlich, aber trotzdem weniger als das andere, oder es war ebenso empfindlich, wenn man will, aber es wirkte nicht so auf mich, weil es von alters her steif war. Aber ich konnte nicht! Was? Mich darauf stützen. Denn es wurde kürzer, vergessen wir das nicht, wogegen das andere, obgleich es anfing, steif zu werden, sich noch nicht verkürzte, oder in einem solchen Abstand von seinem Kameraden, daß es war, als ob, als ob, ich bin verloren, aber es macht nichts. Wenn ich noch imstande gewesen wäre, es zu beugen, im Knie oder sogar in der Hüfte, so hätte ich es künstlich ebenso kurz machen können wie das andere, während ich mit dem wirklich kurzen auf der Erde landete und bevor ich meine Vorwärtsbewegung wieder aufnahm. Aber ich konnte es nicht! Was? Es beugen. Denn wie sollte ich es beugen, da es doch steif war? Ich war also gezwungen, das gleiche Bein wie vorher zu benutzen, wenn es auch, zum mindesten auf der Ebene der Empfindung, das kränkere von beiden geworden war und mit größerer Schonung behandelt werden mußte. Allerdings, wenn ich das Glück hatte, auf eine passend gewölbte Straße zu stoßen, oder wenn ich einen nicht zu tiefen Graben oder eine zweckdienliche Unebenheit benutzen konnte, richtete ich es so ein, daß mein kurzes Bein zeitweilig verlängert wurde und imstande war, an Stelle des anderen zu arbeiten. Aber es hatte so lange nichts getan, daß es nicht wußte, wie es sich anstellen sollte. Und ich glaube, daß eine Säule von Tellern eine bessere Stütze für mich gewesen wäre als dieses Bein, das mich so gut getragen hatte, als ich noch ein kleines Würmchen war. Außerdem machte sich bei dieser Gelegenheit, ich meine, wenn ich die Ungleichheiten des Bodens ausnutzte, ein anderer Faktor bemerkbar, der das Gleichgewicht störte, nämlich meine Krücken, denn ich hätte eine kurze und eine lange haben müssen, um mich gerade halten zu können. Oder nicht? Ich weiß es nicht. Im übrigen waren die Straßen, auf denen ich ging, meistens kleine Waldpfade, das versteht sich von selbst, wo die Niveauunterschiede zwar nicht fehlten, aber zu unregelmäßig im Zickzack aufeinander folgten, als daß sie mir hätten nützlich sein können. Aber ob mein Bein arbeiten mußte oder feiern konnte, änderte das etwas an meinen Schmerzen? Ich denke nicht. Denn auch das Bein, das nichts tat, litt an einem ständigen und sich immer gleichbleibenden Schmerz. Wogegen das andere, das die zusätzlichen Leiden der Arbeit auf sich genommen hatte, jene Verminderung des Schmerzes kannte, die durch das Einstellen der Arbeit für einen Augenblick entsteht. Aber ich bin schließlich ein menschliches Wesen, denke ich, und in meiner Fortbewegung zeigte sich die Nachwirkung dieses Zustandes, und wenn sie bisher immer langsam und mühselig gewesen war, trotz allem, was ich darüber habe sagen können, so wurde sie jetzt, mit Ihrer gütigen Erlaubnis, zu einem wahren Gang auf den Kalvarienberg, mit zahllosen Stationen und ohne Hoffnung auf die Kreuzigung – ich sage das ohne falsche Bescheidenheit – und ohne einen Simon, und zwang mich zu häufigem Anhalten. Ja, meine Fortbewegung zwang mich dazu, immer häufiger stehenzubleiben; das einzige Mittel der Fortbewegung war Stehenbleiben. Und wenn es auch nicht in meiner stets schwankenden Absicht liegt, diese kurzen Augenblicke des uralten Büßens gründlich zu behandeln, wie sie es gleichwohl verdienen, so werde ich doch so gut sein, sie mit einigen Worten zu berühren, damit mein sonst so klarer Bericht nicht im Reich der Dunkelheit endet, in der Dunkelheit dieser unermeßlichen Wälder mit ihren riesigen Laubkronen, wo ich einherhumpele, lausche, mich niederlege, mich erhebe, lausche, humpele und – muß ich darauf hinweisen? – mich manchmal frage, ob ich jemals das verhaßte, oder zumindest wenig geliebte Licht, das bleich zwischen den letzten Baumstämmen hängt, und meine Mutter, mit der ich unsere Angelegenheit ordnen will, wiedersehen werde, und ob ich nicht besser, oder mindestens ebensogut daran täte, mich mit einem Schlinggewächs an einem Ast aufzuhängen. Denn das Licht – offen gestanden, es liegt mir nichts an ihm; und meine Mutter – konnte ich darauf hoffen, daß sie immer noch auf mich wartete, all die Zeit über? Und mein Bein, meine Beine. Aber meine Gedanken an Selbstmord fochten mich wenig an, ich weiß nicht wieso, ich glaubte es zu wissen, aber ich merke, daß ich es nicht weiß. Und so lockend für mich besonders die Vorstellung des Erhängens ist, so bin ich nach einem kurzen Kampf immer damit fertig geworden. Ich will Ihnen etwas sagen, ich habe niemals etwas an den Atmungswegen gehabt, abgesehen selbstverständlich von den Beschwerden, die mit diesem System als solchem verbunden sind. Ja, ich könnte die Tage zählen, ich hätte sie zählen können, an denen die Luft, die, wie es scheint, Sauerstoff enthält, nicht den Weg in mich hineinfinden, noch, nachdem sie es endlich getan hatte, sich wieder aus mir heraustreiben lassen wollte. Ach ja, mein Asthma, wie oft war ich versucht, ihm ein Ende zu machen, indem ich mir eine Schlagader oder die Luftröhre durchschnitt. Aber ich hielt stand. Das Rasseln verriet mich, ich lief blau an. Es überfiel mich meistens in der Nacht, und ich wußte nicht, ob ich deswegen zufrieden oder unzufrieden sein sollte. Denn wenn in der Nacht die plötzlichen Veränderungen der Farben geringere Folgen nach sich ziehen, so macht sich im Gegensatz dazu das geringste ungewohnte Geräusch um so stärker bemerkbar, was auf die Stille der Nacht zurückzuführen ist. Aber das waren nur Anfälle, und Anfälle sind Kleinigkeiten im Vergleich mit dem, was niemals aufhört, was weder Ebbe noch Flut kennt, mit seiner bleiernen Oberfläche, mit seinen höllischen Tiefen. Kein Wort, kein Wort gegen die Anfälle, die mich überfielen, mich schüttelten und schließlich sanft zu Boden warfen, ohne daß Dritte es merkten. Und ich wikkelte meinen Mantel um meinen Kopf, um das obszöne Geräusch des Erstickens zu dämpfen, oder ich verdeckte dieses Geräusch durch die allgemein zugelassenen und gebilligten Hustenanfälle, deren einziger Nachteil ist, daß sie unter Umständen Mitleid erregen können. Und da es ja niemals zu spät ist, etwas Gutes zu tun, so sollte ich vielleicht jetzt darauf hinweisen, daß ich nur einen unendlich kleinen Teil der Wahrheit ausdrücke, wenn ich bemerke, daß meine Fortbewegung sich durch das Versagen meines guten Beins verlangsamte. Denn in Wirklichkeit hatte ich da und dort noch andere schwache Stellen, die ebenfalls, wie vorauszusehen war, immer schwächer wurden. Aber was nicht vorauszusehen war, war die Schnelligkeit, mit der ihre Schwäche zunahm, seitdem ich die Meeresküste verlassen hatte. Denn während ich mich an der Meeresküste aufhielt, nahm die Schwäche meiner schwachen Stellen zwar zu, wie man erwarten mußte, aber doch nur in einem unmerklichen Maß. Infolgedessen würde es mir sehr schwergefallen sein, zu versichern, wenn ich zum Beispiel das Loch in meinem Hintern befühlte, sieh an, es geht ihm heute viel schlechter als gestern, man sollte meinen, es sei nicht das gleiche Loch. Ich bitte um Entschuldigung, daß ich noch einmal auf diese schandbare Öffnung zurückkomme, aber meine Muse befiehlt es. Vielleicht muß man in ihm weniger etwas Schändliches sehen, das einen Namen trägt, als das Symbol alles Schändlichen, das ich verschweige. Diese Würde verdankt es vielleicht seiner zentralen Lage und seiner Eigenschaft als Verbindungs-Organ zwischen mir und dem anderen Dreck. Nach meiner Ansicht verkennt man dieses kleine Loch, man nennt es das Loch im Hintern und tut so, als ob man es verachte. Aber sollte es nicht vielmehr der Haupteingang zur Kreatur sein, und der vielgerühmte Mund nur der Neben-Eingang für Lieferungen? Nichts dringt dort hinein – oder doch so wenig –, das nicht so gut wie auf der Stelle herausgeworfen würde. Fast alles, was sich ihm von außen naht, ist ihm zuwider, und für das was von innen kommt, strengt er sich weiß Gott auch nicht besonders an. Sind das nicht bezeichnende Züge? Die Geschichte wird darüber richten. Aber ich werde trotzdem versuchen, ihm in Zukunft etwas weniger Platz einzuräumen. Und das wird mir leichtfallen, denn die Zukunft, sprechen wir nicht von ihr, sie ist kaum ungewiß. Und was das Weglassen von wesentlichen Dingen angeht, so kenne ich mich darin aus, glaube ich, um so mehr, als ich über dieses Phänomen nur einander widersprechende Auskünfte bekommen habe. Aber um auf meine schwachen Stellen zurückzukommen, möchte ich wiederholen, daß sie sich am Meeresstrand normal entwickelt hatten, jawohl, mir war nichts Anormales aufgefallen. Es kann sein, daß ich in dieser Hinsicht nicht aufmerksam genug war, weil mich die Veränderung meines vorher so vorzüglichen Beins ganz in Anspruch nahm, oder es gibt wirklich nichts Besonderes darüber zu berichten. Aber kaum hatte ich den Strand verlassen, weil ich fürchtete, eines schönen Tages fern von meiner Mutter aufzuwachen und noch dazu mit zwei Beinen, die so steif waren wie meine Krücken, als sie sprunghaft schwächer wurden, meine schwachen Stellen, und sich buchstäblich in sterbenskranke Stellen verwandelten, mit allen Unzuträglichkeiten, die damit verbunden sind, wenn es sich nicht um lebenswichtige Stellen handelt. In diese Epoche verlege ich auch die feige Kapitulation meiner Zehen, die mich sozusagen mit fliegenden Fahnen im Stich ließen. Sie werden mir vorhalten, das gehöre zu dem Bericht über meine Beine und habe weiter keine Bedeutung, da ich ja mit dem betreffenden Bein überhaupt nicht auftreten konnte. Einverstanden. Aber wissen Sie denn, um welches Bein es sich handelt? Nein. Ich auch nicht. Einen Augenblick, ich werde es Ihnen sagen. Aber Sie haben recht, meine Zehen gehörten nicht zu den schwachen Stellen im eigentlichen Sinn, ich hielt sie für gesund, abgesehen von einigen Hühneraugen, Entzündungen, eingewachsenen Nägeln und einer Neigung zum Krampf. Nein, meine wirklich schwachen Stellen saßen anderswo, und wenn ich in diesem Augenblick das eindrucksvolle Verzeichnis solcher Stellen nicht aufstelle, so liegt es daran, daß ich es nie aufstellen werde. Und tatsächlich werde ich es niemals aufstellen, doch, vielleicht doch. Und dann möchte ich kein falsches Bild von meiner Gesundheit geben, die, ohne glänzend oder unverschämt gut zu sein, wie man es nennt, im Grunde unerhört robust war. Denn wie hätte ich sonst das ungeheure Alter erreichen können, das ich erreicht habe? Dank moralischer Qualitäten? Dank einer passenden Hygiene, dank der frischen Luft, der Unterernährung, des Mangels an Schlaf, der Einsamkeit, der Verfolgungen, des langen, stummen und darum um so gefährlicheren Geheuls? Dank meines immerwährenden Verlangens, daß die Erde mich verschlinge? Ach, gehen Sie mir damit. Das Schicksal ist boshaft, aber nicht in solchem Grade. Sehen Sie sich Mama an. Woran ist sie schließlich krepiert? Das frage ich mich. Es würde mich nicht wundern, wenn man sie lebendig begraben hätte. Ach, was für eine schöne Erbschaft, dieses Schweinezeug von Chromosomen, die sie mir da hinterlassen hat, diese Kuh. Vom zartesten Alter an mit Pickeln übersät zu sein – daß ich nicht lache! Das Herz schlägt, und wie. Daß ich Harnleiter habe – kein Wort darüber. Und die Nieren. Und die Harnblase. Und die Harnröhre. Und die Eichel. Santa Maria! Ich will Ihnen etwas verraten, ich pisse nicht mehr, Ehrenwort. Aber aus meiner Vorhaut, sat verbum, sickert Urin, Tag und Nacht, wenigstens glaube ich, daß es Urin ist, es riecht nach Niere. Ich, der ich den Geruch verloren habe. Kann man unter diesen Umständen von Pissen sprechen? Ohne Spaß. Mein Schweiß hatte ebenfalls einen höchst seltsamen Geruch, und ich schwitze immerzu. Und ich glaube, daß mein immer schon reichlicher Speichel auch so riecht. Ah, ich befreie mich von meinem Abfall, mich wird die Urämie nicht unter die Erde bringen. Auch mich würde man als letztes Mittel lebendig begraben, wenn es eine Gerechtigkeit gäbe. Und die Liste meiner schwachen Stellen, die ich niemals aufstellen werde, weil ich fürchte, mich dabei zugrunde zu richten, werde ich vielleicht eines Tages doch aufstellen, wenn es sich darum handelt, ein Verzeichnis meiner Güter und Besitztümer anzufertigen. Denn an jenem Tag, vorausgesetzt, daß er jemals anbricht, werde ich weniger Furcht davor haben, mich zugrunde zu richten, als heute. Denn wenn ich mich auch heute nicht gerade am Beginn meiner Laufbahn fühle, so maße ich mir ebensowenig an zu glauben, daß ich am Anfang vom Ende angelangt sei. Infolgedessen spare ich mit meinen Kräften mit Rücksicht auf den Sprint. Denn nicht sprinten können, wenn die Stunde schlägt, nein, lieber aufgeben. Aber es ist verboten, aufzugeben oder auch nur einen Augenblick innezuhalten. Ich warte also, während ich vorsichtig weitergehe, bis die Glocke mir zuruft: Molloy, schone dich nicht mehr, das Ende ist da. Das sind meine Überlegungen; angestellt mit Hilfe von Bildern, die wenig zu meiner Lage passen. Und ich werde das Gefühl nicht mehr – oder fast nicht mehr – los, ich weiß nicht warum, daß ich eines Tages angeben muß, wieviel mir von dem, was ich gehabt habe, geblieben ist. Und deswegen muß ich warten, bis ich sicher bin, daß ich nichts mehr erwerben, noch verlieren, noch wegwerfen, noch verschenken kann. Dann werde ich ohne Furcht, mich zu täuschen, angeben können, was mir am Ende von meinen Besitztümern verblieben ist. Denn das wird das Ende sein. Und zwischen jetzt und dann kann ich ärmer oder reicher werden, oh, nicht in dem Maße, daß meine Lage dadurch geändert würde, aber doch um so viel, daß es mir heute unmöglich ist anzugeben, was mir von allem verblieben sein wird, denn ich habe noch nicht alles bekommen. Aber ich werde aus diesem Vorgefühl nicht klug, und ich glaube, es kommt gerade bei den besten Vorgefühlen sehr oft vor, daß man nicht aus ihnen klug wird. Also dürfte es sich hier um ein echtes Vorgefühl handeln, dessen Wahrheit sich noch herausstellen kann. Aber sind die falschen Vorgefühle leichter zu verstehen? Ich glaube, ja; ich glaube, daß alles Falsche sich leichter auf klare und eindeutige Begriffe, die sich genau von allen anderen Begriffen unterscheiden, zurückführen läßt. Aber ich kann mich täuschen. Aber mein Wesen neigte nicht zu Vorgefühlen, sondern ganz einfach zu Gefühlen, vielmehr zu Nachgefühlen, ich wage es zu gestehen. Denn ich wußte alles im voraus, und das ersparte mir das Vorausfühlen. Ich werde sogar noch weitergehen (was kostet es mich?) und sagen, daß ich alles nur im voraus wußte, denn wenn es gegenwärtig wurde, besann ich mich nicht mehr auf mein Wissen, wie man vielleicht bemerkt haben wird, oder doch nur um den Preis einer übermenschlichen Anstrengung, und nachher wußte ich wieder nichts, ich fand die Unwissenheit zurück. Und alles das zusammengenommen – falls das möglich ist – sollte vieles erklären können, vor allem mein erstaunlich hohes Alter, das in mancher Beziehung noch rüstig zu nennen' war. Dabei gehe ich von der Annahme aus, daß der Stand meiner Gesundheit trotz allem, was ich vorher über sie gesagt habe, keine ausreichende Erklärung für mein Alter sein konnte. Eine einfache und zu nichts verpflichtende Annahme. Aber wenn meine Fortbewegung, wie erwähnt, in dem Stadium, das ich erreicht hatte, immer schwerfälliger und schmerzhafter wurde, so lag das nicht allein an meinen Beinen, sondern an einer großen Zahl von sogenannten schwachen Stellen, die nichts mit meinen Beinen zu tun hatten. Oder man müßte annehmen, wozu keine Veranlassung besteht, daß diese schwachen Stellen und meine Beine zum gleichen Syndrom gehörten, das in diesem Fall ein Syndrom teuflisch verwickelter Art gewesen wäre. Tatsache ist, und ich bedauere es, aber für Abhilfe ist es jetzt zu spät, daß ich die ganze Zeit hindurch zuviel Nachdruck auf meine Beine gelegt habe, auf Kosten alles übrigen. Denn ich war kein gewöhnlicher Krüppel, weit davon entfernt, und es gab Tage, an denen meine Beine das Beste waren, was ich hatte, abgesehen von meinem Gehirn, das ein solches Urteil zu fällen imstande war. Ich mußte also immer häufiger stehenbleiben – ich werde nicht müde werden, das zu sagen – und mich entgegen der Verordnung hinlegen, bald auf den Rücken, bald auf den Bauch, bald auf eine Seite, bald auf die andere und dabei die Füße so oft wie möglich höher lagern als den Kopf, damit das Blut decoagulieren konnte. Und wenn man steife Beine hat, ist es keine ganz einfache Sache, sich so niederzulegen, daß die Beine höher liegen als der Kopf. Aber beruhigen Sie sich, ich brachte es fertig. Wenn es sich um meine Bequemlichkeit handelte, scheute ich keine Anstrengung. Rings um mich war Wald. In einer Höhe, die im Vergleich mit meiner erstaunlich war, verflochten sich die Zweige und beschützten mich vor dem Licht und der Unbill des Wetters. An manchen Tagen machte ich nicht mehr als dreißig oder vierzig Schritte, Ehrenwort. Behaupten, daß ich in der undurchdringlichen Dunkelheit gestolpert sei – nein, das kann ich nicht. Freilich stolperte ich, aber die Dunkelheit war nicht undurchdringlich. Denn alles war in eine Art von blauem Schatten getaucht, der für alles, was ich sehen wollte, mehr als genügte. Es erstaunte mich, daß dieser Schatten nicht grün war anstatt blau, aber mir erschien er blau, und vielleicht war er es auch. Wenn das Rot der Sonne sich mit dem Grün der Blätter mischte, kam Blau heraus, so erklärte ich es mir. Aber von Zeit zu Zeit. Von Zeit zu Zeit. Wie viel Gütiges liegt in diesen kleinen Worten, wie viel Grausames. Aber von Zeit zu Zeit stieß ich auf etwas wie eine Kreuzung, ach was, einen Wegestern, wie er selbst in den am wenigsten durchforschten Wäldern vorkommt. Und als ich mich, ich weiß nicht mit welcher Hoffnung im Herzen, einer nach der anderen dieser Alleen zuwandte, machte ich eine ganze Umdrehung, oder weniger oder mehr als eine ganze Umdrehung, um mich selbst, so sehr ähnelten diese Alleen einander. An dieser Stelle war der Schatten weniger tief, und ich entfernte mich eilends. Ich habe es nicht gern, wenn die Schatten lichter werden, das ist ein verdächtiges Zeichen. Natürlich hatte ich in diesem Wald eine gewisse Anzahl von Begegnungen, wo hat man sie nicht, aber sie waren ohne Bedeutung. Vor allem traf ich einen Köhler. Ich glaube, ich hätte ihn lieben können, wenn ich siebzig Jahre jünger gewesen wäre. Aber sicher ist das nicht. Denn dann wäre auch er in dem gleichen Maße weniger alt gewesen, oh, nicht ganz in dem gleichen, aber doch in einem beträchtlichen Maße. Ich bin in meinem Leben von Zärtlichkeit nicht gerade übergeflossen, aber ich habe trotzdem meinen kleinen Teil davon gehabt, als ich jung war, und hauptsächlich blieb sie den Greisen vorbehalten. Und ich glaube sogar, daß ich Zeit fand, einen oder zwei zu lieben, o gewiß nicht mit der wahren Liebe, nicht im geringsten wie jene Alte – schon wieder vergesse ich ihren Namen, Rosa, nein, nicht Rosa, nun Sie wissen, wen ich meine – und dennoch, wie soll ich sagen, zärtlich, wie man die liebt, die einer besseren Welt geweiht sind. Ja, als Kind war ich frühreif, und als Erwachsener bin ich es geblieben. Jetzt finde ich sie zum Kotzen, diese Vermodernden, genau so wie die Grünen und die Unreifen. Er stürzte sich auf mich und bat mich, seine Hütte mit ihm zu teilen, glauben Sie mir, wenn Sie wollen. Ein vollkommen Fremder. Krank vor Einsamkeit wahrscheinlich. Ich sage, ein Köhler, aber eigentlich weiß ich darüber nichts. Irgendwo sehe ich Rauch. Das ist etwas, was mir nie entgeht, der Rauch. Daran schloß sich eine lange Unterhaltung, die von Seufzern unterbrochen wurde. Ich konnte ihn nicht nach dem Weg zu meiner Stadt fragen, deren Namen mir immer noch entfallen war. Ich fragte ihn nach dem Weg zur nächsten Stadt, ich fand die richtigen Worte und den richtigen Ton. Er wußte ihn nicht. Er war vermutlich im Wald geboren und hatte sein ganzes Leben darin zugebracht. Inständig bat ich ihn, mir zu zeigen, wie man aus dem Wald so schnell wie möglich herauskommen könne. Ich wurde beredt. Seine Antwort war vollständig verworren. Entweder verstand ich nicht, was er sagte, oder er verstand nicht, was ich sagte, oder er wußte nichts, oder er wollte mich bei sich behalten. In aller Bescheidenheit neige ich zu der vierten Annahme, denn als ich mich entfernen wollte, hielt er mich am Rockärmel fest. Behende ergriff ich eine meiner Krücken und versetzte ihm einen gehörigen Schlag auf den Schädel. Das brachte ihn zur Ruhe. So ein ekelhafter Alter. Ich erhob mich und nahm meinen Weg wieder auf. Aber nachdem ich einige Schritte gegangen war, und einige Schritte bedeuteten für mich zu jener Zeit allerhand, kehrte ich um und ging wieder auf ihn zu, um ihn mir näher anzusehen. Als ich bemerkte, daß er immer noch atmete, begnügte ich mich damit, ihm ein paar heftige Fersentritte in die Seite zu verabreichen. Das fing ich so an: sorgfältig wählte ich einen Standort einige Schritte von seinem Körper entfernt, wobei ich ihm wohlverstanden den Rücken zukehrte. Fest auf meine Krücken gestützt, begann ich vor und zurück zu schwingen, die Füße geschlossen, vielmehr die Beine aneinandergepreßt, denn wie hätte ich bei dem Zustand meiner Beine die Füße schließen können? Aber wie konnte ich angesichts ihres Zustandes meine Beine aneinanderpressen? Ich preßte sie zusammen, das ist alles, was ich Ihnen sagen kann. Basta. Oder ich preßte sie nicht zusammen. Was liegt daran? Ich holte also bei meinen Schwüngen immer weiter aus, das ist das Wesentliche, bis ich den rechten Augenblick für gekommen hielt; dann schwang ich mich mit aller Kraft vorwärts und infolgedessen sofort darauf zurück, was die berechnete Wirkung hatte. Woher kam diese plötzliche Anwandlung von Kraft? Vielleicht von meiner Schwäche. Der Anprall warf mich natürlich um. Ich schlug einen Purzelbaum. Man kann nicht alles haben, das ist mir oft aufgefallen. Ich ruhte mich einen Moment aus, dann erhob ich mich, las meine Krücken auf und stellte mich auf die andere Seite des Körpers, wo ich mit Sorgfalt die gleiche Übung wiederholte. Auf Symmetrie bin ich immer verrückt gewesen. Aber ich hatte ein wenig zu tief visiert und eine meiner Fersen versank in etwas Weichem. Kurzum, diese Ferse hatte zwar die Rippen verfehlt, aber ohne Zweifel die Niere getroffen, oh, nicht kräftig genug, um sie zum Bersten zu bringen, nein, das glaube ich nicht. Die Leute meinen, ein alter, armer, kranker, furchtsamer Mann sei unfähig, sich zu verteidigen, und im allgemeinen stimmt das auch. Aber an einer entlegenen Stelle und unter günstigen Bedingungen, wenn der Angreifer schwachsinnig, ungeschickt und etwa von eurer Größe ist, darf man manchmal zeigen, aus welchem Holz man geschnitzt ist. Und gewiß habe ich mich nur in der Absicht, diese oft vergessene Möglichkeit wieder in Erinnerung zu bringen, mit einem Vorfall aufgehalten, der an und für sich, wie alle guten oder warnenden Lehren, ganz uninteressant ist. Aber aß ich denn wenigstens hie und da etwas? Selbstverständlich, selbstverständlich; Wurzeln,

Waldbeeren, manchmal eine kleine Maulbeere und von Zeit zu Zeit einen Pilz, aber mit Furcht und Zittern, denn ich kannte mich mit Pilzen schlecht aus. Was noch? Ach ja, Johannisbrot, das die Ziegen so lieben. Kurz, was immer ich fand, denn in den Wäldern gibt es gute Dinge im Überfluß. Und da ich zu der Zeit, als ich noch meinte, mich bilden oder ablenken oder betäuben oder mir die Zeit vertreiben zu sollen, gehört oder wahrscheinlich irgendwo gelesen hatte, daß man in einem Wald, wenn man geradeaus zu gehen glaubt, in Wirklichkeit nur im Kreise herumläuft, so gab ich mir die größte Mühe, im Kreise umher zu wandern, weil ich hoffte, auf diese Weise geradeaus zu gehen. Denn ich hörte auf, ein Schafskopf zu sein, und verwandelte mich in einen Schlaukopf, wenn ich mich gehörig anstrengte. Und ich hatte alles im Gedächtnis behalten, was ich an möglicherweise nützlichen Auskünften im Leben hatte bekommen können. Und wenn ich mich infolge meines Umhergehens im Kreise nicht scharf an eine gerade Linie hielt, so ging ich doch wenigstens nicht im Kreise herum, und damit war schon viel gewonnen. Und während ich das Tag für Tag und Nacht für Nacht tat, hoffte ich fest, einmal aus dem Wald herauszukommen. Denn meine Gegend bestand keineswegs nur aus Wald. Sondern es gab darin auch Ebene, Gebirge und Meer sowie einige Städte und Dörfer, die untereinander durch Wege und Landstraßen verbunden waren. Und ich war um so mehr davon überzeugt, daß ich eines Tages aus dem Wald herauskommen würde, als ich es schon mehr als einmal getan hatte und wußte, wie schwierig es ist, nicht noch einmal zu tun, was man schon einmal getan hat. Aber die Umstände waren damals etwas anders gewesen. Dennoch hoffte ich fest darauf, eines Tages hinter den unbeweglichen, wie in Kupfer gestochenen und von keinem Hauch bewegten Blättern die reißenden, fahlschimmernden Strudel eines seltsamen Lichts, des Lichts der Ebene, zittern zu sehen. Aber vor diesem Tage fürchtete ich mich zugleich. Darum zweifelte ich auch nicht mehr daran, daß es früher oder später erscheinen werde. Denn es ging mir nicht allzu schlecht im Wald, ich hätte mir eine schlimmere Lage vorstellen können, und ich wäre ohne viel Bedauern, ohne dem Licht und der Ebene und den anderen Annehmlichkeiten meiner Gegend nachzutrauern, für immer im Wald geblieben. Denn ich kannte die Annehmlichkeiten meiner Gegend und meinte, daß der Wald es mit ihnen aufnehmen könne. Und nach meiner Ansicht konnte er es nicht nur mit ihnen aufnehmen, sondern hatte sogar etwas vor ihnen voraus, nämlich, daß ich in ihm war. Das ist eine merkwürdige Art, die Dinge zu sehen, nicht wahr. Vielleicht nicht so merkwürdig, wie es scheint. Denn wenn ich mich im Wald befand, wo es nicht schlimmer und nicht besser war als anderswo und wo ich bleiben konnte, wenn ich wollte, kam es mir dann nicht zu, die Vorteile dieses Zustandes zu sehen, nicht weil der Wald der Wald, sondern weil ich darin war? Denn ich war darin. Und da ich darin war, hatte ich nicht mehr das Bedürfnis hineinzugehen, und angesichts der Verfassung meiner Beine und meines Körpers im allgemeinen war das nichts Geringes. Das ist alles, was ich sagen wollte, und wenn ich es nicht sogleich gesagt habe, so hat irgend etwas es verhindert. Aber ich konnte nicht, ich meine: im Wald bleiben, das war mir nicht erlaubt. Das heißt, ich hätte es gekonnt, physisch wäre mir nichts leichter gefallen, aber ich war kein ausschließlich physisches Wesen, und wenn ich im Walde geblieben wäre, hätte ich das Gefühl gehabt, mich über einen Imperativ hinwegzusetzen, wenigstens hatte ich diesen Eindruck. Aber vielleicht täuschte ich mich, und vielleicht hätte ich besser daran getan, im Walde zu bleiben, vielleicht hätte ich ohne Gewissensbisse und ohne das peinliche Empfinden, gefehlt zu haben, ja beinahe im Zustand der Sünde zu sein, dort bleiben können. Denn ich bin ihnen immer weit davongelaufen, meinen mahnenden Stimmen, immer bin ich ihnen weit davongelaufen. Und wenn ich mich aus Anstand nicht dazu beglückwünschen kann, so sehe ich auch keinen Grund, warum ich mir Kummer darüber machen sollte. Aber mit den Imperativen ist die Sache etwas anders, ich fühlte immer den Drang, ihnen zu gehorchen, ich weiß nicht warum. Denn sie haben mich niemals weitergebracht, sondern mich stets aus einer Umgebung herausgerissen, in der ich, ohne mich wohl zu fühlen, mich nicht schlechter fühlte als anderswo, und dann sind sie verstummt und haben mich in meiner Not alleingelassen. Ich kannte sie also, meine Imperative, und dennoch folgte ich ihnen. Es war mir zur Gewohnheit geworden. Ich muß dazu sagen, daß sie fast alle die gleiche Frage betrafen, nämlich die Beziehung zu meiner Mutter und die Notwendigkeit, so bald wie möglich etwas Klarheit in diese Beziehung zu bringen, ja, sie betrafen sogar die passende Form dieser Klarheit und die wirksamsten Mittel, sie zu schaffen. Ja, diese Imperative waren ziemlich bestimmt und ins Einzelne gehend, aber sobald es ihnen gelungen war, mich in Bewegung zu bringen, begannen sie, wirr und undeutlich zu sprechen, und schließlich verstummten sie ganz, und ich stand da wie ein Rindvieh, das nicht weiß, wo es hingeht und warum es irgendwo hingeht. Und sie bezogen sich fast alle – vielleicht habe ich das schon gesagt – auf dieselbe peinliche und knifflige Frage. Und ich glaube sogar, ich könnte nicht einen einzigen anführen, der einen anderen Inhalt gehabt hätte. Und der eine Imperativ, der es mir damals zur Pflicht machte, den Wald so schnell wie möglich zu verlassen, unterschied sich seinem Inhalt nach nicht im geringsten von den gewohnten. Doch was die Form betrifft, so glaubte ich in ihr eine vollständig neue Einzelheit zu entdecken. Denn nach dem üblichen Liedchen war die folgende feierliche Ankündigung eingefügt: Es ist vielleicht schon zu spät. Es war auf lateinisch gesagt, *nimis sero,* ich glaube, das ist Latein. Reizend, diese hypothetischen Imperative. Aber wenn es mir niemals gelungen war, die Sache mit meiner Mutter endgültig zu erledigen, so darf man die Schuld daran nicht einzig und allein dieser Stimme geben, die mich vorzeitig im Stich ließ. Sie war mitverantwortlich, das ist alles, was man ihr vorwerfen kann. Denn auch die äußeren Umstände stellten sich mir auf vielfältige und listige Art entgegen, davon habe ich einige Beispiele gegeben. Und wenn die quälende Stimme mich bis dicht an das Ziel getrieben hätte, wäre ich vielleicht wegen der anderen Hindernisse, die den Weg versperrten, trotzdem nicht angekommen. Und wie konnte man verfehlen, in diesem zögernden und dann nicht mehr vernehmbaren Befehl den Unterton herauszuhören: Molloy, tue es nicht! Rief er mich nicht unaufhörlich zur Pflicht, um mir ihren Widersinn besser vor Augen zu führen? Das ist möglich. Glücklicherweise beschränkte er sich im großen und ganzen darauf, den Nachdruck auf eine dauernde Neigung zu legen, vielleicht, damit sie später um so lächerlicher erschiene – eine Neigung, die nicht betont zu werden brauchte, um ihre Kraftlosigkeit erkennen zu lassen. Und mich dünkt, daß ich ganz allein und seit jeher auf dem Wege zu meiner Mutter war, um unseren Beziehungen eine weniger schwankende Grundlage zu geben. Und wenn ich bei ihr war, und ich bin oft bis zu ihr gelangt, verließ ich sie, ohne etwas vollbracht zu haben. Und wenn ich nicht mehr bei ihr war, befand ich mich aufs neue auf dem Weg zu ihr, in der Hoffnung, es das nächste Mal besser zu machen. Und wenn es so aussah, als ob ich verzichtete und mich mit anderen Dingen oder mit gar nichts mehr beschäftigte, so frischte ich in Wirklichkeit immer nur meine Pläne auf und suchte den Weg, der zu ihr führte. Diese Geschichte nimmt eine seltsame Wendung. Nämlich derart, daß es mir auch ohne den sogenannten Imperativ, den ich dafür verantwortlich mache, schwer gewesen wäre, in jenem Wald zu bleiben, da ich ja annehmen mußte, daß meine Mutter nicht darin war. Aber so schwierig es war, im Wald zu bleiben, so hätte ich es vielleicht doch besser gewagt. Aber ich sagte mir auch: Wenn es so weitergeht, so werde ich mich binnen sehr kurzer Zeit nicht mehr vom Platze bewegen können, sondern ich werde bleiben müssen, wo immer ich sein mag, es sei denn, daß man mich wegträgt. Oh, ich habe mir das nicht in so klaren Worten gedacht. Und wenn ich sage »ich sagte mir usw.«, meine ich nur: ich ahnte, daß es so war, ohne genau zu wissen, um was es sich handelte. Und jedesmal, wenn ich sage »ich sagte mir das und das«, und wenn ich von einer inneren Stimme spreche, die mir sagte »Molloy ...«, mit einem schönen, mehr oder weniger klaren und einfachen Satz dahinter, oder wenn ich mich gezwungen sehe, Dritten verständliche Worte zuzuschreiben, oder wenn für die Ohren eines anderen in einigermaßen schicklicher Form artikulierte Laute aus meinem eigenen Mund herauskommen, so füge ich mich nur den Forderungen einer Konvention, die verlangt, daß man lügt oder den Mund hält. Denn die Dinge haben sich ganz anders zugetragen. Ich sagte mir keineswegs »Wenn es so weitergeht, werde ich binnen sehr kurzer Zeit usw.«, aber das glich vielleicht dem, was ich mir gesagt haben würde, wenn ich dazu fähig gewesen wäre. In Wirklichkeit sagte ich mir überhaupt nichts, aber ich vernahm ein Raunen, irgendeine Veränderung im Schweigen, und ich lauschte, ganz wie ein Tier, stelle ich mir vor, das zusammenfährt und sich tot stellt. Und manchmal dämmerte in mir dann eine Art von Bewußtsein, was ich durch die Worte ausdrücke »Ich sagte mir usw.« oder »Molloy, tue es nicht!« oder »Ist das der Name Ihrer Mutter, sagte der Kommissar«, ich zitiere aus dem Gedächtnis. Oder ich drücke es aus, ohne dabei so tief zu sinken wie in der oratio recta, indem ich andere genau so lügnerische Sprachfiguren gebrauche, wie zum Beispiel »Es schien mir, daß usw.« oder »Ich hatte den Eindruck, daß usw.«, denn mir schien nicht das geringste, und ich hatte keinerlei Eindruck irgendwelcher Art, sondern es hatte sich einfach irgendwo irgend etwas geändert, was bewirkte, daß ich mich auch ändern mußte, oder daß die Welt sich auch ändern mußte, damit nichts geändert würde. Und diese kleinen ausgleichenden Vorgänge – wie zwischen den Galileischen Röhren – kann ich nur ausdrücken, indem ich zum Beispiel sage »Ich fürchtete, daß« oder »Ich hoffte, daß« oder »Ist das der Name Ihrer Mutter, sagte der Kommissar«, und ich könnte sie ohne Zweifel anders und besser ausdrücken, wenn ich mir Mühe gäbe. Und eines Tages werde ich sie vielleicht besser ausdrücken, wenn die Mühe mich weniger schreckt als heute. Aber ich glaube nicht. Ich sagte mir also: Wenn es so weitergeht, so werde ich mich binnen sehr kurzer Zeit nicht mehr vom Platz bewegen können, sondern wo immer ich sein mag, werde ich bleiben müssen, es sei denn, daß sich jemand findet, der freundlich genug ist, mich wegzutragen. Denn meine Märsche wurden immer kürzer, und meine Ruhepausen infolgedessen immer häufiger und, möchte ich hinzufügen, immer länger, denn aus dem Begriff des kurzen Marsches ergibt sich nicht mit Notwendigkeit der Begriff der langen Ruhepausen, und ebensowenig, wenn man es wohl bedenkt, der häufigen Ruhepausen, oder man müßte dem Wort häufig eine Bedeutung zuschreiben, die es nicht hat, was ich um nichts in der Welt tun möchte. Und es erschien mir um so wünschenswerter, aus diesem Wald so schnell es ging herauszukommen, als es mir sehr bald nicht mehr möglich sein würde, aus irgend etwas herauszukommen, und wenn es nur ein Lustwäldchen wäre. Es war Winter, es mußte Winter sein; denn nicht nur hatten viele Bäume ihre Blätter verloren, sondern diese Blätter waren auch schwarz und schwammig geworden, und meine Krükken sanken manchmal bis zur Hälfte in ihnen ein. Es verdient erwähnt zu werden, daß mir nicht kälter war als vorher. Vielleicht war es nur Herbst. Aber ich bin für Temperaturänderungen immer wenig empfindlich gewesen. Und wenn der Schatten auch etwas von seinem Blau verloren zu haben schien, so war er doch ebenso dicht wie immer. Das Ergebnis war, daß ich mir sagte: Er ist weniger blau, weil es weniger Grün gibt, aber er ist ebenso dicht, dank des bleifarbenen Winterhimmels; und dann noch etwas über die schwarzen Zweige, von denen Schwarzes herunterfiel, irgend etwas in dieser Art. Die Haufen schwarzer und gleichsam schlammiger Blätter hielten mich fühlbar auf. Aber selbst wenn sie nicht da gewesen wären, hätte ich dem aufrechten Gang, dem Gang der Menschen, entsagt. Und ich erinnere mich noch an den Tag, an dem ich, den Verordnungen zum Trotz platt auf dem Bauch liegend, um mich auszuruhen, mir plötzlich vor die Stirn schlug und ausrief: Halt, es gibt doch noch das Kriechen, daran habe ich nicht mehr gedacht. Aber wie sollte ich das bei dem Zustand meiner Beine und meines Oberkörpers anfangen? Und meines Kopfes. Aber bevor ich weiter berichte, ein Wort über das Rauschen des Waldes. Ich konnte lauschen, soviel ich wollte, ich vernahm nichts dergleichen. Doch, mit viel gutem Willen und etwas Phantasie in langen Zwischenräumen einen fernen Gong. Ein Horn im Walde, das gehört sich, damit rechnet man. Das ist der Jäger. Aber ein Gong! Schlimmstenfalls hätte sogar das Tamtam mein Ohr nicht beleidigt. Aber der Gong! Das war ein schöner Hereinfall; wenn man das berühmte Rauschen genießen wollte, bekam man nichts anderes zu hören als in langen Zwischenräumen ferne Gongschläge. Für einen Augenblick wagte ich zu hoffen, daß es nichts anderes als mein Herz sei, das noch immer schlagen wollte. Aber nur für einen Augenblick. Denn mein Herz klopft nicht; das Geräusch, das diese alte Pumpe macht, gehört vielmehr in das Gebiet der Hydraulik. Ebenso vergeblich spannte ich meine Aufmerksamkeit, um den Blättern zu lauschen, bevor sie abfielen. Sie waren stumm, starr und unbeweglich, als ob sie aus Messing gewesen wären, ich wette, das habe ich schon gesagt. Soweit das Rauschen des Waldes. Hie und da drückte ich auf die Hupe in meiner Tasche. Ihr Ton erstickte mehr und mehr. Ich hatte sie von meinem Fahrrad abgenommen. Wann war das? Ich weiß es nicht. Und jetzt Schluß damit. Platt auf dem Bauch liegend, benutzte ich meine Krücken als Enterhaken und warf sie vor mir in das Unterholz, und wenn ich spürte, daß sie sich fest eingehakt hatten, zog ich mich mit Hilfe meiner Handgelenke vorwärts, die glücklicherweise trotz meiner Entkräftung noch stark genug, wenn auch ganz angeschwollen und schmerzhaft waren, wahrscheinlich infolge einer Art von Arthritis deformans. Das umreißt in wenigen Worten, wie ich es anfing. Diese Art der Fortbewegung hat vor den anderen – ich spreche von denen, die ich versucht habe – den Vorteil, daß man, um sich auszuruhen, einfach anhält und sich ohne weiteres ausruht. Denn im Stehen kann man nicht ausruhen, und im Sitzen auch nicht. Es gibt Menschen, die sich sitzend und sogar kniend von einem Ort zum anderen bewegen, indem sie sich mit Hilfe von Haken nach rechts und nach links, nach vorwärts und nach rückwärts ziehen. Aber wenn man sich wie ein Reptil bewegt, fängt man sofort an, sich auszuruhen, sobald man anhält, und sogar die Bewegung selbst ist, verglichen mit anderen Bewegungen – ich spreche von denen, die mich so sehr ermüdet haben –, eine Art von Ausruhen. Und auf diese Weise bewegte ich mich langsam, aber mit einer gewissen Regelmäßigkeit im Walde voran, und ich legte im Tage meine fünfzehn Schritt zurück, ohne mich auszugeben. Und indem ich blindlings meine Krücken hinter mir im Gebüsch einhakte, zog ich mich sogar auf dem Rücken liegend voran, und in meinen halb geschlossenen Augen war der schwarze Himmel der Zweige. Ich befand mich auf dem Wege zu Mama. Und manchmal sagte ich »Mama« – ohne Zweifel, um mich zu ermutigen. Jeden Augenblick verlor ich meinen Hut, dessen Schnürsenkel schon seit langem gerissen war, und schließlich trieb ich ihn in einem Anfall von Ärger mit solcher Gewalt in meine Stirn, daß ich ihn nicht mehr abnehmen konnte. Und wenn ich Damen gekannt hätte und einer von ihnen begegnet wäre, so wäre ich nicht in der Lage gewesen, sie korrekt zu grüßen. Aber mein Geist, der immer noch, wenn auch langsamer, arbeitete, beschäftigte sich ständig mit der Notwendigkeit, im Kreise zu gehen, ununterbrochen im Kreise zu gehen. Und bei jedem dritten oder vierten Klimmzug steuerte ich in eine andere Richtung, was bewirkte, daß ich zwar keinen Kreis, aber wenigstens ein riesiges Vieleck beschrieb – man tut, was man kann –, und mich hoffen ließ, daß ich trotz allem geradeaus vorankroch, Tag und Nacht in gerader Linie auf meine Mutter zu. Und wirklich kam der Tag, an dem ich das Ende des Waldes erreichte und das Licht der Ebene erblickte, genau so, wie ich es vermutet hatte. Aber ich sah es nicht jenseits düsterer Baumstümpfe in der Ferne schimmern, wie ich erwartete, sondern ich war mit einem Male in ihm, ich öffnete die Augen und stellte fest, daß ich angelangt war. Und die Erklärung dafür ist sicher darin zu finden, daß ich schon seit geraumer Zeit die Augen nur ganz ausnahmsweise öffnete. Und sogar die kleinen Richtungsänderungen nahm ich im Dunklen auf gut Glück vor. Der Wald endete in einem Graben, ich weiß nicht aus welchem Grund, und in diesem Graben liegend erkannte ich, was mir geschehen war. Und ohne Zweifel hatte ich in dem Moment, als ich in ihn hineinfiel, die Augen geöffnet, warum sonst hätte ich sie öffnen sollen? Ich betrachtete die Ebene, die sich vor mir ausdehnte, so weit der Blick reichte. Nein, nicht ganz so weit. Denn als meine Augen sich an das Licht gewöhnt hatten, glaubte ich die

Zinnen und Glockentürme einer Stadt zu erkennen, die sich schwach am Horizont abzeichneten, doch natürlich ließ nichts daran mich vermuten, daß es meine Stadt war, bis auf nähere Auskunft. Die Ebene kam mir in der Tat bekannt vor, aber in meiner Gegend glichen alle Ebenen einander; wenn man eine kannte, kannte man alle. Außerdem war die Frage, ob dies nun meine Stadt sei oder nicht, ob irgendwo in ihrem zarten Dunstkreis meine Mutter atmete oder ob sie die Luft hundert Meilen entfernt verstänkerte, für einen Menschen in meiner Lage ganz ungewöhnlich müßig, obschon sie auf der Ebene der reinen Erkenntnis unzweifelhaft Interesse verdiente. Denn wie sollte ich mich über diese unermeßlichen Weiden, in denen meine Krücken vergeblich herumtappen würden, voranschleppen? Vielleicht durch Rollen. Und was dann? Würde ich mich bis zum Haus meiner Mutter rollen dürfen? In dieser peinlichen Lage, die ich undeutlich vorausgeahnt hatte, ohne mir ihrer ganzen Bitterkeit bewußt zu sein, hörte ich mich zum Glück sagen: Sorge dich nicht, man kommt dir zu Hilfe. Wörtlich. Ich kann versichern, daß diese Worte in meinen Ohren und für mein Verständnis ebenso laut und deutlich klangen, wie das »Einigen Dank« jenes Straßenjungen, dessen Murmel ich aufgehoben hatte, ich übertreibe kaum. Sorge dich nicht, Molloy, man kommt. Na ja, man muß gewiß alles erfahren haben, auch den Beistand der anderen, um ein vollständiges Bild von den Möglichkeiten ihres Planeten zu bekommen. Ich ließ mich bis auf den Boden des Grabens hinunterpurzeln. Es mußte Frühling sein, ein Frühlingsmorgen. Es schien mir, als ob ich Vögel, vielleicht Lerchen, singen hörte. Seit langer Zeit hatte ich keine mehr gehört. Wie kam es, daß ich sie im Wald nicht gehört hatte? Noch gesehen. Das hatte ich damals nicht seltsam gefunden. Aber jetzt erschien es mir seltsam. Hatte ich am Strand des Meeres Vögel gehört? Möwen? Ich konnte mich nicht entsinnen. Ich entsann mich der Wachtelkönige. Die beiden Wanderer kamen mir in Erinnerung. Einer trug eine Keule. Ich hatte sie vergessen. Ich sah die Schafe wieder vor mir. Wenigstens sage ich das jetzt. Ich sorgte mich nicht, andere Szenen meines Lebens tauchten vor mir auf. Es schien mir, daß es regnete, daß die Sonne schien, einmal das eine, einmal das andere. Ein wirkliches Frühlingswetter. Ich spürte ein Verlangen, in den Wald zurückzukehren. Oh, kein richtiges Verlangen. Molloy konnte da bleiben, wo er war.

II

Es ist Mitternacht. Der Regen peitscht gegen die Scheiben. Ich bin ruhig. Alles schläft. Doch ich stehe auf und gehe zu meinem Schreibtisch. Ich bin nicht schläfrig. Meine Lampe beleuchtet mich mit einem gleichmäßigen, milden Schein. Ich habe sie reguliert. Sie wird bis zum Morgen brennen. Ich höre die große Horneule. Welch furchtbarer Kriegsschrei! Früher lauschte ich ihm ohne die geringste Empfindung. Mein Sohn schläft. Mag er schlafen. Die Nacht wird kommen, in der auch er sich an seinen Arbeitstisch setzen wird, weil er nicht schlafen kann. Mich wird man vergessen haben.

Mein Bericht wird lang sein. Vielleicht werde ich nicht damit zu Ende kommen. Ich heiße Moran, Jacques. So nennt man mich. Es ist aus mit mir. Mit meinem Sohn auch. Er darf es nicht ahnen. Er soll glauben, er stände an der Schwelle des Lebens, des wirklichen Lebens. Das stimmt übrigens. Er heißt Jacques, wie ich. Zu Verwechslungen kann das nicht führen.

Ich erinnere mich an den Tag, an dem ich den Befehl erhielt, mich um Molloy zu kümmern. Es war an einem Sonntag im Sommer. Ich saß in einem kleinen Korbstuhl in meinem Gärtchen; auf meinen Knien lag ein geschlossenes schwarzes Buch. Es muß gegen elf Uhr gewesen sein, noch zu früh, um zur Kirche zu gehen. Ich genoß die sonntägliche Ruhe, wobei ich gleichzeitig bedauerte, wie wichtig man sie in manchen Gemeinden nahm. Am Sonntag arbeiten oder einem Spiel zusehen, war in meinen Augen nicht unbedingt tadelnswert. Alles kam meiner Meinung nach darauf an, in welchem Geist jemand arbeitete oder spielte und was für Arbeiten oder Spiele es waren. Ich dachte mit Befriedigung daran, daß diese etwas freie Auffassung nach und nach an Boden gewann, sogar in der Geistlichkeit, die immer mehr geneigt war zuzugeben, daß der Feiertag in gewisser Beziehung als ein Tag wie alle anderen gelten könne, vorausgesetzt, daß man zur Messe ging und seinen Zehner entrichtete. Mich persönlich betraf das nicht, denn ich habe das Nichtstun immer gemocht. Und ich hätte mich gerne auch werktags ausgeruht, wenn ich die Mittel dazu besessen hätte. Nicht, daß ich tatsächlich faul gewesen wäre. Es war etwas anderes. Wenn ich andere tun sah, was ich selbst besser hätte machen können, falls ich gewollt hätte, und auch jedesmal besser machte, sobald ich mich dazu entschloß, so hatte ich das Gefühl, ein Amt zu bekleiden, zu dem mich keine Tätigkeit je hätte erheben können. Aber diesem Vergnügen konnte ich mich während der Woche nur selten hingeben.

Das Wetter war schön. Ich betrachtete zerstreut meine Bienenstöcke, aus denen die Bienen ein- und ausflogen. Ich hörte auf dem Gartenkies die eiligen Schritte meines Sohnes, den Gott weiß was für Ideen von Flucht und Verfolgtsein gepackt hatten. Ich rief ihm zu, sich nicht schmutzig zu machen. Er antwortete nicht.

Alles war still. Nicht ein Hauch. Aus den Schornsteinen meiner Nachbarn stieg der Rauch steil und blau in die Höhe. Friedliche Geräusche, Krockethämmer, die gegen Kugeln schlugen, eine Harke im Sand, in der Ferne eine Grasschneidemaschine, die Glocke meiner geliebten Kirche. Und natürlich Vögel, vor allem Amseln und Drosseln. Ungern ließen sie ihr Lied ersterben, als die Hitze sie überwältigte und sie sich von den hohen Zweigen, auf denen sie morgens gesessen hatten, in den Schatten der Büsche flüchten mußten. Ich sog mit Genuß den Duft meines Zitronenkrauts ein.

In diesem Umkreis erlebte ich meine letzten Augenblicke des Glücks und des Friedens.

Ein Mann betrat den Garten und kam rasch auf mich zu. Ich kannte ihn gut. Daß ein Nachbar mir einen Sonntagsbesuch abstattet, wenn er Lust dazu hat, lasse ich allenfalls noch gelten, obwohl ich es vorziehe, niemanden zu sehen. Aber dieser Mann war kein Nachbar. Unsere Beziehungen waren rein geschäftlicher Art, und er hatte einen weiten Weg zurückgelegt, um mich zu stören. Ich war daher gesonnen, ihn recht kühl zu empfangen, um so mehr, als er sich erlaubte, unmittelbar auf die Stelle zuzugehen, wo ich unter meinem Apfelbaum saß. Denn Leute, die sich diese Freiheit nahmen, sah ich höchst ungern. Wer mit mir zu sprechen wünschte, brauchte nur an meiner Haustür zu läuten. Marthe hatte ihre Anweisungen. Ich glaubte, ich sei vor den Augen eines jeden verborgen, der hereinkam und das kurze Stück zwischen Gartentor und Haustür durchschritt, und das mußte tatsächlich zutreffen. Aber als ich das Gartentor zufallen hörte, drehte ich mich ärgerlich um und sah hinter dem Schleier des Laubwerks die lange Gestalt quer über den Rasen direkt auf mich zukommen. Ich stand nicht auf, noch bat ich ihn, sich zu setzen. Er blieb vor mir stehen, und wir musterten uns schweigend. Er war mit seinem schweren, düsteren Sonntagsstaat angetan, was meine Verstimmung auf die Spitze trieb. Dieses oberflächliche Haften an Äußerlichkeiten, während die Seele in ihren Lumpen jubelt, habe ich immer abscheulich gefunden. Ich betrachtete seine riesigen Füße, die meine Gänseblümchen zertraten. Am liebsten hätte ich ihn mit Stockhieben davongejagt. Leider handelte es sich nicht nur um ihn. Setzen Sie sich, sagte ich; denn der Gedanke, daß er schließlich nur sein Vermittler-Amt ausübte, besänftigte mich etwas. Ja, plötzlich hatte ich Mitleid mit ihm, mit ihm und mit mir. Er setzte sich und wischte sich den Schweiß von der Stirn. Ich merkte, wie mein Sohn hinter einem Strauch versteckt uns beobachtete. Mein Sohn war damals dreizehn oder vierzehn Jahre alt. Er war groß und kräftig für sein Alter. Manchmal schien seine Intelligenz das Mittelmaß zu erreichen. Er war eben mein Sohn. Ich rief ihn und befahl ihm, Bier zu holen. Ich war ziemlich oft genötigt, den Voyeur zu spielen. Mein Sohn ahmte mir instinktiv nach. Er kam nach bemerkenswert kurzer Zeit mit zwei Gläsern und einer Literflasche Bier zurück. Er korkte die Flasche auf und goß uns ein. Er korkte sehr gerne Flaschen auf. Ich sagte ihm, er solle sich waschen und seinen Anzug in Ordnung bringen, kurz, sich bereit machen, unter die Leute zu gehen, denn es war bald Zeit für die Messe. Er kann hier bleiben, sagte Gaber. Ich will nicht, daß er hier bleibt, sagte ich. Und zu meinem Sohn gewandt wiederholte ich, er möge sich fertigmachen. Eins konnte ich damals nicht ausstehen, und das war, zu spät zur Zwölf-Uhr-Messe zu kommen. Wie Sie wollen, sagte Gaber. Wir hatten versucht, uns zu duzen. Es ging nicht. Ich habe bis heute nur zu zwei Menschen du gesagt. Jacques ging, vor sich hinbrummend, weg. Dabei lutschte er an seinem Finger, eine abscheuliche und wenig hygienische Angewohnheit, die aber, meiner Meinung nach, im großen und ganzen immer noch besser ist als in der Nase bohren. Wenn die Gewohnheit, am Finger zu lutschen, meinen Sohn davon abhielt, ihn in die Nase oder anderswohin zu stecken, so hatte er in gewissem Sinne recht.

Hier sind Ihre Instruktionen, sagte Gaber. Er zog ein Notizbuch aus der Tasche und begann zu lesen. Ab und zu schloß er das Notizbuch, wobei er vorsorglich den Finger zwischen zwei Seiten ließ, und verlor sich in Erklärungen und Erläuterungen, die völlig überflüssig waren, da ich meine Arbeit verstand. Als er endlich fertig war, sagte ich ihm, dieser Auftrag interessiere mich nicht und der Chef solle sich lieber an einen anderen Agenten wenden. Er will aber, daß Sie es machen, Gott weiß warum, sagte Gaber. Er hat Ihnen sicher gesagt, warum, sagte ich, ein Kompliment witternd, denn darauf war ich immer ziemlich scharf. Er hat gesagt, erwiderte Gaber, daß kein anderer als Sie diese Arbeit tun kann. Das war mehr oder weniger, was ich hatte hören wollen. Mir kommt die Sache aber kindlich einfach vor, sagte ich. Gaber erging sich in bissigen Bemerkungen über unseren Arbeitgeber, der ihn mitten in der Nacht, gerade als er sich anschickte, mit seiner Frau zu schlafen, aus dem Bett geholt hatte. Wegen so einer Dummheit, fügte er hinzu. Und er hat Ihnen gesagt, daß er nur in mich Vertrauen setze? sagte ich. Er weiß nicht mehr, was er sagt, antwortete Gaber. Noch was er tut, fügte er hinzu. Er wischte das Futter seines steifen Hutes ab und blickte aufmerksam hinein, als suche er etwas. Ich kann also schwer ablehnen, sagte ich; dabei wußte ich genau, daß ich unter keinen Umständen ablehnen konnte. Ablehnen! Aber wir Agenten machten uns untereinander oft ein Vergnügen daraus, zu bocken und so zu tun, als ob wir freie Männer wären. Sie werden heute aufbrechen, sagte Gaber. Heute! rief ich, er ist wohl verrückt geworden! Ihr Sohn wird Sie begleiten, sagte Gaber. Ich schwieg. Wenn es ernst wurde, schwiegen wir. Gaber knöpfte sein Notizbuch zu und steckte es wieder in die Tasche, die er ebenfalls zuknöpfte. Er stand auf und strich sich mit den Händen über die Brust. Ich würde gern noch ein Glas trinken, sagte er. Gehen Sie in die Küche, sagte ich, das Mädchen wird Ihnen einschenken, Adschö, Moran, sagte er.

Es war zu spät für die Messe geworden. Ich brauchte nicht nach der Uhr zu sehen, um das festzustellen, ich war sicher, daß die Messe ohne mich begonnen hatte. Ohne mich, der ich niemals die Messe versäumte. Gerade an diesem Sonntag, da ich sie so nötig hatte! Um mich in Gang zu bringen! Ich beschloß, den Geistlichen um einen privaten Empfang im Laufe des Nachmittags zu bitten. Auf das Mittagessen würde ich verzichten. Mit dem guten Pater Ambrosius konnte man immer einig werden.

Ich rief Jacques. Ohne Erfolg. Ich sagte mir, er hat gesehen, daß ich mit meiner Besprechung noch nicht fertig bin, und ist allein zur Messe gegangen. Diese Erklärung erwies sich später als zutreffend. Aber er hätte zu mir kommen können, bevor er wegging, dachte ich weiter. Ich diskutierte gerne mit mir selbst, wobei man sehen konnte, wie ich die Lippen bewegte. Wahrscheinlich jedoch hatte er befürchtet, mich zu stören und erwischt zu werden. Denn manchmal ging ich zu weit, wenn ich meinen Sohn erwischte, und er hatte daher etwas Angst vor mir. Ich selbst bin nie genug gezüchtigt worden. Oh, man hat mich auch nicht verwöhnt, sondern sich einfach nicht um mich gekümmert. Daher stammen die schlechten Gewohnheiten, die nicht mehr zu ändern sind und die selbst die strengste Frömmigkeit nicht hat ausmerzen können. Ich hoffte, meinem Sohn dieses Unglück zu ersparen, indem ich ihm ab und zu mit passender Begründung eine tüchtige Ohrfeige versetzte. Dann sagte ich mir: sollte er es wagen, mir vorzureden, er komme aus der Messe, selbst wenn er nicht hingegangen und zum Beispiel nur zu seinen Spielkameraden hinter das Schlachthaus gelaufen ist? Und ich nahm mir vor, dem Pater Ambrosius über diesen Punkt die Würmer aus der Nase zu ziehen. Denn mein Sohn sollte sich auf keinen Fall einbilden, er könne mich ungestraft anlügen. Und wenn Pater Ambrosius nicht Bescheid wüßte, würde ich mich an den Küster wenden, dem die Anwesenheit meines Sohnes bei der Mittagsmesse unmöglich entgangen sein konnte. Denn ich wußte genau, daß der Küster ein Verzeichnis der Gläubigen besaß, mit dem er sich in der Nähe des Weihwasserbeckens aufstellte, und daß er jeden von uns beim Fingernetzen abstrich. Hierzu eine kleine Anmerkung: Der gute Pater Ambrosius wußte überhaupt nichts von diesem Treiben, ganz gewiß nicht, denn er haßte alles, was nach Kontrolle aussah, der gute Pater Ambrosius. Und er hätte den Küster sofort hinausgeworfen, wenn er ihm eine solche Frechheit zugetraut hätte. Anscheinend hielt der Küster diese Liste zu seiner eigenen Erbauung so eifrig in Ordnung. Selbstverständlich war mir nur bekannt, wie die Sache sich bei der Mittagsmesse abspielte, da ich persönlich nichts über die anderen Messen wußte, die ich nie besuchte. Aber ich hatte gehört, daß dort genau die gleiche Kontrolle vorgenommen wurde, wenn nicht durch den Küster selbst, der wahrscheinlich anderswo beschäftigt war, so durch einen seiner zahlreichen Söhne. Seltsame Gemeinde, in der die Pfarrkinder besser als der Pfarrer über Gewohnheiten Bescheid wußten, die sehr viel mehr seine als ihre Sache waren.

Daran dachte ich, während ich auf die Rückkehr meines Sohnes und Gabers Weggehen wartete, denn ich hatte ihn das Haus noch nicht verlassen hören. Und heute abend finde ich es seltsam, daß ich in einem solchen Augenblick an meinen Sohn, an meinen Mangel an Erziehung, an Pater Ambrosius, an den Küster Joly mit seiner Liste denken konnte. Hätte ich mich, nach jenen Mitteilungen, nicht in Wirklichkeit nützlicher beschäftigen können? Tatsächlich hatte ich noch gar nicht angefangen, die Sache ernst zu nehmen. Ich bin darüber um so mehr verwundert, als eine derartige Sorglosigkeit gar nicht in meinem Wesen lag. Oder vermied ich instinktiv, darüber nachzudenken, um mir noch einige Augenblicke Ruhe zu sichern? Selbst wenn mir, als Gaber seinen Bericht vorlas, die Sache unter meiner Würde erschienen war, hätte die Entschiedenheit, mit der mein Chef darauf bestand, mich, Moran, und keinen anderen zu verwenden, und die Nachricht, daß mein Sohn mich begleiten würde, zeigen müssen, daß es sich um eine Aufgabe handelte, die von dem Üblichen abwich. Und anstatt unverzüglich meinen Verstand und all meine Erfahrung daran zu wenden, erging ich mich in Spekulationen über die Schwäche meines Geschlechts und die seltsamen Gewohnheiten meiner Umgebung. Indessen begann das Gift, das man mir soeben eingeflößt hatte, auf mich zu wirken. Ich rutschte ununterbrochen in meinem Sessel hin und her, fuhr mir mit den Händen über das Gesicht, schlug die Beine übereinander und stellte sie wieder gerade usw. Die Welt nahm schon eine andere Färbung und ein anderes Gewicht an; bald würde ich mir eingestehen müssen, daß ich Angst hatte.

Ärgerlich dachte ich an das Bier, das ich soeben heruntergegossen hatte. Würde der Leib Christi mir nach einem Krug Pilsener verabreicht werden? Und wenn ich nun nichts davon sagte? Seid Ihr nüchtern, mein Sohn? Er würde nichts fragen. Aber Gott würde es früher oder später erfahren. Vielleicht würde er mir verzeihen. Und hat das Abendmahl, wenn es auf Bier, und sei es nur auf Märzbier, genommen wird, die gleiche Wirkung? Ich konnte es immerhin ausprobieren. Was lehrte die Kirche in dieser Beziehung? Wenn ich nun damit eine Gotteslästerung beging? Ich beschloß, auf dem Weg zum Pfarrhaus ein paar Pfefferminztabletten zu lutschen.

Ich stand auf und ging in die Küche. Ich fragte, ob Jacques zurückgekommen sei. Ich habe ihn nicht gesehen, erwiderte Marthe. Sie schien schlechter Laune. Und der andere? sagte ich. Welcher andere? sagte sie. Der, den ich geschickt habe, Sie um ein Glas Bier bitten. Niemand hat mich um irgend etwas gebeten, sagte Marthe. Übrigens, sagte ich, ohne mich aus der Fassung bringen zu lassen, werde ich heute nicht zu Mittag essen. Sie fragte mich, ob ich krank sei. Von Natur war ich nämlich ein ziemlich starker Esser. Und besonders am Sonntagmittag legte ich Wert auf ein sehr reichliches Essen. Es roch gut in der Küche. Ich möchte heute etwas später essen, das ist alles, sagte ich. Marthe sah mich wütend an. Etwa um vier, sagte ich. Ich wußte sehr wohl, was für aufrührerische Gedanken hinter der schmalen Stirn mit dem schon ergrauenden Haaransatz einherjagten. Es tut mir leid, Sie können heute nicht ausgehen, sagte ich kühl. Stumm vor Wut fing sie an, mit ihren Kochtöpfen herumzuhantieren. Stellen Sie mir alles so gut wie möglich warm, sagte ich. Und da ich wußte, daß sie imstande war, mich zu vergiften, fügte ich hinzu: Sie können morgen den ganzen Tag frei haben, wenn Ihnen damit gedient ist.

Ich trat hinaus auf die Straße. Gaber war also fortgegangen, ohne sein Bier zu trinken. Und doch hatte er große Lust darauf gehabt. Pilsener, das ist eine gute Marke. Ich lauerte auf Jacques. Er mußte zu meiner Rechten auftauchen, wenn er aus der Kirche, und zu meiner Linken, wenn er vom Schlachthaus kam. Ein Nachbar, ein Freidenker, spazierte vorbei. Sieh da, sagte er, geht man heute nicht zum ewigen Gebet? Er kannte meine Gewohnheiten, ich meine die Sonntagsgewohnheiten. Alle kannten sie, und der Chef kannte sie vielleicht am besten von allen, obwohl er weit weg war. Sie sehen ganz verstört aus, sagte der Nachbar. Das macht Ihr Anblick, sagte ich. Ich ging, von seinem bewußt abscheulichen Lächeln verfolgt, ins Haus zurück. Ich stellte mir vor, wie er zu seiner Konkubine lief und ihr erzählte: »Du kennst doch diesen armen Trottel von Moran, du hättest mal sehen sollen, wie ich ihn hochgenommen habe. Er wußte nicht mehr, was er sagen sollte! Er ist davongerannt!«

Bald darauf kam Jacques nach Hause. Er sah nicht so aus, als ob er Dummheiten gemacht hätte. Er sagte, er sei ganz allein in die Kirche gegangen. Ich stellte ihm einige sachliche Fragen über den Verlauf des Gottesdienstes. Er antwortete, ohne sich zu widersprechen. Ich sagte ihm, er solle sich die Hände waschen und zu Tisch gehen. Ich ging zurück in die Küche. Ich tat überhaupt nichts anderes als ständig hin- und hergehen. Sie können anrichten, sagte ich. Sie hatte geweint. Ich guckte ein bißchen in die Töpfe. Irish Stew. Ein nahrhaftes und billiges, etwas unverdauliches Gericht. Ehre dem Land, dessen Namen es bekanntgemacht hat. Ich werde um vier Uhr zu Tisch kommen, sagte ich. Ich brauchte nicht hinzuzufügen: Punkt vier Uhr. Ich liebte Pünktlichkeit, und alle, die den Schutz meines Hauses genossen, hatten sie ebenfalls zu lieben. Ich ging hinauf in mein Zimmer. Und dort machte ich, bei zugezogenen Vorhängen auf meinem Bett ausgestreckt, einen ersten Versuch, mich mit der Angelegenheit Molloy zu befassen.

Ich wollte mich zuerst nur mit den unmittelbaren Unannehmlichkeiten beschäftigen, mit den Vorbereitungen, zu denen ich genötigt war. Ich vermied noch immer, an das Wesentliche der Angelegenheit Molloy zu denken. Ich fühlte, wie mich eine tiefe Verwirrung überkam.

Sollte ich das Fahrrad mit dem Hilfsmotor nehmen? Das war die erste Frage, die ich mir stellte. Ich war ein methodisch veranlagter Mensch und begab mich niemals auf eine Mission, ohne daß ich vorher gründlich über die beste Art zu reisen nachgedacht hatte. Das war das erste Problem, das zu Beginn jeder Untersuchung gelöst werden mußte, und ich rührte mich nie von der Stelle, bevor ich es nicht zu meiner Zufriedenheit gelöst hatte. Bisweilen nahm ich mein Fahrrad mit dem Hilfsmotor, manchmal den Zug, manchmal den Autobus, und es kam auch vor, daß ich mich heimlich in der Nacht zu Fuß oder mit dem Rad aufmachte. Denn wenn man wie ich von Feinden umgeben ist, kann man selbst in der Nacht nicht mit dem Motor-Fahrrad fahren, ohne Aufsehen zu erregen, wenn man es nicht einfach als Fahrrad benutzt, was keinen Sinn hat. Doch wenn ich auch gewohnt war, zu allererst diese heikle Frage des geeigneten Transportmittels zu entscheiden, so pflegte ich doch die Umstände, von denen sie abhing, vorher gründlich zu untersuchen oder doch zu berücksichtigen. Denn wie soll man entscheiden, auf welche Art man reisen will, wenn man nicht vorher weiß, wohin man fährt, oder mindestens, in welcher Absicht man dorthin fährt. Aber im vorliegenden Fall machte ich mich ohne weitere Unterlagen als Gabers Bericht, dem ich nur zerstreut zugehört hatte, an die Lösung des Transport-Problems. Ich würde mir die kleinsten Einzelheiten jenes Berichts wieder ins Gedächtnis rufen können, wann immer ich wollte. Aber ich hatte diese Mühe noch nicht auf mich genommen, ich hatte es vermieden, indem ich mir sagte: Das ist eine ganz alltägliche Angelegenheit. Die Transportmittelfrage unter solchen Umständen lösen zu wollen, war reiner Wahnsinn. Und doch tat ich es. Schon verlor ich den Kopf.

Ich fuhr sehr gern mit dem Motor-Fahrrad, ich liebte diese Art der Fortbewegung. Und da die Gründe, die dagegen sprachen, mir unbekannt waren, beschloß ich das Motor-Fahrrad zu benutzen. So verband sich die Angelegenheit Molloy von vorneherein mit verderblichen Glücksvorstellungen.

Die Sonnenstrahlen drangen durch die Spalten zwischen den Vorhängen und machten die tanzenden Staubwirbel sichtbar. Daraus schloß ich, daß immer noch schönes Wetter war, und ich freute mich darüber. Wenn man mit dem Motor-Fahrrad auf die Reise geht, ist schönes Wetter vorzuziehen. Ich irrte mich jedoch, das Wetter war nicht mehr schön, der Himmel bezog sich, bald würde es regnen. Doch im Augenblick schien noch die Sonne. Darauf verließ ich mich in unbegreiflichem Leichtsinn, da ich keine anderen Grundlagen hatte, auf die ich bauen konnte.

Dann machte ich mich nach meiner Gewohnheit an die wesentliche Frage, welche Sachen ich mitnehmen sollte. Ich hätte auch darüber eine völlig unbegründete Entscheidung getroffen, wäre nicht mein Sohn plötzlich hereingekommen. Er wollte wissen, ob er weggehen dürfe. Ich nahm mich zusammen. Er wischte sich den Mund mit dem Handrücken ab. Ich sah das nicht gern. Doch gibt es weit schlimmere Gesten, das weiß ich selbst am besten.

Weggehen, sagte ich, wohin? Weggehen! Was für ein abscheulich unbestimmter Ausdruck. Ich fing an, großen Hunger zu bekommen. Zu den Ulmen, antwortete er. So heißt unser kleiner Stadtpark. Und doch gibt es dort keine Ulmen, wie man mir versichert hat. Wozu? sagte ich. Botanik wiederholen, antwortete er. Es gab Augenblicke, in denen ich meinen Sohn für einen Duckmäuser hielt. Dies war ein solcher Augenblick. Ich hätte es fast vorgezogen, wenn er gesagt hätte, Luft schnappen, oder, Die Mädchen ansehen. Zum Unglück wußte er sehr viel mehr von Botanik als ich. Sonst hätte ich ihm bei seiner Rückkehr ein paar knifflige Fragen stellen können. Ich liebte die Pflanzen, das war alles. Ich sah in ihnen sogar manchmal einen weiteren, jedoch überflüssigen Beweis der Existenz Gottes. Geh, sagte ich, aber sei um halb fünf zurück, ich habe mit dir zu sprechen. Jawohl, Papa, sagte er. Jawohl, Papa. Aha!

Ich schlief ein wenig. Machen wir's kurz. Als ich an der Kirche vorüberkam, veranlaßte mich etwas, stehenzubleiben. Ich betrachtete das Tor, ein sehr schönes Tor im Barockstil. Es schien mir abscheulich. Ich ging schneller auf das Pfarrhaus zu. Der Pater schläft, sagte die Magd. Ich werde warten, sagte ich. Ist es eilig? sagte sie. Ja und nein, sagte ich. Sie führte mich in den Salon, der schrecklich kahl aussah. Pater Ambrosius trat ein. Er rieb sich die Augen. Ich störe Sie, Hochwürden, sagte ich. Er schnalzte zum Zeichen des Widerspruchs mit der Zunge. Ich will nicht beschreiben, wie wir beide dastanden, jeder in der Haltung, die für ihn charakteristisch war. Er bot mir eine Zigarre an; ich nahm sie gerne an und steckte sie zwischen Füllfederhalter und Drehbleistift in meine Tasche. Er tat sich etwas auf seine Lebensart zugute, der Pater Ambrosius, und obschon er selbst nie rauchte, war er stolz darauf, Brauch und Sitte zu kennen. Und alle sprachen davon, wie großzügig er sei. Ich fragte ihn, ob er meinen Sohn in der Mittagsmesse gesehen habe. Gewiß, sagte er, wir haben uns sogar unterhalten. Ich muß überrascht ausgesehen haben. Ja, sagte er, als ich Sie nicht an Ihrem Platz, in der ersten Reihe der Gläubigen sah, fürchtete ich, Sie seien krank. Daher ließ ich das liebe Kind rufen, und der Junge beruhigte mich. Ich hatte einen Besuch, der mir höchst ungelegen kam, sagte ich, und den ich nicht zur Zeit loswerden konnte. Ihr Sohn hat mir das erklärt, sagte er. Er fügte hinzu: Warum setzen wir uns nicht, schließlich brennt's doch nicht. Er lachte und setzte sich, wobei er seine schwere Soutane lüpfte. Darf ich Ihnen einen Verdauungsschnaps anbieten? sagte er. Ich war baff. War Jacques eine Anspielung auf das Bier entschlüpft? Er war dazu fähig. Ich wollte Sie um einen Gefallen bitten, sagte ich. Gewährt, sagte er. Wir beobachteten einander. Ein Sonntag ohne Viatikum ist für mich wie – Er winkte ab. Nur keine profanen Vergleiche, sagte er. Vielleicht dachte er an einen Kuß ohne Schnurrbart oder an Roastbeef ohne Senf. Ich kann es nicht leiden, wenn man mich unterbricht. Ich fing an zu schmollen. Ich weiß schon, was Sie wollen, sagte er, sagen Sie es nur gleich, Sie möchten kommunizieren. Ich senkte den Kopf. Es ist nicht gerade der richtige Moment, sagte er. Ich fragte mich, ob er gegessen hatte. Ich wußte, daß er gerne lange Fasten hielt, selbstverständlich um sich zu kasteien, aber auch, weil sein Arzt ihm dazu geraten hatte. Auf diese Weise schlug er zwei Fliegen mit einer Klappe. Sagen Sie niemandem etwas davon, sagte er, es muß unter uns bleiben und –. Er unterbrach sich, erhob einen Finger und richtete die Augen gegen die Decke. Sieh an, sagte er, was ist das da für ein Fleck? Ich blickte meinerseits zur Decke. Das ist Feuchtigkeit, sagte ich. Tata, sagte er, das ist aber dumm. Das Wort Tata kam mir beispiellos blödsinnig vor. Es gibt Zeiten, sagte er, in denen man versucht ist zu verzagen. Er stand auf. Ich gehe mein Besteck holen, sagte er. Er nannte das sein Besteck. Allein geblieben, verschränkte ich die Hände, daß die Fingergelenke knackten, und bat den Herrn um Rat. Vergeblich. Damit war immerhin etwas gewonnen. Aus der Eile, mit der Pater Ambrosius sein Besteck holen ging, schloß ich, daß er ganz gewiß nichts ahnte. Oder belustigte es ihn zu sehen, wie weit ich gehen würde? Oder machte es ihm Vergnügen, mich zur Sünde zu verleiten? Ich faßte die Lage in folgender Formel zusammen: Weiß er, daß ich Bier getrunken habe, und läßt mich trotzdem kommunizieren, so sündigt er aus dem gleichen Grund wie ich, wenn es überhaupt eine Sünde ist. Ich riskierte also nicht viel. Er kam mit einer Art Monstranz-Koffer zurück, öffnete ihn und versorgte mich schnell und ohne zu zögern. Ich stand wieder auf und dankte ihm aufs wärmste. Bah, sagte er, eine Kleinigkeit. Nun können wir plaudern.

Ich wußte ihm nichts weiter zu sagen. Ich hatte nur den einen Wunsch, so schnell wie möglich nach Hause zu kommen und mich mit dem Stew vollzustopfen. Jetzt, da meine Seele befriedigt war, hatte ich Kohldampf. Da es meinem Stundenplan nach noch etwas zu früh war, fand ich mich damit ab, ihm acht Minuten zu schenken. Sie erschienen mir lang. Er erzählte mir, Madame Clément, die Frau des Apothekers und selbst eine erstklassige Apothekerin, sei in ihrem Laboratorium von einer Leiter heruntergefallen und habe sich den Hals –. Den Hals! rief ich. Den Hals des Oberschenkelknochens gebrochen, sagte er, Sie lassen mich nicht ausreden. Er fügte hinzu, so habe es kommen müssen. Und um nicht zurückzustehen, erzählte ich ihm, daß meine Hühner mir große Sorgen machten, besonders meine graue Henne, die weder legen noch brüten wollte und seit einem Monat von morgends bis abends, den Hintern im Staub, an der gleichen Stelle sitzenblieb. Wie Hiob – hahaha, sagte er. Ich machte ebenfalls haha. Wie gut das tut, hie und da zu lachen, sagte er. Nicht wahr? sagte ich. Es ist ein Kennzeichen des Menschen, sagte er. Ich habe es bemerkt, sagte ich. Darauf folgte ein kurzes Schweigen. Was geben Sie ihr zu fressen? sagte er. Hauptsächlich Mais, sagte ich. Brei oder Körner? sagte er. Beides, sagte ich. Ich fügte hinzu, daß sie kaum noch fresse. Tiere lachen nie, sagte er. Nur wir finden das komisch, sagte ich. Wie beliebt? sagte er. Nur wir finden das komisch, sagte ich nachdrücklich. Er dachte nach. Christus hat auch niemals gelacht, sagte er, soviel man weiß. Er sah mich an. Warum sollte er auch, sagte ich. Allerdings, sagte er. Wir lächelten uns traurig an. Vielleicht hat das Huhn den Pips? sagte er. Ich antwortete, es könne alles mögliche haben, aber den Pips habe es bestimmt nicht. Er dachte nach. Haben Sie es mit doppeltkohlensaurem Natron versucht? Wie bitte? sagte ich. Soda, sagte er, haben Sie Soda versucht? Gewiß nicht, sagte ich. Versuchen Sie es, rief er und wurde rot vor Freude, geben Sie ihm einige Monate lang mehrmals am Tage ein paar Suppenlöffel voll ein; Sie werden sehen, das bringt es wieder auf die Beine. Ist es ein Pulver? sagte ich. Und ob, sagte er. Ich danke Ihnen, sagte ich, ich werde es von heute an versuchen. So eine schöne Henne, sagte er, so eine gute Legehenne. Das heißt von morgen an, sagte ich. Ich hatte vergessen, daß die Apotheke geschlossen war. Außer für Notfälle, natürlich. Und jetzt einen kleinen Verdauungsschnaps, sagte er. Danke, nein, sagte ich.

Dieses Gespräch mit Pater Ambrosius hinterließ bei mir einen peinlichen Eindruck. Er war der gleiche teuere Mann, und war es auch wieder nicht. Es kam mir vor, als hätte ich in seinem Gesicht einen Mangel an, wie soll ich sagen, einen Mangel an Vornehmheit entdeckt. Allerdings muß ich erwähnen, daß die Hostie nicht herunterrutschen wollte. Auf dem Heimweg kam ich mir vor wie jemand, der ein schmerzstillendes Mittel geschluckt hat und zuerst verwundert und dann entrüstet feststellt, daß der Schmerz der gleiche geblieben ist. Und fast verdächtigte ich den Pater Ambrosius, daß er von meinen morgendlichen Ausschweifungen unterrichtet sei und mir heimlich ungeweihtes Brot angedreht oder einen stillschweigenden Vorbehalt gemacht habe, während er die zauberkräftigen Worte aussprach. So kam ich in äußerst schlechter Laune bei strömendem Regen zu Hause an.

Das Stew war eine Enttäuschung. Wo sind die Zwiebeln? rief ich. Verkocht, antwortete Marthe. Ich stürzte in die Küche, um die Zwiebeln zu suchen, denn ich hatte Marthe im Verdacht, sie herausgenommen zu haben, weil sie wußte, wie gern ich sie aß. Ich wühlte sogar im Mülleimer. Ohne Erfolg. Sie sah mir höhnisch zu.

Ich ging wieder in mein Zimmer hinauf, zog die Vorhänge vor

einem unheilverkündenden Himmel auf und legte mich nieder. Ich verstand nicht, was mir geschah. Zu jener Zeit war es mir peinlich, etwas nicht zu verstehen. Ich versuchte, mich zu fassen. Natürlich vergeblich. Mein Leben lief aus, doch ich wußte nicht, wo das Leck war. Immerhin gelang es mir einzuschlummern, was nicht einfach ist, wenn das Unglück keine bestimmte Gestalt hat. Und in diesem Halbschlummer freute ich mich, daß mir das Einschlafen gelungen war, als mein Sohn ohne anzuklopfen eintrat. Nun verabscheue ich nichts mehr, als daß jemand mein Zimmer betritt, ohne anzuklopfen. Ich könnte ja gerade dabei sein, vor meinem dreiteiligen Spiegel zu onanieren. Wirklich ein wenig erbauliches Schauspiel für einen Knaben, seinen Vater zu erblikken, wie er sich mit weitgeöffnetem Hosenlatz und verdrehten Augen einen trüben und schalen Rausch abnötigt. Ich ermahnte ihn mit fester Stimme, Anstand und Sitte zu wahren. Er behauptete, er habe zweimal geklopf. Und wenn du hundertmal geklopft hättest, erwiderte ich, dürftest du nicht eintreten, ohne dazu aufgefordert worden zu sein. Aber, sagte er. Aber was? sagte ich. Du hast mich auf halb fünf bestellt, sagte er. Es gibt etwas Wichtigeres im Leben als Pünktlichkeit, sagte ich, nämlich Taktgefühl. Wiederhole das. In der geringschätzigen Art, in der er mir nachsprach, klangen meine Worte beschämend für mich. Er war klatschnaß. Was hast du dir angesehen? fragte ich. Die Liliaceen, Papa, antwortete er. Die Liliaceen, Papa! Er hatte eine höchst eigentümliche Art, Papa zu sagen, mein Sohn, wenn er mich kränken wollte. Jetzt paß einmal gut auf, sagte ich. Sein Gesicht nahm einen Ausdruck ängstlicher Erwartung an. Heute abend gehen wir auf eine Reise, sagte ich. Du ziehst deinen Schulanzug an, den grünen –. Aber er ist doch blau, Papa, sagte er. Blau oder grün, du ziehst ihn an, sagte ich energisch. Ich fuhr fort. In den kleinen Rucksack, den ich dir zum Geburtstag geschenkt habe, packst du deine Waschsachen und ein Hemd, sieben Unterhosen und ein Paar Socken. Hast du verstanden? Welches Hemd, Papa? sagte er. Egal, welches Hemd, rief ich, irgendein Hemd! Welche Schuhe soll ich anziehen? sagte er. Du hast zwei Paar Schuhe, sagte ich, Sonntags- und Alltagsschuhe, und du fragst, welche du anziehen sollst. Ich richtete mich auf. Willst du dich vielleicht über mich lustig machen? sagte ich.

Ich hatte also meinem Sohn genaue Anweisungen gegeben. Aber waren es die richtigen? Würden sie der Überlegung standhalten? Würde ich sie nicht nach sehr kurzer Zeit abändern müssen? Ich, der ich niemals vor meinem Sohn meine Meinung änderte. Alles war zu befürchten.

Wohin fahren wir, Papa? sagte er. Wie oft hatte ich ihm befohlen, mich nicht auszufragen. Und wohin fuhren wir wirklich? Tu, was ich dir gesagt habe, sagte ich. Ich habe morgen eine Verabredung mit Herrn Py, sagte er. Du wirst ihn ein andermal aufsuchen, sagte ich. Aber ich habe Schmerzen, sagte er. Es gibt noch andere Zahnärzte, sagte ich, Herr Py ist nicht der einzige Zahnarzt der nördlichen Halbkugel. Unvorsichtigerweise fügte ich hinzu: Wir gehen nicht in die Wüste. Aber er ist ein sehr guter Zahnarzt, sagte er. Ein Zahnarzt ist so gut wie der andere, sagte ich. Ich hätte ihm sagen können, er solle mich mit seinem Zahnarzt in Ruhe lassen, doch das tat ich nicht, ich redete ihm gut zu, ich sprach mit ihm wie mit meinesgleichen. Ich hätte ihn auch darauf hinweisen können, daß er log, wenn er sagte, er habe Schmerzen. Er hatte Schmerzen gehabt, an einem vorderen Backenzahn, glaube ich, aber das war jetzt vorbei. Ich wußte es von Py selbst. Ich habe den Zahn provisorisch gefüllt, hatte er mir gesagt, Ihr Sohn kann unmöglich noch Schmerzen haben. Ich erinnerte mich gut an dieses Gespräch. Natürlich hat er sehr schlechte Zähne. Natürlich? sagte ich, wieso natürlich? Was wollen Sie damit sagen? Er ist mit schlechten Zähnen auf die Welt gekommen, hatte Py gesagt, und wird immer schlechte Zähne haben. Natürlich werde ich tun, was ich kann. Das sollte heißen, ich bin mit der Bereitschaft, zu tun, was ich kann, auf die Welt gekommen, und werde notwendigerweise immer alles tun, was ich kann. Mit schlechten Zähnen auf die Welt gekommen! Ich selbst hatte nur noch die Schneidezähne, die zum Greifen da sind.

Regnet es immer noch? sagte ich. Mein Sohn hatte einen kleinen Spiegel aus der Tasche gezogen und betrachtete seine Mundhöhle, wobei er die Oberlippe mit dem Finger hochstülpte. Au, sagte er, ohne seine Untersuchung zu unterbrechen. Hör auf, mit deinem Finger im Mund herumzufahren! rief ich. Geh ans Fenster und sag mir, ob es immer noch regnet. Er ging ans Fenster und sagte, es regne weiter. Ist der Himmel ganz bedeckt? sagte ich. Ja, sagte er. Nicht die kleinste Aufhellung? sagte ich. Nein, sagte er. Zieh die Vorhänge zu, sagte ich. Welch wunderbarer Augenblick, bevor das Auge sich an das Dunkel gewöhnt. Bist du immer noch da? sagte ich. Er war immer noch da. Ich fragte ihn, worauf er warte, um zu tun, was ich ihm gesagt hatte. Wäre ich an der Stelle meines Sohnes gewesen, hätte ich mich schon längst verlassen. Aber er war nicht aus dem gleichen Holz geschnitzt wie ich. Ich konnte nicht umhin, diesen Schluß zu ziehen. Sich seinem Sohn überlegen fühlen ist in der Tat eine armselige Genugtuung, und sie hilft nichts gegen die Gewissensbisse, die man darüber empfindet, daß man ihn ins Leben gesetzt hat. Darf ich meine Briefmarkensammlung mitnehmen? sagte er. Mein Sohn hatte zwei Alben, ein großes, das seine eigentliche Sammlung enthielt, und ein kleines mit den Doubletten. Ich erlaubte ihm, das zweite Album mitzunehmen. Wenn ich jemandem eine Freude bereiten kann, ohne meine Prinzipien zu verletzen, tue ich es gern. Er ging.

Ich stand auf und trat ans Fenster. Ich hatte keine Ruhe. Ich steckte meinen Kopf durch die Vorhänge. Feiner Regen, bedeckter Himmel. Er hatte nicht gelogen. Aufklärung für acht, halb neun zu erwarten. Schöner Sonnenuntergang, Dämmerung, Nacht. Abnehmender Mond, Aufgang gegen Mitternacht. Ich läutete Marthe und legte mich wieder hin. Wir werden zu Hause zu Abend essen, sagte ich. Sie sah mich erstaunt an. Aßen wir nicht immer zu Hause? Ich hatte ihr noch nicht gesagt, daß wir verreisen würden. Ich würde es ihr erst im letzten Augenblick mitteilen, mit dem Fuß im Steigbügel, wie der Ausdruck heißt. Ich vertraute ihr nicht ganz. Ich würde sie im letzten Moment rufen und sagen, Marthe, wir verreisen, für einen Tag, zwei Tage, drei Tage, acht Tage, vierzehn Tage, was weiß ich, adieu. Sie durfte nichts Genaueres wissen. Warum hatte ich sie also kommen lassen? Sie hätte uns auf jeden Fall das Abendbrot serviert, wie sie es immer tat. Ich hatte den Fehler begangen, mich an ihre Stelle zu versetzen. Und warum hatte ich sie um ihren freien Nachmittag gebracht? Das ließ sich eher verstehen. Aber welche Ungeschicklichkeit, ihr zu sagen, daß wir zu Hause essen würden. Denn das wußte sie bereits, glaubte es zu wissen, wußte es in der Tat. Und infolge dieser überflüssigen Genauigkeit würde sie etwas Ungewöhnliches wittern, würde uns belauern und versuchen herauszubekommen, was los war. Erster Fehler. Zweiter Fehler, aber der Zeit nach der erste: Ich hatte vergessen, meinem Sohn einzuschärfen, niemandem etwas von dem, was ich ihm eröffnet hatte, zu erzählen. Das hätte natürlich nichts verhindert. Und doch hätte ich es verlangen sollen, das wäre ich mir schuldig gewesen. Ich machte nichts als Dummheiten, ich, der ich doch sonst solch ein Schlaukopf war. Ich versuchte, mich aus der Klemme zu ziehen, indem ich sagte: Etwas später als gewöhnlich, nicht vor neun. Sie ging. Ihr stumpfes Hirn war schon in Aufruhr. Ich bin für niemanden zu sprechen, sagte ich. Ich wußte, was sie tun würde, sie würde sich irgendeinen Lumpen um die Schultern hängen und bis ans Ende des Gartens schleichen. Dort würde sie Hanna rufen, die alte Köchin der Schwestern Elsner, und die beiden würden eine ganze Weile durch den Zaun miteinander tuscheln. Hanna ging niemals aus, sie ging nicht gern aus. Die Schwestern Elsner waren ganz gute Nachbarn. Sie machten etwas zuviel Musik, das war alles, was ich ihnen vorzuwerfen hatte. Wenn es etwas gibt, was mir auf die Nerven geht, so ist es Musik. Was ich im Präsens behaupte, leugne und bezweifle, kann ich auch heute noch behaupten, leugnen und bezweifeln. Aber ich werde mich hauptsächlich der verschiedenen Formen der Vergangenheit bedienen. Denn meistens bin ich nicht sicher, vielleicht ist es nicht mehr so, ich weiß noch nicht, weiß überhaupt nicht, werde vielleicht niemals wissen. Ich dachte ein wenig an die Schwestern Elsner. Alles mußte noch organisiert werden, und ich, ich dachte an die Schwestern Elsner. Sie hatten einen Aberdeen-Hund, der Zoulou hieß. Man rief ihn Zoulou. Manchmal, wenn ich guter Laune war, rief ich, Zoulou! Kleiner Zoulou!, und er kam ans Gitter, um mich zu begrüßen. Aber ich mußte gute Laune haben. Ich mag Tiere nicht. Komisch, ich mag die Menschen nicht und ich mag die Tiere nicht. Was Gott betrifft, so fängt er an, mir über zu werden. Auf der Erde hockend, kraute ich dem Hund durch das Gitter die Ohren und schmeichelte ihm. Er merkte nicht, daß er mir widerlich war. Er stellte sich auf die Hinterbeine und drückte seine Brust gegen die Gitterstäbe. Dann sah ich seinen kleinen schwarzen Penis, der in einem spärlichen Büschel feuchter Haare endete. Er fühlte sich unsicher auf seinen Beinen, seine Kniekehlen zitterten, die kleinen Pfoten suchten abwechselnd nach einem Halt. Auch ich schwankte, denn ich hockte auf meinen Fersen. Mit meiner freien Hand hielt ich mich am Gitter fest. Ich war ihm vielleicht auch widerlich. Es fiel mir schwer, mich von diesen fruchtlosen Gedanken loszureißen.

In einer aufrührerischen Regung fragte ich mich, was mich zwinge, diese Arbeit anzunehmen. Doch ich hatte sie bereits angenommen, ich hatte mein Wort gegeben. Zu spät. Meine Ehre. Ich war schnell bei der Hand, meine Ohnmacht zu beschönigen.

Doch konnte ich unsere Abreise nicht auf den nächsten Tag verschieben? Oder allein abreisen? Unnötige Ausflüchte. Aber wir würden erst im letzten Augenblick, kurz vor Mitternacht, abreisen. Dieser Beschluß, sagte ich mir, ist unwiderruflich. Außerdem war er durch den Stand des Mondes gerechtfertigt.

Ich tat, was ich gewöhnlich tat, wenn ich nicht schlafen konnte. Ich wanderte langsam durch das Labyrinth meines Geistes und prägte mir jede Einzelheit ein. Die Wege waren mir so vertraut wie die Pfade meines Gartens. Sie lagen verlassen da, wenn ich es wünschte, oder sie konnten von seltsamen Begegnungen belebt sein. Und ich hörte die fernen Zimbeln: Ich habe Zeit, ich habe Zeit. Aber daß es nicht so war, ging daraus hervor, daß ich einhielt. Alles verschwand, und ich bemühte mich von neuem, an die Angelegenheit Molloy zu denken. Unbegreiflicher Geist, bald Meer, bald Leuchtturm.

Wir Agenten nahmen niemals etwas schriftlich auf. Gaber war kein Agent in dem Sinne, wie ich einer war. Gaber war Bote. Er hatte Anspruch auf ein Notizbuch. Um den Posten eines Boten auszufüllen, mußte man besondere Eigenschaften haben; gute Boten waren seltener als gute Agenten. Ich war ein ausgezeichneter Agent, aber ich hätte nur einen miserablen Boten abgegeben. Das tat mir oft leid. Gaber war auf mancherlei Art geschützt. Er benutzte eine Form der Notierung, die niemand außer ihm selbst verstehen konnte. Jeder Bote mußte seine Geheimschrift dem Direktorium unterbreiten, bevor er eingestellt wurde. Gaber verstand nichts von den Botschaften, die er überbrachte. Er dachte über sie nach und zog erstaunlich falsche Schlüsse daraus. Jawohl, es genügte nicht, daß er nichts davon verstand, er mußte außerdem glauben, alles zu verstehen. Das ist nicht das einzige. Sein Gedächtnis war so mangelhaft, daß seine Botschaften nicht in seinem Kopf, sondern ausschließlich in seinem Notizbuch existierten. Er brauchte nur das Notizbuch zu schließen, um eine Sekunde später von dem Inhalt nicht die geringste Ahnung mehr zu haben. Und wenn ich sage, er dachte über seine Botschaften nach und zog Schlüsse daraus, so meine ich nicht, daß er es in der Art tat wie wir, Sie und ich, also mit geschlossenem Buch und wahrscheinlich mit geschlossenen Augen, sondern er tat es nur, solange er las. Und wenn er den Kopf hob und eine Erklärung abgab, so bemühte er sich, keine Minute zu verlieren, denn wenn er eine Minute verloren hätte, würde er alles, den Text und die

Erklärung, vergessen haben. Ich habe mich oft gefragt, ob man an den Boten wohl einen chirurgischen Eingriff vornahm, um ihr Gedächtnis derartig zu schwächen. Aber ich glaube es nicht. Denn für alles, was nichts mit den Botschaften zu tun hatte, hatten sie ein ganz gutes Gedächtnis. Und ich habe Gaber auf recht glaubwürdige Art von seiner Kindheit und Familie erzählen hören. Als einziger die eignen Notizen lesen zu können, den Sinn der zu überbringenden Botschaften nicht erfassen, ohne sich dessen bewußt zu sein, und sie nicht länger als wenige Sekunden im Kopf behalten können, das sind Fähigkeiten, die man nur selten in ein und derselben Person vereinigt findet. Und doch wurde gerade das von unseren Boten verlangt. Und der Beweis dafür, daß sie höher geschätzt wurden als die Agenten, die eher gediegene als hervorragende Qualitäten besaßen, war, daß sie ein Fixum von acht Pfund in der Woche gegenüber unseren sechseinhalb Pfund bezogen, Beträge, die Prämien und Reisespesen nicht einschlossen. Und wenn ich von Agenten und Boten in der Mehrzahl spreche, so tue ich es ohne Gewähr. Denn ich hatte nie einen anderen Boten als Gaber und keinen anderen Agenten als mich selbst zu Gesicht bekommen. Doch nahm ich an, daß wir nicht die einzigen waren, und Gaber dachte wohl das gleiche. Denn ich glaube, wir hätten es nicht ertragen, uns als einzig in unserer Art zu betrachten. Und mir mußte es natürlich vorkommen, daß jedem Agenten nur ein einziger Bote zugeteilt wurde, ebenso wie Gaber es natürlich finden mußte, daß jedem Boten nur ein Agent zugewiesen war. Darum hatte ich Gaber sagen können: Er soll die Arbeit einem anderen übergeben, ich habe keine Lust dazu; und darum hatte Gaber erwidern können: Er will keinen anderen als Sie. Und diese letzten Worte – vorausgesetzt, daß Gaber sie nicht eigens erfunden hatte, um mich zu ärgern – hatte der Chef vielleicht nur zu dem Zweck ausgesprochen, um unsere Illusion, falls es eine Illusion war, am Leben zu erhalten. Alles das ist nicht sehr klar.

Wenn wir uns als Glieder eines riesigen Netzes betrachteten, so geschah das wohl unter anderem aus dem menschlichen Gefühl heraus, daß geteiltes Leid halbes Leid ist. Doch wenigstens mir, der ich der Fistelstimme der Vernunft zu lauschen wußte, war es klar, daß wir vielleicht die einzigen unserer Art waren. Jawohl, in meinen lichten Augenblicken hielt ich das für möglich. Und um Ihnen nichts zu verbergen: diese Klarheit erreichte bisweilen eine solche Schärfe, daß in mir sogar Zweifel an Gabers Existenz aufstiegen. Und wenn ich mich nicht schnell wieder ins Dunkele geflüchtet hätte, hätte ich es vielleicht sogar fertiggebracht, den Chef verschwinden zu lassen und einzig und allein mich selbst für mein unglückliches Dasein verantwortlich zu machen. Denn ich wußte, ich war unglücklich, mit meinen sechseinhalb Pfund wöchentlich, zusätzlich Prämien und Spesen. Und wenn ich Gaber und den Chef (einen gewissen Youdi) abschaffte, wie würde ich mir dann das Vergnügen zu – Sie wissen schon – versagen können? Doch ich war nicht für die große Erleuchtung gemacht, vor der nichts bestehen kann, ich war nur mit einem kleinen Licht und großer Geduld ausgestattet, um damit durch die leeren Schatten zu wandern. Ich war ein Gediegener unter andern Gediegenen.

Ich ging in die Küche hinunter. Ich erwartete nicht, Marthe dort zu finden, aber sie war dort. Sie saß in ihrem Schaukelstuhl neben dem Kamin und schaukelte sich verdrießlich. Wenn man ihren Worten glauben wollte, so war dieser Schaukelstuhl der einzige Besitz, an dem sie hing und von dem sie sich nicht für ein Königreich getrennt hätte. Erwähnenswerte Einzelheit: sie hatte ihn nicht in ihrem Zimmer, sondern in der Küche neben dem Kamin aufgestellt. Da sie spät zu Bett ging und früh aufstand, kam er ihr in der Küche am meisten zustatten. Es gibt viele Dienstherren, und ich gehörte zu ihnen, die an Arbeitsplätzen ungern für die Erholung bestimmte Möbel bemerken. Das Dienstmädchen will sich ausruhen? Dann soll es auf sein Zimmer gehen. Alles in der Küche hat aus hellem, hartem Holz zu sein. Ich muß zugeben, daß Marthe, bevor sie ihren Dienst bei mir antrat, um die Erlaubnis gebeten hatte, ihren Schaukelstuhl in der Küche aufstellen zu dürfen. Ich hatte ihr das entrüstet abgeschlagen. Erst als sie unerschütterlich blieb, hatte ich nachgegeben. Ich hatte ein zu gutes Herz.

Jeden Samstag wurde mir mein Bedarf an Lagerbier für die Woche geliefert, nämlich ein halbes Dutzend Liter-Flaschen. Ich trank die erste Flasche immer erst am nächsten Tag, denn Lagerbier muß nach jeder Ortsveränderung liegen. Von diesen sechs Flaschen hatten Gaber und ich zusammen eine geleert. Es mußten also noch fünf Flaschen da sein, nebst dem Rest einer Flasche von der vorigen Woche. Die fünf Flaschen waren da, zugekorkt und versiegelt, außerdem eine offene, zu drei Vierteln leere Flasche. Marthe folgte mir mit den Augen. Ich verließ die Küche, ohne das Wort an sie zu richten, und stieg wieder hinauf. Ich tat nichts als hin und her gehen. Ich trat in das Zimmer meines Sohnes. Er saß vor seinem kleinen Arbeitstisch und bewunderte seine Marken. Beide Alben, das große und das kleine, lagen aufgeschlagen vor ihm. Als ich näher trat, schlug er sie rasch zu. Ich begriff sofort, was er sich ausgeheckt hatte. Aber ich sagte zunächst nur: Hast du deine Sachen gepackt? Er stand auf, nahm seinen Rucksack und reichte ihn mir. Ich sah hinein. Ich steckte die Hand hinein und tastete, den Blick ins Weite gerichtet, den Inhalt ab. Alles war vorhanden. Ich gab ihm den Rucksack zurück. Was machst du da? sagte ich. Ich sehe mir ein bißchen meine Briefmarken an, antwortete er. Das nennst du deine Briefmarken ansehen? sagte ich. Allerdings, sagte er mit unvorstellbarer Frechheit. Schweig, du armseliger Lügner! rief ich. Wissen Sie, was er gerade tat? Er nahm ganz einfach aus seiner richtigen, schönen Sammlung die seltenen und wertvollen Marken heraus, die er täglich voller Entzücken betrachtete und von denen er sich nicht einmal für wenige Tage trennen konnte, und klebte sie in das Doublettenalbum. Zeig mir deine neue Timor, die gelbe zu fünf Reis, sagte ich. Er zögerte. Zeig sie mir! rief ich. Ich hatte sie ihm selbst geschenkt, sie hatte einen Gulden gekostet. Es war seinerzeit ein Gelegenheitskauf gewesen. Ich habe sie hier hineingetan, sagte er kläglich und tippte auf das Doublettenalbum. Das war alles, was ich wissen, vielmehr ihn sagen hören wollte, denn ich wußte es bereits. Es ist gut, sagte ich. Ich ging zur Tür. Du wirst beide Alben zu Hause lassen, sagte ich, sowohl das kleine wie das große. Nicht ein Wort des Vorwurfs, nur ein prophetisches Futurum nach dem Rezept, das Youdi gebrauchte. »Ihr Sohn wird Sie begleiten.« Ich ging hinaus. Doch während ich mit leisen Schritten, fast geziert in der Richtung auf mein Zimmer den Korridor entlangging, wobei ich mich wie gewöhnlich über die Weichheit des Mokade-Belags freute, kam mir ein Gedanke, der mich nötigte, in das Zimmer meines Sohnes zurückzukehren. Er saß an der gleichen Stelle, aber in etwas veränderter Haltung, die Arme auf den Tisch und den Kopf auf die Arme gelegt. Der Anblick griff mir ans Herz, aber ich tat trotzdem meine Pflicht. Er rührte sich nicht. Zur größeren Sicherheit, sagte ich, werden wir deine Alben bis nach unserer Rückkehr in den Safe einschließen. Er rührte sich immer noch nicht. Hörst du mich? sagte ich. Er stand plötzlich auf, daß sein Stuhl umfiel, und stieß die wütenden Worte hervor: Mach damit, was du willst! Ich will sie nicht mehr sehen! Nach meiner Meinung muß man warten, bis der Zorn sich gelegt hat, man muß kalt operieren. Ich ergriff die Alben und entfernte mich ohne ein Wort. Er hatte es mir gegenüber an Respekt fehlen lassen, aber jetzt war nicht der Augenblick, ihn dazu zu bringen, es zuzugeben. Während ich regungslos im Korridor stand, hörte ich einen Lärm von hinfallenden und aufeinanderprallenden Gegenständen. Jeder andere, der sich weniger in der Gewalt hatte als ich, wäre eingeschritten. Aber es mißfiel mir gar nicht so sehr, daß mein Sohn seinem Kummer freien Lauf ließ. Das reinigt. Stummer Schmerz ist für mein Gefühl mehr zu fürchten.

Die Alben unter dem Arm kehrte ich in mein Zimmer zurück. Ich hatte meinem Sohn eine schwere Versuchung erspart, nämlich ein paar Marken, die er besonders liebte, in die Tasche zu stecken, um sich auf unserer Reise daran zu ergötzen. Nicht, daß es an sich sträflich gewesen wäre, wenn er ein paar Marken mitgenommen hätte. Aber es wäre Ungehorsam gewesen. Er hätte sich vor seinem Vater verstecken müssen, um sie zu betrachten. Und im Falle er sie verlor, was er bestimmt tun würde, würde er sich in Lügen verstricken, um mir ihr Verschwinden zu erklären. Nein, wenn er sich von seinen Lieblingsbildchen wirklich nicht trennen konnte, hätte er besser das ganze Album mitgenommen. Denn ein Album kommt weniger leicht abhanden als eine Marke. Aber ich war besser als er imstande zu beurteilen, was er konnte und was er nicht konnte. Denn ich wußte, was er – wie manches andere – noch nicht wußte, nämlich, daß diese Prüfung heilsam für ihn sein würde. *Sollst entbehren* war die Lehre, die ich ihm einschärfen wollte, solange er jung und bildsam war. Zauberkräftige Formel; bis zum Alter von fünfzehn Jahren hatte ich nicht geahnt, daß man diese Worte verbinden konnte. Und wenn es sich nicht vermeiden ließ, daß ein solches Vorhaben mich in seinen Augen verabscheuungswürdig machen und ihn dazu bringen würde, über meine Person hinaus sogar den bloßen Begriff Vater zu hassen, so wollte ich es trotzdem mit aller Kraft weiter verfolgen. Die Vorstellung, er könne zwischen meinem und seinem Tod einen Augenblick aufhören, mein Andenken zu schmähen, und sich für eine Sekunde fragen, ob ich nicht Recht gehabt hätte, genügte mir und entschädigte mich für die Mühe, die ich mir gegeben hatte und weiter geben würde. Das erstemal würde er seine

Frage verneinen und seine Verwünschungen fortsetzen. Aber das Samenkorn des Zweifels würde gesät sein. Es würde aufgehen. Das waren meine Überlegungen.

Bis zum Abendessen blieben mir noch ein paar freie Stunden. Ich beschloß, sie gut auszunutzen. Denn nach dem Essen bin ich schläfrig. Ich zog Jacke und Schuhe aus, knöpfte die Hose auf und schlüpfte unter die Decke. Lang ausgestreckt, schön warm zugedeckt, im Dunkeln, kann ich am besten die falsche Geschäftigkeit dort draußen ergründen und mir einen Ort für das Geschöpf ausdenken, das man mir überantwortet. Meine Eingebung sagte mir, wie ich vorgehen soll, und ich finde Frieden in den sinnlosen Ängsten der anderen. Fern der Welt, fern ihrem Lärmen und Treiben, ihren Bissen und Stichen und ihrer grausigen Helle, bilde ich mir ein Urteil über sie und über alle, die, wie ich, ohne Rettung in ihr untergegangen sind, und über den, den ich befreien soll; ich, der ich mich selbst nicht befreien kann. Alles ist dunkel, aber es ist die wohltuende Dunkelheit nach der großen Zerstörung. Stoffmassen kommen in Bewegung, nackt und bloß wie das Gesetz. Es liegt einem nichts daran zu wissen, woraus sie bestehen. Auch der Mensch ist irgendwo darunter, ein riesiges Gebilde, aus den Stoffen aller Reiche geknetet, einfältig und allein unter den anderen und so arm an unverhofften Zügen wie ein Felsen. Und irgendwo in dieser Masse steckt der Kunde und glaubt, er sei etwas Besonderes. Es ist gleichgültig, wer diese Rolle spielt. Aber für das Suchen werde ich bezahlt. Ich komme, und er löst sich von der Masse, sein ganzes Leben hat er darauf gewartet, erwählt zu werden, sich für verdammt, glücklich oder mittelmäßig zu halten, sich besonders vor allen anderen. Das ist die Wirkung, die Stille, Wärme, Verborgensein im Dunkeln und die Gerüche meines Bettes bisweilen auf mich haben. Ich stehe auf, gehe hinaus, und alles ist verändert. Mein Kopf wird blutleer, von allen Seiten überfällt mich das Gelärme der Dinge, die sich meiden, vereinen, in Stücke fliegen, vergebens suchen meine Augen Ähnlichkeiten, jede Stelle meiner Haut schreit eine andere Botschaft, ich kentere im Nebel der Erscheinungen. Wehrlos diesen Empfindungen ausgeliefert – die, wie ich zum Glück weiß, nur eingebildet sind –, muß ich leben und arbeiten; ihnen verdanke ich es, daß ich einen Sinn in meinem Leben finde. Genau wie jemand, den ein plötzlicher Schmerz weckt. Er liegt ganz still, hält den Atem an, wartet, sagt sich: Es ist ein böser Traum, oder:

Es ist eine kleine Neuralgie, holt tief Atem und schläft über und über zitternd wieder ein. Indessen, bevor man an die Arbeit geht, ist es nicht unangenehm, sich in dieser festgefügten, trägen Welt zu stählen, wo alle sich mit der trauervollen Schwere von Rindern geduldig über die uralten Wege schieben und wo selbstverständlich jede Untersuchungsarbeit unmöglich wäre. Aber im vorliegenden Fall, ich betone, im vorliegenden Fall, hatte ich hoffentlich gewichtigere Gründe dafür, die nicht angenehmen Empfindungen, sondern nützlichen Erwägungen entsprangen. Denn ich wagte die Aufgabe, die ich auszuführen hatte, nur ins Auge zu fassen, wenn ich sie in dieser Atmosphäre – wie soll ich es ausdrücken – der Zweckmäßigkeit ohne Zweck – warum nicht – versetzte. Denn dort, wo Molloy nicht sein konnte, Moran übrigens ebensowenig, konnte Moran sich über Molloy neigen. Und sollte sich aus dieser Prüfung nichts besonders Nützliches und Fruchtbares für die Ausführung des Auftrags ergeben, so würde ich immerhin eine Art von Beziehung, die nicht notwendig eine falsche Beziehung sein mußte, hergestellt haben. Denn soviel ich weiß, zieht die Falschheit der Werte nicht unbedingt die der Beziehungen nach sich. Und darüber hinaus würde ich dann meinen Mann von Anfang an in ein Fabelwesen verwandelt haben, was mir, wie ich ahnte, später zustatten kommen müßte. Ich wußte nur zu gut, was ich tat. Mit ruhigem Gewissen zog ich also meine Jacke und meine Schuhe aus, knöpfte meine Hose auf und schlüpfte unter die Decke.

Molloy, oder Mollose, war für mich kein Unbekannter. Hätte ich Kollegen gehabt, so wäre der Verdacht in mir aufgestiegen, daß ich ihnen von ihm als von einem Menschen, der uns einmal beschäftigen würde, erzählt haben könnte. Doch ich hatte keine Kollegen und wußte nicht, unter welchen Umständen seine Existenz mir bekannt geworden war. Vielleicht hatte ich sie erfunden, ich meine, fertig in meinem Kopf vorgefunden. Es steht fest, daß man manchmal Unbekannten begegnet, die einem bekannt vorkommen, weil sie in bestimmten Vorgängen im Gehirn eine Rolle gespielt haben. Mir war das nie passiert; ich glaubte, daß ich für solche Erfahrungen nicht geschaffen sei und daß selbst die gewöhnliche Empfindung des déjà vu völlig außerhalb meiner Fähigkeiten liege. Und doch schien gerade das mir damals zu widerfahren. Denn wer anders als ich selbst hätte mir von Molloy erzählen, und wem außer mir selbst hätte ich von ihm erzählen können? Ich forschte vergebens. Denn in meinen seltenen Gesprächen mit Menschen vermied ich solche Themen. Wenn mir ein anderer von Molloy gesprochen hätte, würde ich ihn gebeten haben zu schweigen, und ich selbst hätte um nichts in der Welt einer lebenden Seele sein Dasein gestanden. Natürlich wäre es anders gewesen, wenn ich Kollegen gehabt hätte. Unter Kollegen sagt man Dinge, die man in jeder anderen Gesellschaft verschweigt. Doch ich hatte keine Kollegen. Und ohne Zweifel erklärt sich daraus das außerordentliche Unbehagen, das ich von Anfang an dieser Angelegenheit gegenüber empfand. Denn gewiß ist es für einen Mann in gesetztem Alter, der alle Überraschungen hinter sich zu haben glaubt, keine Kleinigkeit, zu erfahren, daß sich so schändliche Dinge in ihm abspielen. Es bestand aller Grund, darüber beunruhigt zu sein.

Die Mutter Molloy, oder Mollose, kam mir auch nicht ganz unbekannt vor. Doch stand sie mir viel weniger deutlich vor Augen als ihr Sohn, der weiß Gott weit davon entfernt war, ich meine, mir deutlich vor Augen zu stehen. Vielleicht wußte ich auch gar nichts von der Mutter Molloy oder Mollose, oder höchstens so viel, wie man aus den Zügen erkennen kann, die einem solchen Sohn anhaften wie die Fetzen der Glückshaube einem neugeborenen Kinde.

Von den beiden Namen Molloy und Mollose erschien mir der zweite vielleicht zutreffender. Aber nicht viel. Ich vernahm – wahrscheinlich in meinem tiefsten Innern, wo die Akustik so schlecht ist – sehr klar eine erste Silbe Mol, auf die fast sogleich eine zweite, äußerst undeutliche und von der ersten fast verschluckte Silbe folgte, die oy oder ose oder ote oder sogar oc lauten konnte. Ich neigte zu ose, weil ich im Inneren wahrscheinlich eine Schwäche für diese Endsilbe hatte, während die anderen keine Saite in mir zum Klingen brachten. Aber seit Gaber nicht nur einmal, sondern mehrere Male deutlich genug Molloy gesagt hatte, war ich gezwungen anzuerkennen, daß ich selbst Molloy sagen mußte und daß ich einen Irrtum beging, wenn ich Mollose sagte. Und von nun an würde ich mich verpflichtet fühlen, meine Vorliebe zu vergessen und Molloy zu sagen, wie Gaber. Der Gedanke, daß es sich um zwei verschiedene Personen, nämlich meinen Mollose und den Molloy der Untersuchung handeln könne, dieser Gedanke kam mir nicht im entferntesten, und wäre er mir gekommen, so hätte ich ihn verscheucht wie eine Fliege oder

Hornisse. Mein Gott, wie wenig ist doch der Mensch im Einklang mit sich selbst. Ich, der ich mir schmeichelte, ausgewogen, kalt wie Kristall und ebenso frei von trüben Tiefen zu sein.

Ich war also auf dem laufenden über Molloy, ohne jedoch allzuviel von ihm zu wissen. Ich will kurz das Wenige berichten, was ich von ihm wußte. Gleichzeitig werde ich die auffallendsten Lükken in meiner Kenntnis von Molloy aufzeigen.

Er hatte sehr wenig Raum zur Verfügung. Auch die Zeit war ihm zugemessen. Wie verzweifelt eilte er unaufhörlich sehr nahen Zielen entgegen. Bald warf er sich wie ein Gefangener gegen ich weiß nicht was für beengende Wände, bald flüchtete er wie ein Verfolgter auf die Mitte zu.

Er keuchte. Sobald er sich in mir erhob, rang ich nach Luft.

Selbst auf dem flachen Lande machte er den Eindruck, als ob er sich einen Weg bahne. Sein Gang war eher ein Stürzen. Trotzdem kam er nur sehr langsam voran. Er wiegte sich wie ein Bär nach rechts und nach links.

Er rollte den Kopf und stieß unverständliche Worte hervor.

Er war plump und dick, ja unförmig. Und, ohne schwarz zu sein, von dunkler Farbe.

Er war immer unterwegs. Ich habe ihn nie sich ausruhen sehen. Manchmal machte er halt und warf wütende Blicke um sich.

So suchte er mich in sehr großen Abständen heim. Dann war ich nur noch Getöse, Schwere, Zorn, Ersticken, unaufhörliche, rasende und vergebliche Anstrengung, kurz das Gegenteil von mir selbst. Ich war verwandelt. Wenn ich ihn mit einer Art Aufschrei des ganzen Körpers verschwinden sah, bedauerte ich es fast.

Ich hatte nicht die geringste Ahnung, worauf er hinauswollte.

Für sein Alter gab es keinen Anhaltspunkt. Ich sagte mir, er habe wohl schon immer so ausgesehen, wie er mir jetzt vor Augen stand, und er werde wohl bis an sein Ende so aussehen, ein Ende übrigens, das ich mir nur schwer vorstellen konnte. Denn da ich nicht begriff, was ihn in einen solchen Zustand versetzt haben konnte, konnte ich auch nicht begreifen, wie er ihm aus eigenen Kräften ein Ende setzen sollte. Ein natürliches Ende hielt ich für wenig wahrscheinlich, ich weiß nicht, warum. Doch würde mein natürliches Ende, das zu erleben ich fest entschlossen war, nicht auch das seine bedeuten? Bescheiden wie ich bin, hielt ich das nicht für sicher. Gibt es übrigens ein Ende, das nicht natürlich ist, liegt nicht jedes Ende, das unbestreitbar gute wie das sogenannte böse, im Bereich der schönen Natur? Doch verlieren wir uns nicht in leeren Spekulationen.

Über sein Gesicht wußte ich nicht Bescheid. Ich nahm an, daß es struppig, schroff und fratzenhaft war. Nichts berechtigte mich dazu.

Daß ein im ganzen so peinlich sorgfältiger und ruhiger Mann wie ich, der sich so geduldig den äußeren Dingen als dem kleineren Übel zuwandte, ein Geschöpf seines Hauses, seines Gartens, seiner paar ärmlichen Habseligkeiten, der treu und geschickt eine abstoßende Arbeit verrichtete, der in seinem Denken die Grenzen des Berechenbaren nicht überschritt, weil er vor dem Ungewissen solches Entsetzen empfand, daß ein so fabrizierter Mensch, denn ich war ein Fabrikat, sich von Hirngespinsten verfolgen und beherrschen ließ, hätte mir seltsam vorkommen, ja mich veranlassen müssen, die Dinge in meinem eigenen Interesse in Ordnung zu bringen. Doch davon war keine Rede. Ich sah in meinem Zustand nur das Bedürfnis eines Einsamen, ein gewiß wenig zu schätzendes Bedürfnis, das aber befriedigt werden mußte, wenn ich einsam bleiben wollte, und daran hielt ich fest, zwar mit ebensowenig Begeisterung wie an meinen Hühnern oder an meinem Glauben, aber doch mit der gleichen Hellsicht. Im übrigen nahm die ganze Geschichte wenig Platz in der unbeschreiblichen Zimmerei meines Daseins ein; sie gefährdete es nicht mehr als meine Träume und wurde ebenso schnell vergessen. Vor dem Brand an das Feuer denken, ist mir stets vernünftig erschienen. Und wenn ich mein Leben hätte erzählen müssen, so hätte ich diese Erscheinungen nicht einmal erwähnt und die des unglückseligen Molloy weniger als alle anderen. Denn es gab andere, bedeutend eindrucksvollere.

Aber diese Art Bilder kann der Wille nicht heraufbeschwören, ohne ihnen Gewalt anzutun. Er nimmt ihnen etwas und fügt ihnen etwas hinzu. Und der Molloy, den ich an jenem denkwürdigen August-Sonntag wiedererstehen ließ, war gewiß nicht ganz der Molloy meines tiefsten Innern, denn es war nicht seine Stunde. Aber über die wesentlichen Züge hatte ich keine Zweifel, die Ähnlichkeit war da. Und selbst wenn der Unterschied noch größer gewesen wäre, hätte ich es nicht zu bereuen brauchen. Denn was ich tat, tat ich weder für Molloy, der mir völlig gleichgültig war, noch für mich, denn ich galt mir nichts mehr, sondern ich tat es im Interesse einer Arbeit, die sich zwar ohne uns nicht erledigen ließ, die jedoch ihrem Wesen nach unpersönlich war und fortbestehen und im Geist der Menschen lebendig sein würde, wenn ihre elenden Handlanger längst verschwunden wären. Man kann also, glaube ich, nicht sagen, daß ich meine Arbeit nicht ernst nahm. Man wird eher gerührt sagen: Ja, das waren noch Kerle, die Rasse ist ausgestorben, und die Form zerstört.

Zwei Bemerkungen:

Der Molloy, dem ich mich auf diese Art behutsam näherte, hatte sicher nur eine entfernte Ähnlichkeit mit dem wirklichen Molloy, mit dem ich so bald bergauf, bergab zu kämpfen haben würde.

Vielleicht stattete ich schon, ohne mir Rechenschaft darüber zu geben, den so in mir wiedergefundenen Molloy mit Zügen des von Gaber beschriebenen Molloy aus.

Im ganzen gab es drei, nein vier Molloy. Der meines Innersten, die Karikatur, die ich daraus machte, Gabers Molloy und der, der mich in Fleisch und Blut irgendwo erwartete. Ich würde den von Youdi hinzufügen, wäre Gaber nicht in allem, was seine Aufträge betraf, so erstaunlich genau gewesen. Ein schwaches Argument. Denn konnte man im Ernst annehmen, Youdi hätte Gaber alles, was er von seinem Schützling wußte oder zu wissen glaubte (was für Youdi dasselbe war), anvertraut? Sicherlich nicht. Er hatte nur so viel über ihn gesagt, wie er für die genaue und rasche Ausführung seiner Befehle für notwendig hielt. Ich werde also einen fünften, Youdis Molloy, hinzufügen. Mußte aber dieser fünfte Molloy nicht notwendigerweise mit dem vierten verschmelzen, mit dem wahren, wie man sich ausdrückt, mit dem, der seinen Schatten begleitet? Ich hätte viel darum gegeben, es zu erfahren. Natürlich gab es noch andere. Aber wenn es Ihnen recht ist, wollen wir es in unserem kleinen Kreise von Eingeweihten dabei bewenden lassen. Versuchen wir also auch nicht herauszufinden, bis zu welchem Grade diese Molloys unveränderliche Gestalten und inwieweit sie Schwankungen unterworfen waren. Denn für Youdi war es charakteristisch, daß er seine Ansichten mit großer Leichtigkeit änderte.

Das sind also drei Bemerkungen. Ich hatte nur zwei vorgesehen.

Nachdem so das Eis gebrochen war, glaubte ich imstande zu sein, Gabers Bericht zu ertragen und in das Wesentliche der offiziellen Angaben einzudringen. Es schien mir, daß die Untersuchung endlich beginnen könne.

Ungefähr im gleichen Moment erfüllte der Lärm eines kräftig

geschlagenen Gongs das Haus. Es war tatsächlich neun Uhr. Ich stand auf, ordnete meine Kleider und ging eilig hinunter. Die Ankündigung, daß die Suppe auf dem Tisch stand, oder noch besser, im Begriff war kalt zu werden, war für Marthe immer ein kleiner Sieg und eine große Genugtuung. Denn gewöhnlich saß ich ein paar Minuten vor der vereinbarten Zeit mit der Serviette unter dem Kinn am Tisch, zerkrümelte Brot, schob das Gedeck hin und her, spielte mit dem Messerbänkchen und wartete darauf, daß aufgetragen würde. Ich machte mich an die Suppe. Wo ist Jacques? sagte ich. Sie zuckte die Achseln. Eine ekelhafte Sklavengeste. Sagen Sie ihm, er möge sofort herunterkommen, sagte ich. Die Suppe vor mir dampfte nicht mehr. Hatte sie jemals gedampft? Sie kam zurück. Er will nicht herunterkommen, sagte sie. Ich legte meinen Löffel hin. Sagen Sie, Marthe, sagte ich, was haben Sie da aufgetischt? Sie klärte mich auf. Habe ich das schon einmal gehabt? fragte ich. Sie sagte Ja. Dann bin ich also nicht »gut aufgelegt«, sagte ich. Dieses Wortspiel gefiel mir außerordentlich, ich lachte so sehr darüber, daß ich das Schlucken bekam. Marthe hatte es nicht verstanden und sah mich mit einem stumpfsinnigen Ausdruck an. Er soll herunterkommen, sagte ich schließlich. Wie bitte? sagte Marthe. Ich wiederholte meine Worte. Sie sah immer aufrichtig bestürzt aus. Wir sind drei in diesem kleinen Trianon, sagte ich, Sie, mein Sohn und ich. Ich sage, daß er herunterkommen soll. Aber es ist ihm nicht gut, sagte Marthe. Und wenn er stirbt, sagte ich, soll er herunterkommen. Im Zorn ließ ich mich manchmal zu leichten Sprachverstößen hinreißen. Ich empfand darüber kein Bedauern. Jede Sprache erschien mir als Sprachverstoß. Ich beichtete sie natürlich. Schließlich mußte ich mich ein wenig anschwärzen.

Jacques war rot wie eine Tomate. Iß deine Suppe, sagte ich, und sag mir, wie sie dir schmeckt. Ich habe keinen Hunger, sagte er. Iß deine Suppe, sage ich. Ich sah, daß er sie nicht essen würde. Was fehlt dir? sagte ich. Mir ist nicht gut, sagte er. Abscheulich, diese Jugend. Versuche, dich etwas detaillierter auszudrücken, sagte ich. Ich benutzte absichtlich diesen für ganz junge Leute etwas schwierigen Ausdruck, denn ich hatte ihm vor einigen Tagen seine Bedeutung und Anwendung erklärt. Ich konnte daher mit Recht hoffen, er würde mir antworten, er verstehe nicht. Aber in seiner Art war er ein kleiner Schlaukopf. Marthe! schrie ich. Sie erschien. Den nächsten Gang, sagte ich. Ich sah aus dem Fenster, diesmal mit größerer Aufmerksamkeit. Es hatte nicht nur aufgehört zu regnen, das wußte ich bereits, sondern im Westen erschienen jetzt Streifen von schönem, schillerndem Rot, die jede Minute höher stiegen. Ich ahnte sie mehr, als daß ich sie durch meine Sträucher hindurch sah. Eine große Freude – das ist kaum übertrieben – erfüllte mich beim Anblick von soviel Schönheit, soviel Verheißung. Ich wandte mich mit einem Seufzer ab, denn das Glück, das die Schönheit gewährt, ist oft nicht ungetrübt, und fand vor mir, was ich mit gutem Grund den nächsten Gang genannt hatte. Was gibt es denn noch? sagte ich. Gewöhnlich aßen wir sonntags abends kalt, die Reste des Geflügels, Huhn, Ente, Gans, Pute oder was sonst noch vom Samstagabend übriggeblieben war. Ich habe immer viel Erfolg mit meinen Truthähnen gehabt, sie sind, meiner Meinung nach, interessanter zu züchten als Enten. Empfindlichere Tiere vielleicht, aber sehr viel ertragreichere für den, der sie gut zu behandeln, zu schonen, kurz sie zu lieben und sich bei ihnen beliebt zu machen weiß. Es ist Schäferpastete, sagte Marthe. Ich kostete direkt aus der Schüssel. Und was haben Sie mit dem Huhn von gestern gemacht? sagte ich. Marthes Gesicht nahm einen triumphierenden Ausdruck an. Diese Frage hatte sie erwartet, das war offensichtlich; sie hatte damit gerechnet. Ich dachte, sagte sie, es wäre besser, wenn Sie vor der Reise etwas Warmes zu essen hätten. Und wer hat Ihnen gesagt, daß ich verreisen würde? sagte ich. Sie steuerte auf die Tür zu, was ein sicheres Zeichen dafür war, daß sie eine bissige Bemerkung machen wollte. Sie konnte ihre Pfeile nur auf dem Rückzug abschießen. Ich bin nicht blind, sagte sie. Sie machte die Tür auf. Leider, sagte sie. Sie schloß die Tür hinter sich zu.

Ich sah meinen Sohn an. Er stand mit offenem Mund und geschlossenen Augen da. Hast du uns verraten? sagte ich. Er tat, als verstehe er nicht. Hast du Marthe erzählt, daß wir verreisen? sagte ich. Er sagte nein. Und warum nicht? sagte ich. Weil ich sie nicht gesehen habe, sagte er zynisch. Aber sie ist doch eben in dein Zimmer hinaufgegangen, sagte ich. Das Gericht war schon fertig, sagte er. Es gab Augenblicke, in denen er es fast mit mir aufnehmen konnte. Doch es war ungeschickt von ihm, das Gericht zu erwähnen. Aber er war noch jung und unerfahren, und ich verzichtete darauf, ihn zu beschämen. Versuche mir etwas genauer zu sagen, was du spürst, sagte ich. Ich habe Bauchschmerzen, sagte er. Bauchschmerzen! Hast du Fieber? sagte ich. Ich weiß nicht, sagte er. Dann stell' es fest, sagte ich. Er sah von Minute zu Minute idiotischer aus. Glücklicherweise vertiefe ich mich gern in Kleinigkeiten. Geh das Minuten-Thermometer holen, es liegt in der zweitobersten Schublade rechts in meinem Schreibtisch, miß deine Temperatur und bring mir das Thermometer. Ich ließ einige Minuten vergehen und wiederholte dann, ohne daß er darum gebeten hätte, Wort für Wort und langsam diesen ziemlich langen und schwierigen Satz, in dem nicht weniger als drei Imperative enthalten waren. Als er ging, nachdem er offenbar das Wesentliche begriffen hatte, fügte ich jovial hinzu: Du weißt doch, in welchen Mund du stecken mußt. Ich machte in Gesprächen mit meinem Sohn in erzieherischer Absicht gern etwas zweideutige Witze. Über die Pointen, die er nicht sofort ganz begriff, und sie mußten zahlreich sein, konnte er dann in Ruhe nachdenken oder mit seinen kleinen Spielkameraden nach der wahrscheinlichsten Deutung suchen. Das war schon an und für sich eine ausgezeichnete Übung. Gleichzeitig lenkte ich seinen jungen Geist auf einen der fruchtbarsten Wege, den des Ekels vor dem Körper und seinen Funktionen. Doch hatte ich meine Worte nicht gut gewählt, ich hätte sagen sollen: Irr dich nicht im Eingang. Ich bedauerte das, während ich die Schäferpastete näher untersuchte. Ich hob die Kruste mit meinem Löffel hoch und blickte hinein. Ich bohrte mit meiner Gabel darin herum. Ich rief Marthe und sagte: Nicht einmal Ihr Hund würde das fressen. Ich dachte lächelnd an meinen Schreibtisch, der alles in allem nur sechs Schubladen hatte, drei auf jeder Seite des Lochs, in das ich die Beine steckte. Da Ihr Abendessen nicht genießbar ist, sagte ich, machen Sie bitte einige Sandwiches und belegen sie mit den Resten vom Huhn, die Sie nicht essen konnten. Endlich kam mein Sohn zurück. Es war wirklich kaum der Mühe wert, ein Minuten-Thermometer zu haben. Er reichte es mir. Hast du es wenigstens abgewischt? sagte ich. Wie er mich nach dem Quecksilber schielen sah, ging er zur Tür und machte Licht. Wie weit weg war Youdi in diesem Augenblick. Manchmal, wenn ich im Winter nach einem Tag erfolgloser Laufereien steif und erschöpft nach Hause kam, fand ich meine Pantoffeln, das Oberleder der Flamme zugekehrt, vor dem Feuer stehen. Er hatte Fieber. Dir fehlt gar nichts, sagte ich. Kann ich hinaufgehen? sagte er. Wozu? sagte ich. Mich hinlegen, sagte er. Schien sich da nicht ein schöner Fall von höherer Gewalt zu entwickeln? Offenbar, doch würde ich es niemals wagen, mich darauf zu berufen. Ich hatte keine Lust, mich einem Blitzschlag auszusetzen, von dem ich mich vielleicht nie wieder würde erholen können, nur weil mein Sohn Bauchgrimmen hatte. Wenn er unterwegs ernstlich erkrankte, so wäre das etwas anderes. Ich hatte das Alte Testament nicht umsonst studiert. Hast du geschissen, mein Junge? sagte ich zärtlich. Ich hab's versucht, sagte er. Hast du Lust dazu? sagte ich. Ja, sagte er. Aber nichts kommt, sagte ich. Nein, sagte er. Etwas Wind, sagte ich. Ja, sagte er. Plötzlich dachte ich an die Zigarre von Pater Ambrosius. Ich zündete sie an. Das werden wir gleich haben, sagte ich und stand auf. Wir gingen hinauf. Ich machte ihm einen Einlauf mit Salzwasser. Er wehrte sich, doch nicht lange. Ich zog das Rohr wieder heraus. Versuch ihn zu halten, sagte ich, bleib nicht auf dem Topf sitzen, leg dich flach auf den Bauch. Wir waren im Badezimmer. Er legte sich auf die Fliesen und streckte seinen dicken Hintern in die Luft. Laß es gut eindringen, sagte ich. Was für ein Tag! Ich betrachtete die Asche an meiner Zigarre. Sie war blau und fest. Ich setzte mich auf den Rand der Badewanne. Das Porzellan, die Spiegel, das Chrom wirkten sehr beruhigend auf mich. Jedenfalls nehme ich an, daß die Wirkung von ihnen ausging. Übrigens war ich doch nicht wirklich beruhigt. Ich stand auf, legte meine Zigarre hin und bürstete mir die Schneidezähne. Ich bürstete auch das Zahnfleisch dahinter. Ich betrachtete mich, wie ich mit geschürzten Lippen dastand. Gewöhnlich sind meine Lippen eingekniffen. Wie sehe ich aus? fragte ich mich. Wie immer ärgerte mich der Anblick meines Schnurrbarts. Er war nicht ganz, wie er sein sollte. Er stand mir gut, ich war undenkbar ohne Schnurrbart. Aber er hätte mir besser stehen sollen. Eine kleine Veränderung im Schnitt hätte genügt. Aber eine Veränderung welcher Art? Hatte ich zuviel oder nicht genug Schnurrbart? Jetzt, sagte ich, ohne aufzuhören, mich zu betrachten, setz dich wieder auf den Topf und drücke. Oder war es vielleicht eher die Farbe? Ein platschendes Geräusch brachte mich wieder auf gemeinere Gedanken. Er stand am ganzen Körper zitternd auf. Wir beugten uns gemeinsam über den Topf, den ich nach langer Betrachtung am Henkel faßte und vorsichtig von einer Seite auf die andere schwenkte. Ein paar faserige Stücke schwammen in der gelblichen Flüssigkeit. Wie willst du scheißen, sagte ich, wenn du nichts im Magen hast. Er wandte ein, er habe gefrühstückt. Du hast nichts angerührt, sagte ich. Er schwieg. Ich hatte richtig vermutet. Du vergißt, daß wir in einer oder zwei Stunden verreisen, sagte ich. Ich werde nicht dazu imstande sein, sagte er. Du mußt also essen, fuhr ich fort. Ein stechender Schmerz fuhr durch mein Knie. Was hast du, Papa? sagte er. Ich ließ mich auf den Schemel fallen, krempelte meine Hose hoch, betrachtete mein Knie und beugte und streckte mehrmals das Bein. Schnell das Jod, sagte ich. Du sitzt darauf, sagte er. Ich stand auf, und die Hose fiel über mein Fußgelenk zurück. Diese Trägheit der Dinge kann einen buchstäblich verrückt machen. Ich stieß ein Geheul aus, das bis zu den Schwestern Elsner dringen mußte. Sie hören auf zu lesen, heben den Kopf, sehen sich an und horchen. Nichts mehr. Ein Schrei in der Nacht, noch einer. Zwei alte, beringte Hände mit hervorstehenden Adern suchen und drücken einander. Ich krempelte mein Hosenbein noch einmal hoch, rollte es wütend um meinen Schenkel, hob den Deckel des Schemels, holte das Jod heraus und rieb mir das Knie ein. Das Knie ist voll kleiner beweglicher Knochen. Laß es gut eindringen, sagte mein Sohn. Das würde er mir später büßen. Als ich fertig war, tat ich alles wieder an seinen Platz, rollte die Hose herunter, setzte mich auf den Schemel und horchte. Nichts mehr. Oder willst du lieber ein richtiges Brechmittel versuchen, sagte ich, als sei nichts geschehen. Ich bin müde, sagte er. Du kannst schlafen gehen, sagte ich, ich werde dir einen kleinen Imbiß ans Bett bringen, der dir schmecken wird, du schläfst ein wenig, und dann fahren wir zusammen los. Ich zog ihn an mich. Was sagst du dazu? sagte ich. Er sagte Ja, Papa! dazu. Liebte er mich in diesem Augenblick wohl ebensosehr, wie ich ihn liebte? Bei diesem kleinen Duckmäuser wußte man nie, woran man war. Geh schnell dich hinlegen, sagte ich, deck dich gut zu, ich komme gleich. Ich ging in die Küche hinunter, machte eine Schale warme Milch und ein Brot mit Marmelade zurecht und richtete es auf meinem schönen Lacktablett an. Er hat einen Bericht verlangt. Er wird ihn bekommen, seinen Bericht. Marthe lag lang ausgestreckt in ihrem Schaukelstuhl und sah mir wortlos zu. Wie eine Parze, der ihr Faden ausgegangen ist. Ich räumte alles schön hinter mir auf und ging zur Tür. Kann ich schlafen gehen? fragte sie. Sie hatte gewartet, bis ich mit dem Tablett in den Händen dastand, um mir diese Frage zu stellen. Ich ging hinaus, stellte das Tablett auf den Stuhl am Fuß der Treppe und ging zurück in die Küche. Haben Sie die Sandwiches gemacht? fragte ich. Unterdes wurde die Milch kalt und bedeckte sich mit einer widerlichen Haut. Sie hatte sie gemacht. Ich gehe schlafen, sagte sie. Alles ging schlafen. Sie werden in einer oder zwei Stunden aufstehen müssen, sagte ich, um die Riegel vorzuschieben. Ich überließ ihr die Entscheidung darüber, ob es sich unter diesen Umständen lohne, zu Bett zu gehen. Sie fragte, wie lange ich wegzubleiben dächte. War ihr klar, daß ich nicht allein fahren würde? Zweifellos. Als sie hinaufgegangen war, um meinem Sohn zu bestellen, er möge herunterkommen, mußte sie, selbst wenn er ihr nichts gesagt hatte, seinen Rucksack bemerkt haben. Ich weiß es nicht, sagte ich. Doch gleich darauf, wie ich sie so alt, ja schlimmer als alt, so alternd, so einsam und traurig in ewig der gleichen Ecke sah, sagte ich: Nicht für lange, keine Angst. Und ich ermunterte sie mit Worten, die für mich herzlich waren, sich während meiner Abwesenheit gut auszuruhen und zu zerstreuen, indem sie ihre Freundinnen besuchte und einlud. Sie brauchen weder an Tee noch an Zucker zu sparen, sagte ich, und falls Sie ausnahmsweise Geld nötig haben sollten, wenden Sie sich an Herrn Notar Savory. Ich trieb diese plötzliche Leutseligkeit so weit, daß ich ihr die Hand drückte, die sie hastig an ihrer Schürze abwischte, kaum daß sie meine Absicht erraten hatte. Nach dem Händeschütteln ließ ich ihre rote, weiche Hand nicht los. Sondern nahm einen Finger zwischen meine Fingerspitzen, zog sie näher an mich heran und betrachtete sie. Wenn ich Tränen zu vergießen gehabt hätte, dann hätte ich sie stundenlang in Strömen vergossen. Wahrscheinlich fragte sie sich, ob ich ihr unehrenhafte Anträge machen wollte. Ich ließ ihre Hand los, nahm die Sandwiches und ging.

Marthe stand schon lange in meinen Diensten. Ich war oft auf Reisen. Noch nie hatte ich auf diese Art von ihr Abschied genommen, sondern stets nur ganz nebenbei, selbst wenn ich eine längere Abwesenheit befürchtete, was an diesem Tag nicht der Fall war. Manchmal reiste ich ab, ohne ihr ein Wort zu sagen.

Ich ging in mein Zimmer, bevor ich mich zu meinem Sohn begab. Ich hatte die Zigarre noch immer im Mund, aber die hübsche Asche war irgendwo abgefallen. Ich machte mir Vorwürfe wegen dieser Unachtsamkeit. Ich löste ein Schlafmittel in der Milch auf. Ich würde ihm nichts ersparen. Ich machte mich mit dem Tablett auf den Weg, als mein Blick auf die beiden Alben fiel, die auf dem Schreibtisch lagen. Ich fragte mich, ob ich mein Verbot, zumindest was das Album mit den Doubletten betraf, nicht aufheben könnte. Vor kurzem war er hier gewesen, um das Thermometer zu holen. Er hatte lange gebraucht. Sollte er die Gelegenheit benutzt haben, um sich ein paar seiner Lieblingsmarken einzustekken? Ich hatte keine Zeit, alles zu kontrollieren. Ich stellte das Tablett hin und suchte aufs Geratewohl einige Marken, die karminrote Eine-Mark-Togo mit dem schönen Schiff darauf, die Zehn-Reis-Nyassa von 1901 und ein paar andere. Ich mochte die Nyassa sehr gern. Sie war grün und zeigte eine Giraffe, die im Begriff war, eine Palmenkrone abzufressen. Sie waren an ihrem Platz. Das bewies nichts. Es bewies nur, daß diese Marken an ihrem Platz waren. Ich fand, daß ich meine frei gefaßte und klar ausgesprochene Entscheidung nicht ändern konnte, ohne meine Autorität zu vermindern, was sie nicht gut vertragen hätte. Ich bedauerte es. Mein Sohn schlief bereits. Ich weckte ihn. Er trank und aß und verzog angeekelt das Gesicht. Das war seine Art, mir zu danken. Ich wartete, bis der letzte Tropfen und das letzte Krümchen verschwunden waren. Er drehte sich gegen die Wand, und ich stopfte seine Decke fest. Um ein Haar hätte ich ihn geküßt. Weder er noch ich hatten ein Wort gesprochen. Im Augenblick hatten wir keine Worte mehr nötig. Im übrigen kam es selten vor, daß mein Sohn als erster mit mir ein Gespräch anfing. Und wenn ich ihn anredete, antwortete er meistens nur langsam und gleichsam widerwillig. Mit seinen kleinen Spielkameraden dagegen war er unwahrscheinlich redselig, wenn er glaubte, ich sei weit weg. Es mißfiel mir durchaus nicht, daß meine Anwesenheit die Wirkung hatte, diese Neigung zu ersticken. Nicht einer unter hundert ist fähig, zu schweigen und zuzuhören, ja, zu wissen, was das bedeutet. Und doch vermag man erst dann jenseits des absurden Getöses das Schweigen zu vernehmen, von dem das All erfüllt ist. Diesen Vorzug erstrebte ich für meinen Sohn. Und er sollte denen fernbleiben, die stolz darauf sind, daß sie die Augen aufzuhalten wissen. Ich hatte nicht gekämpft, mich abgemüht, gelitten, mir eine Position geschaffen, wie ein Neger gelebt, damit mein Sohn das gleiche tun sollte. Ich zog mich auf den Zehenspitzen zurück. Ich liebte es, meine Rollen ganz auszuspielen.

Muß ich mich entschuldigen, wenn ich gestehe, daß ich den Termin auf diese Weise hinausschob? Ich deute das hier auf gut Glück an. Ohne mich übermäßig dafür zu interessieren. Denn während ich diesen Tag beschreibe, bin ich wiederum der, der ihn erlitten und mit ängstlichem, sinnlosem Leben erfüllt hat, nur um sich zu betäuben und nicht das tun zu müssen, was er zu tun hatte. Und wie sich damals meine Gedanken gegen Molloy sträubten, so sträubt sich heute nacht meine Feder. Schon seit einiger Zeit quält mich dieses Geständnis. Doch es erleichtert mich nicht.

Ich bedachte mit bitterer Befriedigung, daß es nicht meine Schuld sein würde, wenn mein Sohn unterwegs krepierte. Jedem seine Verantwortung. Ich kenne Leute, die sich durch die ihre nicht am Schlafen hindern lassen.

Ich sagte mir: In diesem Haus ist etwas, das mich am Handeln hindert. Ein Mann wie ich kann bei seiner Drückebergerei nicht vergessen, wovor er sich drückt. Ich stieg in den Garten hinunter und ging in der fast vollständigen Dunkelheit spazieren. Hätte ich den Garten weniger gut gekannt, wäre ich gegen meine Büsche oder Bienenstöcke gerannt. Meine Zigarre war ausgegangen, ohne daß ich es gemerkt hatte. Ich schüttelte die Asche ab und steckte sie in die Tasche, in der Absicht, sie später in den Aschenbecher oder Papierkorb zu werfen. Doch am folgenden Tag, fern von Shit, fand ich sie wieder in meiner Tasche und wahrlich nicht ohne Befriedigung. Denn ich konnte noch einige Züge herausholen. Die kalte Zigarre zwischen meinen Zähnen entdecken, sie ausspucken, sie in der Dunkelheit suchen, sie wieder aufheben und mich fragen, was ich mit ihr anfangen sollte, die Asche abschütteln und die Zigarre in die Tasche stecken, mir den Aschenbecher und den Papierkorb vorstellen, das waren nur die hauptsächlichen Punkte eines Prozesses, den ich mindestens eine Viertelstunde lang hinzögerte. Weitere bezogen sich auf den Hund Zoulou, auf die durch den Regen verzehnfachten Gerüche, deren Ursprung ich in meinem Kopf und zwischen meinen Händen suchte, was mich sehr amüsierte, auf ein Licht bei dem oder jenem Nachbar, auf ein Geräusch bei einem anderen und so fort. Das Fenster meines Sohnes war schwach erleuchtet. Er schlief gern mit einer Nachtlampe neben sich. Ich ärgerte mich etwas darüber, daß ich ihm diese Grille durchgehen ließ. Noch vor kurzem hatte er nur einschlafen können, wenn er seinen Plüschbär in den Armen hielt. Sobald der Bär (Jeannot) vergessen sein würde, würde ich ihm die Nachtlampe fortnehmen. Was hätte ich an jenem Tag ohne die Ablenkung getan, die mein Sohn mir bot? Vielleicht meine Pflicht.

Da ich sah, daß mir im Garten nicht tapferer zumute war als im Haus, ging ich dorthin zurück und sagte mir, es gibt nur zwei

Möglichkeiten: entweder mein Haus hat nichts mit dem Zustand des Verfalls zu tun, in dem ich mich befinde, oder mein ganzes kleines Anwesen muß Schuld daran sein. Wenn ich mir diese zweite Annahme zu eigen machte, so hatte ich eine Entschuldigung für das, was ich getan hatte, und im voraus eine für all das, was ich bis zu meiner Abreise tun würde. Sie bot mir eine scheinbare Vergebung und einen Augenblick eingebildeter Freiheit. Ich hieß sie also gut.

Von weitem war die Küche mir dunkel erschienen. Und in gewissem Sinne war sie es auch. Aber in einem anderen Sinne war sie es nicht. Denn wenn ich mein Gesicht an die Scheibe drückte, sah ich einen schwachen rötlichen Schein, der nicht vom Herd herrühren konnte, denn ich hatte keinen Herd, sondern nur einen einfachen Gasofen. Einen Herd, wenn man will, aber einen Gasherd. Das heißt, es gab in der Küche auch einen richtigen Herd, aber er wurde nicht benutzt. Es ist nun einmal so, in einem Haus ohne Gasofen hätte ich mich nicht wohl gefühlt. Ich unterbreche gern meinen nächtlichen Spaziergang, trete an die Fenster, gleichgültig, ob sie hell oder dunkel sind, und blicke in die Zimmer, um zu sehen, was in ihnen vorgeht. Ich bedecke mein Gesicht mit den Händen und blinzele durch die Finger. Schon mehr als einen Nachbarn habe ich auf diese Weise erschreckt. Er stürzt hinaus und findet niemand. Die dunkelsten Zimmer heben sich dann für mich aus dem Schatten, als ob der Widerschein des verschwundenen Tageslichts oder der Schimmer der Lampe, die man eben aus mehr oder weniger ehrbaren Gründen gelöscht hat, sie noch erfülle. Doch der Lichtschein aus der Küche war von anderer Art und rührte von der Nachtlampe mit der roten Glasglocke her, die ständig in Marthes Zimmer, das an die Küche anstieß, zu Füßen einer kleinen, aus Holz geschnitzten, an der Wand hängenden Madonna brannte. Marthe war den Schaukelstuhl leid geworden, hatte die Küche verlassen und sich auf ihrem Bett ausgestreckt; dabei hatte sie ihre Zimmertür offen gelassen, um jedes Geräusch im Haus zu hören. Doch vielleicht war sie eingeschlafen.

Ich stieg wieder zum ersten Stock hinauf. Ich machte halt vor der Tür meines Sohnes. Ich bückte mich und hielt mein Ohr ans Schlüsselloch. Andere drücken das Auge, ich lege das Ohr an die Schlüssellöcher. Zu meiner Verwunderung hörte ich nichts. Denn wenn mein Sohn schlief, atmete er geräuschvoll, mit offenem

Mund. Ich hütete mich wohl, die Tür zu öffnen. Denn diese Stille war dazu angetan, meinen Geist einige Zeit lang zu beschäftigen. Ich ging auf mein Zimmer.

Und dann konnte man das noch nicht Dagewesene erleben: Moran traf seine Reisevorbereitungen, ohne zu wissen, worauf er sich einließ, ohne Karte oder Fahrplan zu Rate gezogen, ohne die Frage des einzuschlagenden Weges und der Etappen überlegt zu haben, unbekümmert um die Wetteraussichten, ohne rechte Vorstellung von der für die Reise geeigneten Ausrüstung, der wahrscheinlichen Dauer der Expedition, der erforderlichen Geldsumme und selbst von der Natur der zu leistenden Arbeit und daher auch von der besten Art, sie anzupacken. Und doch pfiff ich vor mich hin, während ich ein kleines Häufchen von Sachen, wie ich sie meinem Sohn mitzunehmen empfohlen hatte, in die Jagdtasche stopfte. Ich zog meinen alten, grau-braun melierten Jagdanzug mit der kurzen, unter dem Knie geknöpften Hose an und dazu passende Strümpfe und solide schwarze Schaftstiefel. Ich bückte mich, die Hände auf den Hinterbacken, und besah meine Beine. Sie waren dünn und krumm und paßten schlecht zu diesem Kostüm, das die Leute aus dem Dorf übrigens nicht an mir kannten. Doch wenn ich nachts nach einem weit entfernten Bestimmungsort aufbrach, zog ich es gerne an, da ich mich trotz meiner jämmerlichen Figur wohl darin fühlte. Mir fehlte nur noch ein Schmetterlingsnetz, um von weitem wie ein Dorfschullehrer auf Erholungsurlaub auszusehen. Die schweren, glänzend schwarzen Stiefel, die eine Hose aus dunkelblauem Serge zu verlangen schienen, gaben dem Ganzen den Rest. Ohne die Stiefel hätte diese Zusammenstellung bei Leuten, die in solchen Dingen unbewandert sind, zwar als geschmacklos, aber dem guten Ton entsprechend gelten können. Was den Hut betrifft, so entschied ich mich nach längerer Überlegung für meinen vom Regen vergilbten Strohhut. Sein Band war verlorengegangen, wodurch er übermäßig hoch erschien. Ich hätte gern meine schwarze Pelerine mitgenommen, zog aber schließlich einen schweren Winterregenschirm mit wuchtigem Griff vor. Eine Pelerine ist ein praktisches Kleidungsstück, und ich besaß mehrere. Sie läßt den Armen große Bewegungsfreiheit und verbirgt sie gleichzeitig. Es gibt Gelegenheiten, wo eine Pelerine sozusagen unentbehrlich ist. Doch auch ein Regenschirm hat große Vorzüge. Und wäre es Winter oder auch nur Herbst statt Sommer gewesen, hätte ich vielleicht alle beide mitgenommen. Das hatte ich schon früher getan und mir dazu nur gratulieren können.

In diesem Aufzug konnte ich kaum hoffen, unbemerkt zu bleiben. Ich wünschte es auch nicht. Auffallen ist in dem Gewerbe, das ich betreibe, das ABC aller Kunst. Mitleid und Nachsicht erregen, Anlaß zu Heiterkeit und Spott sein, das sind unerläßliche Bedingungen, wenn man in die Geheimnisse eindringen will. Vorausgesetzt, man ist unfähig, sich aufzuregen, zu weinen oder zu lachen. Ich konnte mich leicht in diesen Zustand versetzen. Und zudem war es Nacht.

Mein Sohn würde mich nur stören. Er glich tausend anderen Knaben seines Alters und Standes. Ein Vater, das ist schon was Ernsthafteres. Sogar als einer grotesken Figur bringt man ihm Achtung entgegen. Und wenn man ihn mit seinem jungen Sohn, dessen Gesicht dabei von Minute zu Minute länger wird, umherpromenieren sieht, dann ist es einfach aus mit dem Arbeiten. Man hält ihn für einen Witwer, selbst die heitersten Farben können daran nichts ändern, ja, sie machen die Situation höchstens noch schlimmer, da man dann vermutet, daß seine Gattin schon vor langem, wahrscheinlich im Wochenbett, verstorben ist. Und in meinen Überspanntheiten würde man nur eine Folge meines Witwertums sehen, das mir den Verstand zerrüttet hätte. Zorn stieg in mir auf gegen den, der mir dieses Joch auferlegt hatte. Wenn er darauf aus gewesen wäre zu sehen, wie ich an meiner Aufgabe scheiterte, hätte er es nicht besser anfangen können. Wäre ich imstande gewesen, mit meiner gewohnten Kaltblütigkeit über die Arbeit, die man von mir verlangte, nachzudenken, so hätte ich vielleicht gefunden, daß sie durch die Anwesenheit meines Sohnes eher erleichtert als erschwert werden könne. Aber wir wollen nicht auf diese Frage zurückkommen. Vielleicht könnte ich ihn als meinen Gehilfen oder einfach als meinen Neffen ausgeben. Ich würde ihm verbieten, mich vor anderen Papa zu nennen oder mir seine Zuneigung zu zeigen, und ihm dabei eine jener Ohrfeigen androhen, die er so fürchtete.

Wenn ich trotz dieser finsteren Gedanken, die mir durch den Kopf gingen, ein paar Takte pfiff, so zeigte das, daß ich im Grunde wohl froh war, mein Haus, meinen Garten und mein Dorf zu verlassen, obschon ich es gewöhnlich ungern tat. Es gibt Leute, die ohne Grund pfeifen. Ich gehöre nicht zu ihnen. Und während ich im Zimmer hin und her ging, Ordnung machte, die Kleidungsstücke, die ich zur Auswahl herausgenommen hatte, wieder in den Schrank hing, die Hüte in ihre Schachteln zurücklegte und die einzelnen Schubladen abschloß, stellte ich mir die ganze Zeit über voller Freude vor, wie ich weit weg von meiner Gemeinde, den bekannten Gesichtern und all meinen Rettungsankern im Dunkeln auf einem Meilenstein sitzen und mit übereinandergeschlagenen Beinen, eine Hand auf dem Schenkel, den Ellenbogen in der einen, das Kinn in der anderen Hand, die Augen auf die Erde gerichtet wie auf ein Schachbrett, kühl meine Pläne für den nächsten und übernächsten Tag entwerfen und mir die Zukunft ausdenken würde. Dabei vergaß ich, daß mein Sohn mit seinem ewigen Hin und Her und seinen Klagen, seinem Verlangen nach Essen und Schlaf und seinen schmutzigen Unterhosen bei mir sein würde. Ich machte die Schublade meines Nachttischs wieder auf und zog ein ganzes Röhrchen Morphiumtabletten, mein bevorzugtes Beruhigungsmittel, heraus.

Mein Schlüsselbund ist riesig, es wiegt über ein Pfund. Es gibt bei mir keine Tür und keine Schublade, deren Schlüssel ich nicht bei mir habe, wo immer ich hingehe. Ich trage sie in der rechten Tasche meines Beinkleids oder gelegentlich in der Tasche der kurzen Hosen. Eine dicke, an meinen Hosenträgern befestigte Kette verhindert, daß ich sie verliere. Diese Kette, die drei- oder viermal länger ist als notwendig, liegt über dem Schlüsselbund zusammengerollt in meiner Tasche. Das Gewicht zieht mich nach rechts, wenn ich müde bin oder vergesse, es durch eine Anspannung der Muskeln auszugleichen.

Ich warf einen letzten Blick um mich, bemerkte, daß ich einige Sicherheitsmaßnahmen versäumt hatte, holte sie nach, nahm meine Jagdtasche, meinen Strohhut und meinen Regenschirm – ich hoffe, ich vergesse nichts –, machte das Licht aus, ging auf den Korridor hinaus und schloß meine Tür ab. Bis dahin ist alles klar. Gleich darauf hörte ich ein ersticktes Geräusch. Es war mein Sohn, der schlief. Ich weckte ihn. Wir haben keinen Augenblick zu verlieren, sagte ich. Er wehrte sich verzweifelt gegen das Aufwachen. Das war natürlich. Sogar einige Stunden bleiernen Schlafs genügen einem kaum der Kindheit entwachsenen, von einer Magenverstimmung betroffenen Organismus nicht. Als ich ihn schüttelte und ihm aus dem Bett half, indem ich ihn zuerst an den Armen und nachher an den Haaren zog, drehte er sich wütend von mir ab und gegen die Wand und grub die Nägel in die

Matratze. Ich mußte meine ganze Kraft aufbieten, um mit ihm fertig zu werden. Doch kaum hatte ich ihn aus dem Bett, entwand er sich meinen Armen, warf sich auf den Boden und wälzte sich unter wütendem Schreien voller Widersetzlichkeit darauf herum. Es ging schon los. Angesichts dieses ekelhaften Benehmens war ich gezwungen, meinen Regenschirm zu benutzen, den ich an der Spitze mit beiden Händen festhielt. Doch ein Wort über meinen Strohhut, bevor ich es vergesse. In den Rand waren zwei Löcher gebohrt, natürlich auf jeder Seite eins. Ich hatte sie selbst mit meinem Bohrer gemacht. Durch diese Löcher hatte ich die beiden Enden eines Gummibands gezogen, das lang genug war, um unter meinem Kinn, vielmehr unter meinen Kinnladen, durchzugehen, aber nicht zu lang, denn es sollte straff, vielmehr unter den Kinnladen sitzen. Auf diese Weise blieb mein Strohhut, was für eine Arbeit ich auch zu bewältigen hatte, immer an seinem Platz, nämlich auf meinem Kopf. Schämst du dich nicht, schrie ich, du ekelhafter Flegel! Die Wut würde mich überwältigen, wenn ich nicht aufpaßte. Und Wut ist ein Luxus, den ich mir nicht leisten kann. Denn dann werde ich blind, das Blut schießt mir in die Augen, und ich höre die Bänke des Schwurgerichts knarren ganz wie der berühmte Gustave. Jawohl, man ist nicht ungestraft Tag für Tag und Jahr für Jahr sanft, höflich, vernünftig und geduldig. Ich warf meinen Schirm hin und stürzte aus dem Zimmer. Auf der Treppe traf ich Marthe, die ohne Haube, mit aufgelösten Haaren, halbangezogen heraufkam. Was ist los? rief sie. Ich sah sie an. Sie ging zurück in ihre Küche. Ich lief zitternd in den Schuppen, nahm meine Axt, ging in den Hof hinaus und fing an, aus Leibeskräften auf einen alten Klotz loszuschlagen, der dort lag und auf dem ich im Winter in aller Ruhe mein Holz zu spalten pflegte. Die Schneide fraß sich schließlich so tief hinein, daß ich sie nicht mehr herausziehen konnte. Die Anstrengungen dieser Tätigkeit erschöpften und beruhigten mich zugleich. Ich ging wieder hinauf. Mein Sohn zog sich weinend an. Alles weinte. Ich half ihm den Rucksack überwerfen. Ich sagte, er solle seinen Regenmantel nicht vergessen. Er wollte ihn in den Rucksack stecken. Ich befahl ihm, ihn vorläufig über dem Arm zu tragen. Es war fast Mitternacht. Ich hob meinen Schirm wieder auf. Er war noch ganz. Los, sagte ich. Er verließ das Zimmer, in dem ich mich einen Augenblick umsah, bevor ich ihm folgte. Es war ganz in Unordnung. Draußen war es schön, nach meiner bescheidenen Meinung. Die

Luft war voller Wohlgeruch. Der Kies knirschte unter unseren Schritten. Nein, sagte ich, hier entlang. Ich trat in das Buschwäldchen ein. Mein Sohn hinter mir stolperte und rannte gegen die Baumstämme. Er konnte sich im Dunkeln nicht zurechtfinden. Er war noch jung, und die Vorwürfe erstarben auf meinen Lippen. Ich blieb stehen. Nimm meine Hand, sagte ich. Ich hätte sagen können, gib mir die Hand. Ich sagte: Nimm meine Hand. Höchst sonderbar. Doch der Pfad war etwas zu schmal, als daß wir hätten nebeneinander gehen können. Daher streckte ich meine Hand hinter mir aus, und mein Sohn ergriff sie, dankbar, wie mir schien. Auf diese Weise kamen wir bis an die verschlossene kleine Gitterpforte. Ich öffnete sie und trat beiseite, um meinen Sohn als ersten durchzulassen. Ich sah nach meinem Haus zurück. Es war teilweise von dem Wäldchen verdeckt. Der zakkige Dachfirst und der einzige Schornstein mit den vier Rohren hoben sich kaum gegen den Himmel ab, in dem undeutlich ein paar Sterne schwammen. Ich wandte mein Gesicht dieser dunklen Masse duftender Pflanzen zu, die mir gehörte, mit der ich tun konnte, was mir beliebte, ohne daß jemand mir hineinreden durfte. Sie war voll von Singvögeln, die ihre Köpfe unter die Flügel gesteckt hatten und sich nicht fürchteten, weil sie mich kannten. Meine Bäume, meine Sträucher, meine Beete, mein winziger Rasen, das alles glaubte ich zu lieben. Wenn ich manchmal einen Ast oder eine Blume abschnitt, dann geschah es einzig zu ihrem Wohl, damit sie üppiger wüchsen und besser gediehen. Doch tat ich es nur schweren Herzens. Im übrigen ist die Sache einfach, ich tat es nicht, ich ließ es von Christie machen. Ich zog keine Gemüse. Der Hühnerstall war nicht weit. Ich habe gelogen, als ich sagte, ich hätte Truthähne usw. Ich hatte nur ein paar Hühner. Meine graue Henne war da, nicht auf der Stange bei den anderen, sondern am Boden, in einer Ecke, im Staub, den Ratten ausgeliefert. Der Hahn ging nicht mehr zu ihr, um ihr wild auf den Rücken zu springen. Wenn sie sich nicht erholte, war der Tag nicht fern, an dem die andernen Hühner ihre Kräfte vereinen und sie mit Schnabel- und Krallenhieben in Stücke reißen würden. Alles war still. Ich habe ein sehr feines Gehör. Doch bin ich ganz und gar unmusikalisch. Ich unterschied das bezaubernde Geräusch, ein flüchtiges Scharren, ein nervöses Flügelschlagen, ein schwaches, sofort unterdrücktes Gackern, das in der Nacht die Hühnerställe erfüllt und lange vor Morgengrauen verstummt. Wieviel Abende habe ich entzückt darauf gehorcht und mir gesagt: Morgen habe ich frei. So wandte ich mich ein letztes Mal nach meinem kleinen Besitz um, bevor ich ihn, in der Hoffnung, ihn zu behalten, verließ.

Ich verschloß die Tür. In der Gasse sagte ich zu meinem Sohn: Links. Ich hatte es schon lange aufgegeben, mit meinem Sohn spazierenzugehen, obwohl ich manchmal große Lust dazu verspürte. Der kleinste Ausgang mit ihm war mir eine Qual, weil er sich so oft in der Richtung irrte. Wenn er allein ging, schien er jedoch alle Abkürzungen zu kennen. Wenn ich ihn zum Kolonialwarenhändler schickte oder zu Madame Clément oder sogar noch weiter, auf die Straße nach V., um Samen zu besorgen, war er in der Hälfte der Zeit zurück, die ich selbst gebraucht haben würde, um die gleiche Strecke zurückzulegen, und dabei war er nicht einmal gerannt. Denn ich wollte nicht, daß man meinen Sohn wie die Taugenichtse, mit denen er heimlich verkehrte, durch die Straßen rennen sah. Nein, er sollte gehen wie ich, mit kleinen, schnellen Schritten, erhobenem Kopf, gleichmäßigen, sparsamen Atemzügen, die Arme schwenkend, den Blick geradeaus gerichtet, als bemerke er nichts, aber in Wirklichkeit voller Aufmerksamkeit für die kleinsten Einzelheiten auf seinem Weg. In meiner Gesellschaft aber schlug er unvermeidlich die falsche Richtung ein; eine Straßenkreuzung oder auch nur das Zusammenlaufen von zwei Straßen genügte, um ihn vom richtigen Weg, dem, den ich gewählt hatte, abzubringen. Ich glaube nicht, daß er es absichtlich tat. Aber da er sich auf mich verließ, achtete er nicht mehr auf das, was er tat, er paßte nicht auf, wo er hinging, und schritt mechanisch, wie in einem Traum befangen, voran. Und es schien, als würde er von allen Öffnungen angezogen, in denen er vielleicht hätte verschwinden können. So hatten wir die Gewohnheit angenommen, jeder für sich spazierenzugehen. Und der einzige Spaziergang, den wir regelmäßig zusammen machten, war der sonntägliche Gang vom Haus zur Kirche und nach beendeter Messe von der Kirche nach Hause. Im langsamen Zug der Gläubigen war mein Sohn nicht mehr allein mit mir. Er bildete dann einen Teil dieser fügsamen Herde, die einmal mehr Gott für seine Wohltaten danken und ihn um Vergebung und Barmherzigkeit bitten ging, um sich darauf beruhigten Gemüts anderen Freuden zuzuwenden.

Ich wartete, bis er zurückgefunden hatte, und sprach dann die

Worte aus, die dieses Problem ein für allemal lösen sollten. Du wirst hinter mir gehen, sagte ich, und mir folgen. Das war in vieler Hinsicht eine gute Lösung. Doch war er imstande, mir zu folgen? Mußte nicht unweigerlich ein Augenblick kommen, da er den Kopf heben und sich an einem unbekannten Ort allein finden würde? Und da ich, aus meinen Gedanken erwachend, mich umwenden und sein Verschwinden feststellen würde? Ich spielte kurz mit der Idee, ihn mit einem langen Strick an mich zu binden, dessen Enden um unsere Mitte geschlungen wären. Man kann auf mancherlei Art auffallen, und ich war nicht sicher, daß diese zu den guten gehörte. Auch hätte er seine Schlinge still aufmachen, das Weite suchen und mich meinen Weg allein fortsetzen lassen können, mit einem langen, im Staub schleifenden Strick hinter mir, wie ein Bürger von Calais. Bis der Strick sich an einem festen oder schweren Gegenstand verfangen und meinen Vormarsch zum Stillstand bringen würde. Man müßte also statt des weichen, geräuschlosen Stricks eine Kette verwenden, woran nicht zu denken war. Indessen dachte ich daran, ich unterhielt mich einen Augenblick damit, daran zu denken und mir vorzustellen, ich lebe in einer weniger schlecht eingerichteten Welt, und mir zu überlegen, auf welche Weise ich mit nichts als einer einfachen Kette, ohne Halseisen, Halsband, Handfesseln noch anderen Fesseln, meinen Sohn so an mich ketten könnte, daß er außerstande wäre, sich von mir wegzuschleichen. Es war ein einfaches Problem von Schlingen und Knoten, und ich hätte es, wenn nötig, lösen können. Doch tauchte ein anderes Bild in mir auf: ich sah meinen Sohn, wie er vor mir herging, anstatt mir zu folgen. Bei dieser Anordnung wäre es mir möglich gewesen, ihn zu überwachen und bei der kleinsten falschen Bewegung dazwischenzutreten. Doch abgesehen davon, daß ich auf dieser Expedition andere Rollen zu spielen haben würde als die eines Aufsehers oder einer Krankenschwester, war mir die Aussicht unerträglich, nicht einen Schritt machen zu können, ohne diesen kleinen, fetten, widerwilligen Körper vor mir zu haben. Komm her! rief ich. Denn als er mich hatte sagen hören, wir müßten links abbiegen, war er links abgebogen, als hätte er sich vorgenommen, mich zur Verzweiflung zu bringen. Auf meinen Schirm gestützt, den Kopf wie unter einem Fluch gebeugt, die Finger meiner freien Hand in einer Spalte der Gartentür, stand ich unbeweglich wie eine Statue. Er machte also ein zweites Mal kehrt. Ich befehle dir, hinter mir herzugehen, und du gehst voran, sagte ich.

Es waren große Ferien. Er trug eine grüne Schülermütze. Auf ihrem Schirm waren Initialen und ein Hirsch- oder Eberkopf mit Goldfäden aufgestickt. Sie saß fest wie ein Deckel auf seinem dikken blonden Schädel. Er liebte es, sie so zu tragen. Kopfbedekkungen, die so gerade und fest aufgesetzt sind, haben etwas an sich, was mich rasend machen kann. Und statt seinen Regenmantel zusammengelegt über dem Arm zu tragen oder über die Schulter zu werfen, wie ich ihm gesagt hatte, hatte er ihn zu einer Kugel zusammengerollt und hielt ihn mit beiden Händen vor den Leib. Da war er nun vor mir, mit seinen großen, auseinanderstehenden Füßen, mit gebeugten Knien, herausgestrecktem Bauch, eingezogener Brust, in die Luft gestrecktem Kinn und offenem Mund, in der Haltung eines echten *minus habens*. Und auch ich mußte den Eindruck erwecken, daß ich mich einzig dank der Stütze aufrecht erhielt, die mein Schirm und die Tür mir boten. Endlich konnte ich die Worte herausbringen: Bist du imstande, mir zu folgen? Er antwortete nicht. Doch ich kannte seinen Gedanken so genau, als ob er ihn ausgesprochen hätte, nämlich: Und du, bist du imstande, mich zu führen? Vom Turm meiner lieben Kirche läutete es Mitternacht. Was lag schon daran. Ich war nicht mehr zu Hause. In meinem Geist, wo sich immer alles findet, was ich brauche, dachte ich darüber nach, welche geliebten Dinge er bei sich haben konnte. Ich hoffe, sagte ich, du hast dein Pfadfindermesser nicht vergessen, es könnte uns zustatten kommen. Dieses Messer enthielt außer den fünf, sechs allernotwendigsten Klingen einen Korkzieher, einen Büchsenöffner, einen Stichel, einen Schraubenzieher, eine Zange, und ich weiß nicht was noch für überflüssige Spielereien. Ich selbst hatte es ihm für seinen ersten Ersten Preis in Erdkunde und Geschichte geschenkt, zwei Fächern, die aus dunklen Gründen in der Schule, die er besuchte, zusammengelegt wurden. In allem, was Literatur und die sogenannten exakten Wissenschaften betraf, war er ein ausgesprochener Trottel; dagegen war er jedem anderen über, wenn es sich um Jahreszahlen von Schlachten, Revolutionen, Restaurationen und andere Taten des Menschengeschlechtes in seinem langsamen Aufstieg zum Licht oder um den Verlauf von Grenzen und die Höhe von Bergspitzen handelte. Das war schließlich ein Camping-Messer wert. Erzähle mir nicht, daß du es zu Hause gelassen hast, sagte ich. Natürlich nicht, sagte er stolz und befriedigt und schlug auf seine Tasche. Dann gib es mir, sagte ich. Selbstverständlich anwortete er nicht. Er pflegte eine erste Mahnung nicht zu beachten. Gib mir das Messer, rief ich. Er gab es mir. Was hätte er auch tun können – allein mit mir, im Dunkeln, ohne Zeugen. So war es zu seinem Besten; auf diese Weise würde ihm eine unüberlegte Tat erspart bleiben. Denn da, wo sein Messer ist, ist auch das Herz des Pfadfinders, es sei denn, daß er die Mittel dazu hat, sich ein anderes Messer zu kaufen, was bei meinem Sohn nicht der Fall war. Denn er trug niemals bares Geld bei sich, da er keines brauchte. Doch tat er jeden Penny, den er bekam, und das war nicht viel, zuerst in seine italienische Sparbüchse und brachte dann das Geld auf die Sparkasse, deren Büchlein ich aufbewahrte. Er hätte mir in diesem Augenblick mit eben dem Messer, das ich so ruhig in die Tasche steckte, bestimmt gerne den Hals abgeschnitten. Aber er war noch ein bißchen jung, mein Sohn, und für die großen Racheakte ein wenig zu weich. Doch die Zeit arbeitete für ihn, und vielleicht tröstete er sich, trotz seiner Dummheit, mit dieser Überlegung. Jedenfalls unterdrückte er diesmal seine Tränen, wofür ich ihm dankbar war. Ich richtete mich auf und legte meine Hand auf seine Schulter, mit den Worten: Geduld, mein Sohn, Geduld. Das ist das Furchtbare bei solchen Gelegenheiten – wenn man Lust zu etwas hat, hat man nicht die nötigen Mittel und umgekehrt. Aber das konnte mein Sohn noch nicht ahnen, der Arme, er mußte meinen, daß diese Wut, die ihn durchzitterte und sein Gesicht verzerrte, erst dann vergehen würde, wenn er ihr nachgeben könnte. Nicht einmal dann. Bestimmt bildete er sich ein, ein kleiner Dantès zu sein, mit dessen Mätzchen er im übrigen aus den Schilderungen vertraut war, wie die Hatchet-Bücher sie sich erlauben. Dann versetzte ich ihm einen tüchtigen Klaps auf das schwächliche Schulterblatt und sagte: Los. Und tatsächlich ging ich los, und mein Sohn schwankte hinter mir her. Ich machte mich in Begleitung meines Sohnes auf den Weg, wie es den Anweisungen, die ich erhalten hatte, entsprach.

Ich habe nicht die Absicht, von den verschiedenen Abenteuern zu berichten, die ich und mein Sohn gemeinsam und jeder für sich vor unserer Ankunft in Molloys Land erlebten. Das wäre langweilig. Aber nicht das hält mich davon ab. Alles ist langweilig in diesem Bericht, zu dem man mich zwingt. Doch werde ich ihn nach meinem Gutdünken bis zu einem bestimmten Punkt fortsetzen. Und wenn der Kommanditist keinen Geschmack daran findet, wenn er Unfreundliches gegen sich und seine Teilhaber darin entdeckt, um so schlimmer für uns alle, für sie alle, denn für mich gibt es kein Schlimmer mehr. Das heißt, um mir eine Vorstellung davon zu machen, müßte ich mehr Phantasie haben, als ich besitze. Und doch habe ich mehr als früher. Und dieser kläglichen Schreibarbeit, die nicht in mein Fach schlägt, unterziehe ich mich aus anderen Gründen, als man annehmen könnte. Ich gehorche den Befehlen noch, wenn man so will, aber nicht mehr aus Angst. Doch, ich habe noch immer Angst, aber das ist mehr eine Folge der Gewohnheit. Und die Stimme, auf die ich höre, brauchte Gaber mir nicht erst zu übermitteln. Denn sie ist in mir, und sie mahnt mich, bis zum Ende der treue Diener zu sein, der ich stets gewesen bin, Diener einer Sache, die nicht die meine ist, und geduldig bis zum bitteren Ende, bis zum Äußersten meine Rolle zu erfüllen, ganz so, wie ich es zu der Zeit, als ich noch einen Willen hatte, von den anderen verlangte. Und all das voller Haß gegen meinen Herrn und voller Verachtung für seine Absichten. Wie Sie sehen, ist es eine recht zweideutige Stimme, deren Argumenten und Geboten nicht immer leicht zu folgen ist. Und doch folge ich ihr, mehr oder weniger, ich folge ihr in dem Sinn, daß ich sie verstehe, und in dem Sinn, daß ich ihr gehorche. Und ich glaube, die Stimmen, von denen man das gleiche sagen könnte, sind selten. Und ich habe die Empfindung, daß ich mich von nun an nach ihr richten werde, was sie mir auch vorschreiben mag. Und daß ich, wenn sie verstummt und mich im Zweifel und im Dunkeln läßt, warten werde, bis sie wiedererklingt, bevor ich irgend etwas unternehme, selbst wenn die ganze Welt durch den Mund ihrer unzähligen, vereinten und einstimmigen Autoritäten mir unter Androhung unbeschreiblicher Foltern dies oder jenes befiehlt. Aber heute abend, heute morgen, habe ich ein wenig mehr getrunken als sonst, und ich mag morgen anderer Meinung sein. Diese Stimme, die ich jetzt erst kennenlerne, sagt mir auch, daß die Erinnerung an diese sorgfältig bis zu Ende durchgeführte Arbeit mir helfen wird, das lange Grauen der Freiheit und des Herumstreifens zu ertragen. Soll das heißen, daß ich eines Tages aus meinem Haus, aus meinem Garten vertrieben sein, daß ich alles verlieren werde, meine Bäume, meinen Rasen, die Vögel, von denen jeder einzelne mir nach seiner Art zu singen, zu fliegen, zu mir zu kommen oder bei meiner Annäherung zu fliehen vertraut ist, und all die sinnlosen Annehmlichkeiten meines Heimes, wo jedes Ding an seinem Platz steht, wo ich alles habe, was ich brauche, um es aushalten zu können, ein Mensch zu sein, wo meine Feinde mich nicht erreichen können, – meines Heims, das aufzubauen, zu verschönern, zu vervollkommnen und zu erhalten mich ein Leben gekostet hat? Ich bin zu alt, um all das zu verlieren, um wieder von vorne anzufangen, bin ich zu alt! Still, Moran, ruhig. Um Gottes willen keine Aufregung.

Wie ich schon sagte, will ich nicht von all den Wechselfällen der Reise berichten, die aus meinem Land in das Molloys führte, aus dem einfachen Grund, weil es nicht in meiner Absicht liegt. Und während ich diese Zeilen niederschreibe, weiß ich, wie sehr ich Gefahr laufe, Argwohn gegen den zu erregen, den zu schonen jetzt zweifellos mehr als je in meinem Interesse läge. Und doch schreibe ich sie nieder, mit fester Hand, die unerbittlich wie ein Weberschiffchen, gleichgültig wie ein Perpendikel über meine Seite hin und her fährt. Doch will ich kurz einige dieser Zwischenfälle erzählen, weil es mir wünschenswert erscheint und auch weil ich eine Vorstellung von der Art geben möchte, in der ich auf dem Höhepunkt meiner Entwicklung vorzugehen pflegte. Aber vorher werde ich das Wenige berichten, was ich beim Verlassen meines Hauses von Molloys Land wußte, einem Land, das so anders war als das meine. Denn eine der Eigentümlichkeiten dieser Strafarbeit besteht darin, daß es mir verwehrt ist, einzelne Umstände zu überspringen und ohne Umschweife zu sagen, um was es sich handelt. Doch muß ich so tun, als ob mir nicht bekannt sei, was mir nicht mehr unbekannt ist, und als ob ich nur wüßte, was ich zu wissen glaubte, als ich von zu Hause fortging. Und wenn ich ab und zu von dieser Regel abweiche, so tue ich es nur dann, wenn es sich um Einzelheiten von geringer Bedeutung handelt. Im ganzen halte ich mich daran. Und mit so viel Eifer, daß ich selbst heute die meiste Zeit eher ein Entdecker als ein Erzähler bin, wie ich ohne Übertreibung sagen darf. Und nachdem die Angelegenheit, soweit sie mich betrifft, zu den Akten gelegt ist, bin ich mir in der Stille meines Zimmers kaum klarer bewußt, wohin ich gehe und was mich erwartet, als in der Nacht, da ich mich neben meinem Tölpel von einem Sohn in der Gasse an die Gartentür klammerte. Und es würde mich nicht wundern, wenn ich auf den folgenden Seiten meines Berichts von dem genauen und wirklichen Ablauf des Geschehens abweichen sollte. Doch selbst

Sisyphus war nach der neuesten Theorie nicht gehalten, immer genau an den gleichen Stellen zu stöhnen, zu frohlocken oder sich zu kratzen, denke ich. Und es ist sogar möglich, daß es nicht allzu sehr auf den Weg ankommt, den er einschlägt, wenn er nur in der vorgesehenen Frist wohlbehalten das Ziel erreicht. Und wer weiß, vielleicht glaubt er jedesmal, es sei das erste Mal? Das würde die Hoffnung in ihm wachhalten, nicht wahr, diese Hoffnung, die teuflischer ist als jede andere Stimmung, im Gegensatz zu allem, was man bis auf unsere Tage geglaubt haben mag. Während es einen erleichtert zu sehen, wie man ständig rückfällig wird.

Unter Molloys Land verstehe ich das sehr beschränkte Gebiet, dessen administrative Grenzen er niemals überschritten hatte und aller Wahrscheinlichkeit nach niemals überschreiten würde, entweder weil es ihm untersagt war, oder weil er keine Lust dazu hatte, oder natürlich weil ein außerordentlicher Zufall es verhinderte. Dieses Gebiet lag nördlich im Vergleich zu der milderen Gegend, in der ich lebte, und bestand aus einer Siedlung, die manche mit dem Namen Städtchen beehrten, während andere nur ein Dorf und umliegendes Land darin sahen. Sagen wir gleich, daß dieses Städtchen oder dieses Dorf Bally hieß und mit den dazugehörigen Feldern eine Fläche von höchstens fünf oder sechs Quadratmeilen umfaßte. In den fortgeschrittenen Ländern nennt man das, glaube ich, eine Gemeinde, oder einen Kanton, ich weiß es nicht, bei uns aber gibt es keine abstrakte und allgemeine Bezeichnung für solche Unterteilungen des Landes. Wir haben, um sie auszudrücken, ein anderes System von bemerkenswerter Schönheit und Einfachheit; es besteht darin, Bally zu sagen (da es sich ja um Bally handelt), wenn man Bally meint, und Ballyba, wenn man Bally mit den dazugehörigen Feldern meint, und Ballybaba, wenn man die Felder von Bally ohne Bally selbst meint. Ich zum Beispiel wohnte, und wohne noch immer, wenn man es recht bedenkt, in Shit, dem Hauptort von Shitba. Und wenn ich abends spazierenging, um frische Luft außerhalb Shits zu schöpfen, war es die frische Luft von Shitbaba, die ich schöpfte, und keine andere.

Ballybaba bot trotz seiner geringen Ausdehnung eine gewisse Abwechslung. Sogenannte Weideplätze, ein wenig Torf, ein paar Wäldchen und, je mehr man sich seinen Grenzen näherte, eine hügelige und fast heitere Landschaft, als sei Ballybaba froh, nicht weiter zu reichen. Doch die größte Schönheit dieser Gegend war eine Art enger Bucht, die Flut und Ebbe langsam und grau füllten und leerten, leerten und füllten. Und die nüchternsten Leute kamen in Scharen aus der Ortschaft, um dieses Schauspiel zu bewundern. Die einen sagten: Nichts ist schöner als dieser kaum bespülte Sand. Die anderen: Man muß die Bucht von Ballyba zur Zeit der Flut betrachten. Wie schön war dann dieses bleierne Wasser, das man für das Tote Meer halten könnte, wenn man es nicht besser wüßte! Und wieder andere versicherten, das Ganze gleiche einem unterirdischen See. Alle aber stimmten ebenso wie die Bewohner von Isigny darin überein, daß ihre Stadt am Meer liege. Und sie setzten »Bally-am-Meer« oben auf ihr Briefpapier.

Ballyba war nur wenig bevölkert, worüber ich mich offengestanden im voraus freute. Das Land eignete sich schlecht zur Nutzbarmachung. Denn wenn ein Acker oder eine Wiese nur etwas größer waren, stießen sie gleich an einen Druidenhain oder an einen Sumpfstreifen, wo nichts zu holen war, außer ein wenig Torf von sehr schlechter Qualität oder Überreste zusammengeschrumpfter Eichenstämme, aus denen Amulette, Falzbeine, Serviettenringe, Rosenkränze, Skapuliere und andere Lappalien fabriziert wurden. Marthes Madonna zum Beispiel stammte aus Ballyba.

Die Weideplätze waren trotz sintflutartiger Regengüsse sehr kärglich, und dicke Steine lagen auf ihnen herum. Nur Löwenzahn wuchs üppig dort, und ein seltsames, blaues, bitteres Gras, das als Futter für Großvieh ungeeignet war, mit dem jedoch Esel, Ziegen und schwarze Schafe sich wohl oder übel zufriedengaben. Woher also stammte Ballybas Wohlstand? Ich will es Ihnen sagen. Nein, ich will nichts sagen. Nichts.

Das ist also ein Ausschnitt von dem, was ich über Ballyba zu wissen glaubte, als ich von zu Hause fortging. Vielleicht verwechselte ich es aber auch mit einer anderen Gegend.

Einige zwanzig Schritte hinter meinem Pförtchen läuft die Gasse an der Friedhofsmauer entlang. Die Gasse führt hinunter, während die Mauer immer höher wird. Wenn man an einer gewissen Stelle vorüber ist, geht man tiefer, als die Toten liegen. Dort habe ich eine Gruft für die Ewigkeit gepachtet. Solange die Welt bestehen wird, gehört dieser Platz im Prinzip mir. Ab und zu ging ich dorthin, um meinen Grabstein zu betrachten. Er war schon an Ort und Stelle. Es war ein einfaches, weißes lateinisches

Kreuz. Ich hatte beabsichtigt, meinen Namen, das ›Hier ruht‹ und den Tag meiner Geburt darauf eingravieren zu lassen. Man hätte nur noch mein Sterbedatum hinzuzufügen brauchen. Es wurde mir nicht gestattet. Manchmal lächelte ich, als sei ich schon tot.

Wir wanderten einige Tage, wobei wir uns verborgene Wege zunutze machten. Ich wollte mich nicht auf der Landstraße blicken lassen.

Am ersten Tag fand ich den Stummel von Pater Ambrosius' Zigarre. Ich hatte ihn keineswegs in den Aschenbecher oder den Papierkorb geworfen, sondern ihn sogar beim Wechseln des Anzugs in die andere Tasche gesteckt. Ich hatte es selbst nicht bemerkt. Ich betrachtete ihn erstaunt, zündete ihn an, machte einige Züge und warf ihn weg. Das war das hervorstechende Ereignis dieses ersten Tages.

Ich zeigte meinem Sohn, wie man einen Taschenkompaß benutzt. Es machte ihm große Freude. Er führte sich gut auf, besser, als ich gehofft hatte. Am dritten Tag gab ich ihm sein Messer zurück.

Das Wetter war uns günstig. Wir legten mit Leichtigkeit unsere zehn Meilen täglich zurück. Wir schliefen im Freien. Die Vorsicht gebot es.

Ich zeigte meinem Sohn, wie man eine Hütte aus Zweigen macht. Er war bei den Pfadfindern, aber er wußte überhaupt nichts. Ja, doch, er wußte, wie man ein Lagerfeuer macht. Bei jedem Aufenthalt flehte er mich an, ich möge ihn dieses Talent ausüben lassen. Ich sah nicht ein, wozu es gut sein sollte.

Wir aßen kalt. Sachen aus Büchsen, die ich ihn in den Dörfern holen ließ. Dazu konnte ich ihn gebrauchen. Wir tranken das Wasser der Bäche.

Alle diese Vorsichtsmaßnahmen waren bestimmt nutzlos. Eines Abends bemerkte ich einen mir bekannten Pächter in einem Feld. Er kam auf uns zu. Ich machte sofort kehrt, faßte meinen Sohn am Arm und zog ihn in der entgegengesetzten Richtung mit mir fort. Der Pächter holte uns ein, wie ich vorausgesehen hatte. Er begrüßte mich und fragte, wo wir hingingen. Das Feld mußte wohl sein Eigentum sein. Ich antwortete, wir seien auf dem Wege nach Hause. Glücklicherweise waren wir noch nicht sehr weit von dort entfernt. Er fragte dann, wo wir gewesen wären. Vielleicht war ihm ein Ochse oder ein Schwein gestohlen worden. Wir sind spazierengegangen, erwiderte ich. Ich nehme Sie gern in meinem

Wagen mit nach Haus, sagte er, aber ich fahre erst, wenn es Nacht wird. Schade, sagte ich. Wenn Sie warten wollen, sagte er, wird es mir ein Vergnügen sein. Ich dankte ihm. Glücklicherweise war es noch nicht Mittag. Es schien durchaus nicht merkwürdig, daß ich nicht bis nachts warten wollte. Also, kommen Sie gut nach Hause, sagte er. Wir machten einen großen Umweg und bogen wieder in die Straße ein, die nach Norden führte.

Ohne Zweifel waren diese Vorsichtsmaßnahmen übertrieben. Um es richtig zu machen, hätte man nachts wandern und sich tagsüber verstecken müssen, mindestens in der ersten Zeit. Aber das Wetter war so schön, daß ich mich nicht dazu entschließen konnte. Ich dachte nicht nur an mein Vergnügen, aber immerhin dachte ich daran! So etwas war mir bei meiner Arbeit noch nie passiert. Und wie langsam wir vorwärtskamen! Ich hatte anscheinend keine Eile, anzukommen.

Während ich die Süße des zu Ende gehenden Sommers genoß, dachte ich von Zeit zu Zeit an Gabers Instruktionen. Ich war nicht imstande, sie mir zu meiner vollen Zufriedenheit ins Gedächtnis zurückzurufen. Nachts, unter den Zweigen, nicht abgelenkt durch die Schönheiten der Natur, widmete ich mich ganz diesem Problem. Die Geräusche, die mein Sohn beim Schlafen machte, störten mich beträchtlich. Manchmal verließ ich die Laubhütte und ging im Dunkeln auf und ab. Oder ich setzte mich mit dem Rücken gegen einen Baumstamm, legte die Füße unter mich, schlang die Arme um meine Beine und stützte das Kinn auf ein Knie. Selbst in dieser Stellung gelang es mir nicht, in der Sache klar zu sehen. Was suchte ich eigentlich? Das ist schwer zu sagen. Ich suchte das, was fehlte, um Gabers Bericht vollständig zu machen. Mir schien, er hätte mir sagen müssen, was mit Molloy geschehen sollte, wenn er einmal gefunden wäre. Meine Arbeit war niemals mit dem Auffinden beendet. Das wäre allzu bequem gewesen. Ich hatte stets auf den Betreffenden in der einen oder anderen Art einzuwirken, je nach den Anweisungen. Das geschah in den verschiedensten Formen, vom energischen Eingreifen an bis zur höchst versteckten Beeinflussung. Die Angelegenheit Yerk, deren Erledigung drei Monate in Anspruch nahm, endete an dem Tag, an dem es mir gelang, mich seiner Krawattennadel zu bemächtigen und sie zu vernichten. Die Verbindung herstellen war nur der unwichtigste Teil meiner Arbeit. Ich fand Yerk am dritten Tag. Man verlangte von mir nie einen Beweis meines Erfolges, man glaubte mir auf mein Wort. Youdi mußte über Kontrollmöglichkeiten verfügen. Gelegentlich wünschte man einen Bericht von mir.

Ein anderes Mal hatte meine Aufgabe darin bestanden, eine Person zu einer bestimmten Stunde an einen bestimmten Ort zu bringen. Eine äußerst heikle Angelegenheit, denn es handelte sich nicht um eine Frau. Ich habe mich nie um eine Frau kümmern müssen. Ich bedauere es. Ich glaube nicht, daß Youdi sich sehr dafür interessierte. In diesem Zusammenhang fällt mir der alte Witz über die Seele der Frauen ein. Frage: Haben die Frauen eine Seele? Antwort: Ja. Frage: Warum? Antwort: Damit sie verdammt werden können. Sehr lustig. Glücklicherweise hatte man mir die Wahl des Tages freigestellt. Wichtig war die Stunde, aber nicht das Datum. Nachdem wir uns getroffen hatten, verließ ich ihn unter irgendeinem Vorwand. Er war ein netter Junge, etwas traurig und schweigsam. Ich erinnere mich dunkel, daß ich irgendeine Frauengeschichte vorschützte. Einen Moment, es fällt mir wieder ein. Ja, ich hatte ihm gesagt, daß sie ihn schon sechs Monate liebe und lebhaft wünsche, ihn an einem abgelegenen Ort zu treffen. Ich hatte sogar ihren Namen genannt. Es war eine ziemlich bekannte Schauspielerin. Nachdem ich ihn an den von ihr bezeichneten Ort gebracht hatte, war es daher ganz natürlich, daß ich mich aus Taktgefühl zurückzog. Ich weiß noch, wie er mir nachsah, als ich wegging. Ich glaube, er hätte mich gern zum Freund gehabt. Ich habe keine Ahnung, was aus ihm geworden ist. Ich interessierte mich nicht mehr für meine Patienten, wenn der Eingriff einmal vorgenommen war. Ich glaube sogar, daß ich niemals auch nur einen einzigen hinterher wiedergesehen habe. Das sage ich ohne Hintergedanken. O, ich könnte Ihnen Geschichten erzählen, wenn ich in ruhiger Verfassung wäre. Welch ein Gesindel lebt in meinem Kopf, welch ein Panoptikum lebender Leichen. Murphy, Watt, Yerk, Mercier und so viele andere. Ich hätte nicht gelaubt, daß – ja, doch, ich glaube es gern. Geschichten über Geschichten. Ich habe sie nicht erzählen können. Ich werde diese hier nicht erzählen können.

Es gelang mir also nicht, herauszufinden, wie ich auf Molloy einwirken sollte, wenn ich ihn einmal ausfindig gemacht haben würde. Mir waren die Hinweise völlig entfallen, die Gaber mir hierüber zweifellos gegeben hatte. Das also war die Folge davon, daß ich den ganzen Sonntag mit Dummheiten verbracht hatte. Es half nichts, daß ich mir sagte: Nun überleg doch einmal, was verlangt man gewöhnlich von dir? Meine Instruktionen waren eben nichts Gewöhnliches. Wohl wiederholte sich ein bestimmtes Vorgehen von Zeit zu Zeit, doch nicht so häufig, daß ich sicher sein konnte, es sei in diesem Fall das rechte. Und selbst wenn man nur ein einziges Mal etwas anderes von mir verlangt haben würde, hätte dieses einzige Mal genügt, mir die Hände zu binden, so ungemein gewissenhaft war ich.

Ich sagte mir, es ist besser, nicht mehr daran zu denken; ich brauche Molloy nur erst einmal zu finden, dann werde ich weitersehen; bis dahin habe ich Zeit; die Sache wird mir wieder einfallen, wenn ich es am wenigsten erwarte; wenn ich, nachdem ich Molloy gefunden habe, immer noch nicht weiß, was ich mit ihm anfangen soll, kann ich mich mit Gaber in Verbindung setzen, ohne daß Youdi es erfährt. Ich wußte seine Adresse, ebenso wie er meine kannte. Ich würde ihm ein Telegramm schicken: Was mit M. machen? Er würde mir eine klare, wenn auch, falls notwendig, verschleierte Antwort geben können. Aber gab es denn ein Telegraphenbüro in Ballyba? Doch sagte ich mir auch, was nur menschlich war: Je länger ich das Auffinden Molloys hinausschiebe, um so eher wird mir wieder einfallen, was ich mit ihm anfangen soll. Und wir wären friedlich weitermarschiert, wenn sich nicht folgender Zwischenfall ereignet hätte.

Eines Nachts, als ich schließlich wie gewohnt neben meinem Sohn eingeschlafen war, schreckte ich plötzlich in dem Gefühl auf, man habe mir soeben einen heftigen Schlag versetzt. Keine Angst, ich will keinen eigentlichen Traum erzählen. Allertiefste Dunkelheit herrschte in unserem Unterstand. Ich horchte aufmerksam, ohne mich zu rühren. Ich hörte nichts außer dem Schnauben und Schnarchen meines Sohnes. Ich war im Begriff, mir wie gewöhnlich zu sagen, daß es nur ein böser Traum gewesen sei, als mir ein stechender Schmerz durchs Knie fuhr. Das also war die Erklärung für mein plötzliches Erwachen. Es glich tatsächlich einem Schlag, dem Schlag eines Pferdehufs, stelle ich mir vor. Ich wartete voller Angst darauf, daß es wieder anfangen könnte – regungslos, fast ohne zu atmen, und natürlich in Schweiß gebadet. Kurz, ich tat genau das, was man nach meiner Ansicht unter ähnlichen Umständen zu tun pflegt. Und wirklich kam der Schmerz einige Minuten später wieder, doch weniger stark als das erste Mal, vielmehr das zweite Mal. Oder kam er mir nur weniger stark vor, weil ich darauf gefaßt war? Oder weil ich schon anfing, mich daran zu gewöhnen? Ich glaube nicht. Denn er kam noch ein paarmal wieder, jedesmal etwas weniger stark als vorher, und verging schließlich ganz, so daß ich einigermaßen beruhigt wieder einschlafen konnte. Doch bevor ich wieder einschlief, hatte ich Zeit, mich daran zu erinnern, daß der erwähnte Schmerz mir nicht fremd war, denn ich hatte ihn schon einmal im Badezimmer verspürt, als ich meinem Sohn den Einlauf machte. Doch damals hatte er mich nur einmal gepackt und war nicht wiedergekommen. Und ich schlummerte wieder ein, während ich, um mich einzuschläfern, darüber nachdachte, ob mich damals das gleiche Knie wie eben geschmerzt hatte oder das andere. Und dieses Rätsel habe ich nie lösen können. Und auch mein Sohn, den ich danach fragte, war nicht imstande, mir zu sagen, welches von den beiden Knien ich am Abend unserer Abreise vor seinen Augen mit Jod eingerieben hatte. Ich schlief einigermaßen beruhigt ein, indem ich mir sagte, es ist eine kleine Neuralgie und kommt vom vielen Laufen und von den kühlen und feuchten Nächten. Und ich nahm mir vor, mir bei der ersten Gelegenheit eine Schachtel Feuerwatte mit dem netten Teufel darauf zu besorgen. So geschwind ist der Gedanke. Aber die Geschichte war nicht zu Ende. Denn als ich gegen Morgen noch einmal aufwachte, diesmal aus einem natürlichen Bedürfnis und, der größeren Wahrscheinlichkeit wegen, mit leicht aufgerichtetem Geschlechtsteil, konnte ich nicht aufstehen. Das heißt, ich brachte es schließlich fertig, es blieb mir ja nichts anderes übrig, aber unter was für Anstrengungen! Es läßt sich schnell sagen und schreiben, daß man »nicht kann«, während in Wirklichkeit nichts mißlicher ist. Gewiß weil der kleinste Widerstand den Willen aufzureizen scheint. So dachte ich zuerst, ich könne das Bein nicht beugen, aber mit verbissener Mühe gelang es mir doch ein wenig. Es war nicht völlig steif. Ich spreche noch immer von meinem Knie. Doch war es das gleiche, daß mich zu Anfang der Nacht geschmerzt und aufgeweckt hatte? Ich hätte es nicht beschwören können. Es tat mir nicht weh. Es wollte sich nur einfach nicht beugen lassen. Der Schmerz, der mich mehrmals vergeblich gewarnt hatte, war verschwunden. So sah ich die Sache. Es wäre mir zum Beispiel unmöglich gewesen, hinzuknien, denn, wie man es auch anstellt, man muß stets beide Knie beugen, wenn man nicht eine geradezu groteske Stellung einnehmen will, die im übrigen unmöglich länger als einige Sekunden eingehalten werden kann, ich meine, indem man das kranke Bein von sich streckt, wie die kaukasischen Tänzer. Ich betrachtete mein krankes Knie beim Licht der elektrischen Lampe. Es war weder rot noch geschwollen. Ich bewegte die Kniescheibe. Man hätte an eine Klitoris denken können. Diese ganze Zeit über schnarchte mein Sohn wie eine Robbe. Er hatte keine Ahnung, was das Leben vermochte. Auch ich war naiv. Aber ich wußte es.

Es herrschte jenes fürchterliche Licht, das kurz vor Sonnenaufgang kommt. Die Dinge nehmen verstohlen wieder die Lage ein, die sie tagsüber haben, sie machen sich's bequem und stellen sich tot. Ich setzte mich vorsichtig und, wie ich gestehen muß, mit einer gewissen Neugier auf die Erde. Ein anderer hätte versucht, sich wie gewohnt einfach hinzusetzen. Nicht ich! Wie fremd mir auch dieses neue Kreuz war, so fand ich doch gleich die beste Art, es zu schleppen. Aber wenn man sich auf die Erde setzt, muß man es im Schneidersitz oder in Fötusstellung tun, das sind für einen Anfänger sozusagen die einzig möglichen Stellungen. Ich zögerte also nicht, mich auf den Rücken fallen zu lassen. Es dauerte nicht lange, bis ich mein Wissen durch folgende Erkenntnis erweiterte: Wenn einem von allen Stellungen, die der normale Mensch ohne nachzudenken einnimmt, nur noch zwei oder drei möglich sind, können diese sich um so mehr entfalten. Ich hätte eher steif und fest das Gegenteil behauptet, wenn ich nicht diese peinliche Erfahrung gemacht hätte. Jawohl, wenn man weder bequem stehen noch sitzen kann, nimmt man seine Zuflucht zu den verschiedenen horizontalen Lagen, wie das Kind im Mutterleib. Man probiert sie aus wie nie zuvor und erlebt dabei unerwartete Wonnen. Kurz, sie erweisen sich als unerschöpflich. Und wenn man sie endlich trotz allem überbekommt, braucht man nur einige Sekunden aufzustehen, das heißt, sich einfach in seinem Sitz aufrichten. Das sind die Vorteile einer örtlichen und schmerzlosen Paralyse. Und es sollte mich nicht wundern, wenn die großen klassischen Paralysen ähnliche und vielleicht sogar noch erstaunlichere Befriedigungen gewährten. Endlich in Wahrheit außerstande sein, sich zu rühren, das muß fabelhaft sein. Mir vergeht der Verstand, wenn ich nur daran denke. Und dazu eine vollständige Aphasie! Und vielleicht völlige Taubheit! Und möglicherweise eine Lähmung der Netzhaut! Und wahrscheinlich Verlust des Gedächtnisses! Und gerade noch ein Überrest von Gehirn, um jubeln zu können! Und um den Tod wie eine Auferstehung zu fürchten.

Ich überlegte, was zu tun wäre, falls mein Knie nicht besser oder schlimmer werden sollte. Ich beobachtete durch die Zweige, wie der Himmel sich niedersenkte. Der Himmel sinkt morgens herunter; das ist eine Naturerscheinung, die noch nicht genügend hervorgehoben worden ist. Er nähert sich, wie um besser zu sehen. Oder vielleicht hebt sich auch die Erde, um seine Zustimmung zu erlangen, bevor sie sich auf die Reise begibt.

Ich will meinen Gedankengang hier nicht auseinandersetzen. Obwohl es mir ein leichtes wäre. Er führte schließlich zu einer Entscheidung, die es möglich macht, den folgenden Absatz niederzuschreiben.

Hast du gut geschlafen? sagte ich, sobald mein Sohn die Augen aufgeschlagen hatte. Ich hätte ihn wecken können, aber nein, ich ließ ihn von selbst aufwachen. Er sagte mir schließlich, daß er sich nicht wohlfühle. Mein Sohn antwortete nämlich oft ausweichend. Wo sind wir, sagte ich, und wie heißt das nächste Dorf? Er nannte den Namen des Dorfes. Ich kannte es, ich war dort gewesen, es war eine große Ortschaft, der Zufall begünstigte uns. Ich hatte sogar ein paar Bekannte unter den Einwohnern. Welcher Tag ist heute? sagte ich. Er nannte mir den Tag, ohne einen Augenblick zu zögern. Und sein Bewußtsein war doch eben erst wieder erwacht! Ich habe gesagt, daß er in Geschichte und Erdkunde eine Kanone war. Von ihm habe ich gelernt, daß Condom von der Baise besprengt wird. Gut, sagte ich, du gehst jetzt sofort nach Hole, wozu du – ich rechnete – höchstens drei Stunden brauchst. Er blickte mich erstaunt an. Dort, sagte ich, kaufst du ein Fahrrad für deine Größe, wenn möglich ein gebrauchtes. Du kannst bis zu fünf Pfund dafür bezahlen. Ich gab ihm fünf Pfund in Zehn-Schilling-Scheinen. Wir brauchen einen sehr starken Gepäckaufsatz, sagte ich, wenn er nicht sehr stark ist, läßt du ihn durch einen sehr starken ersetzen. Ich versuchte, klar zu sein. Ich fragte ihn, ob er sich freue. Er machte nicht den Eindruck. Ich wiederholte meine Anweisungen und fragte ihn zum zweitenmal, ob er sich freue. Er sah eher verblüfft aus. Vielleicht infolge der großen Freude, die er empfand. Vielleicht traute er seinen Ohren nicht. Hast du mich wenigstens verstanden? sagte ich. Wie gut das tut, von Zeit zu Zeit ein wirkliches Gespräch. Sage mir, was du tun sollst, sagte ich. Das war das einzige Mittel, um herauszubekommen, ob er verstanden hatte. Ich soll nach Hole gehen, sagte er, fünfzehn Meilen von hier. Fünfzehn Meilen? sagte ich. Ja, sagte er. Gut, sagte ich, weiter. Ein Rad kaufen, sagte er. Ich wartete. Nichts folgte. Ein Rad! rief ich. Aber es gibt doch Tausende von Rädern in Hole! Was für eine Art Rad? Er dachte nach. Ein gebrauchtes, brachte er heraus. Und wenn du kein gebrauchtes findest? sagte ich. Du hast gesagt, ein gebrauchtes, sagte er. Ich schwieg eine ganze Weile. Und wenn du kein gebrauchtes findest, sagte ich, was machst du dann? Du hast mir nicht gesagt, was ich dann machen soll, sagte er. Wie gemütlich das ist, ab und zu eine kleine Unterredung. Wieviel Geld habe ich dir gegeben? sagte ich. Er zählte die Scheine. Vier Pfund zehn, sagte er. Zähl noch einmal, sagte ich. Er zählte die Scheine ein zweites Mal. Vier Pfund zehn, sagte er. Gib mal her, sagte ich. Er reichte mir die Scheine, und ich zählte sie. Vier Pfund zehn. Ich habe dir fünf gegeben, sagte ich. Er antwortete nicht, er ließ die Zahlen sprechen. Hatte er mir zehn Schillinge weggenommen und irgendwo bei sich versteckt? Leere deine Taschen, sagte ich. Er fing an, sie auszuleeren. Ich lag noch immer langausgestreckt, vergessen wir das nicht. Er wußte nicht, daß ich krank war. Außerdem war ich nicht krank. Ich betrachtete zerstreut die Gegenstände, die er vor mir ausbreitete. Er holte sie nacheinander aus der Tasche, hielt sie vorsichtig zwischen Daumen und Zeigefinger in die Höhe, zeigte sie mir von allen Seiten und legte sie schließlich neben mich auf die Erde. Wenn eine Tasche leer war, zog er das Futter heraus und schüttelte es aus. Dann entstand eine kleine Staubwolke. Sehr bald bedrückte mich das Widersinnige dieser Kontrolle. Ich sagte ihm, er solle aufhören. Vielleicht versteckte er die zehn Schillinge im Ärmel oder im Mund. Ich hätte aufstehen und ihn von oben bis unten durchsuchen müssen, aber dann hätte er gemerkt, daß ich krank war. Nicht daß ich eigentlich krank gewesen wäre. Und warum wollte ich nicht, daß er merkte, daß ich krank war? Ich weiß es nicht. Ich hätte das Geld, das mir blieb, zählen können. Aber was hätte mir das genützt? Wußte ich denn überhaupt, wie groß die Summe war, die ich von zu Hause mitgenommen hatte? Nein. Auch auf mich wandte ich gern die sokratische Methode an. Wußte ich überhaupt, wieviel ich ausgegeben hatte? Nein. Gewöhnlich führte ich peinlich genau Buch über meine Geschäftsreisen und belegte meine Reisespesen bis auf den letzten Penny. Diesmal aber nicht. Wenn es eine Vergnügungsreise gewesen wäre, hätte ich das Geld nicht sorgloser aus dem Fenster werfen können. Nehmen wir an, ich hätte mich geirrt, sagte ich, und dir nur vier Pfund zehn gegeben. Er hob gemächlich die auf dem Boden verstreuten Gegenstände auf und steckte sie wieder in seine Taschen. Wie sollte ich ihn dazu bringen, daß er begriff? Laß das, sagte ich und hör zu. Ich hielt ihm die Geldscheine hin. Zähl sie, sagte ich. Er zählte. Wieviel? sagte ich. Vier Pfund zehn, sagte er. Zehn was, sagte ich. Zehn Schillinge, sagte er. Du hast vier Pfund und zehn Schillinge, sagte ich. Ja, sagte er. Ich habe dir vier Pfund zehn Schillinge gegeben, sagte ich. Ja, sagte er. Es war nicht wahr, ich hatte ihm fünf Pfund gegeben. Das gibst du zu, sagte ich. Ja, sagte er. Und wozu, glaubst du, habe ich dir soviel Geld gegeben? sagte ich. Wozu soviel Geld, sagte er. Sein Gesicht leuchtete auf. Um ein Fahrrad zu kaufen, sagte er. Was für ein Fahrrad? sagte ich. Ein gebrauchtes, sagte er prompt. Glaubst du, daß ein gebrauchtes Fahrrad vier Pfund zehn Schillinge kostet? sagte ich. Ich weiß es nicht, sagte er. Auch ich wußte es nicht. Aber nicht darauf kam es an. Was habe ich dir genau gesagt? sagte ich. Wir dachten beide nach. Wenn möglich ein gebrauchtes, sagte ich schließlich, das habe ich dir gesagt. Ach so, sagte er. Ich gebe dieses Duett nicht ausführlich wieder, ich deute nur das Wesentliche an. Ich habe dir nicht gesagt, ein gebrauchtes, wiederholte ich, ich habe dir gesagt, wenn möglich ein gebrauchtes. Er hatte wieder damit begonnen, seine Sachen aufzulesen. Laß das, rief ich, und hör auf meine Worte. Er ließ mit auffälliger Geste einen dicken, verwickelten Knäuel Bindfaden fallen. Die zehn Schillinge steckten vielleicht mitten darin. Du begreifst den Unterschied zwischen »gebraucht« und »wenn möglich gebraucht« nicht, sagte ich. Ich sah auf meine Uhr. Es war zehn Uhr. Mit meiner Bemühung vermehrte ich nur die Mißverständnisse zwischen uns. Streng dich nicht weiter an, zu verstehen, sagte ich, sondern paß auf, was ich dir jetzt sage, denn ich werde es nicht zweimal sagen. Er kam auf mich zu und kniete nieder. Man hätte meinen können, ich läge auf dem Sterbebett. Du weißt, was ein neues Fahrrad ist? sagte ich. Ja, Papa, sagte er. Schön, sagte ich, wenn du kein gebrauchtes Fahrrad findest, so kauf ein neues Fahrrad. Ich wiederhole. Dann wiederholte ich es, obgleich ich gerade erklärt hatte, daß ich es nicht zweimal sagen würde. Jetzt sage mir, was du tun sollst, sagte ich. Und ich fügte hinzu: Komm mir mit deinem Gesicht nicht so nahe, du stinkst aus dem Mund. Ich hätte beinahe hinzugesetzt: Du putzt dir die Zähne nicht, und dann beklagst du dich, wenn du Abszesse bekommst; aber ich verschluckte es beizeiten. Es war nicht der richtige Augenblick, um ein zweites Thema aufzubringen. Ich wiederholte: Was sollst du also tun? Er dachte nach. Nach Hole gehen, sagte er, fünfzehn Meilen weit –. Kümmere dich nicht um die Meilen, sagte ich. Angenommen, du bist in Hole angekommen. Was sollst du dort tun? Nein, es ist mir zu viel. Schließlich begriff er. Für wen ist dieses Fahrrad, sagte ich, für Goering? Er hatte noch nicht verstanden, daß er das Fahrrad bekommen sollte. Allerdings war er damals nicht viel kleiner als ich. Was den Gepäckaufsatz angeht, hätte ich ebensogut nichts davon gesagt haben können. Aber endlich gelang es ihm, alles zu begreifen. So genau, daß er mich fragte, was er tun solle, wenn er nicht genug Geld bei sich habe. Dann kommst du zurück, und wir werden überlegen, sagte ich. Natürlich hatte ich über alle diese Fragen nachgedacht, bevor mein Sohn aufwachte, und vorausgesehen, daß man ihm Schwierigkeiten machen und ihn angesichts seiner Jugend fragen könne, wo er das viele Geld her habe. Und ich wußte, was er in einem solchen Fall tun müsse: nämlich den Wachtmeister Paul aufsuchen – oder verlangen, daß man ihn zu ihm führe –, seinen Namen nennen und sagen, daß ich, Jacques Moran, ihn beauftragt habe, in Hole ein Fahrrad zu kaufen, und dabei durchblicken lassen, daß ich noch in Shit sei. Offensichtlich handelte es sich hier um zwei verschiedene Denkvorgänge, von denen der erste sich darauf bezog, die Möglichkeit eines solchen Falls vorauszusehen (vor dem Aufwachen meines Sohnes), und der zweite darauf, die beste Entgegnung zu finden, als ich hörte, daß die nächste größere Ansiedlung Hole war. Aber ich versagte es mir, ihm über diesen Punkt scharfsinnig ausgedachte Anweisungen zu geben. Also hab keine Angst, sagte ich, du hast mehr als genug Geld, um dir ein schönes Fahrrad zu kaufen, und dann sollst du es hierher bringen, ohne einen Augenblick zu verlieren. Bei meinem Sohn mußte man alle Möglichkeiten vorher ins Auge fassen. Er würde nicht wissen, was er mit dem Fahrrad nach dem Kauf anfangen sollte. Er wäre fähig gewesen, in Gott weiß was für einem Zustand in Hole zu bleiben und auf neue Anordnungen zu warten. Er fragte mich, was ich hätte. Ich mußte wohl das Gesicht verzogen haben. Was ich habe? Ich habe genug von deinem Anblick, sagte ich. Und ich fragte ihn, worauf er noch warte. Ich fühle mich nicht wohl, sagte er. Ich hatte keine Antwort gegeben, als er sich erkundigte, wie es mir ginge, während er, den niemand etwas gefragt hatte, kund und zu wissen tat, daß er sich nicht wohl befinde. Freust du dich nicht, sagte ich, ein schönes, brandneues Fahrrad ganz für dich allein zu bekommen? Bestimmt lag mir viel daran, ihn sagen zu hören, daß er sich freue. Aber ich bedauerte meine Worte, die nur dazu geeignet waren, ihn noch mehr zu verwirren. Doch genug von diesem Familiengespräch. Er verließ den Unterstand, und als ich meinte, er habe sich genügend weit entfernt, trat auch ich, so gut es ging, heraus. Er war etwa zwanzig Schritt weit gegangen. Ich nahm eine ungezwungene Haltung ein, lehnte meinen Rücken nachlässig an einen Baumstamm und schlug das gute Bein so weit ich konnte über das andere. Dann rief ich ihn zurück. Er wandte sich um. Ich machte eine Handbewegung. Einen Augenblick lang sah er mich an, dann drehte er mir den Rücken und nahm seinen Weg wieder auf. Ich rief seinen Namen. Wieder drehte er sich um. Eine Lampe! schrie ich. Eine gute Lampe! Er verstand nicht. Wie hätte er mich auch auf zwanzig Schritt Entfernung verstehen können, da er doch nicht einmal etwas begriff, wenn er dicht vor mir stand. Er kam wieder auf mich zu. Ich bedeutete ihm, sich zu entfernen, und rief zugleich: Geh weg, geh weg! Er hielt an und betrachtete mich mit seitlich geneigtem Kopf, wie ein Papagei; offenbar hatte ich ihn völlig aus der Fassung gebracht. Ich war unbesonnen genug, mich zu bükken, um einen Stein oder ein Stück Holz oder einen Erdklumpen, ganz gleich was, aufzuheben, und fiel beinahe hin. Über meinem Kopf war ein Baumzweig, den ich abbrach und mit aller Kraft in seine Richtung schleuderte. Er machte kehrt und lief davon. Wirklich, es gibt Augenblicke, in denen ich meinen Sohn überhaupt nicht begreife. Er mußte doch wissen, daß ich ihn selbst mit einem guten Stein nicht treffen konnte, und trotzdem nahm er seine Beine unter die Arme. Vielleicht fürchtete er, ich könne hinter ihm herlaufen. Ich glaube, es liegt tatsächlich etwas Erschreckendes in meiner Art zu laufen: mit zurückgeworfenem Kopf, zusammengepreßten Zähnen, krampfhaft gebeugten Ellbogen und fliegenden Knien, die fast an mein Gesicht stoßen. Und oft habe ich andere, die schneller waren als ich, dank meiner Art zu laufen eingeholt. Sie halten an und lassen mich herankommen, weil sie diese fürchterlich entfesselte Wut nicht länger im Rücken haben wollen. Was die Fahrradlampe angeht, so hatten wir sie nicht nötig. Später, wenn das Fahrrad im Leben meines Sohnes, einem Leben voller Pflichten und unschuldiger Spiele, seinen Platz gefunden haben würde, wäre eine Lampe unentbehrlich, um bei seinen nächtlichen Fahrten den Weg zu erhellen. Und bestimmt hatte ich in Voraussicht dieser glücklichen Zukunft an die Lampe gedacht und meinem Sohn zugerufen, er solle eine gute kaufen, die später die Straße vor ihm beleuchten und ungefährlich machen würde. Ich hätte ihm auch noch raten können, sich vor dem Abschluß des Kaufs die Glocke gut anzusehen, ihren kleinen Deckel abzuschrauben, ihr Inneres gründlich zu untersuchen, um sicher zu sein, daß es eine gute Glocke in guter Verfassung sei, und mit ihr zu schellen, um ihren Ton zu prüfen. Aber wir würden später Zeit haben, uns mit alledem zu beschäftigen. Und wenn es soweit wäre, würde ich meinem Sohn mit Freude helfen, die besten Lampen, vorne und hinten, die beste Glocke und die allerbesten Bremsen an seinem Fahrrad anzubringen.

Der Tag wurde mir lang. Mein Sohn fehlte mir! Ich suchte mich so gut ich konnte zu beschäftigen. Ich aß mehrere Male. Da ich endlich allein war, ohne einen anderen Zeugen als Gott, benutzte ich die Gelegenheit, um zu masturbieren. Gewiß war meinem Sohn derselbe Gedanke gekommen, und er war stehengeblieben, um zu masturbieren. Hoffentlich hatte er mehr Vergnügen dabei empfunden als ich. Mehrmals umkreiste ich den Unterstand, weil ich dachte, daß diese Übung meinem Knie gut tun würde. Ich bewegte mich ziemlich schnell und spürte keinen Schmerz, aber ich fühlte mich bald erschöpft. Nach zehn Schritten wurde mein Bein sehr müde, oder besser gesagt schwer, und ich war gezwungen stehenzubleiben. Es ging sofort vorbei, und ich konnte weitergehen. Ich nahm ein bißchen Morphium. Ich stellte mir bestimmte Fragen. Warum hatte ich meinem Sohn nicht aufgetragen, mir einige Heilmittel mitzubringen? Warum hatte ich ihm verheimlicht, daß ich krank war? War mir im Grunde mein Zustand so willkommen, daß ich vielleicht gar nicht geheilt werden wollte? Eine ganze Weile verlor ich mich darin, die Schönheiten der Umgebung in mich aufzunehmen, die Bäume, die Felder, den Himmel zu betrachten, den Vögeln lange zuzusehen und aufmerksam den nahen und fernen Geräuschen zu lauschen. Für einen Augenblick glaubte ich das Schweigen zu empfinden, von dem wohl schon die Rede gewesen ist, denke ich. Im Unterstand ausgestreckt, dachte ich an das Unternehmen, in das ich verwickelt war. Von neuem suchte ich mich darauf zu besinnen, was ich mit Molloy anfangen müsse, wenn ich ihn gefunden haben würde. Kriechend schleppte ich mich bis zum Bach, blieb vor ihm liegen und betrachtete mein Spiegelbild, bevor ich mir das Gesicht und die Hände wusch. Dann wartete ich darauf, daß mein Bild sich wieder zusammenfügte, und beobachtete, wie die Züge im zitternden Wasser mir immer ähnlicher wurden. Manchmal fiel ein Tropfen von meinem Gesicht darauf und verwischte sie wieder. Den ganzen Tag über begegnete ich niemandem. Aber als es schon spät war, hörte ich Schritte, die um den Unterstand herumgingen. Ich rührte mich nicht. Die Schritte entfernten sich. Aber bald darauf erblickte ich, als ich, ich weiß nicht in welcher Absicht, hinausgetreten war, nicht weit von mir einen Mann, der aufrecht und unbeweglich dastand. Er kehrte mir den Rücken zu. Er trug trotz der milden Jahreszeit einen schweren Mantel und stützte sich auf einen Stock, der so plump und am unteren Ende so viel dicker war als am oberen, daß man ihn eine Keule hätte nennen können. Er wandte sich um, und wir sahen einander eine Zeitlang schweigend an. Das heißt, ich faßte ihn scharf ins Auge, wie ich es immer tue, um glauben zu machen, daß ich mich nicht fürchte, wogegen er mir von Zeit zu Zeit schnell einen Blick zuwarf und dann die Augen senkte, offenbar weniger aus Schüchternheit als um still über das nachzudenken, was er gerade gesehen hatte, bevor er ein neues Bild in sich aufnahm. Denn sein Blick war von äußerster Kälte und Kraft. Sein Gesicht war bleich und schön; ich wäre damit zufrieden gewesen. Ich hätte ihn auf fünfundfünfzig Jahre geschätzt, als er seinen Hut vom Kopf nahm, ihn einen Augenblick in der Hand hielt und dann wieder aufsetzte. In dieser Bewegung lag nichts, was an ein sogenanntes Hutlüften erinnerte. Aber ich hielt es für richtig, mich zu verneigen. Farbe und Form des Huts waren ganz ungewöhnlich. Ich will nicht versuchen, den Hut zu beschreiben, denn er glich keiner mir bekannten Sorte. Die Haare, deren Weiß unter dem Schmutz hervorsah, waren dicht und buschig. Bevor er sie wieder unter seinem Hut verbarg, konnte ich sehen, wie sie sich langsam auf seinem Schädel aufrichteten. Das Gesicht war schmutzig und behaart, jawohl, es war bleich, schön, schmutzig und behaart. Er gebärdete sich plötzlich ganz seltsam, so, als ob ein Huhn seine Federn aufplusterte und dann langsam wieder kleiner würde als vorher. Ich glaubte, er wolle sich entfernen, ohne das Wort an mich gerichtet zu haben. Plötzlich aber bat er mich, ihm ein Stück Brot zu geben. Er begleitete diese erniedrigende Bitte mit einem flammenden Blick. Er sprach mit einem ausländischen Akzent oder wie einer, der es nicht mehr gewohnt ist, zu reden. In der Tat hatte ich mir, als ich nur seinen Rücken sah, mit Erleichterung gesagt: Das ist ein Fremder. Möchten Sie eine Büchse Sardinen? sagte ich. Er hatte mich um Brot gebeten, und ich bot ihm Fisch an. Daran kann man meinen ganzen Charakter erkennen. Brot, sagte er. Ich ging in den Unterstand und nahm ein Stück Brot, das ich für meinen Sohn aufbewahrt hatte, da er bei seiner Rückkehr sicher hungrig sein würde. Ich gab es ihm. Ich erwartete, daß er es auf der Stelle verzehrte. Aber er brach es in zwei Hälften und steckte die Stücke in die Taschen seines Mantels. Erlauben Sie, daß ich Ihren Stock betrachte? sagte ich. Ich streckte die Hand aus. Er rührte sich nicht. Ich legte meine Hand unterhalb der seinen auf den Stock. Ich spürte, wie seine Finger ihren Griff langsam lockerten. Jetzt war ich es, der den Stock hielt. Er war überraschend leicht. Ich legte ihn in seine Hand zurück. Er warf mir einen letzten Blick zu und entfernte sich. Es war beinahe Nacht. Er ging mit schnellen und unsicheren Schritten, wobei er den Stock mehr hinter sich herzog, als daß er ihn benutzte. Oft wechselte er die Richtung. Ich wäre ihm gerne lange mit den Augen gefolgt. Ich hätte um die Mittagstunde mitten in einer Wüste sein und ihm nachsehen mögen, bis er nur noch ein Punkt am Rande des Horizonts gewesen wäre. Ich blieb noch längere Zeit außerhalb des Unterstandes. Von Zeit zu Zeit horchte ich. Aber mein Sohn kam nicht. Als es mir kalt zu werden begann, ging ich in den Unterstand, streckte mich aus und bedeckte mich mit dem Mantel meines Sohnes. Aber als ich merkte, daß ich anfing einzuschlafen, ging ich aufs neue heraus und zündete ein großes Holzfeuer an, das meinem Sohn den Weg zu mir zeigen sollte. Während das Holz zu brennen anfing, sagte ich mir: Nun werde ich mich wärmen können! Um mich zu erwärmen, rieb ich meine Hände gegeneinander, nachdem ich sie an die Flamme gehalten hatte, und bevor ich sie wieder daran hielt, stellte mich mit dem Rücken gegen die Flamme, hob meine Rockschöße hoch und drehte und wendete mich im Kreis herum wie auf einem Bratspieß. Und als ich schließlich vor Müdigkeit und Hitze nicht mehr konnte, legte ich mich in der Nähe des Feuers auf den Boden und schlief mit dem Gedanken ein: Vielleicht wird ein Funken meine Kleider in Brand setzen, und ich werde als lebende Fackel aufwachen. Und ich sagte mir noch viele andere Dinge, die zu verschiedenen Gedankengängen gehörten und offenbar keine Verbindung miteinander hatten. Doch als ich aufwachte, war es wieder Tag, und das Feuer war erloschen. Aber die Kohlenasche glühte noch. Meinem Knie ging es nicht besser, aber es ging ihm auch nicht schlechter. Das heißt, vielleicht ging es ihm etwas schlechter, ohne daß ich mir dessen bewußt werden konnte, weil mir eine barmherzige Gewöhnung daran mehr und mehr zugute kam. Aber ich glaube nicht. Denn indem ich mich um mein Knie kümmerte und ihm Prüfungen auferlegte, nahm ich mich vor dieser Gewöhnung in acht und versuchte, mich davor zu bewahren. Und vielmehr war es ein anderer, der zu meinen geheimsten, innersten Empfindungen Zugang hatte und sagte: Keine Veränderung, Moran, keine Veränderung. Das mag unmöglich erscheinen. Ich trat in das Gebüsch, um mir einen Stock zu schneiden. Aber als ich endlich einen passenden Zweig gefunden hatte, erinnerte ich mich, daß ich kein Messer hatte. Ich kehrte in den Unterstand zurück, in der Hoffnung, unter den Sachen, die mein Sohn auf die Erde geworfen und nicht wieder aufgehoben hatte, sein Messer zu finden. Es war nicht da. Dagegen fiel mein Blick auf meinen Regenschirm, und ich sagte mir: Wozu mir einen Stock abschneiden, wenn ich doch meinen Regenschirm habe. Und ich übte mich darin, auf meinem Regenschirm gestützt zu gehen. Und wenn ich auf diese Art auch nicht schneller und nicht schmerzloser vorankam, so ermüdete ich wenigstens nicht so rasch. Und anstatt schon nach zehn Schritten anzuhalten, um mich auszuruhen, konnte ich mit Leichtigkeit fünfzehn Schritte machen, bevor ich gezwungen war stehenzubleiben. Und auch während ich mich ausruhte, tat mir mein Regenschirm gute Dienste. Denn ich stellte fest, daß der Druck in meinem Bein, der sicher von einer Kreislaufstörung herrührte, noch schneller aufhörte, wenn ich mich auf meinen Regenschirm stützte, als wenn ich mich nur mit Hilfe meiner Muskeln und meines Lebensbaums aufrecht erhielt. Und so ausgerüstet begnügte ich mich nicht damit, den Unterstand zu umschreiten, wie ich es am Abend vorher getan hatte, sondern ich entfernte mich bald in dieser, bald in jener Richtung von ihm. Und ich bestieg sogar eine kleine Anhöhe, von der aus ich das ganze Gebiet zu übersehen vermochte, wo mein Sohn jeden Augenblick auftauchen konnte. Und manchmal stellte ich ihn mir vor, wie er über die Lenkstange gebeugt oder auf den Pedalen stehend näher und näher kam, und ich hörte ihn keuchen und sah, wie die Freude darüber, endlich zurückgekehrt zu sein, sein pausbäckiges Gesicht rötete. Aber zur gleichen Zeit ließ ich den Unterstand, der mich in ganz besonderer Weise anzog, nicht aus den Augen. Es erschien mir unmöglich, vom Endpunkt einer Wegestrecke einfach zum Endpunkt einer anderen Wegestrecke zu gehen, was bequem gewesen wäre. Sondern ich mußte jedesmal auf dem gleichen Weg, den ich zurückgelegt hatte, wieder zum Unterstand zurückkehren und mich versichern, daß dort alles in Ordnung war, bevor ich mich in einer neuen Richtung von ihm entfernte. Und ich verbrachte den größten Teil des zweiten Tages mit diesem sinnlosen Hin- und Hergehen, diesem ständigen Aufpassen und diesen Phantasien, jedoch nicht den ganzen Tag. Denn von Zeit zu Zeit legte ich mich auch in dem Unterstand, der mein kleines Häuschen geworden war, auf den Boden, um ruhig gewisse Dinge zu überdenken, besonders die Lage meines Mundvorrats, der sich so schnell verringerte, daß mir nach der um fünf Uhr verschlungenen Mahlzeit nur zwei Büchsen Sardinen, eine Handvoll Biskuits und einige Äpfel übrigblieben. Aber ich versuchte auch, mich darauf zu besinnen, was ich mit Molloy anfangen sollte, wenn ich ihn einmal gefunden hätte. Und ich beugte mich auch über mich selbst, über das, was sich seit einiger Zeit in mir geändert hatte. Und ich glaubte mich sehr schnell altern zu sehen, gleich einer Eintagsfliege. Und genau genommen war es nicht die Vorstellung des Alterns, die mir dabei durch den Kopf ging. Was ich sah, glich vielmehr einem Prozeß der Auflösung, einem jähen Zusammenbruch alles dessen, was mich seit jeher davor bewahrt hatte, der zu sein, der ich seit jeher zu sein verdammt war. Oder es glich einer Art von Bohren, das mit immer größerer Geschwindigkeit auf ich weiß nicht welches bekannte und verleugnete Licht und Gesicht zu vordrang. Aber wie läßt sich dieser plötzliche Wandel des Empfindens beschreiben, dieser Übergang vom Finsteren, Schweren, Knirschenden und Steinichten zum Fließend-Flüssigen? Und weiter sah ich eine kleine Kugel langsam aus der Tiefe eines stillen Gewässers emporsteigen, die zunächst ganz glatt und kaum deutlicher zu sehen war als die kleinen Wasserstrudel, die sie begleiteten, dann wurde sie allmählich zu einem Gesicht, mit Augenhöhlen, Mund und den anderen Kennzeichen, ohne daß man erkennen konnte, ob es das Gesicht eines Mannes oder einer Frau, ob es jung oder alt sei, noch ob es seinen ruhigen Ausdruck nicht dem Wasser verdankte, das zwischen ihm und dem Licht lag. Aber ich muß sagen, daß ich mich nur zerstreut mit diesen jammervollen Bildern beschäftigte, die ohne Zweifel nur dazu bestimmt waren, das Gefühl meines Zusammenbruchs aufzufangen. Und daß ich nicht länger darüber nachgrübelte, war ein neues Zeichen dafür, wie sehr ich mich schon verändert hatte und wie gleichgültig es mir wurde, ein Ich zu besitzen. Und wenn ich darauf bestanden hätte, wäre es mir gewiß möglich gewesen, eine Entdeckung nach der anderen über mich selbst zu machen. Aber kaum hatte ich begonnen, mit Hilfe eines Bildes oder einer Überlegung etwas Klarheit in diese Sache zu bringen, ich meine, in diese trübe Gemütsbewegung, die mich ergriffen hatte, als ich mich auch schon anderen Sorgen zuwandte. Und nicht viel später fing alles wieder von neuem an. Auch in diesem Verhalten konnte ich mich nur mit Mühe wiedererkennen. Denn es lag nicht in meiner Natur, will sagen in meiner Gewohnheit, meine Berechnungen nebeneinander zu gleicher Zeit anzustellen, vielmehr hielt ich sie getrennt und führte sie der Reihe nach so weit durch, wie ich konnte. Und selbst als ich fühlte, daß die fehlenden Angaben in bezug auf die Angelegenheit Molloy aus dem tiefsten Dunkel meiner Erinnerung aufzusteigen begannen, kehrte ich mich brüsk von ihnen ab und beschäftigte mich mit anderen Rätseln. Und während ich mir vor zwei Wochen mit Vergnügen ausgerechnet haben würde, wie lange ich mit den Lebensmitteln, die übriggeblieben waren, haushalten könnte, wobei ich wahrscheinlich die Frage der Vitamine und Kalorien berücksichtigt und die Mahlzeiten im voraus so bemessen hätte, daß sie sich asymptotisch dem Nullpunkt der Nahrungszufuhr näherten, gab ich mich jetzt teilnahmslos mit der Feststellung zufrieden, daß ich in kurzer Zeit an Erschöpfung zugrunde gehen müsse, wenn ich meine Vorräte nicht irgendwie erneuern könnte. So verstrich der zweite Tag. Aber bevor ich zum dritten übergehe, habe ich noch von einem Zwischenfall zu berichten.

Ich hatte gerade mein Feuer angezündet und sah zu, wie es in Gang kam, als ich hörte, wie jemand mich etwas fragte. Die Stimme, die schon aus solcher Nähe kam, daß ich aufsprang, gehörte einem Manne. Aber ich faßte mich schnell, nachdem ich aufgesprungen war, und fuhr fort, als ob nichts geschehen wäre, mich mit meinem Feuer zu beschäftigen und es mit einem Zweig zu schüren, den ich kurz vorher zu diesem Zweck abgebrochen und von seinen Blättern und Stengeln und sogar mit meinen bloßen Nägeln von einem Teil seiner Rinde befreit hatte. Ich habe immer Freude daran gehabt, die Rinde von Zweigen abzuziehen und den hübschen, blanken und glatten Schaft bloßzulegen. Aber meistens fühlte ich mich durch unklare Regungen von Liebe und Mitleid gegenüber dem Baum daran gehindert. Und zu meinen besonderen Freunden zählte ich den Drachenbaum von Teneriffa, der ein Alter von fünftausend Jahren erreichte, bevor der Blitz ihn vernichtete. Das nenne ich ein Beispiel von Langlebigkeit. Der Zweig, mit dem ich das Feuer schürte, war dick und voller Saft und entzündete sich nicht. Ich hielt ihn an seinem schmalen Ende. Das Prasseln des Feuers, oder besser gesagt des platzenden Holzes, denn das siegreiche Feuer prasselt nicht, sondern macht ein ganz anderes Geräusch, hatte es dem Mann ermöglicht, ganz nah an mich heranzukommen, ohne daß ich ihn bemerkt hätte. Nichts bringt mich mehr auf, als ahnungslos überrumpelt zu werden. Trotz meines Aufschreckens, das, wie ich hoffte, unbemerkt geblieben war, stocherte ich weiter in dem Feuer herum, als ob ich allein wäre. Aber als ich seine Hand auf meiner Schulter spürte, mußte ich mich wohl oder übel so verhalten, wie jeder andere an meiner Stelle es getan hätte, was ich auch tat, indem ich mich in hoffentlich gut gespielter Furcht und Wut heftig umdrehte. Nun stand ich Auge in Auge einem Mann gegenüber, dessen Gestalt und Züge ich wegen der Dunkelheit zunächst schlecht unterscheiden konnte. Heda, mein Freund, sagte er. Aber langsam machte ich mir eine Vorstellung von der Art Kreatur, die er war. Und auf mein Wort, zwischen den verschiedenen Teilen seines Körpers herrschte eine große Übereinstimmung, sie standen miteinander in Einklang, und man hätte von ihm sagen können, daß er den Körper habe, der zu seinem Gesicht gehörte, und umgekehrt. Und wenn ich seinen Hintern hätte sehen können, so würde ich ihn ohne Zweifel aller anderen Teile wert gefunden haben. Ich war nicht darauf gefaßt, in dieser Wüste jemandem zu begegnen, sagte er, das ist ein Glücksfall. Und als ich etwas zur Seite trat und der Lichtschein des aufflackernden Feuers voll auf den Eindringling fiel, konnte ich mich davon überzeugen, daß ich mich nicht getäuscht hatte und daß er genau so ein lästiger Kerl war, wie ich geahnt hatte. Können Sie mir sagen, sagte er. Ich sehe mich gezwungen, ihn kurz zu beschreiben, auch wenn es meinen Grundsätzen widerspricht. Er war nicht groß, aber vierschrötig. Er trug einen dicken marineblauen Anzug (Jacke zweireihig) von abscheulichem Schnitt und ein paar jener übergroßen schwarzen Schuhe, deren Spitze höher ist als die Spanne. Diese scheußliche Form scheint sich nur bei schwarzen Schuhen zu finden. Wissen Sie nicht, sagte er. Die Fransen eines Halstuchs von dunkler Farbe, das wenigstens sechs Fuß lang und mehrere Male um seinen Nacken gewunden war, hingen ihm über den Rücken. Auf dem Kopf hatte er einen tiefblauen Filzhut mit schmalen Rändern, an dessen Band er einen mit einer künstlichen Fliege verzierten Angelhaken angebracht hatte, was unüberbietbar sportlich wirkte. Hören Sie mich? sagte er. Aber das alles war nichts neben seinem Gesicht, das – ich bedauere, es sagen zu müssen – irgendwie meinem eigenen glich, obgleich es natürlich nicht so fein geformt war: derselbe kleine, schüttere Schnurrbart, dieselben kleinen Augen eines Frettchens, dieselbe Nasen-Paraphimose, und darunter ein winziger roter Mund, der aussah, als ob er sich vor lauter Anstrengung, die eigene Zunge auszukotzen, entzündet habe. Sagen Sie mal! sagte er. Ich wandte mich wieder meinem Feuer zu. Es brannte gut. Ich warf etwas Holz darauf. Seit fünf Minuten spreche ich zu Ihnen, sagte er. Ich ging auf den Unterstand zu, er stellte sich mir in den Weg. Als er sah, daß ich hinkte, faßte er Mut. Ich rate Ihnen, mir zu antworten, sagte er. Ich kenne Sie nicht, sagte ich. Ich lachte. Das war wirklich ein Witz. Wünscht der Herr meine Karte zu sehen? sagte er. Sie wird mir nichts sagen, erwiderte ich. Er trat näher an mich heran. Machen Sie, daß Sie fortkommen, sagte ich. Jetzt war die Reihe zu lachen an ihm. Sie weigern sich zu antworten? sagte er. Ich gabe mir einen Ruck. Was wollen Sie wissen? sagte ich. Er mußte glauben, daß ich es vorzog nachzugeben. Na also, endlich, sagte er. Ich rief das Bild meines Sohnes, der jeden Augenblick eintreffen konnte, zu Hilfe. Ich habe es Ihnen schon gesagt, sagte er. Ich zitterte. Haben Sie die Güte, es zu wiederholen, sagte ich. Ich will mich kurz fassen. Er fragte mich, ob ich einen alten Mann mit einem Stock hätte vorbeikommen sehen. Er beschrieb ihn. Schlecht. Seine Stimme schien von weither zu kommen. Nein, sagte ich. Wieso nein? sagte er. Ich habe niemanden gesehen, sagte ich. Aber er ist hier vorbeigekommen, sagte er. Ich schwieg. Seit wann sind Sie hier? sagte er. Auch sein Körper verlor seine Form, als ob er auseinanderfiele. Was zum Teufel treiben Sie hier? sagte er. Sind Sie beauftragt, dieses Gebiet zu überwachen? sagte ich. Er streckte seine Hand nach mir aus. Ich glaube, daß ich ihn noch einmal aufgefordert habe wegzugehen. Ich erinnere mich noch an die weißlich-blasse Hand, die auf mich zukam, während sie sich abwechselnd öffnete und wieder schloß. Sie sah aus, als ob sie sich ganz von selbst vorantriebe. Was dann geschah, weiß ich nicht. Aber etwas später, vielleicht viel später, fand ich ihn mit zermalmten Kopf auf dem Boden liegen. Ich bedauere, nicht klarer darstellen zu können, wie es zu diesem Ergebnis gekommen war. Es wäre eine hübsche Stelle geworden. Aber mein Bericht ist noch nicht so weit vorgeschritten, daß ich mich in die Literatur stürzen möchte. Ich persönlich hatte keine Verletzungen erlitten, doch, ein paar Schrammen, die ich erst am Tage danach entdeckte. Ich neigte mich über ihn. Dabei entdeckte ich, daß mein Bein sich wieder beugen ließ. Er wies keine Ähnlichkeit mehr mit mir auf. Ich ergriff ihn bei den Fußknöcheln und schleppte ihn rückwärtsgehend in den Unterstand. Auf seinen Schuhen glänzte eine dicke Schicht fettiger Schuhwichse. Seine Strümpfe waren mit einem winkelförmigen Muster verziert. Seine Hose glitt über die Beine herauf und entblößte das weiße, unbehaarte Fleisch. Er hatte feine, knochige Fesseln, wie ich. Ich konnte sie fast mit der Hand umspannen. Er trug Sockenhalter, von denen einer sich gelöst hatte und herunterhing. Diese Einzelheit rührte mich. Ich kehrte zu meinem Feuer zurück. Schon begann mein Bein wieder steif zu werden. Es hatte keine Veranlassung mehr, biegsam zu sein. Ich ging in den Unterstand und holte mir den Mantel meines Sohnes. Dann ging ich wieder zum Feuer, streckte mich lang aus und bedeckte mich mit dem Mantel. Ich schlief fast gar nicht, nur ein wenig. Ich hörte die Schleiereule. Es war nicht die Horneule, der Schrei klang wie das Pfeifen einer Lokomotive. Ich hörte eine Nachtigall. Und in der Ferne Wachtelkönige. Wenn ich jemals von anderen Vögeln hätte sprechen hören, die in der Nacht schreien und singen, so würde ich sie auch gehört haben. Ich kreuzte meine Hände flach übereinander, legte meine Wange darauf und betrachtete das sterbende Feuer. Ich lauerte auf die Morgendämmerung. Sobald sie anbrach, erhob ich mich und ging zu der Laubhütte. Auch seine Knie waren einigermaßen steif, aber die Hüftgelenke ließen sich glücklicherweise hin- und herbewegen. Ich schleppte ihn bis zum Gebüsch, dabei hielt ich oft an, um mich auszuruhen, ließ aber seine Beine nicht los, damit ich mich nicht wieder nach ihnen zu bücken brauchte. Dann riß ich die Laube nieder und warf die einzelnen Zweige, deren ich auf diese Weise habhaft wurde, über seinen Körper. Ich packte und schulterte die beiden Rucksäcke, nahm den Mantel und den Schirm. Ich brach das Lager einfach ab. Aber bevor ich fortging, dachte ich einen Augenblick nach, um mich zu versichern, daß ich nichts vergessen hatte, und dabei verließ ich mich nicht allein auf mein Gehirn, denn ich befühlte meine Taschen und blickte um mich her. Und als ich meine Taschen befühlte, stellte ich fest, daß meine Schlüssel nicht darin waren, etwas, wovon mein Gehirn mir keine Kunde hätte geben können. Ungesäumt fand ich sie wieder, sie lagen auf dem Boden verstreut, der Schlüsselring war zerbrochen. Um die Wahrheit zu sagen, fand ich zuerst die Kette, dann die Schlüssel und schließlich die beiden Teile des Schlüsselrings. Und da keine Rede davon sein konnte, daß ich mich selbst mit Hilfe meines Schirms jedesmal bückte, um einen Schlüssel aufzuheben, so legte ich meine Rucksäcke, den Schirm und den Mantel ab und warf mich bäuchlings mitten unter die Schlüssel, die ich auf diese Weise ziemlich einfach wieder an mich nehmen konnte. Und wenn einer von ihnen außer Reichweite war, packte ich mit beiden Händen ein Grasbüschel und zog mich an den Schlüssel heran. Und bevor ich einen Schlüssel wieder in die Tasche steckte, putzte ich ihn am Gras ab, ob er es nötig hatte oder nicht. Und von Zeit zu Zeit stützte ich die Hände auf und erhob mich ein wenig, um die Lage besser zu überblicken. Und ich erreichte mehrere Schlüssel, die ich so in einiger Entfernung von mir ausfindig gemacht hatte, indem ich wie ein großer Zylinder auf sie zurollte. Und als ich keine mehr fand, sagte ich mir: Es lohnt sich nicht, sie zu zählen, denn ich weiß nicht, wie viele es waren. Dann fing ich noch einmal an, das Terrain mit den Augen abzusuchen. Schließlich sagte ich mir: Um so schlimmer, ich werde mich mit denen begnügen müssen, die ich habe. Und während dieser Suche nach meinen Schlüsseln fand ich ein Ohr, das ich ins Gebüsch warf. Und, was noch merkwürdiger ist, ich fand auch meinen Strohhut, den ich auf dem Kopf zu tragen glaubte! Eines der Löcher, durch die das Gummiband ging, hatte sich von Rand zu Rand – wenn ich es wagen darf, mich so auszudrücken – erweitert und stellte kein Loch mehr dar, sondern eine Spalte. Aber das andere hatte gut gehalten, und das Gummiband war immer noch darin. Und endlich sagte ich mir: Jetzt werde ich aufstehen und von obenher zum letztenmal das Terrain absuchen. Das tat ich auch. Dabei fand ich den Schlüsselring, zuerst die eine Hälfte, dann die andere. Als ich nichts mehr erblickte, was mir oder meinem Sohn gehörte, packte ich meine Rucksäcke wieder auf, drückte mir den Strohhut gut auf den Schädel, nahm den Mantel meines Sohnes über den Arm, ergriff den Regenschirm und ging weg. Aber ich ging nicht weit. Denn bald machte ich auf dem Gipfel eines Hügels halt, von wo aus ich den Lagerplatz und das umliegende Land überblicken konnte, ohne mich anzustrengen. Und ich machte die seltsame Beobachtung, daß die einzelnen Teile des Geländes und sogar die Wolken am Himmel wie auf dem Gemälde eines Meisters durch die Art ihrer Anordnung den Blick unmerklich auf den Lagerplatz hinlenkten. Ich machte es mir so bequem wie möglich. Ich entledigte mich meiner verschiedenen Bürden und verzehrte eine ganze Büchse Sardinen und einen Apfel. Ich breitete den Mantel meines Sohnes aus und legte mich flach mit dem Bauch darauf. Und manchmal stützte ich die Ellbogen auf den Boden und legte mein Kinn in meine Hände, was mir erlaubte, meine Blicke über den Horizont schweifen zu lassen, und ein andermal machte ich aus meinen beiden Händen ein kleines Kissen auf dem Boden und legte meine Wangen darauf, fünf Minuten die eine, fünf Minuten die andere, und blieb dabei flach auf dem Bauch liegen. Ich hätte mir auch aus den beiden Rücksäcken ein Kopfkissen bereiten können, aber ich tat es nicht, es kam mir nicht in den Sinn. Der Tag ging ruhig und ohne jeden Zwischenfall vorüber. Und nur ein Hund unterbrach die Eintönigkeit dieses dritten Tages. Er schlich zuerst um die Überreste meines Feuers herum und lief dann ins Gebüsch. Aber ich sah ihn nicht wieder herauskommen, vielleicht weil ich nicht achtgab, oder weil er das Gebüsch auf der anderen Seite verließ, nachdem er es sozusagen durchquert hatte. Ich brachte meinen Hut wieder in Ordnung, indem ich mit Hilfe des Schlüssels der Sardinenbüchse neben dem alten Loch ein neues bohrte und das Gummiband wieder darin befestigte. Ebenso reparierte ich den Schlüsselring, indem ich die beiden Teile wieder zusammenwand, den Ring durch die Schlüssel zog und die lange Kette wieder daran anbrachte. Und um mir die Zeit etwas zu vertreiben, stellte ich mir gewisse Fragen und bemühte mich, eine

Antwort auf sie zu finden. Einige davon lauteten:

Frage: Was war aus dem blauen Filzhut geworden?

Antwort:

Frage: Würde man den Alten mit dem Stock nicht verdächtigen?

Antwort: Höchstwahrscheinlich.

Frage: Was für Aussichten hatte er, seine Unschuld zu beweisen?

Antwort: Äußerst geringe.

Frage: Mußte ich meinen Sohn davon unterrichten, was geschehen war?

Antwort: Nein, denn dann wäre es seine Pflicht, mich anzuzeigen.

Frage: Würde er mich anzeigen?

Antwort:

Frage: Wie fühlte ich mich?

Antwort: Beinahe wie gewöhnlich.

Frage: Und trotzdem hatte ich mich verändert und veränderte mich immer weiter?

Antwort: Ja.

Frage: Und trotzdem fühlte ich mich beinahe wie gewöhnlich?

Antwort: Ja.

Frage: Wie ging das zu?

Antwort:

Zwischen diesen und einer Reihe anderer Fragen lag immer ein größerer oder kleinerer Zeitraum, und nicht nur zwischen den einzelnen Fragen, sondern auch zwischen ihnen und den zugehörigen Antworten. Und die Antworten entsprachen in ihrer Reihenfolge nicht immer den Fragen. Aber während ich auf eine bestimmte Frage die Antwort oder die Antworten suchte, fand ich die Antwort oder die Antworten auf eine Frage, die ich mir schon vergeblich gestellt hatte, vergeblich in dem Sinn, daß ich auf sie nicht hatte antworten können, oder ich stieß auf eine andere Frage oder andere Fragen, die für ihren Teil eine unverzügliche Antwort erheischten.

Wenn ich jetzt meine Gedanken dem gegenwärtigen Augenblick zuwende, so kann ich versichern, daß ich diesen ganzen Abschnitt mit fester Hand, ja mit Befriedigung niedergeschrieben habe, und daß mir dabei ruhiger zumute gewesen ist als seit langer Zeit. Denn bevor man diese Zeilen liest, werde ich weit weg sein, an einem Ort, wohin niemand sich aufmachen wird, um mich zu suchen. Und dann wird Youdi für mich sorgen, er wird nicht zugeben, daß ich für einen Fehler, den ich im Dienst begangen habe, bestraft werde. Und gegen meinen Sohn wird man nichts vermögen, man wird ihn vielmehr beklagen, weil er einen solchen Vater gehabt hat, und wird ihm von allen Seiten Hilfe anbieten und ihn mit Versicherungen der Hochachtung überschütten.

So verstrich dieser dritte Tag. Und gegen fünf Uhr verzehrte ich mit gutem Appetit meine letzte Büchse Sardinen und einige Biskuits. Infolgedessen verblieben nur mehrere Äpfel und ein paar Biskuits. Doch gegen sieben Uhr, als die Sonne schon ziemlich tief stand, erschien mein Sohn. Ich mußte wohl für einen Augenblick eingeschlafen sein, denn er war nicht, wie ich es mir vorgestellt hatte, zunächst am Horizont aufgetaucht und dann von Minute zu Minute größer geworden. Sondern er befand sich schon zwischen mir und dem Lagerplatz, auf den er zuging, als ich ihn bemerkte. Ich geriet in große Aufregung, erhob mich schnell und stieß ein lautes Gebrüll aus, während ich immerzu meinen Schirm schwenkte. Er drehte sich um, und ich bedeutete ihm näherzukommen, indem ich den Schirm so bewegte, als ob ich mit dem Griff nach etwas fassen wollte. Eine Sekunde lang glaubte ich, er wolle mir Trotz bieten und seinen Weg in Richtung auf das Lager fortsetzen, vielmehr in Richtung auf den Lagerplatz, denn es gab kein Lager mehr. Aber schließlich kam er auf mich zu. Er schob ein Fahrrad vor sich her, das er im Augenblick, als er mich erreichte, fallen ließ; dabei machte er eine Geste, die andeutete, daß er nicht mehr könne. Heb es auf, sagte ich, damit ich es sehen kann. Es war allem Anschein nach wirklich ein recht gutes Fahrrad. Ich würde es gerne beschreiben, ich würde gerne viertausend Worte darüber sagen. Das ist also dein Fahrrad? sagte ich. Ich rechnete nur halb und halb damit, daß er antworten würde, und beschäftigte mich weiter damit, das Fahrrad zu betrachten. Aber irgendwie lag in seinem Schweigen etwas Ungewöhnliches, das mich meinen Blick auf ihn richten ließ. Die Augen schienen ihm aus dem Kopf zu springen. Was hast du, sagte ich, ist meine Hose nicht zugeknöpft? Wieder ließ er das Fahrrad fallen. Heb es auf, sagte ich. Er hob es auf. Was hast du mit dir angestellt? sagte er. Ich bin hingefallen, sagte ich. Hingefallen? sagte er. Jawohl, hingefallen, schrie ich, bist du noch nie hingefallen? Ich suchte nach dem Namen der Pflanze, die aus dem Samen der Gehenkten hervorsprießt und schreit, wenn man sie pflückt. Wieviel hast du dafür bezahlt? sagte ich. Vier Pfund, sagte er. Vier Pfund! schrie ich. Wenn er zwei Pfund oder selbst dreißig Schillinge gesagt hätte, würde ich genau so aufgeschrien haben. Es sollte eigentlich vier Pfund fünf Schillinge kosten, sagte er. Hast du die Quittung? sagte ich. Er wußte nicht, was das war, eine Quittung. Ich zeichnete ihm eine auf. Wenn man an das Geld denkt, das ich für die Ausbildung meines Sohnes ausgab – und er wußte nicht einmal, was eine einfache Quittung war. Aber ich glaube, er wußte es genau so gut wie ich. Denn als ich ihn aufforderte: Jetzt sag mir, was das ist, eine Quittung, erklärte er es mir sehr gut. Im Grunde war es mir völlig gleichgültig, ob man ihn drei- oder viermal soviel für das Fahrrad hatte bezahlen lassen, als es wert war, oder ob er einen Teil des Geldes, das er für den Kauf verwenden sollte, selbst eingesteckt hatte. Der Verlust würde nicht meine Tasche treffen. Gib mir die zehn Schillinge, sagte ich. Ich habe sie ausgegeben, sagte er. Genug, genug. Er begann mir auseinanderzusetzen, daß am ersten Tage die Geschäfte geschlossen gewesen seien, und daß am zweiten –. Ich sagte ihm: Genug, genug. Ich sah mir den Gepäckaufsatz an. Er war das Beste an diesem Fahrrad. Abgesehen von der Pumpe. Fährt es denn wenigstens? sagte ich. Zwei Meilen hinter Hole ist mir der Schlauch geplatzt, sagte er, und den Rest des Weges habe ich zu Fuß zurückgelegt. Ich sah mir seine Stiefel an. Pump es wieder auf, sagte ich. Ich nahm das Fahrrad. Ich weiß nicht mehr, ob es sich um das Vorder- oder Hinterrad handelte. Sobald ich mit zwei Dingen zu tun habe, die ungefähr gleich sind, bin ich verloren. Er mogelte, die Luft entwich zwischen Ventil und dem Röhrchen am Schlauch, das er absichtlich nicht fest an den Rahmen angeschraubt hatte. Halt das Fahrrad, sagte ich, und gib mir die Pumpe. Der Reifen wurde sofort hart. Ich sah meinen Sohn an. Er erging sich in Beteuerungen. Ich hieß in schweigen. Fünf Minuten später befühlte ich den Reifen. Er hatte nichts von seiner Härte verloren. Du bist ein elender Wicht, sagte ich. Er nahm eine Tafel Schokolade aus der Tasche und hielt sie mir hin. Ich nahm sie. Aber anstatt sie zu essen, wonach es mich verlangte, und ohne Rücksicht auf die Verschwendung, die ich sonst hasse, warf ich sie nach kurzem Zögern weit fort. Aber ich hoffte, daß meinem Sohn dieses kurze Zögern entgangen war. Genug davon. Wir stiegen zur Straße hinunter. Es war eigentlich ein Saumpfad. Ich versuchte, mich auf den Gepäckaufsatz zu setzen. Der Fuß meines steifen Beins suchte in die Erde einzudringen, als ob er ins Grab wolle. Ich legte mir den Rucksack unter, um höher zu sitzen. Halt das Rad gut fest, sagte ich. Es war noch nicht ausreichend. Ich fügte die Jagdtasche hinzu. Ihre erhöhten Teile drückten sich in meine Hinterbacken. Je mehr die Dinge sich mir widersetzen, um so erbitterter werde ich. Wenn man mir Zeit dazu ließe, würde ich allein mit Hilfe meiner Nägel und Zähne aus dem Innern der Erde wieder an die Oberfläche gelangen, obschon ich wüßte, daß mir das nichts nützen würde. Und wenn ich keine Nägel und keine Zähne mehr hätte, würde ich das Gestein mit meinen Knochen aufkratzen. Hier ist in kurzen Worten die Lösung, die ich fand. Zunächst kam die Jagdtasche, dann der Rucksack, dann der vierfach gefaltete Mantel meines Sohnes, und das Ganze war mit den Enden des Bindfadens, der meinem Sohne gehörte, an dem Gepäckaufsatz und der Sattelstange aufs haltbarste festgemacht. Den Regenschirm hing ich mit der Krücke an meinem Hals auf; dadurch hatte ich beide Hände frei und konnte um die Taille meines Sohnes greifen, vielmehr unter seine Achselhöhlen, denn schließlich saß ich höher als er. Fahr los, sagte ich. Er machte eine verzweifelte Anstrengung, soviel will ich ihm zubilligen. Wir fielen um. Ich spürte einen stechenden Schmerz am Schienbein. Mein Bein hatte sich ganz im Hinterrad verfangen. Hilf mir, schrie ich. Mein Sohn half mir aufstehen. Der Strumpf war zerrissen, und mein Bein blutete. Glücklicherweise war es das kranke Bein. Was hätte ich angefangen, wenn beide Beine zu Schaden gekommen wären? Ich würde mir schon zu helfen gewußt haben. Vielleicht hatte das Übel auch sein Gutes. Ich dachte dabei natürlich an einen Aderlaß. Du hast nichts abbekommen? sagte ich. Nein, sagte er. Selbstverständlich. Mit meinem Regenschirm versetzte ich ihm einen heftigen Stoß in die Kniekehle, wo ich das Fleisch zwischen Hose und Strumpf schimmern sah. Er schrie auf. Willst du uns umbringen? sagte ich. Ich habe nicht die Kraft, sagte er, ich habe nicht die Kraft. Dem Fahrrad war offenbar nichts passiert, nur das Hinterrad war vielleicht etwas verbogen. Ich sah den Fehler sofort ein, den ich begangen hatte. Ich hatte mich, bevor wir in Gang kamen, fest aufgesetzt und die Beine herunterhängen lassen. Ich dachte nach. Wir wollen es noch einmal versuchen, sagte ich. Ich kann nicht, sagte er. Treib mich nicht zum Äußersten, sagte ich. Er schwang ein Bein über den Rahmen. Fahr vorsichtig an, wenn ich dir das Zeichen gebe, sagte ich. Ich nahm meinen Platz hinter ihm wieder ein. Aufgesessen, konnte ich mit den Füßen den Boden nicht erreichen. Das war der Witz. Achte auf das Zeichen, sagte ich. Ich ließ mich so weit zur Seite gleiten, bis der Fuß meines gesunden Beins den Boden berührte. Nun lastete nur noch das mühsam erhobene und gebeugte kranke Bein auf dem Antriebsrad. Ich bohrte meine Finger in den Rock meines Sohnes. Fahr langsam an, sagte ich. Die Räder begannen sich zu drehen. Ich bewegte mich auch vorwärts, halb mitgezogen, halb hüpfend. Ich fürchtete für meine hin und her baumelnden Hoden. Schneller! schrie ich. Er trat auf die Pedale. Mit einem Schwung war ich wieder auf meinem Platz. Das Fahrrad schwankte, kam wieder ins Gleichgewicht, begann schneller zu fahren. Bravo! schrie ich, toll vor Freude. Hurra! schrie mein Sohn. Wie ich diesen Ausruf hasse! Beinahe hätte ich ihn nicht niederschreiben können. Mein Sohn war ebenso froh wie ich, glaube ich. Sein Herz schlug unter meiner Hand, und doch war meine Hand seinem Herzen fern. Glücklicherweise führte der Weg bergab. Glücklicherweise hatte ich meinen Hut instandgesetzt, sonst hätte der Wind ihn fortgetragen. Glücklicherweise war es schönes Wetter, war ich nicht mehr allein. Glücklicherweise, glücklicherweise.

Auf diese Weise erreichten wir Ballyba. Von den Hindernissen, die wir zu überwinden hatten, den Bösewichtern, denen wir ausweichen mußten, den Unarten des Sohnes und den Zusammenbrüchen des Vaters – von alledem will ich nicht sprechen. Ich hatte die Absicht, fast das Verlangen, alles das zu erzählen, und ich freute mich auf den Augenblick, da ich es tun könnte. Jetzt will ich es nicht mehr; der Augenblick ist da, aber es verlangt mich nicht mehr darnach. Meinem Knie ging es nicht besser. Es ging ihm auch nicht schlechter. Die Wunde am Schienbein hatte sich geschlossen. Allein wäre ich niemals angekommen. Ich verdankte es der Hilfe meines Sohnes. Was? Daß ich angekommen bin. Er klagte häufig über seine Gesundheit, über seinen Bauch, über seine Zähne. Ich gab ihm Morphium. Sein Aussehen wurde immer schlechter. Wenn ich ihn fragte, was ihm fehle, wußte er keine Antwort. Wir hatten Ärger mit dem Fahrrad. Aber ich wurde damit fertig. Ohne meinen Sohn wäre ich nicht angekommen. Wir brauchten viel Zeit, um anzulangen. Wochen. Das kam, weil wir uns im Weg irrten und uns nicht übereilten. Immer noch wußte ich nicht, was ich mit Molloy anfangen sollte, wenn ich ihn gefunden haben würde. Ich dachte nicht mehr daran. Ich dachte viel an mich selbst, während ich auf der Fahrt hinter meinem Sohn saß und über seinen Kopf hinwegsah, oder während wir rasteten und er umherging oder sich entfernte. Denn er entfernte sich oft, um Erkundungen zu machen oder Vorräte einzukaufen. Ich tat sozusagen gar nichts mehr. Ich muß zugeben, daß er gut für mich sorgte. Er war tölpelhaft, dumm, träge, schmutzig, verlogen, verschwenderisch, duckmäuserisch und wenig zärtlich, aber er ließ mich nicht im Stich. Ich dachte viel an mich selbst. Das heißt, ich warf oft einen schnellen Blick auf meine Person, schloß die Augen, vergaß und fing wieder an. Es dauerte lange, bis wir in Ballyba ankamen, und wir kamen sogar ohne unser Wissen dort an. Halt, rief ich meinem Sohn eines Tages zu. Ich hatte einen Schäfer bemerkt, dessen Aussehen mir gefiel. Er saß auf dem Boden und streichelte seinen Hund. Schwarze, nicht sehr wollige Schafe bewegten sich ohne Furcht um die beiden herum. Guter Gott, was für eine Hirtenlandschaft. Ich ließ meinen Sohn am Rand der Straße und ging über die Weide auf sie zu. Ich hielt oft an, um mich auf meinen Regenschirm gestützt auszuruhen. Der Schäfer sah mich herankommen, ohne daß er aufstand. Auch der Hund, ohne daß er bellte. Auch die Schafe. Ja, sie wandten sich allmählich eins nach dem anderen mir zu, sie drehten den Kopf nach mir und betrachteten mich, wie ich näher kam. Nur ein paar kurze Schritte rückwärts oder ein kurzes Trippeln mit ihren mageren Pfoten verrieten ihre Unruhe. Für Schafe schienen sie wenig furchtsam. Und natürlich sah mein Sohn mir nach, wie ich mich entfernte, ich fühlte seinen Blick in meinem Rücken. Die Stille war vollkommen oder mindestens tief. Es war alles in allem ein feierlicher Augenblick. Das Wetter war herrlich. Der Abend dämmerte herauf. Sooft ich anhielt, blickte ich um mich. Ich betrachtete den Hirten, die Schafe, den Hund und sogar den Himmel. Aber während ich ging, achtete ich nur auf den Boden und auf das Spiel meiner Füße, wie der gute sich hob und nach vorne bewegte, einhielt, sich niedersetzte und wartete, bis der andere ihm nachkam. Ich blieb schließlich etwa zehn Schritt von dem Schäfer entfernt stehen. Es war unnötig, weiter zu gehen. Welches Vergnügen es mir machen würde, mich näher mit ihm zu befassen. Sein Hund liebte ihn, seine Schafe fürchteten ihn nicht. Sobald er spüren würde, daß der Tau fiel, würde er sich erheben. Die Schäferei war weit, weit weg. Von ferne würde er das Licht in seinem Hause sehen. Jetzt war ich mitten unter den Schafen, sie gingen im Kreise um mich herum, ihre Blicke ruhten auf mir. Vielleicht war ich der Metzger, der gekommen war, um seine Wahl zu treffen. Ich nahm meinen Hut ab. Ich sah, wie die Augen des Hundes der Bewegung meiner Hand folgten. Noch immer blickte ich um mich, ohne imstande zu sein, etwas zu sagen. Ich wußte nicht, wie ich dieses Schweigen würde brechen können. Ich war nahe daran, wieder umzukehren, ohne gesprochen zu haben. Endlich sagte ich in einem Ton, aus dem man hoffentlich die Frage heraushörte: Ballyba. Der Schäfer nahm die Pfeife aus seinem Mund und zeigte mit dem Stummel vor sich auf den Boden. Ich hatte Lust, ihm zu sagen: Nehmt mich mit euch, ich will euch treu dienen, nur gegen Unterkunft und Nahrung. Ich hatte ihn verstanden, aber wahrscheinlich machte ich nicht den Eindruck, denn er wiederholte mehrere Male die gleiche Geste, indem er mit dem Pfeifenstummel auf den Boden zeigte. Bally, sagte ich. Er erhob die Hand; sie zögerte einige Sekunden, als ob sie einen Ort auf einer Karte suche, dann kam sie zur Ruhe. Aus der Pfeife stieg noch ein schwacher Rauch, der für einen Augenblick blau in der Luft schwebte und dann verschwand. Ich blickte in die angedeutete Richtung. Der Hund ebenfalls. Wir hatten uns alle drei nach Norden gewandt. Die Schafe begannen, mich nicht mehr zu beachten. Vielleicht hatten sie verstanden. Ich hörte sie wieder grasen und umherlaufen. Endlich bemerkte ich am äußersten Ende der Ebene eine unbestimmte rötliche Färbung, erzeugt von tausend scharfen Lichtern, die infolge der Entfernung zusammenflossen. Ähnlich der Milchstraße. Es war wie ein kleiner Riß in dem schönen, geraden und dunklen Rand des Horizonts. Ich war dem Abend dankbar, der die Lichter sichtbar macht, am Himmel die Sterne und auf der Erde die winzigen und tapferen Lichter der Menschen. Am Tage hätte der Schäfer mit seiner Pfeife vergeblich auf die lange, genau gezeichnete helle Berührungslinie zwischen Himmel und Erde hingewiesen. Aber jetzt spürte ich, wie der Mann und der Hund sich mir wieder zukehrten und wie der Schäfer wieder an seiner Pfeife zu ziehen begann in der Hoffnung, daß sie noch brannte. Und ich wußte, daß ich allein die Augen auf jenes ferne Leuchten gerichtet hielt, wissend, daß es immer stärker und stärker werden und dann plötzlich verlöschen würde. Und es war mir unangenehm, ganz allein, abgesehen vielleicht von meinem Sohn, nein, ganz allein, so bezaubert zu sein. Und ich fragte mich, wie ich mich fortmachen könnte, ohne zuviel Ekel und Schmerz zu empfinden, als ein gleichsam unermeßliches Seufzen ringsum kundtat, daß nicht ich es war, der aufbrach, sondern die Herde. Ich sah sie sich entfernen, an der Spitze den Mann, dann die dicht zusammengedrängten Schafe, die mit gesenkten Köpfen und sich gegenseitig stoßend manchmal ein kleines Stück liefen und ohne anzuhalten wie blindlings einen letzten Mundvoll Gras aus der Erde rissen, und schließlich den Hund, der sich hin und her wiegte und seinen großen, schwarzen, buschigen Schwanz bewegte, obschon niemand auf seine Zufriedenheit – wenn es Zufriedenheit war – achtete. Und so entfernten sie sich alle miteinander in vollkommener Ordnung, ohne daß der Schäfer hätte schreien oder der Hund hätte eingreifen müssen. Und gewiß würden sie auf diese Weise bis zum Stall oder zu den umfriedeten Rastplätzen sich voranbewegen. Und dort angelangt, tritt der Schäfer zur Seite, um seine Tiere vorbeizulassen, und zur Beruhigung seines Gewissens zählt er sie, während sie an ihm vorüberziehen. Dann geht er auf sein Haus zu, die Küchentür steht offen, die Lampe brennt, er geht hinein und setzt sich an den Tisch, ohne seinen Hut abzunehmen. Aber der Hund bleibt auf der Schwelle stehen, weil er nicht weiß, ob er hereinkommen darf oder draußen bleiben muß.

In dieser Nacht kam es zu einem ziemlich heftigen Auftritt mit meinem Sohn. Die Ursache weiß ich nicht mehr. Halt, das ist vielleicht wichtig.

Nein, ich weiß es nicht. Ich hatte so viele Auftritte mit meinem Sohn. Als er sich zutrug, mußte dieser Auftritt mir vorkommen wie alle anderen, das ist alles, was ich weiß. Ich führte ihn gewiß dank einer erprobten Technik zum guten Ende und machte meinem Sohn die Ungeheuerlichkeit seiner Fehler mit vollendeter Meisterschaft klar. Aber am nächsten Morgen begriff ich, daß ich mich getäuscht hatte. Denn als ich in der Frühe aufwachte, fand ich mich allein in unserem Unterstand, ich, der doch immer als erster aufwachte. Und ich war sogar seit längerer Zeit alleine, das sagte mir mein Instinkt, eine lange Zeit war verstrichen, seit der Atem meines Sohnes in dem Unterstand, den er nach meiner Anweisung gebaut hatte, sich nicht mehr mit meinem vermischte. Und wenn er während der Nacht oder beim Dämmern der Morgenröte sich auf sein Fahrrad geschwungen hatte, so war das an sich kein Grund zu besonderer Beunruhigung. Und wenn es sich nur darum gehandelt hätte, so würde ich die besten und ehrenvollsten Erklärungen dafür zu finden gewußt haben. Zum Unglück hatte er seinen Rucksack und seinen Mantel mitgenommen. Und nichts von seinen Sachen, nicht ein einziges Stück war im Unterstand oder in dessen Nähe zurückgeblieben. Und damit nicht genug: er hatte eine beträchtliche Geldsumme mitgenommen, obschon er doch nur gelegentlich auf einige Pfennige für seine italienische Sparbüchse Anspruch hatte. Denn seitdem er sich, natürlich unter meiner Aufsicht, um alles, besonders die Einkäufe kümmerte, hatte ich ihm bis zu einem gewissen Grade in Gelddingen Vertrauen geschenkt. Und er trug immer eine über das unbedingt Erforderliche hinausgehende Summe bei sich. Und um das zu erhärten, will ich folgendes hinzufügen:

1. Es war mir daran gelegen, daß er die doppelte Buchführung gebrauchen lerne, deren Anfangsgründe ich ihm eingetrichtert hatte.

2. Ich brachte nicht mehr den Mut auf, mich mit diesen elenden Kleinigkeiten zu beschäftigen, die mir früher soviel Freude gemacht hatten.

3. Ich hatte ihm eingeschärft, während seiner Streifzüge nach einem zweiten, leichten und billigen Fahrrad Ausschau zu halten. Denn ich war das Sitzen auf dem Gepäckaufsatz leid und sah überdies den Tag kommen, an dem mein Sohn nicht mehr die Kraft haben würde, uns beide zu fahren. Und ich glaubte – was sage ich: ich wußte, daß ich nach etwas Übung fähig sein würde, das Pedal mit einem Fuß bedienen zu lernen. Und dann würde ich den Platz, der mir zukam, wieder einnehmen, ich meine den Platz an der Spitze. Und mein Sohn würde mir folgen. Und dann würde sich nicht mehr ein solcher Skandal ereignen, daß mein Sohn meinen Anweisungen zum Trotz nach links fahren würde, wenn ich Nach rechts! riefe oder nach rechts, wenn ich Nach links! riefe oder geradeaus, wenn ich entweder Nach rechts! oder Nach links! riefe, wie das in letzter Zeit immer häufiger vorgekommen war.

Das ist alles, was ich noch anführen wollte.

Aber als ich in mein Portemonnaie blickte, stellte ich fest, daß es nicht mehr als fünfzehn Schillinge enthielt, was mich vermuten ließ, daß mein Sohn sich nicht mit der Summe begnügt hatte, die er schon bei sich trug, sondern daß er vor seinem Fortlaufen an meine Taschen gegangen war, während ich schlief. Und meine erste Aufwallung, so widerspruchsvoll ist die Seele, war ein Gefühl der Dankbarkeit dafür, daß er mir diese kleine Summe, mit der ich mich gerade über Wasser halten konnte, bis Hilfe kam, gelassen hatte, und ich sah darin sogar einen Anflug von Zartsinn!

Ich war also allein mit meiner Jagdtasche, meinem Regenschirm, den er mir ebenfalls hätte wegnehmen können, und fünfzehn Schillingen; ich sah mich herzlos, absichtlich und ohne Zweifel vorsätzlich verlassen – in Ballyba, wenn Sie wollen und wenn ich mich wirklich dort befand, aber noch ziemlich weit von Bally. Und mehrere Tage, ich weiß nicht wie viele, blieb ich an der gleichen Stelle, wo mein Sohn mich verlassen hatte, ich aß meine letzten Vorräte auf (er hätte sie leicht mitnehmen können), ich bekam keine lebende Seele zu Gesicht, ich war unfähig zu handeln oder vielleicht endlich stark genug, um nicht mehr zu handeln. Denn ich war ruhig, ich wußte, daß alles im Begriff war, zu enden oder wiederaufzuflackern, es war mir gleich, und es war mir gleich, auf welche Weise, ich brauchte nur zu warten. Und ich belustigte mich sogar damit, ab und zu kindliche Hoffnungen in mir groß werden zu lassen, um sie besser vernichten zu können, wie zum Beispiel, daß mein Sohn seine Wut vergessen, Mitleid mit mir haben und zu mir zurückkehren würde! Oder daß Molloy, dessen Gegend dies war, bis zu mir vordringen würde, zu mir, der es nicht verstanden hatte, den Weg zu ihm zu finden, und daß ich ihn zum Freund, zum Vater gewinnen könnte und er mir helfen würde, das zu vollbringen, was ich zu vollbringen hatte, so daß Youdi sich nicht gegen mich erzürnte und mich strafte. Ja, ich ließ sie in mir groß werden, anwachsen, strahlen und tausend hübsche kleine Bilder hervorzaubern, und dann fegte ich sie weg, wie mit einem großen Besenschwung fegte ich sie angewidert weg, ich reinigte mich von ihnen und betrachtete mit Genugtuung die Leere, die sie beschmutzt hatten. Und am Abend richtete ich meinen Blick auf die Lichter von Bally, ich sah sie immer glänzender aufleuchten und dann beinahe alle auf einmal verlöschen, diese kleinen abscheulichen Funzeln angsterfüllter Menschen. Und ich sagte mir: Zu denken, daß ich vielleicht dort sein könnte, ohne dieses Unglück, das mich betroffen hat! Und dieser Obidil, von dem zu sprechen ich versäumt habe, den ich so gewünscht hätte aus der Nähe zu erblicken, nun, ich erblickte ihn nicht, weder aus der Nähe noch von ferne, und wenn er gar nicht existierte, so hätte mich das nur wenig erschüttert. Und wenn ich an die Maßnahmen dachte, die Youdi zur Strafe gegen mich ergreifen könnte, so wurde ich von einem ungeheuren Lachen geschüttelt, ohne daß der leiseste Laut zu hören war und ohne daß mein Gesicht etwas anderes ausdrückte als stille Trauer. Aber mein ganzer Körper, sogar meine Beine wurden davon geschüttelt, so daß ich mich gegen einen Baum oder ein Bäumchen lehnen mußte, wenn das Lachen mich im Stehen überfiel, denn mein Regenschirm reichte nicht mehr aus, um mich im Gleichgewicht zu halten. Ein seltsames Lachen, das kann man wohl sagen. Bei näherer Überlegung glaube ich, daß ich es vielleicht nur aus Faulheit oder Unwissenheit so nenne. Und was mein Ich betrifft, diesen lustigen Zeitvertreib, so muß ich gestehen, daß ich kaum mehr daran dachte. Aber in manchen Augenblicken schien es mir, daß ich nicht mehr sehr weit davon weg war, daß ich ihm näherkam, wie der Strand einer in weißer Gischt aufsteigenden Woge näherkommt – ein allerdings wenig passendes Bild für meine Lage, die viel eher einem Dreckhaufen in Erwartung eines Wassergusses glich. Und hierbei fällt mir ein, wie ich einmal bei mir zu Hause einen kleinen Schreck verspürte, als eine Fliege, die dicht über meinen Aschenbecher hinstrich, durch ihre Flügelschläge etwas Asche daraus wegfegte. Und meine Schwäche und meine Zufriedenheit nahmen immer mehr zu. Seit einigen Tagen aß ich nicht mehr das Geringste. Wahrscheinlich hätte ich einige Beeren und Pilze finden können, aber es war mir nichts daran gelegen. Ich lag den ganzen Tag auf meinem Lagerplatz ausgestreckt, wobei ich ein unbestimmtes Bedauern über den fehlenden Mantel meines Sohnes empfand, und am Abend ging ich hinaus und ließ im Schein der Lichter von Bally meinem Übermut freien Lauf. Und wenn ich auch ein wenig unter Magenkrämpfen und Blähungen litt, so fühlte ich mich doch ganz außerordentlich zufrieden, zufrieden mit mir, beinahe begeistert und entzückt von meinem eigenen Wesen. Und ich sagte mir: Bald werde ich das Bewußtsein ganz verlieren, es ist nur eine Frage der Zeit. Aber Gabers Ankunft machte diesen Späßen ein Ende.

Es geschah eines Abends. Ich hatte mich aus dem Unterstand herausgeschleppt, um meiner kleinen Ergötzung nachzugehen und meine Schwäche besser zu spüren. Er war schon seit einiger Zeit da. Er saß auf einem Baumstumpf und war halb eingeschlafen. Tag, Moran, sagte er. Sie erkennen mich wieder? sagte ich.

Er zog sein Notizbuch heraus, öffnete es, befeuchtete seinen Finger, blätterte die Seiten um, fand die richtige, erhob sie zu seinen Augen, während er ihr zugleich sein Gesicht näherte. Ich kann nichts sehen, sagte er. Er war gekleidet wie das letzte Mal. Es war also nicht recht von mir gewesen, ihm seinen Sonntagsstaat damals anzurechnen. Vorausgesetzt, daß nicht schon wieder Sonntag war. Aber hatte ich ihn nicht immer so angezogen gesehen? Könnten Sie mir wohl ein Streichholz geben? sagte er. Diesen Ton, der aus der Ferne zu kommen schien, kannte ich nicht an ihm. Oder eine Taschenlampe, sagte er. Er mußte wohl an meinem Gesicht ablesen, daß ich nichts zum Leuchten bei mir hatte. Er zog aus seiner Tasche eine kleine elektrische Lampe und ließ sie auf seine Seite scheinen. Er las: Moran, Jacques, wird unverzüglich nach Hause zurückkehren. Er machte die Lampe aus, schloß das Notizbuch über seinem Finger, den er darin ließ, und sah mich an. Ich kann nicht gehen, sagte ich. Wie bitte? sagte er. Ich bin krank, ich kann mich nicht bewegen, sagte ich. Ich verstehe kein Wort von dem, was Sie sagen, erwiderte er. Ich schrie ihm ins Gesicht, daß ich mich nicht von der Stelle rühren könne, daß ich krank sei, daß man mich transportieren müsse, daß ich von meinem Sohn verlassen worden sei und daß ich es über habe. Er musterte mich schwerfällig von Kopf bis zu Fuß. Auf meinen Schirm gestützt, machte ich einige Schritte, um ihm zu zeigen, daß ich nicht gehen konnte. Wieder öffnete er sein Notizbuch, beleuchtete seine Seite, versuchte lange, sie zu entziffern, und sagte: Moran wird sich unverzüglich an seinen Wohnsitz zurückbegeben. Er klappte sein Notizbuch zu, steckte es wieder in die Tasche, steckte die Lampe wieder in die Tasche, stand auf, strich sich mit den Händen über die Brust und erklärte, daß er vor Durst umkomme. Nicht ein Wort über mein Aussehen. Und dabei hatte ich mich seit dem Tag, an dem mein Sohn mitsamt dem Fahrrad von Hole gekommen war, weder rasiert, noch gekämmt, noch gewaschen, gar nicht zu reden von all den Entbehrungen und den großen Veränderungen in meinem Innern. Erkennen Sie mich wieder? schrie ich. Ob ich Sie wiedererkenne? sagte er. Er dachte nach. Ich wußte, was ihn beschäftigte, er suchte nach dem Ausdruck, mit dem er mich am meisten verletzen könnte. Verdammter Moran! sagte er. Ich taumelte vor Schwäche. Wenn ich zu seinen Füßen den Geist aufgegeben hätte, hätte er gesagt: Ach, dieser alte Moran, er bleibt sich immer gleich. Es wurde dunkler und dunkler. Ich fragte mich, ob er wirklich Gaber war. Ist er erzürnt? sagte ich. Sie haben wohl nicht gerade eine Flasche Bier da, sagte er. Ich frage Sie, ob er erzürnt ist, schrie ich. Erzürnt, sagte Gaber, was reden Sie sich da für Geschichten ein, er reibt sich die Hände von morgens bis abends, ich kann es im Vorzimmer hören. Das will nichts heißen, sagte ich. Er lacht ganz allein vor sich hin, sagte Gaber. Sicher ist er auf mich erzürnt, sagte ich. Wissen Sie, was er mir neulich gesagt hat? sagte Gaber. Hat er sich verändert? sagte ich. Wie bitte? sagte Gaber. Ob er sich verändert hat, schrie ich. Verändert, sagte Gaber, nein, nein, er hat sich nicht verändert, warum sollte er sich verändert haben, er wird älter, wie die Welt, das ist alles. Sie haben eine kuriose Stimme heute abend, sagte ich. Ich glaube nicht, daß er mich hörte. Also, sagte er und strich sich wieder von oben nach unten mit den Händen über die Brust, ich gehe, da Sie mir nichts anzubieten haben. Er entfernte sich, ohne sich von mir zu verabschieden. Aber ich bekam ihn wieder zu fassen, trotz des Widerwillens, den er mir einflößte, trotz meiner Schwäche und meines kranken Beins, und ich hielt ihn am Ärmel fest. Was hat er Ihnen gesagt? sagte ich. Er blieb stehen. Moran, sagte er, Sie fangen an, mir kotzlangweilig zu werden, ganz im Ernst. Ich flehe Sie an, sagte ich, erzählen Sie mir, was er gesagt hat. Er gab mir einen Stoß. Ich fiel hin. Er hatte mich nicht absichtlich umgeworfen, er machte sich nicht klar, in welchem Zustand ich mich befand, er hatte mich nur wegstoßen wollen. Ich versuchte nicht, mich zu erheben. Ich stieß ein Geheul aus. Er näherte sich mir und beugte sich über mich. Er hatte einen großen, herunterhängenden, kastanienbraunen Schnurrbart. Ich sah den Schnurrbart sich bewegen, die Lippen sich öffnen, und hörte im nächsten Augenblick etwas wie ein Murmeln liebevoll besorgter Worte. Er war kein Rohling, dieser Gaber, ich kannte ihn gut. Gaber, sagte ich, es ist nicht viel, um was ich Sie bitte. Ich erinnere mich deutlich an diese Szene. Er wollte mir aufstehen helfen. Ich stieß ihn zurück. Ich fühlte mich gut da, wo ich war. Was hat er Ihnen gesagt? sagte ich. Ich verstehe nicht, sagte Gaber. Sie haben gerade erzählt, daß er Ihnen etwas gesagt hat, sage ich, und dann habe ich Sie unterbrochen. Unterbrochen? sagte Gaber. »Wissen Sie, was er mir neulich gesagt hat«, sagte ich, das waren Ihre eigenen Worte. Sein Gesicht hellte sich auf. Er hatte einen fast ebenso lebhaften Geist wie mein Sohn, der dicke Gaber. Er hat mir gesagt, sagte Gaber, er hat mir –. Lauter, schrie ich. Er hat mir gesagt, sagte Gaber, Gaber, hat er gesagt, das Leben ist eine sehr schöne Sache, Gaber, eine unerhörte Sache. Er näherte sein Gesicht dem meinen. Eine unerhörte Sache, sagte er, eine sehr schöne Sache, eine unerhörte Sache. Er lächelte. Ich schloß die Augen. Ein Lächeln, das ist etwas sehr Angenehmes, sehr Ermutigendes, aber man braucht ein wenig Abstand dazu. Ich sagte: Glauben Sie, daß er vom menschlichen Leben sprach? Ich lauschte. Ob er vom menschlichen Leben sprach, sagte ich. Ich öffnete meine Augen. Ich war allein. Meine Hände waren voller Erde und Gras, das ich ausgerissen hatte, ohne es zu wissen, und noch immer ausriß. Ja, ich riß auch die Wurzeln aus. Ich hielt ein damit, jawohl, im gleichen Augenblick, in dem ich begriff, was für eine häßliche Handlung ich begangen hatte und noch beging, hörte ich damit auf, ich öffnete die Hände, und sie waren bald leer.

In dieser Nacht machte ich mich auf den Rückweg. Ich legte keine große Strecke zurück. Aber es war ein kleiner Anfang. Es ist der erste Schritt, der zählt. Der zweite zählt weniger. Jeder Tag sah mich etwas weiter vorankommen. Dieser Satz ist nicht deutlich, er drückt nicht aus, was ich zu sagen hoffte. Zunächst zählte ich meine Schritte nach Zehnern. Ich hielt ein, wenn ich nicht mehr konnte, und sagte mir: Bravo, das macht soundso viel Mal zehn Schritte, soundso viel Mal mehr als gestern. Dann erhöhte ich die Einheit auf je fünfzehn, zwanzig und endlich auf je fünfzig Schritte, Ja, ich war schließlich imstande, fünfzig Schritte zu machen, bevor ich mich auf meinen treuen Schirm gestützt ausruhte. Im Anfang muß ich wohl ein wenig in Ballyba – gesetzt, daß ich mich wirklich dort befand – umhergeirrt sein. Darnach folgte ich ungefähr den gleichen Wegen, auf denen wir gekommen waren. Aber Wege ändern ihr Aussehen, wenn man sie in umgekehrter Richtung zurücklegt. Aus Vernunftgründen aß ich alles, was die Natur, die Wälder, die Felder, die Gewässer mir zum Verzehr darboten. Ich verbrauchte den letzten Rest des Morphiums.

Ich hatte den Befehl, im August, spätestens im September zurück zu sein. Als ich zu Hause ankam, war es Frühling, genauer möchte ich es nicht angeben. Ich war also den ganzen Winter hindurch gewandert.

Jeder andere als ich hätte sich mit dem festen Vorsatz, nie wieder aufzustehen, in den Schnee gelegt. Aber nicht ich. Früher hatte ich geglaubt, daß die Menschen mich nicht unterkriegen würden, und ich glaube noch immer, daß ich schlauer bin als die Dinge. Es gibt Menschen und Dinge, sprecht mir nicht von den Tieren. Noch von Gott. Eine Sache, die mir Widerstand leistet, und sei es auch zu meinem eigenen Nutzen, widersteht mir nicht lange. Zum Beispiel dieser Schnee. Obgleich er mich in Wahrheit eher lockte als mir widerstand. Aber in einem bestimmten Sinn widerstand er mir. Das genügte. Ich überwand ihn und knirschte dabei mit den Zähnen vor Freude, man kann sehr gut mit den Schneidezähnen knirschen. Ich bahnte mir durch ihn einen Weg auf etwas hin, daß ich meinen Untergang genannt haben würde, wenn ich imstande gewesen wäre, mir vorzustellen, wie ich noch tiefer untergehen könnte.

Inzwischen habe ich es mir vielleicht vorgestellt, vielleicht habe ich es mir noch nicht bis ins Letzte vorgestellt; mit der Zeit gelangt man zwangläufig dahin, ich werde dahin gelangen. Aber unterwegs, während ich der Tücke der Dinge und der Menschen und der Schwäche meines eigenen Fleisches ausgesetzt war, konnte ich es mir nicht vorstellen. Mein Knie machte mir nicht mehr und nicht weniger zu schaffen als am ersten Tag, wenn ich davon absehe, daß ich mich daran gewöhnt hatte. Was immer das Übel war, es entwickelte sich nicht. Kann man so etwas erklären. Aber um auf die Fliegen zurückzukommen, so glaube ich, daß es eine Art gibt, die im Winter in den Häusern auskriecht und nach kurzer Zeit zugrunde geht. Man sieht sie als ganz kleine Tiere an warmen Stellen langsam, schwunglos und ohne Geräusch umherfliegen. Das heißt, von Zeit zu Zeit sieht man eine. Sie müssen wohl sehr jung sterben, ohne daß sie Eier haben legen können. Man kehrt sie weg, man kehrt sie mit dem Besen auf die Schippe und merkt es nicht einmal. Eine seltsame Generation von Fliegen. Aber ich wurde das Opfer anderer Leiden, nein, das ist nicht das richtige Wort, es handelte sich meistens um meine Eingeweide. Ich habe keine Lust mehr, davon zu sprechen. Was ich bedauere; es wäre eine hübsche Stelle geworden. Ich will nur sagen, daß ein anderer als ich es ohne Hilfe nicht überstanden hätte. Aber ich! Gekrümmt, die freie Hand auf den Bauch gepreßt, bewegte ich mich voran und stieß dabei manchmal ein Angstgebrüll und Triumphgeheul aus. Gewisse Arten von Moos, die ich gegessen hatte, mußten wohl etwas damit zu tun haben. Wenn ich es mir einmal in den Kopf setzen würde, mich pünktlich auf dem Richtplatz einzufinden, so würde die Blutruhr mich nicht daran hindern, ich würde auf allen Vieren vorwärtskriechen und dabei unter fürchterlichem Scheißen laute Verwünschungen ausstoßen. Wie ich schon sagte, es sind meine eigenen Brüder, die mich hereingelegt haben werden.

Aber ich will nicht weiter auf diesen Rückweg mit all seinen Schrecken und Tücken eingehen. Und die boshaften Menschen und gespenstischen Gestalten, die mich daran hindern wollten, nach Hause zurückzukehren, wie Youdi mir befohlen hatte, will ich mit Schweigen übergehen. Aber ich werde trotzdem ein paar Worte darüber sagen, um mich seelisch in eine Stimmung zu versetzen, die es mir erlaubt, zu Ende zu kommen. Zunächst meine ungewöhnlichen Gedanken.

Gewisse Fragen aus dem Gebiet der Theologie hielten meinen Geist auf sonderbare Weise gefangen. Einige davon will ich wiedergeben:

1. Was ist von der Theorie zu halten, wonach Eva nicht aus einer Rippe Adams, sondern aus einer Geschwulst an seinem Oberschenkeln (Hinterteil?) hervorgegangen ist?

2. Kroch die Schlange im Staube oder ging sie aufrecht, wie Comestor versichert?

3. Empfing Maria durch das Ohr, wie Sankt Augustinus und Adobardus meinen?

4. Wie lange wird der Antichrist uns noch schmachten lassen?

5. Ist es wirklich von Bedeutung, mit welcher Hand man sich den Podex abwischt?

6. Was soll man davon denken, daß die Irländer einen Eid schwören, indem sie die rechte Hand auf die Reliquien der Heiligen und die linke auf ihr männliches Glied legen?

7. Hält die Natur den Sabbath?

8. Stimmt es, daß die Teufel keinerlei höllische Qualen erdulden?

9. Die algebraische Theologie von Craig. Was ist davon zu halten?

10. Stimmt es, daß der heilige Rochus als Kind mittwochs und donnerstags nicht saugen wollte?

11. Was soll man von der Exkommunikation des Ungeziefers im sechzehnten Jahrhundert denken?

12. Muß man den italienischen Schuster Lovat loben, der sich selbst kreuzigte, nachdem er sich kastriert hatte?

13. Was hat Gott vor der Schöpfung angestellt?

14. Könnte es nicht sein, daß die Vision der Seligkeit auf die Dauer langweilig wirkt?

15. Stimmt es, daß die Höllenqual des Judas samstags ausgesetzt wird?

16. Wie wäre es, wenn man Totenmessen für die Lebenden abhielte?

Und ich sage mir das hübsche quietistische Paternoster auf: Gott, der Du ebensowenig im Himmel wie auf der Erde und in der Hölle bist, ich will weder noch wünsche ich, daß Dein Name geheiligt werde, Du weißt, was Dir gebührt, usw. Die Mitte und das Ende sind reizend.

In dieses Reich entzückender Leichtfertigkeit flüchtete ich mich, wenn mein Kelch anfing überzulaufen.

Aber ich stellte mir auch andere Fragen, die mich vielleicht näher angingen. Einige davon will ich wiedergeben:

1. Warum hatte ich mir nicht ein paar Schillinge von Gaber geliehen?
2. Warum war ich dem Befehl zurückzukehren gefolgt?
3. Was war aus Molloy geworden?
4. Dieselbe Frage in bezug auf mich.
5. Was sollte aus mir werden?
6. Die gleichen Fragen in bezug auf meinen Sohn.
7. War seine Mutter im Himmel?
8. Dieselbe Frage in bezug auf meine Mutter.
9. Würde ich in den Himmel kommen?
10. Würden wir uns eines Tages alle im Himmel wiederfinden, ich, meine Mutter, mein Sohn, seine Mutter, Youdi, Gaber, Molloy, seine Mutter, Yerk, Murphy, Watt, Camier und die übrigen?
11. Was war aus meinen Hühnern und meinen Bienen geworden? Lebte meine graue Henne noch?
12. Lebten Zoulou und die Geschwister Elsner noch?
13. Hatte Youdi noch immer das gleiche Büro in Nummer 8 auf dem Akazien-Platz? Wenn ich ihm schriebe? Wenn ich ihn besuchte? Ich würde ihm Erklärungen abgeben. Was würde ich ihm erklären? Ich würde ihn um Verzeihung bitten. Verzeihung für was?
14. War es nicht ein ungewöhnlich strenger Winter?
15. Wie lange war es her, daß ich weder gebeichtet noch kommuniziert hatte?
16. Wie hieß der Heilige, der, als er in Ketten, voller Ungeziefer

und mit Wunden bedeckt im Gefängnis saß und sich nicht bewegen konnte, die Einsegnung auf seinem Magen vornahm und sich die Absolution erteilte?

17. Was würde ich bis zu meinem Tode anfangen? Sollte es kein Mittel geben, um ihn zu beschleunigen, ohne eine Sünde zu begehen?

Aber bevor ich meinen Körper diese eisigen und später, beim Eintritt des Tauwetters, schmutzbedeckten Einöden durchqueren lasse, möchte ich sagen, daß ich viel an meine Bienen dachte, mehr als an meine Hühner. Und Gott weiß, ob ich an meine Hühner dachte. Und vor allem dachte ich an ihren Tanz, denn meine Bienen tanzten, oh, keineswegs wie Menschen tanzen, um sich zu vergnügen, sondern auf andere Art. Ich glaubte, daß niemand auf der Welt außer mir das wisse. Ich hatte meine Forschungen darüber weit vorgetrieben. Dieser Tanz wurde vor allem von den Bienen vollführt, die mit mehr oder weniger Honig zum Korb zurückkehrten, und er bestand aus vielen verschiedenen Figuren und Rhythmen. Und schließlich hatte ich ein System von Zeichen darin entdeckt, wodurch die mit ihrer Ernte zufriedenen oder unzufriedenen Bienen ihren ausfliegenden Kameraden anzeigten, nach welcher Richtung sie sich wenden oder nicht wenden müßten. Aber die ausfliegenden Bienen tanzten ebenfalls. Ohne Zweifel sagten sie damit auf ihre Art: Ich habe verstanden, oder: Du brauchst dich meinetwegen nicht aufzuregen. Aber wenn sie fern von ihrem Korb mit ihrer Arbeit beschäftigt waren, tanzten die Bienen nicht. Dann schien die Parole zu sein: Jeder für sich; vorausgesetzt, daß Bienen fähig sind, solche Vorstellungen zu haben. Der Tanz enthielt vor allem sehr verwickelte Figuren, die im Flug dargestellt wurden und von denen ich eine große Anzahl samt ihrer wahrscheinlichen Bedeutung nach Klassen geordnet hatte. Aber dazu kam das Problem des Gesummes, dessen verschiedene Klangfarben beim Ausflug und Rückflug vom und zum Korb schwerlich eine Sache des Zufalls sein konnten. Zuerst nahm ich an, daß jede Tanzfigur durch ein bestimmtes Gesumme betont wurde. Aber diese bequeme Ansicht mußte ich aufgeben. Denn ich bemerkte, daß die gleiche Figur (wenigstens das, was ich die gleiche Figur nenne) von sehr verschiedenartigem Summen begleitet sein konnte. Daher sagte ich mir: Das Gesumme dient nicht dazu, eine Tanzweise zu betonen, sondern soll im Gegenteil Abwechslung hineinbringen. Und genau die gleiche Figur hat verschiedene Bedeutungen, je nach dem Gesumme, das sie begleitet. Und ich hatte nicht ohne Erfolg eine große Zahl von Beobachtungen hierüber gesammelt und geordnet. Aber es handelte sich nicht nur um die Figur und das Gesumme, sondern auch um die Höhe, in der die Figur ausgeführt wurde. Und ich war davon überzeugt, daß die gleiche Figur, begleitet von dem gleichen Gesumme, zwölf Schritte über dem Boden auf keinen Fall das gleiche bedeutete wie sechs Schritte über dem Boden. Denn die Bienen tanzten nicht aufs Geratewohl in irgendeiner beliebigen Höhenlage, sondern es gab drei oder vier Höhenlagen, und zwar immer dieselben, in denen sie tanzten. Und wenn ich Ihnen sagen würde, welche Höhenlagen es waren und welche Beziehungen zwischen ihnen bestanden – denn ich hatte sie sorgfältig in ein Verhältnis zueinander gebracht –, so würden Sie mir nicht glauben. Aber dies ist wohl nicht der rechte Augenblick, um eine Schar Ungläubiger um mich zu versammeln. Manchmal sollte man meinen, daß ich für die Öffentlichkeit schriebe. Und trotz der vielen Mühe, die ich auf das vorliegende Problem verwandt hatte, war ich mehr als je bestürzt über das verwickelte Gebilde dieses mannigfaltigen Tanzens, bei dem noch andere bestimmende Ursachen, die mir ganz unbekannt waren, mitspielen mußten. Und ich sagte mir entzückt: Das ist etwas, was ich mein Leben lang studieren kann, ohne es jemals zu ergründen. Und sooft ich mir auf meinem Heimweg eine kleine Freude vorzustellen suchte, die es noch für mich geben könne, fand ich beinahe Trost in dem Gedanken an meine Bienen und ihren Tanz. Denn immer noch hing ich daran, dann und wann eine kleine Freude zu haben! Daß dieser Tanz sich im Grunde von den frivolen und belanglosen Tänzen der westlichen Völker nicht unterschied, hielt ich ohne weiteres für möglich. Aber er würde für mich, wenn ich bei meinen sonnenbeschienenen Bienenkörben säße, immer ein schöner Anblick sein, und meine verständigen Überlegungen eines Menschen wider Willen würden seinen Ausstrahlungen nichts anhaben können. Und ich könnte es nicht fertigbringen, meine Bienen so herabzusetzen wie meinen Gott, dessen Gestalt ich mit meinen Aufwallungen, Ängsten und Begierden, ja sogar mit meinem Körper ausgestattet, wie man es mich gelehrt hatte.

Ich habe von einer Stimme gesprochen, die mir Anweisungen, vielmehr Ratschläge gab. Es war auf diesem Heimweg, daß ich sie zum erstenmal hörte. Ich achtete nicht auf sie.

Inzwischen veränderte mein Körper sich sehr schnell bis zur Unkenntlichkeit, wie mir schien. Und jedesmal, wenn ich mir mit einer vertrauten und jetzt mehr als je entschuldbaren Geste mit den Händen über das Gesicht strich, so spürten meine Hände nicht mehr das gleiche Gesicht, und mein Gesicht spürte nicht mehr die gleichen Hände. Und dennoch hatte ich im wesentlichen dieselbe Empfindung wie zu jener Zeit, als ich gut rasiert und parfümiert war und die weißen, bleichen Hände eines Intellektuellen hatte. Und dieser Bauch, der mir nicht vertraut war, blieb mein Bauch, mein alter Bauch, ich weiß nicht, woher diese Einsicht mir kam. Und ich gestehe offen, daß ich mich immerzu wiedererkannte und die Gleichheit meiner Person sogar klarer und lebhafter als früher empfand, trotz ihrer tiefen Beschädigung und ihrer vielen Wunden. Und in dieser Hinsicht war mir meine Unterlegenheit gegenüber meinen Bekannten deutlich bewußt. Ich bedauere, daß der letzte Satz nicht besser gelungen ist. Wer weiß, vielleicht hätte er es verdient, ganz eindeutig zu sein.

Indessen ist hier noch von den Kleidern zu sprechen, die sich dem Körper so gut anschmiegen und in ruhigen Zeiten sozusagen unzertrennlich von ihm sind. Ja, ich habe immer viel Wert auf meine Kleider gelegt, ohne im allergeringsten ein Stutzer zu sein. Und ich brauchte mich nicht über sie zu beklagen, sie waren haltbar und hatten einen guten Schnitt. Natürlich war mein Körper unzulänglich bedeckt, aber durch wessen Schuld? Und ich mußte mich von meinem Strohhut trennen, der wenig dazu geeignet war, dem Winter Trotz zu bieten, und von meinen Strümpfen (zwei Paar), die durch den Frost, die Feuchtigkeit, die langen Märsche und die Unmöglichkeit, sie auf angemessene Weise zu waschen, sich in kurzer Zeit tatsächlich in Nichts aufgelöst hatten. Aber ich machte meine Hosenträger so lang, wie es ging; und meine Kniehose, die sehr bauschig war, wie es sich gehört, hing mir bis auf die Waden herunter. Und beim Anblick des bläulichen Fleisches zwischen meiner Hose und dem Schaft meiner Stiefel dachte ich manchmal an meinen Sohn und an den Schlag, den ich ihm versetzt hatte, in solche Aufregung gerät der Geist, wenn er die kleinsten Ähnlichkeiten bemerkt. Meine Schuhe wurden aus Mangel an Pflege steif. Das ist die Art, in der abgestorbene und gegerbte Haut sich wehrt. Vielleicht verhinderte die frei zirkulierende Luft in meinen Schuhen meine Füße am Erfrieren. Zu meinem Bedauern mußte ich mich auch von meinen Unterhosen (zwei) trennen. Sie waren durch die Berührung mit meinen Ausscheidungen verfault. Danach schnitt mein Hosenboden, der sich ebenfalls bald zersetzte, in die Furche zwischen dem Steißbein und dem Anfang des Scrotums. Was mußte ich noch wegwerfen? Mein Hemd? Nein, ganz gewiß nicht. Aber ich trug es oft auf der anderen Seite und mit dem Rückenteil nach vorne. Lassen wir mal sehen. Ich konnte mein Hemd auf viererlei Art anziehen. Auf der richtigen Seite mit dem Vorderteil vorne oder gewendet mit dem Vorderteil vorne oder auf der richtigen Seite mit dem Vorderteil hinten oder gewendet mit dem Vorderteil hinten. Und am fünften Tag fing ich wieder von vorne an. Ich hoffte, daß es auf diese Weise länger halten würde. Hielt es deswegen länger? Ich weiß es nicht. Es hielt. Wenn man sich mit kleinen Dingen Mühe gibt, bringt man es mit der Zeit zu etwas Großem. Aber was mußte ich sonst noch wegwerfen? Ach ja, meine Kragen, ich warf sie alle weg – überdies, bevor ich sie ganz abgetragen hatte. Aber meine Krawatte behielt ich. Ich trug sie sogar, und zwar auf dem bloßen Hals, wahrscheinlich um damit zu prahlen. Es war eine Krawatte mit bunten Tupfen, aber ihre Farbe habe ich vergessen.

Wenn es regnete, wenn es schneite und wenn es hagelte, stand ich dem folgenden Dilemma gegenüber. Entweder konnte ich mich gestützt auf meinen Regenschirm weiter voranbewegen und bis auf die Haut naß werden, oder ich konnte stehenbleiben und unter meinem geöffneten Regenschirm Schutz suchen. Es war, wie so oft, ein falsches Dilemma. Denn von der Haut meines Regenschirms waren noch einige Fetzen übriggeblieben, die um das Gestell wehten, und ich hätte sehr langsam weitergehen können, indem ich meinen Regenschirm nicht als Stütze, sondern als Schutz benutzte. Aber ich hatte mich einmal an die vollkommene Wasser-Dichtheit meines schönen Regenschirms und zweitens an meine Unfähigkeit, ohne seine Unterstützung zu gehen, so sehr gewöhnt, daß es für mich ein wirkliches Dilemma blieb. Natürlich hätte ich mir aus einem Zweig einen Stock machen und darauf gestützt unter dem aufgespannten Regenschirm trotz des Regens, des Schnees und des Hagels weitergehen können. Aber ich tat nichts dergleichen, aus Gründen, die mir unbekannt sind. Aber wenn Regen fiel, oder eine der anderen Sachen, die vom Himmel auf uns herabfallen, kam es vor, daß ich mich trotzdem gestützt auf meinen Regenschirm weiter voranbewegte und bis auf die Haut naß werden ließ, aber meistens stand ich still wie eine Statue, hielt den geöffneten Schirm über mich und wartete darauf, daß es aufhörte. Dann wurde ich ebenfalls bis auf die Haut naß. Aber darauf kam es nicht an. Und wenn es angefangen hätte, Manna zu regnen, würde ich unter meinem Regenschirm unbeweglich darauf gewartet haben, daß es zu fallen aufhöre, bevor ich mich darüber hergemacht hätte. Und wenn meine Hand zu müde wurde, den Regenschirm hochzuhalten, nahm ich ihn in die andere Hand. Und mit der freien Hand schlug und rieb ich alle erreichbaren Körperteile, um für eine reichliche Durchblutung zu sorgen, oder ich fuhr mir mit meiner charakteristischen Geste übers Gesicht. Und die lange Spitze meines Regenschirms glich einem Finger. Meine besten Gedanken kamen mir während dieser Marschpausen. Aber wenn es sich herausstellte, daß der Regen usw. den Tag oder die Nacht über anhalten würde, gab ich es auf und baute mir einen Unterstand. Aber für die wirklichen Unterstände, die man aus Astwerk macht, hatte ich nichts mehr übrig. Denn bald würde es keine Blätter mehr geben, sondern nur noch die Nadeln gewisser Nadelhölzer. Doch das war nicht die wahre Ursache meiner Abneigung gegen die eigentlichen Unterstände, gewiß nicht. Aber wenn ich untergekrochen war, dachte ich ohne Unterlaß an den Mantel meines Sohnes, ich sah ihn buchstäblich vor mir (den Mantel), ich sah nichts als ihn, er füllte den Raum. In Wahrheit handelte es sich bei diesem Mantel um einen Trenchcoat, wie unsere englischen Freunde es nennen, und ich roch seine Gummihaut, obgleich Trenchcoats im allgemeinen keine Gummihaut haben. Ich vermied es also nach Kräften, meine Zuflucht zu einem eigentlichen aus Astwerk gebauten Unterstand zu nehmen, und zog es vor, unter meinem treuen Regenschirm, einem Baum, einer Hecke, einem Gebüsch oder einer Ruine Schutz zu suchen.

Ich dachte nicht im entferntesten daran, mich auf die große Landstraße zu begeben und mich fahren zu lassen.

Der Gedanke, mir in den Dörfern bei den Bauern Hilfe zu holen, hätte mir mißfallen, wenn ich ihn gehabt hätte.

Ich kam zu Hause an, ohne meine fünfzehn Schillinge angerührt zu haben. Nein, zwei davon hatte ich ausgegeben. Unter folgenden Umständen:

Ich bin noch anderen Belästigungen, anderen Unverschämtheiten ausgesetzt gewesen als denen, die ich anführen werde, aber ich werde sie nicht alle erzählen. Lassen wir es bei einigen Musterbeispielen bewenden. Vielleicht werde ich in Zukunft noch mehr dieser Art zu ertragen haben, das weiß ich nicht sicher, aber man wird nichts davon erfahren, das weiß ich sicher.

Es war abends. Unter meinem Regenschirm wartete ich ruhig darauf, daß sich das Wetter aufkläre, als ich von hinten einen rohen Stoß erhielt. Ich hatte kein Geräusch gehört. Ich war in einer Gegend, wo sich niemand außer mir befand. Eine Hand zwang mich, mich umzudrehen. Es war ein dicker Farmer mit einem kupferroten Gesicht. Er trug einen Wachstuchmantel, einen steifen Hut und hohe Stiefel. Von seinen runden Backen und seinem buschigen Schnurrbart tropfte das Wasser. Aber was nützen diese Andeutungen. Wir sahen uns voller Haß an. Vielleicht war es derselbe Mann, der sich so höflich erboten hatte, meinen Sohn und mich auf seinem Wagen wieder nach Hause zurückzufahren. Ich glaube nicht. Sein Gesicht kam mir indessen bekannt vor. Nicht nur sein Gesicht. In der Hand trug er eine Laterne. Sie war nicht angezündet. Aber er konnte sie jeder Zeit anzünden. In der anderen Hand hielt er einen Spaten. Um mich damit zu begraben. Er faßte mich am Aufschlag meines Rocks. Noch schüttelte er mich nicht wirklich, er würde erst dann anfangen, mich zu schütteln, wenn es ihm gut dünkte. Er beschimpfte mich nur. Ich fragte mich, was ich getan haben könnte, um ihn in einen solchen Zustand zu versetzen. Ich hob gewiß meine Augenbrauen. Aber ich hebe meine Augenbrauen immerzu, sie berührten fast meine Haare, meine Stirn besteht nur noch aus übereinanderliegenden Falten. Endlich verstand ich, daß ich nicht auf meinem Grund und Boden war, sondern auf seinem. Was tat ich hier auf seinem Grund und Boden? Es gibt keine andere Frage, die ich so fürchte und auf die ich so wenig eine befriedigende Antwort weiß. Und obendrein noch auf fremdem Grund und Boden! Und nachts! Und bei einem Wetter, in dem kein Hund sich herauswagen würde! Aber ich verlor meine Kaltblütigkeit nicht. Ich habe ein Gelübde getan, sagte ich. Wenn ich will, klingt meine Stimme ziemlich vornehm. Sie mußte wohl Eindruck auf ihn machen. Er ließ mich los. Eine Pilgerfahrt, sagte ich, um meinen Vorteil auszunutzen. Er fragte mich nach meinem Ziel. Das Spiel war gewonnen. Zur Madonna von Shit, sagte ich. Die Madonna von Shit? sagte er, als ob er Shit wie seine Tasche kenne und wisse, daß es dort überhaupt keine Madonna gab. Aber wo gibt es keine Madonna? Eben diese, sagte ich. Die schwarze? sagte er, um mich zu prüfen. Soviel ich weiß, ist sie nicht schwarz, sagte ich. Ein anderer wäre aus der Fassung geraten. Ich nicht. Ich kannte die schwachen Punkte meiner Bauerntölpel. Sie werden niemals bis dahin gelangen, sagte er. Ihr verdanke ich es, daß ich meinen Sohn verloren, aber die Mutter zurückbehalten habe, sagte ich. Diese Gefühle mußten einem Kuhzüchter zusagen. Wenn er gewußt hätte! Ich setzte ihm lange auseinander, was sich leider nicht ereignet hatte. Nicht als ob ich Ninette bedauerte. Aber sie, vielleicht, ganz bestimmt, ja, schade, na ja. Sie ist die Madonna der schwangeren Frauen, sagte ich, der verheirateten schwangeren Frauen, und ich habe geschworen, mich auf elende Weise bis zu ihrer Nische zu schleppen, um ihr meinen Dank abzustatten. Dieser Zwischenfall ermöglicht es, die Geschicklichkeit zu bewundern, die ich sogar noch zu dieser Zeit besaß. Aber ich war ein wenig zu weit gegangen, denn sein Blick wurde wieder böse. Darf ich Sie um einen Gefallen bitten, sagte ich, Gott wird es Ihnen vergelten. Ich fügte hinzu: Gott hat Sie mir heute abend geschickt. Wenn man Menschen, die im Begriff sind, einen niederzuschlagen, demütig um einen Gefallen bittet, erzielt man manchmal gute Resultate. Etwas heißen Tee, flehte ich, ohne Zucker und ohne Milch, um meine Kräfte wiederzugewinnen. Einem vom Schicksal geschlagenen Pilger diesen kleinen Dienst erweisen, war eine Verlockung, wie Sie zugeben werden. Na denn, kommen Sie mit nach Hause, sagte er, damit Sie trocken werden. Ich kann nicht, ich kann nicht, schrie ich, ich habe geschworen, geradeaus zu gehen. Und um den schlechten Eindruck dieser Worte zu verwischen, nahm ich einen Gulden aus meiner Tasche und gab ihn ihm. Für Ihre Armen, sagte ich. Und weil es dunkel war, fügte ich hinzu: Einen Gulden für Ihre Armen. Es ist ein weiter Weg, sagte er. Gott wird Sie begleiten, sagte ich. Er dachte nach. Er hatte Grund dazu. Vor allen Dingen nichts zum Essen, sagte ich, wirklich nicht, ich darf nichts essen. Ach, dieser alte Moran – schlau wie eine Schlange. Natürlich hätte ich die Politik der Stärke vorgezogen, aber ich wagte nicht, auf sie zu bauen. Er entfernte sich schließlich, indem er mir sagte, ich solle auf ihn warten. Ich weiß nicht, was für Absichten er hatte. Als ich meinte, er sei weit genug fort, schloß ich meinen Regenschirm und machte mich im strömenden Regen in der Richtung davon, die der guten genau entgegengesetzt war. So geschah es, daß ich einen Gulden ausgab.

Jetzt werde ich zum Schluß kommen können.

Ich ging am Friedhof entlang. Es war Nacht. Vielleicht Mitternacht. Die kleine Gasse stieg an, ich mühte mich ab. Ein leichter Wind trieb die Wolken über den schwach erhellten Himmel. Es ist schön, eine Pacht für die Ewigkeit zu haben. Eine sehr schöne Sache. Wenn es keine andere Ewigkeit gäbe als diese. Ich kam an die Pforte. Sie war abgeschlossen. Das war ganz in Ordnung. Aber ich konnte sie nicht öffnen. Der Schlüssel paßte, aber er ließ sich nicht drehen. Langer Mangel an Gebrauch? Ein neues Schloß? Ich drückte die Pforte ein. Ich ging bis zur anderen Seite des Gäßchens zurück und warf mich dann gegen sie. Ich war zu Hause angelangt, wie Youdi mir befohlen hatte. Endlich erhob ich mich. Woher kam der schöne Geruch? Von den Fliederbüschen? Vielleicht von den Schlüsselblumen. Ich ging zu meinen Bienenkörben. Da standen sie, wie ich befürchtet hatte. Ich nahm den Deckel eines Korbes ab und stelle ihn auf den Boden. Er hatte die Form eines kleinen Daches, mit einer scharfen Spitze und jäh herausragenden Seitenflächen. Ich steckte die Hand in den Korb, griff tief in den leeren Untersatz und strich mit ihr über den Boden. In einer Ecke stieß sie auf eine vertrocknete, löcherige Kugel, die zerbröckelte, als ich sie anrührte. Sie hatten sich zu Trauben zusammengeschlossen, um etwas wärmer zu sein und vielleicht schlafen zu können. Ich nahm eine Handvoll von ihnen heraus. Es war zu dunkel, um etwas zu sehen, ich steckte sie in meine Tasche. Sie waren leicht wie Zunder. Man hatte sie den ganzen Winter hindurch draußen stehengelassen, ihnen den Honig genommen und ihnen keinen Zucker gegeben. Nun, jetzt kann ich schließen. Ich ging nicht zum Hühnerstall. Auch meine Hühner waren tot, ich wußte das. Nur, daß man sie auf andere Art getötet hatte, vielleicht mit Ausnahme der grauen Henne. Meine Bienen, meine Hühner – ich hatte sie verlassen. Ich ging in das Haus. Es lag im Finstern. Die Haustür war abgeschlossen. Ich drückte sie ein. Vielleicht hätte ich sie mit einem meiner Schlüssel öffnen können. Ich drehte den elektrischen Schalter an. Kein Licht. Ich ging in die Küche, in das Zimmer von Marthe. Niemand. Aber genug von diesem Geschwätz. Das Haus war verlassen. Die Gesellschaft hatte den Strom abgestellt. Inzwischen hat sie ihn wieder anstellen wollen. Allein, ich habe mich geweigert. So ein Mensch bin ich geworden. Ich kehrte in den Garten zurück. Am Tag darauf sah ich mir meine Bienen an. Ein Staubhäufchen von Flügeln und Ringen. Im Kasten am Ende der Haustreppe fand ich Post. Ein Brief von Savory. Mein Sohn war wohlauf. Natürlich. Reden wir nicht mehr von ihm. Er ist wiedergekommen. Er schläft. Ein Brief von Youdi, abgefaßt in der dritten Person, in dem er einen Bericht verlangt. Er wird seinen Bericht erhalten. Wieder ist es Sommer. Es ist ein Jahr her, daß ich aufgebrochen bin. Ich gehe weg. Eines Tages hatte ich Besuch von Gaber. Er wollte den Bericht haben. Sieh an, ich dachte, damit wäre es vorbei, mit den Begegnungen und Gesprächen. Kommen Sie ein andermal, sagte ich. Eines Tages hatte ich den Besuch von Pater Ambrosius. Ist es möglich! sagte er, als er mich sah. Ich glaube, auf seine Art hatte er mich wirklich gern. Ich sagte ihm, er solle nicht mehr auf mich rechnen. Er begann, mir einen Vortrag zu halten. Er hatte recht. Wer hat nicht recht. Ich verließ ihn. Ich gehe weg. Vielleicht werde ich Molloy treffen. Mein Knie ist nicht besser geworden. Es ist auch nicht schlechter geworden. Ich habe jetzt Krücken. So wird es schneller gehen. So wird es besser gehen. Es wird sich zeigen.

Alles, was verkäuflich war, habe ich verkauft. Aber ich hatte drückende Schulden. Ich werde es nicht mehr ertragen, ein Mensch zu sein, ich werde es nicht mehr versuchen. Ich will diese Lampe nicht mehr anzünden. Ich werde sie auslöschen und in den Garten gehen. Ich denke an die langen Tage im Mai und im Juni, als ich im Garten lebte. Einmal sprach ich mit Hanna. Sie berichtete mir Neuigkeiten von Zoulou und den Geschwistern Elsner. Sie wußte, wer ich war, sie hatte keine Angst vor mir. Sie ging niemals aus dem Haus, sie liebte es nicht, auszugehen. Sie sprach von ihrem Fenster aus mit mir. Die Neuigkeiten waren schlecht, aber nicht alle. Auch gute waren darunter. Es waren schöne Tage. Jeder sagte, daß der Winter ungewöhnlich streng gewesen sei. Wir hatten also ein Recht auf diesen herrlichen Sommer. Ich weiß nicht, ob wir ein Recht auf ihn hatten. Meine Vögel hatte man nicht getötet. Es waren wilde Vögel. Und dennoch recht zutraulich. Ich erkannte sie wieder, und sie schienen mich wiederzuerkennen. Aber wer kann das wissen. Einige fehlten, und andere waren neu hinzugekommen. Ich versuchte, ihre Sprache besser zu verstehen. Ohne meine eigene zu Hilfe zu nehmen. Es waren die längsten, schönsten Tage des Jahres. Ich lebte im Garten. Ich habe von einer Stimme gesprochen, die mir dies oder das anbefahl. Damals begann ich, mich mit ihr zu vertragen, zu begreifen, was sie wollte. Sie bediente sich nicht der Worte, die man den kleinen Moran gelehrt und die er später seinen eigenen Sohn gelehrt hatte. Daher wußte ich anfangs nicht, was sie wollte. Aber am Ende verstand ich diese Sprache. Ich habe sie verstanden, ich verstehe sie, wenn auch vielleicht falsch. Darauf kommt es nicht an. Auf ihr Geheiß schreibe ich den Bericht. Soll das bedeuten, daß ich jetzt freier bin? Ich weiß es nicht. Es wird sich zeigen. Dann ging ich in das Haus zurück und schrieb »Es ist Mitternacht. Der Regen peitscht gegen die Scheiben.« Es war nicht Mitternacht. Es regnete nicht.

Zeittafel

1906	am 13. April in Foxrock, einem Vorort von Dublin, geboren.
1928-1930	Englisch-Lektor an der Ecole Normale Supérieure in Paris
1929	*Assumption.* Erzählung
	Dante... Bruno. Vico... Joyce. Essay
	Che sciagura. Dialog
1930	*Whoroscope, For future reference, From the only poet to a shinning whore – Fore Henry Crowder to sing.* Gedichte
1931	*The possessed.* Dialog
	Proust. Essay
	Return to the vestry, Hell crane to starling, Casket of pralinen for a daughter of a dissipated mandarin, Text, Yoke of liberty. Alba. Gedichte.
1932	*Sedendo et quiescendo.* Erzählung
	Text. Prosafragment
	Home Olga. Akrostikon
	Dante and the lobster. Erzählung
1934	*More pricks than kicks.* Erzählungen
	Gnome. Gedicht
	A case in a thousand. Erzählung
1935	*Echo's bones and other precipitates.* Gedichte
1936	*Cascando I, II, III.* Gedichte
1937	Beckett läßt sich in Paris nieder.
1938	*Ooftish.* Gedicht
	Murphy. Roman
1940-1942	Resistance
1942	Flucht in das unbesetzte Gebiet von Südfrankreich.
1946	*Saint-Lô.* Gedicht
	Poèmes 38-39
	Suite. *L'expulsé.* Erzählungen
1948	*Trois Poèmes*
1951	*Molloy, Malone meurt.* Romane
1952	*En attendant Godot.* Stück in zwei Akten
1953	*L'innommable, Watt.* Romane
1955	*Nouvelles et Textes pour rien.* Erzählungen
1956	*From an abandoned work.* Prosafragment
1957	*All that fall.* Hörspiel
	Fin de partie suivi de Acte sans paroles. I. Stück und Pantomime
1958	*Krapp's last tape.* Stück in einem Akt
1959	*Embers.* Hörspiel
	Act without words. II. Pantomime

1961	Internationaler Verlegerpreis
	Comment c'est. Roman
	Happy days. Stück in zwei Akten
1962	*Words and music.* Hörspiel
1963	*Play.* Stück in einem Akt
	Cascando. Hörspiel
1963-1964	*Dramatische Dichtungen in drei Sprachen.* 2 Bände
1965	*Imagination morte imaginez.* Prosa
	Film
	Faux départs. Kurzprosa
1966	*Assez, Bing.* Prosa
	Come and go. Kurzes Spiel
	Eh Joe. Fernsehspiel
1969	Nobelpreis für Literatur
	Breath. Theaterszene
1970	*Premier amour, Mercier et Camier.* Romane
	Sans, Le dépeupleur. Prosa
1972	*Not I*

Von Samuel Beckett erschienen im Suhrkamp Verlag in der Übersetzung von Erika und Elmar Tophoven

Dramatische Dichtung in drei Sprachen. *2 Bände*
Stücke. Kleine Prosa. Auswahl in einem Band
Drei Romane. Molloy. Malone stirbt. Der Namenlose
Endspiel. Alle, die da fallen
Malone stirbt. *Roman*
Der Namenlose. *Roman*
Wie es ist. Comment c'est. *Roman.* Zweisprachig
Film. He, Joe. *In drei Sprachen*
Fin de partie. Endspiel. *Zweisprachig*
Watt. *Roman*
Molloy. *Roman.* Deutsch von Erich Franzen
Samuel Beckett inszeniert das »Endspiel«
Fotografiert von Rosemarie Clausen. Mit dem Text des Stückes und einem Bericht von Michael Haerdter über die Proben für die Berliner Aufführung 1967

Bibliothek Suhrkamp
Erzählungen und Texte um Nichts
Glückliche Tage und andere Stücke
Wie es ist. *Roman*
Residua. Neue Prosadichtung *in drei Sprachen*
Premier amour/Erste Liebe. *Zweisprachig*
Le dépeupleur/Der Verwaiser. *Zweisprachig*
Mercier und Camier

edition suhrkamp
Warten auf Godot. *Schauspiel*
Aus einem aufgegebenen Werk und kurze Spiele
Fin de partie/Endspiel. *Zweisprachig*
Materialien zu Becketts »Endspiel«
Das letzte Band. Regiebuch der Berliner Inszenierung

suhrkamp taschenbücher
Warten auf Godot. *Dreisprachig.* Vorwort von Joachim Kaiser
Watt. *Roman*
Endspiel. *Dreisprachig*
Das letzte Band. *Dreisprachig*

st 175 Hermann Hesse, Der Steppenwolf. Erzählung
256 Seiten
Der erstmals 1927 erschienene Roman *Der Steppenwolf* ist dasjenige Buch Hesses, das die internationale Renaissance seines Autors ausgelöst hat und ihn zum meistgelesenen europäischen Schriftsteller in den USA werden ließ. Thomas Mann sagte vom *Steppenwolf*, daß das Buch an experimenteller Gewagtheit dem *Ulysses* von James Joyce nicht nachstehe.

st 176 Walter Benjamin, Der Stratege im Literaturkampf
Zur Literaturwissenschaft
Herausgegeben von Hella Tiedemann-Bartels
160 Seiten
Die Auswahl aus dem dritten Band der *Gesammelten Schriften* Walter Benjamins enthält Kritiken und Rezensionen, die Benjamin in den zwanziger und dreißiger Jahren zu Neuerscheinungen auf dem Gebiet der Literaturgeschichte und Literaturkritik publizierte. Die Sammlung will nicht so sehr als historische Darstellung der Literaturwissenschaft im Medium ihrer Kritik durch Benjamin Interesse beanspruchen; sie möchte vielmehr der Erforschung dessen dienen, was Benjamin aus der ›abscheulichen Öde‹ des Wissenschaftsbetriebs herauszuführen suchte.

st 177 Theodor W. Adorno, Versuch über Wagner
160 Seiten
Da Wagner nicht nur absolute künstlerische Größe zugeschrieben wurde, sondern auch eine fatale weltanschauliche Führerrolle, hat das Gerede um ihn die wahre und gerechte Aufdeckung des eigentlichen Sachverhalts verhindert. Mit dem *Versuch über Wagner* unternimmt Adorno die heute fällige Revision des »Falles Wagner«. Die Methode dieses Versuchs stellt insofern ein Neues dar, als Adorno sich nicht an die herkömmliche Trennung der Disziplinen: Ästhetik, Geschichtsphilosophie, Musiktheorie und kritische Analyse hält, sondern Elemente aus ihnen allen in wahrhaft philosophischem Gei-

ste zu einer einheitlichen Gesamtkonzeption zusammentreten läßt.

st 179 Dolf Sternberger, Panorama oder Ansichten vom 19. Jahrhundert
240 Seiten
Sternbergers vielgerühmtes *Panorama*-Buch wirkte bei seinem ersten Erscheinen (1938) als eine Pioniertat der historischen Wahrnehmung. Das Panorama war das charakteristische Erzeugnis einer Zeit, die ihre eigene Geschichte zum imposanten Rundbild täuschend zusammenfaßte. So heterogene Errungenschaften wie Eisenbahn und Gasanstalt, Sinnesphysiologie und materialistische Philosophie, Sklavenbefreiung und Genrekunst, Gesellschaftsreisen und Innendekoration fügen sich in Sternbergers zitierender Deutung zu einem durchgängigen Schriftbild.

st 180 Marc Duke, Akupunktur. Chinas heilende Nadeln
Vorwort von Manfred Köhnlechner, Beitrag von Mildred Scheel
Einzig berechtigte Übertragung aus dem Amerikanischen von Margitta de Hervas
Mit Abbildungen
176 Seiten
Mit seinem Buch gibt der amerikanische Sinologe Duke, der die Methode der Akupunktur in China studiert hat, einen wissenschaftlich genauen, trotzdem aber allgemeinverständlichen Überblick über das chinesische Heilverfahren. Ein historischer Abriß beschreibt die Rolle der Akupunktur in der östlichen Philosophie und Religion. In einer Gegenüberstellung frühester chinesischer Illustrationen mit modernen Schaubildern wird das System der »Meridiane«, der für die Akupunktur wichtigen Nervenlinien, und ihr Zusammenhang mit Körperteilen und Organen anschaulich erklärt.

st 181 Arthur Koestler, Die Wurzeln des Zufalls
Einzig berechtigte Übertragung aus dem Englischen von Irmgard Schoppmeier unter Mitwirkung von Hans-Joachim Grünzig
176 Seiten
Koestlers ideenreiche Untersuchung über das alltägliche und doch höchst ungewöhnliche Phänomen Zufall führt

einen kühnen Schritt voran in faszinierendes Neuland. Während die Erforschung der außersinnlichen Wahrnehmungen als gleichberechtigte wissenschaftliche Disziplin anerkannt wird, hat die nüchterne theoretische Physik gewissermaßen bisher als unumstößlich geltende Naturgesetze widerlegt. Begriffe wie Zeit, Raum, Ursache und Wirkung haben ihre herkömmliche Bedeutung verloren.

st 182 Hermann Hesse, Siddhartha. Eine indische Dichtung
128 Seiten
Diese Legende von der Selbstbefreiung eines jungen Menschen aus den familiären und gesellschaftlichen Konventionen zu einem eigenständigen Leben variiert die Erkenntnis, daß Bewußtsein nicht überlieferbar ist durch Lehren, sondern nur durch eigene Erfahrung erworben werden kann. In dieser Dichtung suchte Hesse zu ergründen, »was allen Konfessionen und allen menschlichen Formen der Frömmigkeit gemeinsam ist, was über allen nationalen Verschiedenheiten steht, was von jeder Rasse und von jedem Einzelnen geglaubt werden kann«.

st 183 H. H. Stuckenschmidt, Schöpfer der neuen Musik
Porträts und Studien
320 Seiten
Stuckenschmidt selbst gehört in gewissem Sinne zu den Schöpfern der Neuen Musik. Freilich nicht als Komponist, aber als Kritiker. In Berlin Ende der zwanziger und Anfang der dreißiger Jahre waren es besonders die jungen Kritiker H. H. Stuckenschmidt und Heinrich Strobel, die hier für Schönberg, Strawinsky, Alban Berg, Hindemith, Béla Bartók usw. eintraten, Aufführungen ihrer Werke durchsetzten und mit ihrer Kritik begleiteten.

st 184 Horst Nachtigall, Völkerkunde. Eine Einführung
Mit zahlreichen Abbildungen
160 Seiten
Auch jene Rückzugsvölker, die abgedrängt am Rande der Zivilisation leben, sind unsere Zeitgenossen. Das Verständnis für diese vergessenen Völker zu wecken, ist Ziel der modernen Völkerkunde. Als wissenschaftliche Disziplin hält sie sich fern von Barbarenverachtung und dem

Idealisieren fremder Völker. Dieses Buch holt die Völkerkunde aus ihrem Reservat heraus und beschreibt ihre Gegenwartsaufgaben bis hin zur Entwicklungspolitik.

st 185 Ingeborg Weber-Kellermann, Die deutsche Familie. Versuch einer Sozialgeschichte
Mit zahlreichen Abbildungen
204 Seiten
Der Rückblick auf die Geschichte der Familie macht deutlich, daß im Mittelalter der Hausvater dem ganzen Haus als Planer und Verwalter der Ökonomie vorstand, als Vertreter seines Hausrechts in der Gemeinde, als Gatte und Vater und Gestalter der häuslichen Kultur wie auch als Meister und Wirt. Mit der Trennung von Arbeitsplatz und Wohnstätte im Verlaufe der Industriellen Revolution wandelt sich der Typus der Familie von demjenigen der gemeinsam wirtschaftenden und hausenden Großfamilie zur Kleinfamilie. Erst in der gegenwärtigen Gesellschaft stellt sich wieder die Aufgabe, einen neuen Familientypus ohne vorgeformte Abhängigkeiten zu entwickeln.

st 186 Alexander Kluge, Lebensläufe. Anwesenheitsliste für eine Beerdigung
272 Seiten
Mit seinen *Lebensläufen* (1962) wurde Kluge rasch bekannt. Der vorliegende Band ist um zehn bisher unveröffentlichte Erzählungen erweitert. Es geht um Lebensgeschichten von Lehrern, Wissenschaftlern, Kriminalräten, Richtern, Karnevalsprinzen, Soldaten, Frauen verschiedener Berufe, einen Familienverband, der sich nur noch zu Beerdigungen zusammenfindet. Die Lebenswünsche dieser Menschen treffen auf die gesellschaftliche Entwicklung. Nichts kann bleiben wie bisher. Insofern ist das Nacherzählen von Lebensgeschichten eine mögliche Protestform.

st 187 Dieter Kühn, Siam-Siam. Ein Abenteuerbuch
184 Seiten
Mit historischer Kenntnis und souveräner Erfindungsgabe erzählt Dieter Kühn auf ebenso unterhaltsame wie spannende Weise Geschichten von Paarbildungen und Doppelspielen. Was da exotisch oder exzentrisch scheint,

meint Gewöhnliches, macht Möglichkeiten in uns bewußt. Dieter Kühn hat gegenüber der Erstausgabe von 1972 den Text zum Teil erheblich überarbeitet.

st 188 Helmut Swoboda, Die Qualität des Lebens
Vom Wohlstand zum Wohlbefinden
224 Seiten
Diese zeitkritische Studie ist bestrebt, Begriffe wie Lebensstandard, Konsumstandard, Bruttosozialprodukt, Wirtschaftswachstum zu klären und auf ihre Abhängigkeiten hin zu untersuchen. Sowohl die Tatsache, daß durch die Erschöpfbarkeit der Ressourcen und die wachsenden Kosten für die Umweltsanierung ein Ansteigen des Konsumstandards kaum noch lange möglich sein wird, als auch die Frage, was uns das Konsumdenken eigentlich einbringt, zwingen zu einer Umorientierung. Was Swoboda für erforderlich hält, ist eine Rückbesinnung vom Konsum auf den Menschen.

st 189 Reinhold Rathscheck, Konfliktstoff Arzneimittel
Mit Abbildungen
208 Seiten
In diesen neun Kapiteln, die gegenüber der Erstausgabe von 1971 gründlich überarbeitet sind und deren Zahlenmaterial auf den neuesten Stand gebracht ist, beschäftigt sich der Autor mit den aktuellsten Fragen: mit den Gründen des steigenden Arzneimittelverbrauchs und mit Tatsachen und Gefahren des Arzneimittelmißbrauchs. Den Erfolgen der pharmazeutischen Forschung von gestern stehen die Schwierigkeiten gegenüber, die heute zu überwinden sind. Das Stichwort »Arzneimittelflut« wird ebenso aufgegriffen wie die Frage der Wirksamkeit von Medikamenten, der Arzneimittelprüfung und -werbung, der Arzneimittelpreise und -patente.

st 190 Rainer Maria Rilke, Die Weise
von Liebe und Tod
Texte und Dokumente
Bearbeitet und herausgegeben von Walter Simon
424 Seiten
In diesem Text- und Materialienband werden die drei Fassungen von Rilkes *Cornet*, 1899, 1904 und 1906, nebeneinandergestellt. Eine zweite Abteilung vereinigt alle

bis jetzt zugänglichen Briefe Rilkes und seiner Briefpartner, in denen der *Cornet* erwähnt ist. Die dritte Abteilung bringt die kritische und betrachtende Literatur zum *Cornet*. Dabei kommen die zustimmenden wie ablehnenden Meinungen gleichermaßen zu Wort. Eine Bibliographie und ein Namenverzeichnis beschließen den Band.

st 191 T.S. Eliot, Die Dramen
Deutsch von E. Fried, R.A. Schröder, P. Suhrkamp, N. Wydenbruck
512 Seiten
In diesem Band sind sämtliche Dramen Eliots vereinigt: *Sweeney Agonistes; Mord im Dom; Der Familientag*; *Die Cocktail Party*; *Der Privatsekretär*; *Ein verdienter Staatsmann.*

st 192 Bertrand Russell, Autobiographie III. 1944–1967
Aus dem Englischen von Rudolf Weys
368 Seiten
Dieses ist der dritte und letzte Band einer der wirklich bedeutenden Autobiographien unserer Zeit. In den ersten beiden Bänden (st 22, st 84) wurde jene Welt dargestellt, die mit dem Zweiten Weltkrieg endete, und jene Kämpfe auf politischem und gesellschaftlichem Gebiet, die bereits fast oder sogar ganz gewonnen waren. Im vorliegenden Band erfahren die früheren Abschnitte einen logischen Abschluß. Hier ficht jener Mann, der die philosophische Wahrheit mit einer zu seiner Zeit unvergleichlichen Klarheit des Gedankens und der Sprache verfolgte, einen äußerst unpopulären Kampf. Sitzstreiks, Märsche, Reden und Manifeste – sie sind alle Teil eines scharfen, zusammenhängenden Bildes. Wir sind hier mit dem kraftvollen Höhepunkt des sehr langen und fruchtbaren Lebens eines Mannes konfrontiert, der auf seine Zeit einen gewaltigen Einfluß ausübte.

st 193 Laszlo Glozer, Kunstkritiken
Mit Abbildungen
294 Seiten
Diese Auswahl von Kunstkritiken, in den Jahren 1968 bis 1973 für die *Frankfurter Allgemeine Zeitung* und die *Süddeutsche Zeitung* geschrieben, stellt pointiert die

Frage, wie sich ein und derselbe Rezensent zu künstlerischen Polen wie Rembrandt und Beuys verhält und schreibend Kunst zu vermitteln versucht. Die Aufsätze äußern sich zu kunstgeschichtlichen Bereichen wie der großen Tradition neuzeitlicher Malerei (Caravaggio, Rembrandt, Watteau, Füssli), dem vergessenen und neuerdings wiederentdeckten 19. Jahrhundert (Turner, Whistler), zu Phantasie und Surrealismus, zu Kunstproblemen der Nachkriegszeit, der sechziger Jahre und der Gegenwart. Im Mittelpunkt der Sammlung stehen Aufsätze über Pablo Picasso.

st 194 Edmund Wilson, Auf dem Weg zum Finnischen Bahnhof
Über Geschichte und Geschichtsschreibung
Aus dem Amerikanischen von Ehrenfried Klauer und Hans Stern
448 Seiten
Dieses in der ganzen Welt berühmt gewordene Buch bringt die Schilderung von Charakteren und Schicksalen aus der Geschichte des Sozialismus und der Revolutionen. In die Vorgeschichte der großen russischen Umwälzung von 1917 gehören nach Wilson nicht nur Marx und Engels, Proudhon, Fourier, Owen und Babeuf, sondern auch der italienische Philosoph Vico, Historiker wie Jules Michelet und Hyppolite Taine oder Schriftsteller wie Ernest Renan und Anatole France. Das Kernstück des Buches bilden großangelegte und minuziös ausgeführte Porträts von Marx und Engels, Lenin und Trotzki.

st 196 Federico García Lorca, Über Dichtung und Theater
Deutsch von Enrique Beck
144 Seiten
Diese Sammlung entlegener Quellen und Dokumente von und über García Lorca macht deutlich, welch einzigartige dichterische Existenz und menschliche Potenz Spanien und die Welt verlor, als Lorca, 38 Jahre alt, von der Falange erschossen wurde. Aus den zahlreichen Mosaiksteinchen persönlicher Äußerungen entsteht das Bild eines Menschen, der in Leben, Sprechen und Schreiben Anmut mit Würde vereinte, Heiterkeit des Herzens mit einem wachen sozialen Gewissen. Zur Werkinterpretation, für die Kenntnis von Lorcas poetischen und theatertheoretischen Absichten ist der Band unentbehrlich.

st 200 Samuel Beckett, Das letzte Band. Dreisprachig
Deutsche Übertragung von Erika und Elmar Tophoven
Englische Originalfassung. Französische Übertragung von
Samuel Beckett
Mit Szenenphotos
96 Seiten
Ein neunundsechzigjähriger Schriftsteller, ziemlich erfolglos, kramt aus seinem Tonbandarchiv, in dem er sein Leben akustisch dokumentiert, das Magnetophonband hervor, das er vor einem Lebensalter, als Neununddreißigjähriger, besprochen hat. Schon am neununddreißigsten Geburtstag hatte er einem zehn Jahre zuvor aufgenommenen Tonbandinterview mit sich selbst gelauscht. Das ältere Ich sitzt über das jüngere Ich zu Gericht, und die Gegenwart ist nur noch Kommentar der Vergangenheit.

st 201 Bertolt Brecht, Frühe Stücke
224 Seiten.
Baal. Trommeln in der Nacht. Im Dickicht der Städte.
Brechts Entwicklung zur großen epischen Dramatik, zum »wissenschaftlichen Theater«, ist erst aus der Kenntnis seiner Jugendwerke, in denen schon wesentliche Themen seiner Welt vorgezeichnet sind, richtig zu verstehen. Alle Stücke »zeigen ohne Bedauern, wie die große Sintflut über die bürgerliche Welt hereinbricht ...« *Bertolt Brecht*

st 202 Jürgen Habermas, Dieter Henrich
Zwei Reden. Aus Anlaß des Hegel-Preises
84 Seiten
Dieter Henrich hielt als Präsident der Internationalen Hegel-Vereinigung die Laudatio anläßlich der Verleihung des Hegel-Preises 1973 der Stadt Stuttgart an Jürgen Habermas, in der er die Kontinuität Habermasschen Denkens hervorhebt. Mit der in diesem Band veröffentlichten Rede »Können komplexe Gesellschaften eine vernünftige Identität ausbilden?« bedankte sich Jürgen Habermas für den Hegel-Preis.

st 203 Hans Werner Riedel, Die Kontrolle des Luftverkehrs. Flugsicherung und Fluglotsen
Mit zahlreichen Abbildungen
208 Seiten
Die Kontrolle des Luftverkehrs, die Flugsicherung, ist ein Detail in der Welt der Technologie. Was sich dort wirk-

lich abspielt, welche Mittel und Leistungen eingesetzt werden, welchen Schwierigkeiten der Fluglotse in einem Mensch-Maschine-System ausgesetzt ist, darauf versucht dieses Taschenbuch eine Antwort zu geben.

st 204 Karl Kraus, Magie der Sprache. Ein Lesebuch
Herausgegeben und mit einem Nachwort
von Heinrich Fischer
368 Seiten
Für dieses Buch, das ein lebendiges Lesebuch und keine akademische Anthologie ist, hat der Herausgeber aus mehr als 30 Büchern und über 900 Nummern der *Fackel* einen Extrakt geschaffen, der die zeitlose Wortgewalt, die polemische Kraft, aber auch das Heitere, Wortspielerische, das Zarte dieses Sprachkünstlers und Dichters vergegenwärtigt.

st 205 Max Frisch, Dienstbüchlein
176 Seiten
Das *Dienstbüchlein* enthält Frischs Erinnerungen an seine Schweizer Militärzeit von 1939 bis 1945. »Ich bin ungern Soldat gewesen. Immerhin sind Erfahrungen nicht abzugeben mit der Uniform, Erfahrungen mit unserem Land, mit sich selbst.« An diese Erfahrungen erinnert sich Frisch heute, an die Tage in Uniform, an 650 Militärtage ohne Arrest. »Indem ich mich heute erinnere, wie es damals so war, sehe ich es natürlich nach meiner Denkart heute. Ich wundere mich, wieviel man hat erfahren können, ohne es zu sehen.«

st 206 Hermann Hesse, Demian. Die Geschichte von Emil Sinclairs Jugend
166 Seiten
Hermann Hesses Erzählung *Demian*, 1919 erschienen, hatte, wie Thomas Mann in seinem Vorwort zur amerikanischen Ausgabe berichtet, auf die junge Generation nach dem Ersten Weltkrieg »eine elektrisierende Wirkung und traf mit unheimlicher Genauigkeit den Nerv der Zeit«, ähnlich Goethes *Werther*, dessen Wirkung Thomas Mann mit der des *Demian* vergleicht.

st 207 Hartmut von Hentig, Magier oder Magister? Über die Einheit der Wissenschaft im Verständigungsprozeß
256 Seiten

Viel zu lange schon sind für Hartmut von Hentig die Wissenschaftler Magier gewesen, die mit dem Anspruch auftraten, durch ihre wissenschaftliche Praxis die Wahrheit finden zu können, ohne je in der Lage zu sein, Laien diesen Anspruch glaubhaft zu vermitteln, geschweige, sie am Prozeß der Wahrheitsfindung teilhaben zu lassen. Statt dessen sollen die Wissenschaftler nun »Magister« werden, das heißt, sich vordringlich der Erklärung dessen widmen, »was sie herausfinden, warum sie es erforschen, wie man es verwendet und wie man es lernen und weitergeben kann«.

st 208 Peter Handke, Als das Wünschen noch geholfen hat
126 Seiten
Inhalt: Leben ohne Poesie; Was soll ich dazu sagen?; Die offenen Geheimnisse der Technokratie; Die Reise nach La Défense; Blaues Gedicht; Die Geborgenheit unter der Schädeldecke; Jemand anderer: Hermann Lenz; Eine Zwischenbemerkung über die Angst; Die Sinnlosigkeit und das Glück.
»Dieses Buch könnte man lesen als eine neue Erforschung der *Innenwelt der Außenwelt der Innenwelt,* Jahre später. Was hat sich verändert? The story of my life, und die Geschichten anderer.« *Peter Handke*

st 235 Uwe Johnson, Eine Reise nach Klagenfurt
112 Seiten
In Klagenfurt hat Ingeborg Bachmann ihre Kindheit erlebt; ist diese Zeit noch zu finden in der Stadt von heute? Danach zog sie vor, zu leben in Rom und anderswo; was für Einladungen bietet Klagenfurt? Zitate von Ingeborg Bachmann lösen die Recherchen Uwe Johnsons aus, das Zusammenspiel beider Elemente illustriert die Spannung zwischen den beiden Orten. In Rom starb Ingeborg Bachmann am 17. Oktober 1973; in Klagenfurt ist sie begraben.

st 238 Dietrich Hofmann (Hrsg.), Schwangerschaftsunterbrechung. Aktuelle Überlegungen zur Reform des § 218
352 Seiten
Dem vorliegenden Band geht es darum, der Vielfalt und der Unterschiedlichkeit der Auffassungen Rechnung zu

tragen, welche die Position der verschiedensten Berufe, Kräfte und Gruppierungen unseres Landes kennzeichnen. Der Anspruch auf Sachlichkeit basiert auf der Klarstellung naturwissenschaftlicher, medizinischer Erkenntnisse, der Erkenntnisse eines Juristen, eines Moraltheologen, eines Soziologen und eines Psychiaters.

st 239 Bis hierher und nicht weiter
Ist die menschliche Aggression unbefriedbar?
Zwölf Beiträge. Herausgegeben von Alexander Mitscherlich
»Mitscherlich und mit ihm die Autoren dieses Bandes sehen heute die Aufgabe vor sich, jenseits aller ›Kollektivierungsmethoden‹ mit ihrem äußeren Feindbild und jenseits aller Tabuisierung durch herrschende Gruppen den einzelnen über seine Aggressionen aufzuklären, ihn erst einmal so weit zu bringen, daß er die Aggression erkennt, sie zugibt, mit ihr zu leben lernt . . . Das Ergebnis ist ein Buch, in dem wie niemals zuvor die gegenwärtige Diskussion zusammengefaßt ist.« *Karsten Plog*

Alphabetisches Gesamtverzeichnis der suhrkamp taschenbücher